# 随笔西藏 上

张小平 著

四川人民出版社

**图书在版编目（CIP）数据**

随笔西藏（上、下）/ 张小平著. —— 成都：四川人民
出版社，2024.1
ISBN 978-7-220-13235-3

Ⅰ.①随… Ⅱ.①张… Ⅲ.①中国文学—当代文学—
作品综合集 Ⅳ.①I217.2

中国国家版本馆CIP数据核字（2023）第095260号

SUIBI XIZANG  SHANG XIA

# 随笔西藏（上、下）

张小平　著

| | |
|---|---|
| 出 版 人 | 黄立新 |
| 责任编辑 | 任学敏 |
| 版式设计 | 戴雨虹 |
| 封面设计 | 张　科 |
| 责任印制 | 周　奇 |

| | |
|---|---|
| 出版发行 | 四川人民出版社（成都市三色路238号） |
| 网　址 | http://www.scpph.com |
| E-mail | scrmcbs@sina.com |
| 新浪微博 | @四川人民出版社 |
| 微信公众号 | 四川人民出版社 |
| 发行部业务电话 | （028）86361653　86361656 |
| 防盗版举报电话 | （028）86361661 |
| 照　排 | 四川胜翔数码印务设计有限公司 |
| 印　刷 | 成都勤德印务有限公司 |
| 成品尺寸 | 170mm×240mm |
| 印　张 | 31.5 |
| 字　数 | 372千 |
| 版　次 | 2024年1月第1版 |
| 印　次 | 2024年1月第1次印刷 |
| 书　号 | ISBN 978-7-220-13235-3 |
| 定　价 | 148.00元（全二册） |

# 目录 |

## 人物素描

## 雪域漫记

# 序　言

## 珍藏心中的西藏

我和西藏有难以割舍的情怀。

1960年，在平息叛乱，百万农奴得解放，民主改革轰轰烈烈进行的历史关头，我选择了西藏，并进入中央民族学院（今中央民族大学）学习藏语文，决心毕业后进藏，"把西藏建成人间天堂"（周恩来总理语）。大学毕业后，由于工作的需要，我被留在北京，成了中央人民广播电台的一名新闻记者。而学习藏语文的经历，使我在国家电台获得了一个特殊的身份，经常有机会往来于西藏及四川、青海、甘肃、云南四省涉藏州县，直接或间接地传播世界屋脊发展进步的声音。

岁月如歌，一晃60年过去了。我也从一个热血青年变成了一位老新闻工作者。这期间，我先后50次进藏，走遍了西藏大地，经历了世界屋脊上发生的许多重大事件，还参与了恢复中央电台对西藏的藏语广播和建立中央台西藏记者站的工作；我还是中央台的第一位登山记者，在珠穆朗玛峰和阿里的纳木那尼峰脚下先后度过了长达半年的采访岁月，创下了我登达海拔6600米的人生高度；我还以中直机关第一、二批援藏干部的身份在西藏工作了6个春秋。2003年退休后，除在《中国藏学》杂志和"中国西藏网"工作10年外，我终于开启了人生的"享受西藏"时刻，并在先后出版《雪域在召唤——世界屋脊见闻录》《天上西藏》《民族宣传散论》后，又继续书写了一些与西藏相关的文字。

　　长时间的西藏工作与生活经历，使我成为西藏当代历史变迁的亲历者和见证人；也成为中央电台的"西藏人"，台里的同志见到我"言必谈西藏"。半个世纪以来，我的所有经历，几乎都与西藏及四省涉藏州县有关。我在西藏工作的日记、采访笔记，还有上万张西藏图片，是我今生最为宝贵的精神财富，也是我的"无价之宝"。十几年前，我把上千张在西藏拍摄的照片冲洗出来，我怀念那些生活在西藏的时刻：到拉萨西藏自治区人民医院外科病房看望我的藏族兄弟姐妹和藏汉族同事同行，他们给我送牛奶、鸡蛋，照顾得无微不至的场景至今记忆犹新；20世纪80年代第一次进入阿里时由于县里燃料奇缺，不能开伙而亲自为我们熬粥做早餐的普兰县县委书记；还有那些数不清的藏族朋友、"老西藏"第二代、我的太多的记者朋友，他们对我的关怀备至，他们的热情与淳朴，他们身上散发的那种革命乐观主义激情，都是我难忘的经历，都是我宝贵的精神财富。我永远忘不了他们！西藏永远珍藏在我的心灵深处。

　　祝福西藏自治区继续高歌猛进，给世界带来更多的惊喜与赞叹！

　　祝福我所有的西藏朋友平安吉祥，幸福安康，扎西德勒！

　　　　　　　　　　　　（2015年8月26日于北京，2023年5月改于拉萨）

# 历史回眸
LI SHI HUI MOU

①1950年代中央电台藏语广播在播音
②1959年中央电台藏语组工作人员合影
③1963年中央民院藏语班师生在布达拉宫前合影
④1963年在拉萨岗德林乡与翻身农奴合影

①1989年部分中央电台藏语组同志在广播大楼前合影
②1991年阿沛·阿旺晋美接受中央台记者采访
③1992年藏语组部分人员在拉萨
④1995年11月大昭寺金瓶掣签前留影
⑤2011年9月，48年后在拉萨岗德林乡和老房东次仁顿珠握手

# 关于我和西藏的一些话题

西藏是我的第二故乡，也是我事业与生活的起点，她谱写了我人生的主旋律，造就了我的青春与理想。

从1960年夏天进入中央民族学院学习藏语文到现在，60年过去了，我的生命和足迹早已与西藏融为一体。这期间，我先后40余次进入世界屋脊，走遍了西藏的主要地区。与此同时，我还先后踏访了四川、青海、甘肃、云南四个省的涉藏州县，对藏民族有了比较全面的了解和认识。1999年夏天，我首次到达甘肃敦煌莫高窟，了解了早期藏民族的文化形态、宗教特色和与周边民族的关系，使我对藏民族的认识有了新的提升。从1995年到2001年连续6年的援藏生活，更使我有充分的时间和机会近距离和深层次地观察西藏和感受西藏。加之多年来对境内外有关西藏问题相关资料的积累和研究，以及对中央的西藏政策的理解和把握，使我对于西藏有了一定程度的了解。这一切，使我对西藏的关注与日俱增。西藏的发展变化、中央的治藏方略、西藏的历史文化和宗教、西藏的色彩和情调，每天都在我的视野之中。

西藏高原一直是世人关注和向往的地区之一。百余年来，特别是20世纪下半叶以来，世界屋脊这片土地上发生的变迁震动了全世界，引发出了许许多多的话题。思考和记录这一历史性变革，并将其留给今人与后人，是人民记者的天职。能够从事这样的事业是我的幸运。我对自己记录和思考今日西藏的定位是：把一个真实的西藏展现给世人，把一个充满活力和希望的西藏告诉全世界。

## 初识西藏

我对西藏的认识，经历了一个漫长的过程。20世纪60年代的10年间，是我开始接触西藏和初步认识西藏的10年。1960年夏天，我结束在北京101中学的高中学习，进入中央民族学院少数民族语言文学系藏语文专业学习。从此，我走上了一条与众不同的人生道路：与西藏终生结缘，与西藏终生相伴。

1996年夏天，中央电视台《东方之子》节目组记者邵滨鸿在拉萨采访我时，第一个问题就是："当年，你为什么选择了藏语文这个专业？"我回答说："在我参加高考的前一年，也就是1959年，西藏发生了平息叛乱、推翻封建农奴制度、实行民主改革这一震撼世界的历史事件，一时间，'西藏'成了使用频率极高的一个词语，全世界都关注西藏。我从少年时代开始，就关心国家大事和世界大事，诸如斯大林逝世、匈牙利事件，一直到国际共产主义运动的论战，都给我留下了清晰而深刻的印象，1959年3月发生的震动世界的西藏叛乱事件自然也引起了我的注意。这年10月，在北京民族文化宫举行了《十年民族工作展览》，学校组织参观。这个展览深深地打动了我，可以说是我人生受到的第一次心灵震撼。我第一次知道世界上还有一种封建农奴制度，我看到了血淋淋的人心、被剁下来的手和脚，还有用人皮做的鼓、用头盖骨做的碗……而这一切都是农奴的血和肉。中国竟然还有这样的角落！受到马列主义、毛泽东思想启蒙教育的我，在这个令人毛骨悚然的事实面前热血沸腾，这样的地方我们不去谁去？正是这种激情，使我在第二年填写高考志愿时，没有犹豫地写上了'藏语文专业'。"进入中央民族学院后，又有两件事坚定了我学好藏语的决心，一件事是，在迎新晚会上，我国当代著名的藏学家于道泉先生在讲话时说，帝国主义近百年来一直觊觎西藏，除了政治上的原因，还因为西藏有无尽的宝藏，不光有丰富的金矿和银矿，还有储量丰富的铀矿。20世纪60年代初，中国还没有原子弹，这个信息对我太有诱惑力了！它曾经在很长一个时期里深深地鼓舞着我。我凭直觉认识到，学习藏语，到西藏工作，就能为祖国的富强做贡献！还有一件事是，开学不久，我在当时难得见到的《参考消息》上看到了一则报道，报纸是在时任农业部《农业技术》杂志副主编的父亲那里看到的。这条消息说，也是在1960年夏天，美国某大学也开办了一个藏文班，招收一批美国青年学习藏文，由1959年西藏叛乱期间出逃国外的藏族僧人授课。这条消息使我第一次看到学习藏文还是一场国际上的较量，它使我学习藏文的使命感大大增强。整个大学期间，我一直用上述两件事激励自己：要好好学习，不能落在美国人后面！

在中央民族学院，我第一次接触了藏族人。土丹旺布是我的藏语文启蒙老师，他曾经做过旧西藏地方政府的低级文官，能写一手极漂亮的藏文。他是一位学识渊博、非常谦和的学者。我的藏语拉萨方言的发音和口语会话、我的藏文书写的起步，都源于他的耐心教授。1954年，他参加西藏青年参观团来到北京，由于刚创建不久的中央民族学院急需藏文教师，征求他的意见后，土丹旺布留了下来，成为新中国第一批年轻的藏族大学教师。他在北京生活了30年，妻子是一位藏族医生，育有一男一女，两个孩子大学毕业后都在西藏工作。土旺老师于20世纪80年代返回西藏，任西藏社会科学院语言研究所所长，著有《拉萨口语会话手册》一书。通过他长达5年的教授，我掌握了藏语拉萨语音，讲的是比较标准的拉萨话。他的人品和教导，使我终身受益。我和他亦师亦友，保持了长达60年的师生联系。2020年他以89岁高龄在拉萨去世，这使我悲痛不已。

1963年春节过后，我作为大学三年级的学生，第一次前往西藏实习。在校期间到民族地区实习是中央民族学院的传统，目的是让学习少数民族语言的汉族学生在实践中学习群众语言，加深对少数民族同胞的感情。这是我人生中的第一次远行，整个旅程上万华里。火车离开北京经兰州到达甘肃柳园，在这里，大家换乘长途汽车前往西藏。路上，我们途经敦煌古城，穿越戈壁荒滩，过大柴旦、小柴旦，看到了雄浑苍凉的西部景象。在海拔4000多米的沱沱河和五道梁，我们这些年轻学生第一次经受了高原反应的考验，普遍头疼欲裂，有些女同学还呕吐，吃不下东西，有的还有窒息的感觉。全班24名同学，只有4名男同学反应较轻，我是其中的一个，后来，我们被称为"四大金刚"。为了减少高山反应，两位司机师傅轮流开车，日夜兼程，24小时不停顿地驱车前行，终于通过气候最恶劣的地段，翻越海拔5200多米的唐古拉山口，第一次踏上了西藏的大地。

展现在我面前的是一片做梦也想象不到的神奇土地！这里，天蓝得像是进入了宇宙深处，云白得像是进入了童话世界，河水清澈见底，草原一望无际，这就是西藏给我的第一印象。车过羊八井后，进入堆龙河谷。阳春二月，车窗外流淌着春天的气息，黝黑的大地已经泛绿，翻身农奴们正在开始春天的耕作。几小时后，我们终于来到了拉萨，被安顿在八廓街里的一个招待所中。此时正值藏历新年，热情的藏族同胞请我们喝酥油茶、青稞酒，这都是我人生的第一次经历。接着，同学们结伴漫游八廓街，在大昭寺南侧的松觉热广场，我第一次看到了传昭法会上藏族僧人诵经以及手舞足蹈地辩经、考格西的场面。几天后，我们来到拉萨西郊的堆龙德庆县。这里，翻天覆地的民主改革正在如火如荼地进行。我被分配在乃琼区岗德林乡恰噶村。小次仁顿珠是我的第一个房东。当天晚上我初次喝到了"突巴"，这是用青稞面加骨头汤和野菜熬成的面糊糊，吃起来很香。我用半通不通的藏语同他们交谈，全家老少对我十分热情。当时，为了学习语言，实习队安排一个学生住一户翻身农奴家里。我在学习语言上一直胆子比较大，这天是我有生以来第一次单独和藏族同胞用藏语交谈，虽然话说得结结巴巴，但家里的老人和孩子都非常高兴。尤其让我不能忘记的是，晚上睡觉的时候，他们把我安排到了简陋住房中最好的一间里，令我始料不及的是，这间房子竟是老人新婚儿子的新房，藏族同胞的情谊让我终身不忘。

带领我们实习的徐盛（多吉）老师是拉萨的一位藏族学者，他待人谦和真诚，遇事总是不慌不忙，和谁都能打成一片。和他在一起我感到踏实，还能获得快乐。我们成了好朋友。实习期间，他把当时唱遍大江南北的藏族民歌《金瓶似的小山》（也叫《毛主席永远和我们在一起》）译成藏文送给我。我从小喜欢唱歌，很快就会用藏语唱这首歌了。没想到，这一唱就是50年，成了我的"保留节目"。徐盛老师后来当了中央民族学院的统战部长，晚年患病，很少出来走动，我时常通过电话问候他。现在他已去世，我永远怀念他。

实习期间，我们参加了西藏民主改革中建立政权的工作，组织翻身农奴选举村长、乡长，传达和学习党中央有关西藏工作的方针政策。记得色玛乡成立乡政府的时候，唱了整整3天的藏戏，就像过节那么热闹。那时，我还是班上的共青团干部，经常往返于各个实习驻地。有时，天晚了，我一个人走在山间小道上，夕阳西下时分，大地一片火红，夜色降临后，空气中弥漫着青稞与青草的芳香。田野静悄悄，只能听到风声、水声和鸟叫声，那种感觉真是美妙极了。实习期间，我们还和翻身农奴一起下地干活，翻地、播种、施肥、锄草、修水渠，许多农活都学会了。藏族是个乐观的民族，人们劳动中总是歌声不断，几个月下来，我学会并记录了上百首藏族民歌。记得当时乡里有一所小学，条件很简陋，孩子们只能席地而坐，我也曾经给他们上过几次课，还教他们唱《金瓶似的小山》。时间长了，老乡和我们也熟悉了，一位老阿爸还曾认真地对我说："把我女儿带到北京去吧，给你做媳妇。"那年我21岁，听到这话，脸都红了。

　　实习期间的生活是艰苦的。当时，西藏民主改革还没有结束，百万农奴刚刚翻身得解放，生活相当清贫。我的第三个房东阿旺顿珠有一男一女两个孩子，大的是男孩，6岁，女孩才两岁。他的阿佳拉（藏语"爱人"的意思）从早到晚都要到地里干活。我和他们同吃同住，每天只能用没有酥油的清茶和着糌粑吃，一个月也吃不上一顿青菜，吃肉更是连想都不敢想。一天，阿旺顿珠手里捧着一块猪肉兴冲冲地跑回家里对我说："部队生产连死了一头猪，连队宰了要给大家改善生活，我要了一块，咱们也改善改善。"我一看就愣住了，这是一块鲜血淋淋的生猪肉，我问他，就这么吃吗？他说，就这么吃。我犹豫了片刻，但又马上想到，学校要求我们和翻身农奴"四同"，即"同吃、同住、同劳动、有事同商量"，藏族同胞能吃，我为什么不能吃呢？想到这里，我灵机一动，问他，我能蘸点盐吃吗？他说，行！

说着，他割下一条肉放进嘴里，津津有味地吃了起来，我看着他吃了下去，也学着他的样子，割下一块肉，蘸了一点盐，放进嘴里。说来也奇怪，我用力地嚼了几口，不但没有感到异味，相反，还尝到了一股肉香。就这样，我平生第一次吃了生肉，而且第二天什么事情也没发生。

实习结束的时候，老乡们捧着青稞酒，站在路旁为我们送行，有的还送了一程又一程。那时已经是夏天了，地里的油菜花金黄金黄的，青稞也已经灌浆，水渠里的水哗哗地流淌着，古老的布达拉宫金顶在几十里地以外闪闪发光，西藏就像是一幅油画展现在我的面前。收获的季节来到了，我的心也留在了西藏。

# 认识西藏

1965年夏天，我即将从中央民族学院毕业，在填写志愿的时候，我曾咬破手指写血书，要求到西藏阿里工作。我知道，阿里是西藏最高的一块土地，平均海拔4500米以上，生活异常艰苦。可惜，宣布分配方案的时候，我没有被分到西藏工作，而是留在了北京。

这一年的9月5日，我到当时的中央广播事业局报到，正式成为中央人民广播电台的一名工作人员。从这时起到1995年的30年间，出于国家电台工作的需要和毕业于藏文专业的优势，我先后15次登上西藏高原，这使我有机会一次又一次近距离地从不同角度观察西藏、认识西藏和感受西藏。

这期间，我参与过筹建中央台藏语广播和建立中央台驻西藏记者站的工作。这两项工作实现了中央电台为西藏地区创立的拉萨藏语广播节目的开播和中央台记者直接从拉萨向北京传送新闻稿件。

　　这期间，我作为中央电台的记者走遍西藏高原，拉萨、山南、日喀则、那曲、林芝、昌都、阿里都留下了我的足迹，喜马拉雅山、冈底斯山、唐古拉山、昆仑山、喀喇昆仑山和横断山脉都留下了我的身影，珠穆朗玛峰、藏北草原、阿里无人区、雅鲁藏布江也留下了我对世界屋脊的惊叹！

　　这期间，我采访了西藏的藏族、门巴族、珞巴族、回族、汉族以及僜人和夏尔巴人，接触了自治区主要领导、各族农牧民、工人、机关干部、知识分子、学生、驻藏人民解放军、武警官兵，以及上层统战人士、僧人、尼姑和旧西藏地方政府的高级官员，从不同的层面了解了西藏的过去和现在，西藏的政治、经济和文化状况，以及藏族同胞和援藏干部的心理状态，从而对党和国家的治藏方略能够进行深层次的认识与思考。

　　这期间，我广泛接触了西藏的宗教和文化，长时间地徜徉在时空交错和色彩斑斓的西藏文化的海洋中。在金顶耀眼、气势恢宏的寺院，我看到了西藏文化的博大和深邃；在古朴的城镇、褐色的乡村和绿色的牧区，我看到了西藏文化的亮丽和厚重；面对雪山和深谷，面对荒原与废墟，我看到了西藏文化的风格与内涵。

　　这一切，使我开始郑重地思考西藏历史的走向，思考西藏文化的价值，进而思考西藏这块神圣的土地在中华民族发展史上的地位和分量。

　　我对西藏的认识开始向纵深挺进。

# 感受西藏

我曾经说过,西藏是世界屋脊的百科全书,西藏是藏民族历史文化的不朽画卷,即使耗尽我的今生与来世,我也难以完全了解西藏的博大与深厚。因此,60年间,我争取一切机会进入西藏,以求在她的怀抱中漫游、感受和思考。出乎我意料的是,越接触西藏,我越感到自己对西藏知识的贫乏,诱惑我去追寻和探讨的课题也就越来越多。

党中央、国务院于1994年召开的第三次西藏工作座谈会及其确定的援藏新思路,特别是"分片负责、对口支援、定期轮换"制度的确立,给我提供了走进西藏的新机遇。于是,就有了1995年至2001年的6年援藏生涯。1995年我53岁,超过了中直机关第一批援藏干部的年龄标准,经中共西藏自治区党委和中央组织部的同意,我终于成为援藏队伍中年龄最大的一个成员。

这是一次长时间感受西藏的神圣之旅。

在西藏广播电影电视厅异常繁忙的公务中,我有幸于1995年底参加了十世班禅转世灵童金瓶掣签和十一世班禅坐床典礼宣传报道的组织领导工作,在大昭寺现场目睹了这一历史事件的全过程;作为制片人之一,我于1998年至1999年,用一年的时间参加了我国第一部反映西藏当代历史的大型纪实性电视连续剧《西藏风云》的拍摄工作,并以此作为向中华人民共和国成立50周年的献礼;从2000年秋天起,我参加了中国广播发展史上规模空前的"西新工程"西藏部分的实施工作,再一次走遍了西藏高原,对西藏广播电视的发展状况进行了一次全景式的考察;2001年春天,在返回北京之前,我又参加了西藏和平解放50周年大庆宣传活动的部分工作。作为西藏当代历史的见证人，这些经历，使我对今日西藏的发展战略、思路、政策走向及其辉煌的现实有了更加切身的感受。西藏的发展与变化，在我的脑海中绘成了一幅色彩鲜明的画卷。

在难得的西藏漫游中，我走过了世界屋脊上的60余个县，旅程长达两万余公里。漫长与兴奋、苍茫与壮美、贫瘠与富饶，以及无与伦比的文化遗存与悠然淡泊的生存模式，构成了这一片净土的基本色调。

在众多的西藏政治、民俗和宗教节日里，我一次又一次地融化在西藏民俗文化的情调与气氛之中，青稞酒、酥油茶以及藏式婚礼和夏日狂欢是西藏乐章的华彩音符；古老的八廓街、红墙里的寺院、无人区的苍凉、蓝天与白云的交响，以及雅鲁藏布江源头那清澈如梦的流水，都永远地留在了我的记忆深处。

而最令我动情的是在世界屋脊随处可见的体现汉藏情谊的众多遗迹：拉萨大昭寺前矗立的唐蕃会盟碑、拉萨"帕玛日"山上的关帝庙、布达拉宫里的"当今皇帝万岁万万岁"牌位，还有后藏萨迦寺里浩如烟海的元明清三朝的丝绸、瓷器和许许多多源自内地的稀世珍品，以及悬挂在西藏许多寺庙中的历代皇帝的题字和匾额。这些无言伫立的历史见证是汉藏关系的灿烂篇章，带给我的是中华民族多元一体的历史与哲学的思考。

2001年7月初，我结束在西藏6年的工作，即将返回内地。那是难以忘怀的时光。在那些日子里，我一次又一次地在深夜走向布达拉宫广场，长时间地在那里漫步沉思，流连忘返；一次又一次地在前来为我送行的藏族和汉族朋友面前以泪洗面。这是我长达40余年的西藏情结的真情流露。

# 情系西藏

返回北京后，我继续在中央人民广播电台从事与民族宣传密切相关的工作，继续通过藏语广播的电波传达着党和国家的声音，传达着西藏发展和进步的声音。

2003年初，我从中央台的工作岗位上退下来，开始了与西藏依然朝夕相处的新生活。

2003年至2006年，我应中国藏学研究中心之约，担任了《中国藏学》杂志的执行主编。这期间，《中国藏学》编发了一批代表中国藏学研究最新成果的论著，编发了一批有学术见解的文章，发表了一批老一辈藏学专家的力作，还发表了一批中国台湾、香港和海外学者研究西藏的文章。同时，在力所能及的范围内报道了中国藏学界的重要活动和国际藏学界的研究动态。

回顾这段学术生涯，我十分感谢与我共事的几位年轻的藏学工作者和所有参与编辑部工作的同志，是他们的支持和帮助，使我们一起完成了杂志的编辑出版任务，共同度过了难忘的4年时光。他们的学识和认真负责的工作态度，已经变成了我的最新精神财富。编辑工作本身又使我有机会进入中国藏学的学术殿堂，对于西藏的历史和文化有了新的了解和感悟。

2005年9月，我受邀担任了西藏文化网和中国西藏信息中心的总编辑。在这个全新的新媒体平台上，我又开始了新的征程，一次人生新的拼搏。2010年，进入国家重点新闻网站序列的中国西藏信息中心网站更名为中国西藏网，向着成为世界上最大的涉藏网站的目标奋进。这个有广阔发展前景的全新媒体，促使我更加深刻地认识西藏，认识西藏在中国的重要地位。我深知责任的重大，深知使命的光荣。它召唤我永葆青春，努力向全世界讲述好西藏的故事。

现在，我已从中国西藏网的岗位上退了下来。但我的生活仍然离不开西藏，每天都要看西藏电视台的《西藏新闻联播》，每天都能获得来自诸多方面的西藏信息，我的日常生活仍然几乎都与西藏有关。

## 想念西藏

作为当代西藏历史的亲历者和见证人之一，忠实地记录我所看到的这段西藏历史，把一个充满青春与活力、正在发生划时代变革的社会主义新西藏展现给世人，是我的天职。几十年来，我先后写下了上百万字的新闻作品，奉献给了国内外关心西藏的发展与进步的听众、观众和读者，其实，这只是我应该做的一系列工作的开始。60年来，我还坚持书写了近90万字的西藏日记，从另一个角度自然而真实地记录了我在西藏的经历与感受。

近年来，我几乎每年都要走进西藏，这是在长期从事紧张的新闻工作之后的一种放松的生活，一种宁静而悠闲的生活，也是一种充分享受西藏的生活。这种生活，填补了许多我几十年间游走西藏的空白，让我生出许多新的感悟，学到了许多过去不曾了解的西藏知识。

我的西藏情愫，我和西藏今生与来世永远相依相伴的灵魂在召唤我：要继续勤奋努力，笔耕不辍，守土有责，把更多的西藏经历和思考写出来，把更多的西藏故事讲述出来，用以回报党和人民对我的养育之恩。

70多年前，当"十十条协议"签字，西藏和平解放的时候，我还是一个小学二年级的学生;现在,我已拥有半个世纪的西藏经历与西藏情怀,成为建设西藏大军的光荣成员。这是我的人生机遇和幸运。

感谢祖国,感谢西藏,感谢西藏的父老乡亲,感谢西藏的兄弟姐妹!扎西德勒!

（2011年初稿,2021年7月5日改于北京）

# 1995——金瓶掣签之夜的记忆

不久前，西藏自治区举行一系列活动，庆祝第十一世班禅额尔德尼·确吉杰布坐床十周年。这使我想起十年前的那些难忘日子。

我于1995年7月初作为中直机关的第一批援藏干部到达拉萨，担任西藏广播电视厅副厅长，分管西藏的广播电视宣传工作，亲身经历了发生在雪域高原上的许多重大事件。其中，第十世班禅灵童转世金瓶掣签和十一世班禅、册封与坐床的报道工作尤其使我难以忘怀。

1995年10月下旬，时任西藏自治区党委副书记的丹增同志（后任中共云南省委副书记、中国文联副主席）请我到区党委他的办公室谈话，他郑重地告诉我，"中央已决定在近期举行金瓶掣签"，要我做好思想准备，组织西藏的广播电视记者报道好金瓶掣签的全过程。他同时指出："这是一次十分敏感、十分重大的宣传活动，当前要绝对保密。"这是区党委就金瓶掣签一事第一次正式向我打招呼，也是我援藏生涯中参与的第一个重大宣传报道工作。

11月16日，我被通知参加西藏自治区党委常委扩大会议，第一次全面了解了有关情况和精神。

11月18日，在区党委常委会议室参加有关转世宣传的紧急会议。

11月19日，我在西藏广电厅第一次召开会议，研究部署转世宣传。

11月20日，在区党委宣传部参加转世宣传会议。有关宣传工作进入倒计时阶段。

此后，制订计划、安排人员、做证件、看现场，一系列细致而重要的工作接二连三、一环紧扣一环地开始了。

11月28日下午，陈奎元、热地、江村罗布等西藏自治区党政领导在大昭寺最后检查金瓶掣签大典的准备工作，并在现场落实有关广播电视采访和报道的相关事宜。我随同前往，并郑重地领受了任务。

当天晚上10点钟，我作为广播电视宣传的总指挥，率领广播电视记者组进入金瓶掣签现场——拉萨大昭寺，在预定地点就位。那一晚自然没有睡觉。

11月29日凌晨3点，广播电视记者开始工作；4点，参加金瓶掣签大典的领导和各界代表陆续进入会场。会场设在大昭寺释迦牟尼12岁等身佛像（此佛像由文成公主于公元641年自长安迎至拉萨）前的朝圣道上。中间是安放掣签用的金奔巴瓶的长方形法桌，两侧是藏传佛教高僧和西藏自治区领导与各界代表的座席。根据领导的要求，我们在大殿的其他部位特意临时安放了几个大型电视荧屏，可以使在场人员在各个角度都能清晰地看到金瓶掣签仪式的全过程。

4点55分，国务院代表、国务委员罗干，国务院特派专员、国家宗教局局长叶小文在面对释迦牟尼佛像的席位上就座，身着藏装的国务院特派专员、西藏自治区主席江村罗布宣布金瓶掣签仪式正式开始。

此时，我站在面向释迦牟尼佛像和金瓶掣签平台，也就是仪式主席台背后的一个居高的位置，指挥西藏广播电视记者现场录音录像等采访工作，处理临时出现的各项事宜，并协调安排中央电视台特派摄制组和中央新闻单位特派记者的工作。我站在自己的岗位上，怀着激动的心情，目睹了这一盛事的全过程，成为这一历史事件的目击者和见证人。有时候，还要到大殿的上上下下了解现场情况。这期间，我还用自己的一个简易照相机拍了一卷照片，留下了一组十分珍贵的历史镜头。

整个仪式庄严肃穆，井然有序，历经一个小时。

清晨6点05分，金瓶掣签和剃度仪式结束。此时，圣城拉萨初露晨曦，一片宁静，八廓街上已经出现了第一批朝佛转经的人群。

待领导和出席嘉宾退场后，我与广播电视记者立即乘车返回位于布达拉宫西侧的西藏广电厅大院，开始紧张地制作新闻节目。

中午12点，我在西藏电视台第一次审看刚剪接出来的电视新闻片，并审阅西藏人民广播电台的新闻稿件；紧接着，热地（时任西藏自治区党委常务副书记）、拉巴平措（时任西藏自治区副主席，后为中国藏学研究中心总干事）等自治区领导前来审片。

晚上7点和7点半，西藏人民广播电台和西藏电视台先后播出了《十世班禅大师灵童转世金瓶掣签在拉萨隆重举行》的广播电视新闻。

此时，我已经连续近40个小时没有睡觉了。

但任务尚未完成。我又要和大家一起审看有关金瓶掣签仪式的录像并制作专题电视片，供存档和播出用。

11月29日下午，我乘丰田越野车从拉萨到达日喀则，看望正在那里紧张工作的西藏广播电视记者。30日凌晨，我手持相机，奔跑在虔诚而又欢乐的夹道欢迎人群中，目睹了十一世班禅被簇拥着，从他下榻的德钦格桑颇章走出来，坐上用黄缎装饰一新的汽车，前往扎什伦布寺益格曲增殿参加坐床仪式的过程，又拍下了一组历史性的画面。

　　这项宣传活动前后历时半个多月，完全可以说是"夜以继日，连续作战"。后来我将这次活动的见闻与国家宗教局的王作安（后任中央统战部副部长）和韩松一起写成长篇特写《法门逢盛事，雪域涌祥云——十世班禅转世灵童寻访认定和坐床纪实》，在《人民政协报》和《中国宗教》杂志上发表，作为对这次经历的回顾和纪录。这篇文章已经收入我的援藏文集《天上西藏》一书中。

　　　　　　　　　　　　　（2005年12月26日凌晨写于北京）

# 我的青藏铁路之旅

　　2006年10月12日清晨，我随首届中国西藏文化论坛的嘉宾从北京友谊宾馆乘车出发前往首都机场。11时，国航班机腾空。经过1800公里的空中航程，13点10分，飞机在西宁机场降落。此行的目的地是西藏拉萨，在西宁只是做短暂停留，当晚我就要登上火车，实现梦寐以求的首次青藏铁路之旅。

　　43年前，我作为中央民族学院藏语文专业的一名汉族学生，第一次经甘肃柳园、敦煌，踏上青藏公路的征程，第一次走进青藏高原，走进西藏。此后我又有两次走过青藏公路的经历。这次有机会直接登上通车百天的青藏铁路列车，亲历今日青海和西藏，自然是一件十分快慰的事情。

# 西宁记忆

走下飞机，大西北的清凉立即与我们亲密接触。气温同北京相比，一下子降了十几度，迎接我们的是机场上3摄氏度的冷冽天气。许多同志立即增加了衣服。显然我们已经踏上了青藏高原的边缘，早晚大幅度的温差又让首次来到这里的人有了一次新的感受。中午过后，高原炽热的阳光再次洒向大地。脸上火辣辣的。几个小时后，我的脸就被晒黑了。

43年前，我第一次走进西宁。那时我见到的是一个略显陈旧而古老的西宁。只有一个"大十字"算是市中心。顾名思义，"大十字"就是两条街道的交叉路口。那时，西宁也只有这两条稍微像样的街道，那里有一座全市最大的商场。我曾踏访过的青海人民广播电台是一座三层楼房，当时就算是很显眼的建筑了。12年前，当我再次来到西宁时，城市面貌自然有许多变化，但看到机场周围的山坡上还站着那么多观看飞机降落的群众，仍然使我生出许多感慨。这次到西宁，汽车一走出机场，一股现代城市的气息扑面而来：宽阔笔直的柏油马路纵横交错，一座座高楼大厦平地而起，立交桥、小区、绿地以及各式各样的现代设施在眼前匆匆闪过，令人目不暇接。此时此刻，一种"今非昔比"的感受油然而生：这座城市由于青藏铁路的通车而变得更加生动和精彩了。

热情的主人把我们在西宁的日程安排得很紧凑。汽车经高速公路把大家直接拉到了距离西宁市以西40余公里的塔尔寺。瞬间，人们仿佛离开尘世，走进了藏传佛教文化的宁静氛围之中。红墙、金顶、古刹、老树、袈裟，五光十色。塔尔寺是藏传佛教六大著名寺院之一，距今已有600多年的历史。寺院规模宏大，殿宇巍峨，寺中藏传佛教格鲁派始祖宗喀巴诞生地的佛塔、枝繁叶茂的菩提树，以及壁画、酥油花、堆绣等塔尔寺"三绝"，都给大家留下深刻印象。

从塔尔寺出来，又来到西宁开发区里的青海省藏医药博物馆。这是一座崭新的藏式建筑，高大雄伟，很有气势。馆中最让人惊叹的是长达600多米的"中国藏族文化艺术彩绘大观"唐卡。这幅创吉尼斯纪录的唐卡策划筹备前后用了20多年，由27位画师历时4年绘制完成，形象生动地记录了西藏的历史、文化、宗教发展历程及其重大事件，藏族传统文化的许多细节在唐卡里几乎都能找到形象而生动的画面。我从事西藏文化和媒体工作多年，站在这洋洋洒洒、满墙生辉的巨作面前，仍然感到震撼和兴奋。

走出博物馆，已近6点，但高原的阳光依然热烈。

晚8点06分，我们在西宁火车站登上了K917次列车，缓缓开动的青藏列车把我们的身心带向遥远的拉萨。

## 用心走过青海大地

在我的西藏生涯中，2006年10月12日，西宁至拉萨列车的启动，是我第36次进藏，也是我第一次在世界上海拔最高的现代化铁路上乘坐火车进入雪域高原。

我被安排在11车厢13号下铺。这是一节软卧车厢，票价是810元。软卧车厢的感觉很好，有上下铺，床铺比硬卧的要宽些，每人的床头墙壁上都安有一个液晶电视，不断播放着有关青藏铁路的电视片，还有中外歌曲乐曲。彩色电视有几套节目，图像很清晰，旅客可以用遥控器选择自己要看的节目、调节音量。

列车开动后就进入了夜间运行。

火车以每小时110公里的速度奔驰。在茫茫夜色中，我们已经沿青海湖北岸西行，经过湟中、湟源、海晏，与刚察、德令哈、盐湖擦肩而过，此后，悄然南下，向格尔木挺进。途经的这些地方，都有许多生动的故事。

周围的旅客都已进入梦乡，而此时，我却难以入眠。

1963年春节过后，我和同学们从甘肃柳园坐上一辆客车，开始了我有生以来最漫长的一次汽车旅行。

那时，我们是途经北戈壁、敦煌、当金山、长草沟、大柴旦等一些小城镇和道班，经历了许多磨难后到达格尔木的。那时的敦煌只是一座规模不大的黄土古城，朴素、纯真，静静地伫立在大西北的戈壁滩上。

那时的青藏公路路面除经过戈壁滩的一段较为平坦外，多数地段路况都很差，坑坑洼洼，凹凸不平，到处是大大小小的石头，车子走在上面颠簸得厉害，有时汽车突然间跳得高高的，瞬间又重重地摔到地面上。我坐在最后一排，常常是猝不及防之下，头猛地撞到车顶上，眼前直冒金花，眼镜也不知给撞掉了多少次。

而现在，我躺在舒适的火车里，回想那一幕又一幕的往事，真是感慨不已！深秋的高原，窗外的气温已在零度以下，而车厢里开了暖气，热乎乎的。此刻，我体验的是一种全新的奔向高原的感觉。

14日早晨8点10分，乘务员告诉我们：格尔木到了。我翻身下床，打开房门，走到走廊的大玻璃窗前向外张望，夜幕在这里还没有退去。大家纷纷走下车厢，来到站台。此时，东方刚刚显露出一丝鱼肚白，站台上静悄悄的，只有我们这些兴奋的旅客在抓紧这难得的几分钟，呼吸格尔木清晨的新鲜空气，或抓拍几张照片。

几分钟瞬间即逝，我们又回到车厢。列车缓缓开动，"格尔木车站"的站牌在我们的视野中匆匆掠过。我也匆忙地按下相机的快门，留下了几张不十分清晰，但却十分珍贵的照片。43年前，我第一次走进格尔木，那时，这里只是一个进出藏的旅客和货物的转运站。几条街道，几个商店，还有一些旅店，剩下的就是西藏自治区筹备委员会常驻这里的大大小小的办事处和格尔木的政府机关了。如今，这里已经发展成为青海省的第二大城市，是青藏铁路第二期工程的起点。7月1日通车那天，我在中央人民广播电台的直播间回忆往事，从电视里看到了今日格尔木，记忆中的模样一点都没有了，特别是那座崭新的火车站，给我留下了深刻的印象。

天渐渐亮了。太阳出来了。列车在青藏高原上继续奔驰着。

纳赤台、不冻泉、五道梁、沱沱河、通天河、雁石坪，这一连串熟悉的地名，43年后都已变得陌生，作为青藏铁路的车站名，这些地方已经没有了43年前的踪影，但却为我留下了首次进藏途中的太多的回忆。

雪山、草原、湖泊、河流接连不断地出现在我们的面前。车厢里兴奋的高潮一个接着一个，人们纷纷聚集在走廊里，站在大玻璃窗前观看着眼前从未见过的风景：

玉珠峰，银装素裹，亭亭玉立；

沱沱河，长江源头，涓涓细流在这里交织成纵横交错的河网；

可可西里，举世闻名的无人区，藏羚羊、野驴的天堂；

风火山隧道，世界上最高的冻土隧道（海拔4905米）；

昆仑山隧道，世界上最长的冻土隧道（1686米）；

清水河特大桥，青藏铁路最长的高原冻土铁路桥（11.7公里）。

还有，就是青藏公路与我们同行——两条"天路"并驾齐驱。

青海，你留给了我最新的记忆。

# 高速游走藏北草原

中午时分，列车呼啸着通过唐古拉车站。此时此刻，眼前是蓝天白云，终年积雪的山峰在我们的视野中依次掠过。这里是青藏铁路的制高点，也是世界铁路最高点，海拔5072米。从这里开始，列车进入西藏自治区地界。西藏之旅由此展开。

这是我第四次通过唐古拉山口。第一次是1963年春天首次进藏实习；第二次是1966年底进藏筹备中央台藏语广播；第三次是2000年底在藏北考察"西新工程"。那一次在海拔5200米的山口停留了大约15分钟。当时刮着七八级的大风，气温在零下20摄氏度左右，天空飘着大片的雪花，下车时人都站不稳，要紧紧抓住车门才行。我趁着风力减小的瞬间，顶着寒风，摇摇晃晃地走向青藏公路纪念碑和输油管道纪念碑，献上了洁白的哈达。同行的同志坐在汽车里按下快门，给我拍了一张纪念照。接着，我们又驱车到离山口不远的"天下第一道班"走访道班工人，会议室里摆放的几百件锦旗、奖状是这些藏族工人拼搏与奉献的记录，那个场景，我一辈子也忘不了。

这次走进唐古拉山，现代化的火车一下子就从这里驶过，而从前坐汽车前后要走几个小时。几十年间，唐古拉山口见证了世界屋脊的变迁。

翻越唐古拉山，火车就进入世界闻名的藏北草原。在藏语中，藏北草原被称为"羌塘"，意思是"北方的平坦高地"。在多次进藏的经历中，我得出了这样的结论：西藏高原并不只是一个雪峰林立的地方，高原上同样分布着大片的平原谷地，藏北草原实际上可以理解为高原上的平原。坐在火车上视野开阔，这种感受尤其明显。放眼望去，除了偶尔出现的高山雪峰外，映入眼帘的大多是平缓的坡地和略有倾斜度的草原，还有一汪汪被称为"高原的眼睛"的湖泊。这些湖泊在藏北特别显眼，蓝天白云下，一片赏心悦目的碧水，让远行西藏的人们感受到高原的温馨和宁静，自然产生一种难得的心境。车过措那湖时，正赶上那里阴云密布，雾霭笼罩着湖面，只能看到湖畔的一群群牦牛在那里漫步、吃草。这一瞬间也是很难得的。我知道，高原气候瞬间就变，用不了多久，蓝天就会再现，阳光又会照得人睁不开眼睛！

安多、那曲和当雄是到拉萨之前的三个大站。40多年前，这些地方无一例外都是草原上的小镇，只有为数不多的政府办公机构和一些必不可少的服务设施。县城都只有一条街道，人很少，基本上没有牧民居住。现在可不一样了，许多富裕起来的牧民在县城盖起了楼房，开了商店、加工厂，甚至宾馆。还有不少牧民在秋天拉来新鲜的牛羊肉在大街上出售，做着皮毛生意。从火车上眺望，安多县城周围出现了许多新的民居和厂房，青藏铁路的经济拉动效应在这里表现得十分明显。那曲作为市政府所在地，这几年变化更大，2001年我去那里时就已经明显地感到，那曲镇已经成为草原上的一座大城市！当雄县距离拉萨就更近了，青藏铁路、纳木错这些得天独厚的优势使这座县城如虎添翼，进入了发展的快车道。这几个县的县城里都修建了柏油路，甚至水泥路。现代设施随处可见。

从安多再往南走，藏北草原的色彩愈加绚丽！金色的秋季牧场，大片大片的牦牛群、羊群，悠闲的牧羊人，远近山坡上不断出现的广播电视转播铁塔、高高矗立的"中国电信"标志，还有那一个个坐落在河湖之滨的定居牧业点，这一切，在晚霞中都显得格外动人。

车过羊八井后，地势逐渐下降，穿过一个个漫长的隧道，沿着堆龙河谷，列车向圣地拉萨挺进。我们的心也再次点燃激情，盼望着见到拉萨的那一刻！

## 拉萨，最新的色彩

火车是在晚上10点钟进入终点站——拉萨的。此时，高原古城已是万家灯火。乘坐火车到达拉萨，又是一种别样的心情。

拉萨对我来说，早已不再陌生。从1963年第一次看到布达拉宫，几十年来，我数十次踏上这块神圣的土地，几乎走遍了她的大街小巷、城镇郊区。拉萨是西藏的象征，也是西藏的脉搏。每次来西藏，我都会对她的发展留下强烈的印象。

布达拉宫及其广场，是世人瞩目的地方。43年前，布达拉宫前面是一片水草和荒滩。此后，每次来拉萨，这里都有新的变化。随着布达拉宫被列入世界文化遗产名录，布达拉宫及大昭寺、罗布林卡变得更加耀眼。在此次逗留拉萨期间，我看到布达拉宫的第二期维修工程正在进行，龙王潭的周边环境整治工作已经完成，古老与现代交融的布达拉宫广场已经完全进入拉萨人的生活之中。我在夜幕下的布官广场上曾有过听到立体声音乐喷泉中传出的《拉科夫斯基交响曲》的经历，那一瞬间留给我的是一种震撼的喜悦。

八廓街是古城的中心，位于其间的大昭寺是朝圣者顶礼膜拜的终极之地，那里供奉的释迦牟尼十二岁等身佛像已经默默地伫立了1300余年。八廓街留下了拉萨古老的记忆和今天变革的脚步，也留下了我深深的生活足迹。几十年来，我不知多少次徜徉在她的怀抱里，寻找着藏族历史和文化的遗存，看着川流不息的转经人流，感受着那只有在雪域西藏才能看到的宗教气氛。可以说，八廓街天天都是新鲜的，天天都是诱人的，无论是清晨还是傍晚，她变幻无穷的神态和松烟弥漫的景象永远使我激情荡漾。八廓街蕴藏的文化内涵永远是一部渊博厚重的百科全书。

转经是信奉藏传佛教的善男信女的日常宗教生活。我有机会也加入这个行列，再次亲身感受藏民族的虔诚和执着。"林廓"是一条环绕拉萨市区最长的转经路线，途中要经过布达拉宫、龙王潭、清真寺、拉萨河、药王山、功德林、磨盘山关帝庙。转一圈要用两三个小时。转经路上，人们或成群结队，或三三两两，或独自一人沿着约定俗成的路线缓步前行，手中的转经筒按顺时针的方向轻轻摇动，口中不停地低声诵读着"唵嘛呢吧咪吽"六字箴言。转经筒的样式五花八门，大小不一，但无一例外，件件都堪称是精巧的工艺品。从现代人的角度看，转经既是信仰的抒发、心灵的修炼，也是一种极好的全身运动。老年转经者常常是日复一日，年复一年，风雨无阻，转经成为每天的固定行程。特别是每天清晨，围绕八廓街、布达拉宫，或拉萨河畔的转经人群，是这座古城的独特风景。按拉萨人的习惯，转累了还可以在沿途的甜茶馆里坐一坐，喝几杯甜茶，或吃一碗藏式面条。这种转经活动既满足了信仰要求，也锻炼了身体。看起来，转经路上的阿妈阿爸都是神清气爽，红光满面，十分开心。

药王山背后的摩崖石刻是拉萨最大的石刻群，经幡飘扬，香烟缭绕，几千个大小不等、色彩艳丽的佛像浮雕漫山遍野，布满转经路的两侧，令人目不暇接，形成了一个气势恢宏的藏传佛教石刻艺术长廊。那座用刻有大藏经经文的石版垒起的经塔也堪称世界奇观。周围的刻经人仍在年复一年地继续他们的刻经事业。

拉萨变化最快的是街道，每次来拉萨，都有新的水泥大道建成。拉萨近郊堆龙德庆县农民新村的民居也让人耳目一新。

入夜，布达拉宫广场依然是市民和中外游人的好去处。布达拉宫亮起来了，这是今年的新变化。过去，一年只能亮一两次灯，现在，铁路开进了拉萨，游人多了，布达拉宫每天晚上都大放光明，成了拉萨的新景观。

我们下榻的喜马拉雅饭店紧邻西藏大学和拉萨大桥，周围有不少酒吧。在饭店看完藏族歌舞表演，我们又应朋友的盛情邀请，走进了"突击营地西餐酒廊"，继续沉浸在西藏文化的浓厚氛围之中。

# 江孜音诗

10月16日早晨，我们乘汽车离开拉萨，沿雅鲁藏布江西行。穿过崇山峻岭，4小时后车队抵达英雄城江孜，开始了在日喀则地区的参观考察活动。

海拔3950米的江孜是西藏西部重镇，距拉萨254公里，是著名的历史文化名城，也是西藏的重要产粮区。100年前，中国近代史上的江孜抗英战役就在这里发生，江孜失守后英国侵略军长驱直入，一度占领拉萨。电影《红河谷》使江孜更加声名远扬，也使世人对江孜增添了许多敬意。

汽车还没进入市区，远远就可以看到辽阔的江孜平原上拔地而起的宗山城堡。它坐落在白居寺对面的悬崖峭壁上，是国家重点文物保护单位。宗山上至今还保留着当年的抗英战壕和炮台。山下于20世纪末修建的江孜宗山英雄纪念碑也十分引人注目。城区柏油马路纵横，店铺相连，熙熙攘攘，远近前来购物的农牧民很多，一些群众在街上席地而坐，卖青稞酒，喝酥油茶，显得悠闲而快乐。

矗立在城西北的白居寺也是江孜的骄傲。这是一座塔寺结合的典型的藏传佛教寺院建筑，由近百间佛堂依次重叠建起，已有600年的历史。寺背后山上修建的围墙酷似长城。寺中有塔、塔中有寺，其中的菩提塔因号称塔内供奉有10万尊佛像，又称"十万佛塔"，被誉为西藏塔王，是中国建筑史上独一无二的。白居寺兼容萨迦、嘎当、格鲁三个藏传佛教的教派，在西藏也独树一帜。20多年前我在这里采访时，曾亲眼见到大经堂内释迦牟尼佛像的腿部被英军砍坏并将上面的金皮刮去的刀痕，此后，这刻骨铭心的一幕，一直留在我的记忆之中。

从20世纪70年代开始到现在，我已经十多次踏访过这片土地，和第一次见到它的时候相比，可以说是古城风韵犹存，新城现代大气，已经成为年楚河畔的一处重要坐标。20多年前街道两旁种下的小树早已枝繁叶茂。江孜的农业和教育在西藏都很有名，这里走出过几位西藏自治区的领导人和著名的藏学家。从1995年起，上海承担了对口支援的任务。我在援藏期间，也与这里的上海援藏干部有过接触，关注过这里的广播电视事业，还专程参观过距江孜镇不远的帕拉庄园，那里展览着旧西藏封建农奴社会的完整遗存。江孜以南的乃宁寺是当年抗英的一个战场，寺庙里的枪眼还依稀可辨。

## 感受日喀则

我又踏上了日喀则的土地。这是西藏第二大城市。

初识日喀则是在1970年，距今已有37年了。

那时，展现在我面前的是一个漫天尘土飞扬的小城。街道、住房都是一样的灰色。上一次街回来，满头满脸都是土。那时的日喀则就像是内地的一个大村镇。虽然艰苦和落后，但那里的青稞酒、酥油茶，那里的藏族同胞特有的生活情趣，那里的乡音乡情，我却一辈子也忘不了。那时我在日喀则结交的藏族朋友和同事，至今还与我保持着许多联系。

从那以后，我不下20次来到日喀则，眼看着这里的变化：新的楼房建起来了，新的街道诞生了。到后来，宾馆、饭店、广场出现了，超市、出租车出现了。日喀则一步步向着现代走来，变成一座繁华的城市了。

我很熟悉的扎什伦布寺也静悄悄地发生着变化：五至九世班禅大师的合葬灵塔建起来了，十世班禅大师的灵塔矗立起来了，扎什伦布寺前的广场修起来了，周边的环境更加清爽，更加适合群众的宗教生活了。

这期间，拉萨至日喀则的公路经过多次修筑，最终成为高等级公路。37年前需要走两天的路程，现在不到4个小时就到了。

进入市区，宽敞的街道两旁绿树成荫，商店、饭馆形成了一条又一条街道。老城区依然古朴而凝重，只是许多房子都翻新了，土路变成了柏油路，令人神清气爽。作为老城区象征的旧宗政府，酷似拉萨的布达拉宫，无言地伫立在高高的山顶上。我第一次见到时，它就已经是断垣残壁了，但我见到过它往日的照片。这次从它的脚下经过，仰头望去，看到山顶上的古堡正在重建，据说那里要搞个日喀则博物馆。

我们入住的日喀则饭店真是很好，大厅展现的是后藏风情，整个建筑藏味十足。虽然只住了一夜，但印象很深。

班禅新宫是1954年中央人民政府为十世班禅修建的一座园林式建

筑。现在是十一世班禅起居的地方。新宫环境优美，绿树成荫，黄色的殿宇，红色的围墙，显示着它的庄严和华贵。走进新宫就像走进一个壁画的世界，令人目不暇接。

这次短暂停留的另一收获是认真参观了距日喀则市东南20公里的夏鲁寺，这是一座汉藏建筑风格合璧的元代寺庙，在西藏独树一帜。夏鲁寺始建于公元11世纪，西藏历史上的大学者布顿大师就曾在这里做过主持并讲学。夏鲁寺风格独特，凝聚了汉藏工匠的智慧；元代保存至今的壁画融合了中国内地以及尼泊尔、印度等国的绘画风格。1988年，夏鲁寺被国务院列为全国重点文物保护单位，并拨巨款维修。现在，北京故宫博物院也开始对夏鲁寺古老珍贵的壁画实施保护工作。

日喀则留给了我太多的记忆。我曾于20世纪70年代末从北京飞抵日喀则和平机场，从这里前往珠穆朗玛峰脚下的登山大本营，参加了中国和伊朗共同攀登珠峰的活动，开启了我"登山记者"的生涯，并就此改变了我的人生；从这里，我曾三去樟木，四进阿里，五次到亚东，看到西藏许多鲜为人知的一面，那是让人为西藏的古老、深厚与秀丽赞叹不已的一面。日喀则让我有机会更多地认识了美丽西藏。

现在，拉萨到日喀则的铁路已经列入了国家"十一五"计划，2007年就要有前期动作了。我希望有一天能乘坐火车再来这里看看她的新面貌。


## 梦幻纳木错


朝圣纳木错是此次青藏铁路之旅的最后一站。

昨天还听说纳木错在下大雪，封山了，车进不去。今早才决定冒雪挺进纳木错。

汽车行进在藏北草原上，白云与雪山连成一片，蓝天与青藏铁路交相辉映。此行使我们有机会再次走近这条高原铁路，走近羌塘高原。

果然老天有眼，天遂人愿。纳木错用别样的景致迎接了我们。

纳木错位于拉萨当雄县和那曲班戈县之间，是西藏三大神湖（即纳木错、羊卓雍错和玛旁雍错）之一，也是藏传佛教的著名圣地。湖面海拔4718米，总面积为1900多平方千米，是世界上海拔最高的咸水湖，也是我国的第二大咸水湖，湖水最深处超过33米。

由于在元代有大量蒙古族军队驻扎在这里，他们的后裔也有许多与当地的藏族同胞结合，所以在当雄以及整个藏北，蒙古语地名很多，蒙古语中称"纳木措"为"腾格里海"，即"天海"，"纳木错"是藏语，也是"天海"之意。藏语中的"错"兼有"湖"和"海"的意思。

汽车爬上海拔5000多米的那根拉山口，纳木错就呈现在我们面前了。

站在纳木错湖边，就像置身在大海之滨，浩渺无垠的水面望不到尽头。湖水清澈透明，幽蓝深邃。雪后初晴，水天相连，海拔7111米的念青唐古拉山主峰在远方巍峨耸立，晶莹剔透，远近群山被皑皑白雪覆盖，成为银白色的雪原。这在初秋的西藏是个难得的景致！湛蓝的湖面上，飘荡着一层层淡淡的水雾，高山风为湖水推起一波波浪花，拍打着湖岸，耳边响起滔滔震耳的水声。接近岸边的湖水，在阳光照耀下闪烁着扑朔迷离的色彩，湖底的石头清晰可见。这一切，都展现着纳木错的纯净、幽雅和美丽。

纳木错是藏传佛教的圣湖之一。羊年转纳木错是善男信女的期盼，也是十二年一遇的盛大节日。我曾有幸目睹过羊年朝湖的盛况：洁白的哈达把一座座山崖都变成雪白的绸缎，五颜六色的经旗在高空中飘扬，松柏的幽香在空气中弥漫，数以万计的虔诚朝圣者，沿着湖畔以等身长头夜以继日地向前磕拜。磕长头是雪域西藏宗教生活的一大奇观，因而也成为藏传佛教的一个著名的文化符号。

纳木错的四周，有数量众多的修行洞、佛堂、寺院和数不清的玛尼堆、经石、经板，还有千年前藏族先民留下的岩画。神奇的合掌石以及许多天然形成的景观都令远方来客流连忘返。远远望去，湖心岛与陆地连在一起，构成龟形，更为这片土地增添了吉祥如意的韵味。

几十年来，我曾数次来到这里，看到过纳木错春夏秋冬四季的不同景象。特别是1980年冬季，我骑马进入湖区采访，经历了这里前所未有的严寒，感受了纳木错乡走向开放初期的律动，更看到了藏族这个被称为"最能吃苦的民族"在大自然面前的坚韧、乐观与美丽。

现在，纳木错已经成为西藏著名的旅游胜地。黑色路面从拉萨直抵湖畔，环保标志随处可见，牧民开的饭店、茶馆也在这里出现了。

祝愿纳木错！祝福西藏！

（2006年11月—2007年4月记于北京）

# 重返岗德林

本文讲述的是我和第二故乡——拉萨堆龙德庆岗德林的故事，时间跨度近半个世纪。

谨以此文献给西藏第三个百万农奴解放纪念日

## 走进视野的岗德林

2009年3月，我在拉萨采访西藏第一个百万农奴解放纪念日的各项活动。其间，我和中国西藏网同事王飞一起前往那曲看望我们的老朋友——时任那曲地委书记的边巴扎西同志（后任西藏自治区党委常委、宣传部长，现任国家民委副主任）。行前，我请工作站的王舒帮我买几样小礼品。出发前一天的晚上，王舒带着买的东西来到我住的红山宾馆。在这些小礼品中，我一眼就看到了写着"拉萨草莓"字样的礼品小盒。"拉萨也能生产草莓了？"我惊讶地问王舒。她笑了笑说：

"不但能生产，而且特别甜！"我越发惊奇地端详着装有草莓的小方纸盒，不经意间，一行醒目的字映入了我的眼帘：西藏拉萨市堆龙德庆县岗德林蔬菜种植农民专业合作社。岗德林？难道这草莓是我的第二故乡生产的？我赶忙拿出相机，拍下了这盒草莓的外观，还特意为鲜艳的岗德林草莓拍了特写。

岗德林，你再一次走进了我的视野，走进了我的记忆。

位于拉萨市堆龙德庆县乃琼区的岗德林，是我除生身之地以外的第二故乡。这里是我走进西藏的启蒙之地，是我与西藏结缘的起步之地，也是我终生与西藏相伴的梦起之地。从她走进我的生活时算起，到今天，已经过去了半个世纪！

## 半个世纪的记忆与牵挂

1963年初春，我以中央民族学院少数民族语言文学系藏文专业三年级学生的身份第一次踏上西藏的大地，走进的第一个农村就是岗德林。在那里，我和正在经历民主改革的翻身农奴一起建立基层政权、开展生产、移风易俗，在朝夕相处中，我学习藏语，并且取得重要进步，能够和老乡们交谈、在村民会议上发言、在乡民办小学教孩子们唱歌。在那里，我还知道了仓央嘉措，会背诵他诗歌集的开篇《在那东山顶上》，也就是现在人们广为熟知的、出现"玛吉阿米"这个词语的那首诗。4个多月的朝夕相处，使我深深地爱上了这块美丽富饶的土地和勤劳、智慧、开朗、豪放的藏族人民。她使我坚定了为藏族人民的解放和幸福献身的决心，也开拓了我终生为西藏的发展和进步而奋斗的人生道路。岗德林，这是我永远不能忘记的名字。

1963年3月，和全班同学在布达拉宫脚下留影（徐盛老师摄）

　　我是1963年7月20日离开岗德林的，此后一直没有机会再次踏上这片土地。只是在1964年3月29日，接到过我的第三个房东阿旺顿珠的一封信，后来也失去了联系。1967年底，在"文化大革命"的浪潮中，我曾经有机会来到堆龙德庆县，但还没来得及探望岗德林的乡亲们，就匆匆撤回了拉萨。直至1995年我作为中直机关第一批援藏干部来到西藏广电厅任职，在一次家庭郊游中，偶遇岗德林的一位老阿妈，向她打听当年的藏族老乡，从她的嘴里，我时隔多年第一次得到了许多岗德林的信息。几天后，我的第一个房东的儿子小次仁顿珠到西藏广电厅的办公室找到了我，老友相见，分外激动。但由于当时他还没有电话和手机，后来我们又失去了联系。

　　这些年来，岗德林名声鹊起，成了西藏知名度很高的一个乡村。从广播、报纸和网上我得知，在堆龙德庆县这片土地上，建起了拉萨经济开发区，岗德林建起了远近闻名的蔬菜种植生产合作社。在网上能收集到几百条有关岗德林的报道。这些信息都一次次让我兴奋。我知道，岗德林正在和西藏同步前进。但是我的那些藏族朋友，他们现在生活得怎么样，哪些老人还健在，都使我魂牵梦萦。我一次次地下决心，要重访岗德林，要看看当年我所熟悉的那片土地和那里的父老乡亲。

2011年8月30日，在离开岗德林48年后，我利用在拉萨短期出差的机会，在友人的陪同下，终于再次踏上了这块土地。这是我的一次探亲之旅，我的回乡之旅。

## 走进岗德林·丹增吾珠·蔬菜大棚

一过堆龙河上的大桥，就接近岗德林的地界了。一切都是那么熟悉，一切又是那么陌生！

说起这座桥，还有一段历史呢。据我了解，汽车通过的这座现代大桥，是堆龙河上的第三座桥。第一座桥当地人称它为"印度桥"，是西藏解放前修的。1963年的时候，这座桥的桥墩和桥架都在，只是不能走人了。据了解，西藏和平解放后这座桥就废弃了。在它的北面，人民政府新修了一座桥，这座桥一直用到20世纪90年代。现在的这座桥，建于21世纪初。设施都是现代的。这三座桥，见证了两个不同的时代、三个不同的历史时期。

我们的汽车走的是通往拉萨贡嘎机场的柏油马路，再往前走就要进入西藏的第一条高速公路了。

知道现在岗德林以蔬菜花卉合作社闻名。我们的车在写有"堆龙德庆县岗德林蔬菜种植农民专业合作社蔬菜花卉展示交易中心"标志的建筑物前停了下来。门前有个卖西瓜的摊位，经打听西瓜是岗德林当地出产的，这又让我惊讶不已。拍照后我们驱车向北径直进入蔬菜种植大棚区，想找当地的老乡问路。汽车在大棚区足足走了有五六分钟，可见面积之大。由于时间尚早，这里人不多。

这时我看见路上站着一位身着黄色T恤衫的中年农民，便下车向他打听这里是不是岗德林，认不认识一个叫次仁顿珠的人。让我没想到的是，他就是岗德林的人，更巧的是他和次仁顿珠住一个村——恰噶村，他们还有些亲戚关系呢！他叫丹增吾珠。他满口答应领我们去次仁顿珠的家。

这让我真是喜出望外。

我们自然要先看看这些塑料大棚。在整齐笔直的水泥大道两侧，齐刷刷地坐落着几十个蔬菜大棚。走进丹增吾珠承包的大棚，只见他的爱人正在埋头为西红柿整枝除草，大棚里温度很高，散发着西红柿、豆角和辣椒清新好闻的气息。经询问，我了解到他家承包了四个大棚种蔬菜，每年都有不错的收入。

在后来的交谈和走访中，我看到他的新居正在装修，室内装饰现代，墙裙彩画极具西藏特色。他是堆龙德庆县乃琼区党代会的代表，还是2009年首个西藏百万农奴解放纪念日布达拉宫广场大会的工作人员，那些证件都摆在他家的显要位置。


## 与次仁顿珠通话·藏式民居印象

在丹增吾珠的引领下，我们穿过金黄的青稞地，去找次仁顿珠。

正是收割的季节，地里堆放着金黄色的青稞垛，同样散发着清香甘甜的味道。

在一座藏式庭院的门前，丹增吾珠停了下来，告诉我这里就是次仁顿珠的家。庭院前是一扇大型的藏式民居大门，大红色，雕梁画柱，屋顶有牦牛角装饰，洋溢着祥和的情调，使我顿生出一种天然的亲切感。出来迎接我们的是次仁顿珠的大女儿边巴，这是我用藏语和她交谈时知道的。她告诉我，爸爸去拉萨过雪顿节了，过一两天才能回来。这不免使我感到遗憾，但我毕竟是40多年后再次走进了次仁顿珠的家！我兴奋地走进院里，就像走进我自己的家，没有一丝陌生感。院子里干净清爽，煨桑炉、手压水井、自来水、厨房、储藏间应有尽有，院里还停放着摩托车。

46年前，我走进的次仁顿珠的家是个很破旧的房子，那是我在西藏的第一个家。

现在我看到的房子是几年前新盖的，属于"安居工程"。这一代新房早已实现人畜分住。依照古老的习惯，新的藏式民居仍然讲究房屋离开地面而建，这样既防潮，又有一种居高望远、敞亮明快的感觉。新屋前是一个一二十平方米大小的平台，实际上就是一座花坛。几十盆花草，把这座农舍装点得红红火火。牵牛花爬满了一墙。我不禁感叹：半个世纪了，次仁顿珠也过上好日子了！

屋里的藏柜上摆放着许多奖状和证书。经询问才知道，边巴的大女儿是村里的科技特派员，另一个女儿从西藏民族学院毕业后被分配到阿里措勤县工作，儿子在拉萨做保安工作，几个孩子都有文化，都很出息。

边巴一边忙着打酥油茶，一边给次仁顿珠拨通了手机，听到我来了，他高兴得不得了，马上让女儿把手机递给我。

那边传来了我熟悉的次仁顿珠的声音："列谢啦（"列谢"是我在学校期间藏族老师土丹旺布给我起的藏族名字，"啦"是藏语的敬语，表示对对方的尊重），姑苏代波因拜？（身体好吗？）"多么熟悉的乡音！多么纯正的岗德林的藏语，这就是我现在使用的拉萨语啊！不知道有多少藏族朋友说我的藏语发音纯正，其实正是岗德林这个大课堂，岗德林人这些可亲可爱的藏族老师让我掌握了拉萨藏语，也就是卫藏之地标准藏语的发音。他在电话里一再嘱咐女儿要招待好我，要把酥油茶打得香香的。

次仁顿珠也有手机了。这不禁使我感慨万分。1963年我第一次来到岗德林的时候，那时别说是电话，连广播喇叭也没有，开会要一家一家地通知。离开岗德林后，由于没有通信工具，我和次仁顿珠中断联系30多年。我在电话中对他说："这回你有手机了，再也丢不了了，我可以随时把你找到！"电话那头传来了他爽朗的笑声。

我们相约几天后在他家里见面。


## 与次仁顿珠握手·46年前的那一天

一个星期后，根据已有的约定，汽车直奔次仁顿珠现在的家。一到家门口，他的外孙就告诉我："波啦（爷爷）到大路口去接你们了。"说着急切地给爷爷打电话说客人已经到了。

不一会儿，只见村里的林荫道上走来一位老人，远远见到我站在他的家门口，就匆匆穿过刚刚收割完的青稞地，径直向我走来。

根据我依稀的记忆，我从他的身影中断定，他就是次仁顿珠！虽然过去了这么多年，但他的形象和声音却一直深深地刻在我的脑海里。

与次仁顿珠握手

　　我也向前快走了几步，四只手紧紧地握在了一起，我用纯正的岗德林口音的藏语问候他："好久不见了，一切都好吧！"他也用同样的话语问候着我。他告诉我，怕我找不到家，他早早就到大路口等我去了。

　　而我的思绪这时已回到半个世纪前的那些难忘日子。

　　是他，小次仁顿珠，46年前那个意气风发、干劲十足的翻身农奴。当时乡里有两个次仁顿珠，一个是副乡长，因为年龄比他大，人们就管那位副乡长叫"大次仁顿珠"，当时担任乡文书兼治保委员的他就成了"小次仁顿珠"。记得，一宣布完住处的分配，他就热情地把我从乡里领到家中。穿过农田和林卡，我第一次走进了在西藏的第一个家。那是一个典型的藏族农家小院，是次仁顿珠一家民主改革的胜利果实，过去是农奴主代理人的家产。石头垒砌的二层房，底层是牲口圈，上层住人，中间屋是灶房，阿爸啦、阿妈啦和三个妹妹住在一起。灶台和屋里被牛粪火熏得黝黑发亮，烧火时要不断用手按动牛皮风箱"比巴"，把风鼓进灶里，为牛粪助燃。几天后，我也会用"比巴"了。靠东边的屋住的是次仁顿珠和妻子，还有两岁的女儿边巴。那天晚上我在酥油灯下、牛粪火炉旁第一次吃到了"突巴"，也叫"糌突"，那是用糌粑面做的稀稀的面糊糊，里面放了点盐和一些野菜，挺好喝的。也就是从这一刻起，我逐渐接受、适应了西藏的生活方式，并且一直延续到今天。

当天晚上，爸啦群培仁丹让我睡到次仁顿珠的屋子里，说是这间屋比较干净，怕我这个从北京城里来的大学生受委屈。听到这个安排，我又是感动，又是为难，我怎么能和这对年轻夫妻住在一个屋呢。可是没有办法，我只好用半通不通的藏语让他们先睡。等他们吹灭了酥油灯，我才摸黑进屋，在靠门口的一个又矮又短的土炕上铺好被褥，钻进被窝。怀着不安的心情度过了我在西藏农村的第一个夜晚。

从这一天起，我真正走进了西藏，走进了翻身农奴中间，开始了我长达半个世纪的西藏生涯，与藏民族和西藏的命运结下了不解之缘。这一天是1963年3月12日。

## 岗德林生活记忆

我先后在岗德林生活了近4个月。那是西藏进行民主改革、埋葬封建农奴制度的年代，是昔日的农奴、奴隶翻身当家做主人的年代。岗德林和西藏的农牧区一样，处处洋溢着革命的激情和对共产党、毛主席的无比热爱。

那时我们的主要任务是和翻身农奴在"同吃、同住、同劳动"的"三同"中，学习劳动人民的思想感情，了解民主改革的历史意义，在实践中学习藏语和了解藏族文化。

我在岗德林期间，每天都和翻身农奴一起劳动：运肥、除草、修水渠、间苗，几乎所有的农活我都学会了。劳动时是翻身农奴快乐的时光，田野里总是充满了歌声，我向他们学会了"阿妈列洪""阿觉丹"等民歌和"除草歌"等不少劳动歌曲。

在岗德林期间，我参加乡里的各种会议，后期，还主持过研究生产和传达精神的群众会。那时我的藏语水平有限，只是胆子大，不怕说错。有时一个词用错了，大家会笑得前仰后合，弄得我很不好意思，但是从此我记住了这个错误，学会了新的词汇和新的句式。

在岗德林期间，我和同学们给设施极其简陋的乡小学学生上课。土坯房子里没有课桌，孩子们席地而坐，膝盖上放着一块藏文写字板，那时粉笔都是稀罕物，孩子们就用手指蘸水在写字板上练字。记得我上的第一堂课就是"我们伟大的祖国"，我用当时的藏语水平尽我所能

1963年3月，在岗德林与翻身农奴合影（徐盛老师摄）

地给那些天真聪明的藏族孩子们讲述我心中的祖国、我心中的首都北京。我还教大家唱了一首当时风靡大江南北的藏族民歌《金瓶似的小山》（这首歌另外还称《毛主席永远和我们在一起》），而且唱的是藏文歌词。说起这首歌，还有一个故事呢。带我们实习的藏族老师徐盛多才多艺，他很喜欢当时流行的这首歌，就在岗德林他住的老乡家把这首歌译成了藏文。知道我平时喜欢唱歌，一翻译出来就把藏文歌词给了我。经我的教唱，不仅学生们会唱，连老乡们也很快会唱了。

在岗德林期间，我们参加了整顿互助组的工作，发放农具、种子和牲畜，给贫困农奴补助青稞。还到邻近的加热乡参加基层选举、建立乡政府的工作。加热乡是著名的觉木隆藏戏的发祥地。选举那天就是翻身农奴的盛大节日，农奴们把手中的小石子投放在他们中意的候选人身后的碗里。乡领导选出后，与会的翻身农奴一家家围坐在一起，喝酥油茶、青稞酒，尽情地唱歌跳舞。藏戏团还给大家连续演了三天的藏戏。

在岗德林期间，我们按照当时的粮食定量，每个月都要把自己定量的那份粮食和半斤酥油以及砖茶从县里领回来，交给房东。虽然当时生活很艰苦，翻身农奴却对我关怀备至，我忘不了邻家的老阿妈把难得做一次的藏式佳肴"巴杂牟姑"（一种用白面和酥油、白糖做的食品）盛上一碗送给我吃。记得次仁顿珠的爸啦群培仁丹和阿妈啦嘎多由于打不起酥油茶，经常只喝"恰汤"（没放酥油的清茶水），但一定要在我的茶碗里放一点酥油，这些细节我终生都不会忘记。

# 说不完的话看不完的风景

　　和次仁顿珠一见面就有说不完的话。从交谈中我得知，听说我要来，天还没亮他就招呼二女儿卓嘎去挤奶，用鲜牛奶给我打甜茶，用新鲜酥油打酥油茶。喝茶时，身边的记者饶春燕问我"这次喝茶不用吹了吧"，我说"不用了，时代不同了"。次仁顿珠也连连说："喝多少都有。"我们都会意地笑了起来。原来在来岗德林的路上我向小饶介绍了当年的实习生活，我告诉她，当时每月的酥油定量是一人半斤，我把从乃琼区里领来的酥油和糌粑如数全部交给房东，对于一个家庭的藏族同胞来说，半斤酥油是个很小的数字，但在当年，那是一个月的定量。为了每天都能让我感受到酥油的味道，那时藏族房东只能每天切下指甲盖大小的酥油放在我的茶碗里，酥油遇到热茶水就迅速融化，在茶碗里形成一层薄薄的油星浮在表面上，这就算是酥油茶了。喝茶时要先轻轻地把表面的一层油吹开，只能喝下面的茶水，否则把茶面漂浮的油星一口喝下去，会使主人感到很尴尬。时间长了，也就成了我的喝茶习惯。那个时候，翻身农奴家家都是这么喝茶。次仁顿珠说喝多少都有，也是和我心领神会，那天给我打酥油茶他足足放了三四两酥油。我知道，我和他一样是不会忘记刚刚翻身解放的那个年代的生活的。

　　谈笑间，次仁顿珠还不时把煮熟的新鲜土豆剥了皮，递到我手里，让我吃了一个又一个，好像是要把那些年没吃到、没喝到的东西都补上。说来也奇怪，这天的酥油茶格外好喝，略带咸味的土豆也格外好吃。我不但喝了一杯又一杯的酥油茶，还喝了主人特意打的甜奶茶。甜奶茶原本是英国人的饮料，后来在上层贵族中普及，民主改革后早已走进西藏各地的寻常百姓家。

交谈中，我不时拿出当年实习时的照片、日记中记下的地名、人名请他们辨认，听他们讲述这些记忆中的人的现状或下落。次仁顿珠告诉我，许多老人都不在了，但是他们的第二代、第三代都成长起来了，并且过上了丰衣足食的生活。他对我们那次的实习生活记忆犹新，连住在岗德林乡的老师和同学的名字都能说得出来，还说我当时经常坐在酥油灯下写日记。

次仁顿珠领我参观家里的库房，又给我带来了更多的惊喜。库房里的东西摆放得整整齐齐，天花板下吊着一排排风干肉，地上的盆里装的是大块的酥油，沿着墙堆放的是一袋又一袋青稞，足有二十几袋，一两千斤。记得40多年前，次仁顿珠屋里只有一个糌粑口袋，里面装了半袋糌粑。许多翻身农奴口粮不够，每月还要接受政府的救济和补助。我们当时的工作内容之一，就是研究政府新拨给的青稞、牛羊、茶叶等补助发放给哪些农户。次仁顿珠说，现在家里吃糌粑是随吃随磨，吃新鲜的。他打开盛满糌粑的做工精巧的木桶，一股糌粑的香气迎面扑来，我抓了一点放到嘴里，果然是细腻滑润，略带清香。据我所知，现在堆龙德庆县的糌粑在西藏也是知名品牌了。次仁顿珠说，本来要给我带些糌粑走，但这些已经是几天前磨的了，下次来给我磨最新鲜的糌粑带回北京。

走进二层楼上他家的佛堂，我看到佛龛里供奉着释迦牟尼佛像，前面摆放着圣水和贡品，屋里干净整洁，看得出，他们对佛祖是很虔诚的。

在次仁顿珠的卧室，他告诉我："老伴几年前去世了，现在三个孩子都住在村里，相隔得不远，互相好照顾，我把房子的地基给了从部队转业回来的儿子，让他盖了新房。几个孩子住的都是安居工程的新居。我现在住在二女儿家。几个孩子家我轮流住。现在是早上吃糌粑，喝酥油茶；中午吃糌粑和炒菜；晚上吃面条，有时吃米饭。我现在身体好，什么都能吃。"他还告诉我，这间屋还是开家庭会议的地方，遇到大的事情，他会召集几个孩子在这里商量。现在有了手机和电话，联系方便得很，都现代了，打手机就像面对面站在眼前一样。站在边上的小饶听着我们的交谈，突然冒出了一句："看你俩说话的神情，还真像哥俩！"

我沿着楼梯走上房子的顶层，藏式房屋的顶层是平顶，足有30多平方米。站在这里，恰噶村尽收眼底：地里一片金黄，青稞刚刚收割完毕，麦垛一簇簇地堆放在田间，四周是一座座藏式民居。

次仁顿珠告诉我，这都是近年来西藏在全区实施"安居工程"的产物。村里的群众大都搬进了新房。"村村通"工程使这里的老百姓能看藏汉两种语言的电视，收听北京和西藏的藏语广播。站在屋顶平台上可以看到，不少民居屋顶上都立有2009年第一个百万农奴解放纪念日时，党中央、国务院赠送的接收广播电视信号的"锅盖"。在此后我们的所到之处，家家都可以看到中央代表团赠送给他们的高压锅以及国家有关部门赠送的电视机等礼品。许多人家舍不得用，把赠品摆放在领袖像下面，以表达他们的感恩之情。亲历了民主改革的最初年代，加上那些挥之不去的记忆，他们的这种感恩之心，我是完全可以理解的。

离开次仁顿珠家前，他在拉萨工作的外孙子到自家的蔬菜大棚里摘了一口袋大大的彩椒，有红的，也有黄的，一个足有三两重，他让我们带回家尝尝新鲜蔬菜的味道。边巴还装了几十个自家的藏鸡蛋让我带回家吃，这不禁又使我想起当年离开岗德林时的情景。

中午，我请次仁顿珠在村里的一处饭馆吃饭，他的一个孙女在这里当服务员。饭馆的面积很大，大棚里花草树木琳琅满目，就像一个植物园，相当于内地流行的农家乐。我们吃着乡间自产的新鲜黄瓜、西红柿以及豆腐，还要了一盆土鸡肉，聊着40多年的往事，快乐之极！

## 往事历历在目

重返岗德林，一个重要的目的就是要看看我当年住过的地方。次仁顿珠当仁不让地做了我的向导。因为新居在原来的村北面，我们要穿过马路，才能到达我最初生活过的几处旧居所在地。这条马路不是普通的路，它现在是312国道的一部分。一直可以穿越后藏重镇日喀则、珠峰所在地的定日，通向与尼泊尔毗邻的樟木口岸，那里已经是喜马拉雅山的南麓了。

站在路边的一片废弃了的院落前，次仁顿珠告诉我，这是当年的副乡长大次仁顿珠的住地，我在这里还曾经住过几个晚上，这里的居民在20世纪90年代以后就住进了新房。次仁顿珠说，40多年前的老房子在岗德林基本上都没有了，这里已经规划要建新一代的民居。

我们走在乡间的土地上。昔日的农田大多建起了蔬菜种植大棚，生产的蔬菜由合作社全部运往拉萨，在拉萨农贸市场上买到的蔬菜就有岗德林生产的。我看到，当年的林卡还都在，树都长得很粗了。藏族同胞珍爱大自然赐予的一切，特别是绿色的树木和草地。静静的田野上，弥漫着青草和泥土散发的气息，往事又一件件涌上心头。

记得我第一次参加村里的劳动，就是向地里运送肥料——把肥料装进一个个口袋，肩扛背驮送到地里，我一趟趟地从村头背到地头，不一会儿，身上就被汗水湿透了。休息的时候，村民阿努盛了满满一大瓷缸的青稞酒给我，我说，这不是青稞酒吗？他说是新酿的二道酒，最好喝。他还告诉我，春耕的时候，大家休息不喝酥油茶，而是以酒代茶。我尝了一口，酸甜酸甜的，又好喝又解渴。青稞酒度数不高，十来度。这是我第一次喝青稞酒，当时的确不敢喝。可是禁不住阿努的一再劝说，我终于把这一大瓷缸的青稞酒都喝了下去。站在我边上的阿努立刻又给我倒了满满一缸，又让我喝下去。真是盛情难却，就这样，我第一次喝青稞酒就喝了四茶缸，足有一斤多。阿努在旧西藏是个奴隶，生活极其贫困，翻身了，他成了土地的主人。他家也成了我经常走访的地方，和他一起劳动，他劝我喝自家酿造的青稞酒，他的心情我是可以理解的，那个场景我也是一辈子都忘不了的。

和大伙儿一起在地里除草的情景也恍如昨日。旧西藏，男人要给农奴主或代理人支差，主要是长途运输或干其他的活。那时西藏的"差"名目繁多，当年我在笔记本里就记下了100多种"差"的名称。由于家里的男人常年外出干活，女人就成了家里的主要劳动力，地里运肥、除草，女人都是主力。我们刚到村里的时候，县里交给的一个任务就是"移风易俗"——号召农村的男人学会干庄稼活。记得当时这种状况还没有改变，农忙的时候，男人还是在家里看孩子、做饭、缝补衣服，妇女下地干农活。所以除草时，地里是清一色的妇女，其中还有许多年轻的藏族姑娘，田野上响起了她们的歌声，除草歌、民歌，一个接着一个，真是让我开了眼，让我这个从小喜欢唱歌的人学都学不过来。连仓央嘉措的诗歌，我也是第一次在岗德林乡听到的。可以说岗德林也是我认识西藏文化的起点。记得实习期间，我一共记录了几十首民歌曲谱和上百首诗歌、民谣。这些成为我重要的实习成果。

46年前的住房遗址

汽车开进公路南侧的乡间公路，在一片林卡前停了下来。次仁顿珠指着前头的一面墙对我说："列谢啦，这就是我原来的家。"我赶忙快走了几步，记忆中的那所房子已经不存在了，只剩下了几面墙，我登上一个土堆，双手伏在墙头上向里张望——这就是我40多年前到西藏后的第一个家，那个简陋但是温馨的家！虽然老人们都不在了，但是第一个夜晚喝"突巴"的景象，第一次在藏胞家睡觉的感受，第二天早上起床后见到老阿爸不会说问候的藏语，爸啦教我说"且让姑苏代波因拜？"（您身体好吗？也有"早安"之意）的情景，一下子回归了我的记忆，就像是昨天的事情。

老人不在了，旧房子消失了，但是新房子出现了，生活更好了。当年次仁顿珠三口人的小家庭已经变成了现在的三代十五六口人的大家庭，加上他的几个妹妹，算起来，这个当年八口之家已经发展到二三十口人的大家族了。这不正是西藏发展的缩影吗？

　　站在旧居前，我环顾四周，静悄悄的，老户都搬走了。前方是块草地，绿茵茵地散发着清香，四周的老树，郁郁葱葱，是啊，当年的小树，现在都快50岁了。次仁顿珠提醒我："这里当年是林卡，我就是从这片草地上把你领到家里的。"我点点头，当年背着行李走进家门的情景又变得清晰了。

　　"那边的破房子就是当年农奴主代理人住的。"次仁顿珠特别提醒我。顺着他手指的方向，我看到，那座房子只剩下了断垣残壁，当年的模样已经看不出来了。是的，旧西藏离我们渐行渐远，新西藏的脚步早已把那些往事湮没。对于现在的年轻人来说，他们对旧西藏的记忆几乎等于零了。此刻，我突然感到，这座旧西藏溪卡（相当于村）农奴主代理人的残破房子，不正是农奴社会的废墟吗？

　　我和次仁顿珠肩并肩在老屋遗址前合影留念，小饶记者趁我们聊天的时候，在老屋的旧围墙脚下特意捡了几块石子递到我手里，她真是善解人意。我高兴地接过来用纸包好，放到兜里，这是一个永恒的纪念，带着它，就像岗德林一直在我身边（现在这些石子已经摆放在我北京家中的书柜里了）。

　　汽车穿过林卡、田地，再走过一片蔬菜大棚，记忆中的"曲密欧"到了，这是我在岗德林的第三个房东阿旺顿珠家的所在地，在这里我住了三个月。"曲密欧"藏语意思是"泉水下面的村庄"。我沿着次仁顿珠指引的方向加快脚步向前走，这里多数的房子也都被废弃了。几十年来这里变化很大，连后来盖的房子都已经变得很旧了。在一堵不高的土墙前，次仁顿珠停下来对我说，这就是当年阿旺顿珠的房子。

　　我激动地扶着墙向前走了几步，看到一座木门还在。想起来了，这里的确是我当年住的地方，可惜走进去只见到阿旺顿珠住屋的大门。

阿旺顿珠夫妇几年前也已过世，我为没能见到他们深深遗憾。记得，当年我住在这里时，阿旺顿珠对我十分关照。一次，他从离这里不远的格尔木汽车部队生产连队驻地拿回一块生肉，高兴地招呼我坐下，和我一起吃了起来。他是怕亏待我，几个月没吃到肉，于心不忍。可这是生肉，能吃吗？他说能吃，我说能蘸盐吃吗，他说可以，说着给我拿来了盐，我接过他切下来的一条瘦肉，蘸着盐放进嘴里嚼了起来，说也奇怪，不但没有异味，而且嚼出了肉的香味。我们边说笑着，边"消灭"了这块肉。从此我懂得了一个道理：人是有适应性的。在不同的环境中有不同的生活方式。藏民族吃糌粑、喝酥油茶，是他们在一两千年的漫长生活实践中，选择的适应高原环境的最佳生活方式。这一信念在后来漫长的西藏岁月中一直指引着我，1978年珠穆朗玛登山采访时，我在海拔5000米的登山大本营坚持和藏族队员一起吃糌粑，喝酥油茶，获得了适应特高海拔的能力，不仅完成了采访发稿任务，还创造了我到达海拔6600米高度的人生登攀纪录。这不能不让我深深地感谢岗德林这片土地和这里的藏族同胞。

记得当时我住在这里时，每天早上，我都会站在门前遥望拉萨。我还作过一首小诗：《远遥布达拉》，是仿照当时流行的歌曲"美丽的哈瓦那"的韵脚写的：

远遥布达拉，心底开红花，神地得新生，人民坐天下。
远遥布达拉，巍峨群山下，雪山阳光闪，春光映彩霞。
远遥布达拉，满目新图画，草儿青青绿，泉水响哗哗。
远遥布达拉，思潮似骏马，中华好男儿，高原誓安家。
远遥布达拉，辉煌彩云下，红旗迎风展，凯歌遍天涯。

当年离开这里的一幕也是让我终生难忘的。在1963年7月15日的日记里我写道：

> 依依惜别的深情。早晨爸啦吾珠带上酥油茶、鸡蛋（10个）和哈达至家中为我送行。出门时又碰上阿妈啦，他们用最高级的敬语祝我身体健康，祝我一路平安。我的眼眶中含满泪水。刚要出去与邻居再见，又遇阿努到我家送我饼、蚕豆、杏，阿妈啦又送我鲜奶渣。
>
> 10时，最后看一下住了几个月的熟悉的院落、房屋，把行李驮上马背，阿旺顿珠亲自牵马。
>
> 起程了，田地里，大路上，招手送行的人陆续不断，次仁顿珠嘱咐我们回北京好好学习，好好团结，人们都嘱咐我们以后一定来。
>
> 一定来，这是我实习后更加坚定的信念，这里不分民族，不分年龄、文化高低，他们都是相亲相爱，有着火辣辣的热情和纯朴的阶级感情的。
>
> 一定来，让青春在高原上开花，放光。

这则日记，后来每次读到它，都会让我动情。2011年接受湖南电视台《拉萨往事》剧组采访时，读起这段日记，我依然是热泪盈眶。

## 和欧珠一起唱《金瓶似的小山》

聊天中，我问起当年的小学校，次仁顿珠说，那个学校早已没有了，后来乡里盖了新的学校。不经意间，他说："当年你教大家唱歌时的老师欧珠多吉还在，他还会唱《金瓶似的小山》那支歌呢，他还多次向我打听，当年那个戴眼镜、爱唱歌的北京大学生列谢啦在哪里？"听到这儿，我异常激动，没想到，这么多年了，岗德林还有人会唱这首歌！我要他马上领我去见欧珠。

## 与欧珠46年后见面

穿过一排排蔬菜大棚，走进当年的热溪卡村，只见路两边都是新盖的房子，在村民活动站，许多老人在那里打麻将和扑克，不时传来哄笑声，感觉得到，他们都很开心。远远地，次仁顿珠就喊起欧珠的名字，走到大门口，正好老人开门。眼前是一位慈祥朴实的老人，一见面，他就脱口而出地喊出了我的名字："列谢啦！恰派囊琼啊！马杰云仍！"（藏语"列谢啦，欢迎你，好久不见了！"）他抓住我的手，领我进院，走进屋里，倒上酥油茶。他告诉我，我离开岗德林后，他当了乡干部，和次仁顿珠共事多年，也是才退休没几年。他告诉我，现在生活很好，要什么有什么，每天看电视新闻，西藏的事情，全中国、全世界的事情都知道了。最近正忙着准备搬家，新家离这里不远，一会儿一定要去看看，他说："等搬进新房，就过上天堂般的日子了。"

说起当年我在岗德林的情景，他竟然能滔滔不绝地说出许多故事。他说当年的小学校有七八十个学生，两个老师。他还说，现在村里好多人都会唱《金瓶似的小山》这首歌，说着，我们情不自禁地一起唱了起来。让我惊奇的是，欧珠竟然从头唱到尾，一个字也没错！三个同龄的藏汉两个民族的老人，唱着半个世纪前的老歌，我们的眼睛都潮湿了。

喝罢酥油茶，在欧珠的带领下，我们穿过一条停放着一辆辆大车小车的街道，在拐弯处走进了他的新居。真是让我惊讶不已：新居门前是一个面积不小的水泥地面，看样子是打过"阿嘎"，显然以后可以做自家的打麦场了。我们边赞叹着边走进院里，一个五彩缤纷的二层楼房出现在眼前，我连忙拉住他俩，照了一张合影。

46年了，我们三位老朋友终于走到了一起，我也终于一次又一次地目睹了他们崭新的生活情景。欧珠新居的楼上楼下都是雕梁画柱，宽敞的客厅，舒适的卧室，还有厨房、库房、卫生间，应有尽有。我不停地赞叹着这座有着七八个房间的"安居楼"，为我的藏族兄弟的新生活感到高兴，不断地对他们说："比我北京的住房大多了，漂亮多了！"欧珠说："下次你来就在我的新家吃饭，咱们好好喝顿酒！你就住我这里。"听到这儿，我高兴地说："次仁顿珠也这么说，看来，我下次来要轮流在你们两家住了。"说着，大家都开心地笑了起来。

## 祝福岗德林

天色不早了。离开岗德林前，我和次仁顿珠在车前握手道别，这里是一个公共汽车站"岗德林八村站"，站牌上标示着这是拉萨的19路车，沿途共设31个车站，"岗德林小学"还是一个站。汽车从岗德林能一直通到拉萨城里。回想当年，我和同学去拉萨看病，徒步进城找拉萨藏医院，路上走了四五个小时。现在，百姓坐汽车半小时就到拉萨了。

回拉萨的路上，我们经过了国家级拉萨经济技术开发区，这是一个规模很大的工业区，现代化的厂房一个接着一个，宽阔的水泥大道显示了拉萨的发展气魄。

在那座著名的乳白色的三拱拉萨铁路大桥下，一列从北京开来的火车正欢快地鸣笛驶过大桥，向拉萨火车站开去。

岗德林正在走向一个新的时代。

扎西德勒，我的岗德林父老乡亲们！

（2012年3月27日凌晨"百万农奴解放纪念日"前夕改于北京家中。

本文图片除署名外，均为甘韵琪、饶春燕、张小平摄）

# 我与《中国藏学》杂志

2004年伊始，我参加在北京西藏大厦举行的藏历新年庆祝活动，与时任中国藏学研究中心副总干事、中国藏学杂志社社长的大丹增同志谈及《中国藏学》杂志的情况。他知道我退休后仍继续参与有关西藏的宣传工作的情况后，当即提出，由于原总编退休，希望我能承担此任。此后不久，就开始了我长达4年"友情支援"《中国藏学》杂志的生活。

做出这个选择是有我的原因的。我于1965年从中央民族学院藏语文专业毕业，此后在中央人民广播电台供职近40年，主要从事编辑、记者工作。由于事业的需要，我的大部分岁月奉献给了民族、宗教、统战，特别是西藏的宣传工作。漫长的记者生涯和在青藏高原上的游走，加之与各级领导和各阶层人士的广泛接触，使我对西藏和其他涉藏地区有了一个总体和宏观的印象，对藏民族的历史与文化有了许多切身的感受，从而在西藏宣传工作上有了一定的发言权，也希望有一天能在这方面做些力所能及的工作。现在，有了这样一个机会，也算是实现了我长久以来的愿望。因此，我决定加入《中国藏学》杂志这个学术群体。这时，我产生了一种"归队"的感觉。

《中国藏学》杂志是中国藏学研究中心主办的国家级权威性的藏学刊物，在国内外有广泛的影响。4年来，我和编辑部的同志愉快共事，确保了《中国藏学》在中国书刊之林中的运行，确保了《中国藏学》在藏学杂志领域里的位置。

4年来，《中国藏学》杂志注意把握政治导向，努力处理好学术研究与政治需要、历史研究与现实课题的关系。这期间，《中国藏学》先后编发了《纪念根顿群培专辑》《纪念西藏人民抗英战争百年专辑》《邓小平与西藏专辑》《中国藏学研究中心成立20周年专刊》等。这些专辑和专刊，体现了杂志的政治属性和导向意识，体现了藏学研究与西藏现实的紧密结合，体现了杂志的学术属性。这期间，《中国藏学》编发了一批代表中国藏学研究最新成果的论著，编发了一批有学术见解的文章，发表了一批老一辈藏学专家的力作，还发表了一批中国台湾、香港和海外学者的文章。同时，在力所能及的范围内报道了中国藏学界的重要活动和国际藏学界的研究动态。

回顾这段学术生涯，我十分感谢与我共事的几位年轻的藏学工作者黄维忠、央珍、陈立健和所有参与编辑部工作的同志，是他们的支持和帮助，使我们一起完成了杂志的编辑出版任务，是他们和我共同度过了难忘的4年时光。他们的学识和认真负责的工作态度，已经变成了我的最新精神财富。编辑工作本身又使我有机会进入中国藏学的学术殿堂，对于西藏的历史和文化有了新的了解和感悟。

2008年是《中国藏学》杂志创刊20周年，我对编辑部的工作提出以下希望：

要增强大局意识。藏学是世界性的重要学科，具有鲜明的政治、历史、文化和学术内涵，在中国的学术之林中居于特殊重要的位置。藏学研究成果对涉藏政策的制订具有巨大价值，对西藏和其他涉藏地区的发展进步具有启示性作用，对国际范围的藏学研究也具有前卫性意义。《中国藏学》杂志是中国藏学研究中心向海内外展示中国藏学研究成果的重要舆论阵地，处在传播学术成果的前沿。编辑部同人要时刻牢记《中国藏学》杂志的地位和任务，努力完成自己肩负的政治使命。

要增强学术意识。《中国藏学》是中国民族学类核心期刊，其任务是用学术成果宣示中国在西藏问题上的立场和观点，宣传西藏和其他涉藏地区的历史进程、文化价值和当代的发展进步。要采取措施，同海内外藏学研究机构和知名学者建立广泛而紧密的联系。要发表最新的研究成果，介绍最新的研究动向，披露最新的研究思路。还要加强学术评论，让《中国藏学》充满学术气息，真正起到藏学杂志领域的领军作用。

要增强传媒意识。中国藏学编辑部是一个学术媒体，各项工作都要按照传媒工作的规律行事。编辑部的同志要及时掌握和研究涉藏工作的动向与精神；要走出编辑部，走进学术研究第一线，积极参与藏研中心内外以及海外的重要学术活动，做到胸中有大局、笔下有政策、刊物有分量。要建立权威性的顾问班子，要有自己的学者队伍、评论队伍和宣传队伍。要善于通过报纸、广播、电视、网络等现代传媒，进一步扩大《中国藏学》杂志在海内外的知名度和影响力。

要增强信息意识。在发表一流藏学论著的同时，《中国藏学》杂志还要加大信息量和知识含量，对藏学领域的学术动态、学术活动、学术成果要有权威性的报道。要加强对中外著名藏学家及其藏学名著的介绍，加大对藏学新著的推介和评论，还可以刊载藏学研究史话，交流藏学研究方法和经验，介绍藏学知识，让"大众藏学"走进千家万户。努力使《中国藏学》杂志成为海内外藏学工作者的学术之家和寻常百姓的知识讲堂。

　　21世纪是中国社会主义文化大发展的时期，也是中国藏学研究大繁荣的时代。作为藏学研究的故乡，《中国藏学》应当挑起历史的重任，留下辉煌的足迹。我衷心希望《中国藏学》杂志以创刊20周年为新起点，开启新思路，开创新局面，为中国藏学的未来作出新的贡献。

（2008年元月2日于北京）

# 关于西藏广播人的记忆

在我的记者、编辑和援藏生涯中，我曾与西藏人民广播电台有过许多次亲密的接触，结交了许多藏族和汉族的朋友，对我了解西藏、认识西藏产生了深远的影响。我愿意打开自己的记忆之门，回到那些难以忘怀的年代。

## 最初的印象

我于1963年春天第一次来到拉萨，当时，我是中央民族学院少数民族语言文学系藏文专业三年级的学生，任务是在"同吃、同住、同劳动"的"三同"中向翻身农奴学习藏语。

到拉萨的第二天，我和同学一起到大昭寺南侧的"松曲热"广场观看藏历年期间传昭法会的辩经活动。走到大昭寺门前，只见遍地都是磕长头的老百姓，祈祷声不绝于耳，其情其景，令人震撼；而与此同时，大昭寺顶上的高音喇叭里正在播送西藏人民广播电台转播的中央台播出的"九评"。现代广播的力量给我留下了难忘的记忆。这是我第一次近距离接触西藏现代广播。这一年，西藏台四岁。

1966年冬天，我和杨燕杰、杜清初一行三人以中央人民广播电台记者的身份来到拉萨，这是我第二次进藏。此行任务是根据周恩来总理的指示精神到西藏熟悉藏语文，为恢复中央台的藏语广播做前期准备，这是我第一次踏进西藏人民广播电台的大门。

此时，西藏台已搬进位于布达拉宫西侧古秀林卡里的新楼。当时，局台合在一起也只有一百来人。大楼东面的林卡里长满了茂密的古树，林间的草地青翠而柔软，雨后到处是鲜嫩的蘑菇。工作之余，大家都愿意到林间散步，呼吸那里沁人肺腑的空气。

当然，那时工作和生活的条件是艰苦的。我们三位男同志被安排住进大门东侧解放军警卫班的一间宿舍，里面是一个贴在地面上的大通铺，上面还铺着麦草。与我们同住的是刚分到电台工作的西藏民院毕业生永丹和桑布。20世纪60年代中期，西藏正处在平叛、民主改革后期，内地也是刚刚度过三年困难，国民经济进入恢复时期。那时，西藏的日用品供应十分紧张，大家都吃食堂，平时是老三样——萝卜、白菜（包括山东白菜和洋白菜）、土豆，一星期大体上可以改善一次伙食，吃红烧肉或烧排骨。每到这天电台就像过节一样，大家都要拿着碗盆提前去排队。那时，谁家做了个好菜，或是谁刚从内地回来，同事们都会不约而同地聚到他的家里，改善一下生活，很有一种原始共产主义的味道。虽然生活清苦，但大家情绪很好，其乐融融。那时，大院北面有十几亩空地，是机关的生产基地，各单位都有分配的地块，秋天要向台里上缴过冬吃的菜。那段时期，我们也有机会多次和大家一起到地里劳动，共享艰苦和甘甜。

这期间，我结识了李佳俊、张隆高、张邦炜、莫树声、贾廷贤、马凤翔、田景瑞、马新浩、孔剑清、任裕湛、钟季和、丁峰、解如光等一批西藏台最老的业务骨干。据我了解，汉族同志中，除李佳俊一直在西藏工作到退休外，其他同志都先后内调。返回内地后，他们都在各自的岗位上作出了不平凡的贡献。这里要特别提一下贾廷贤同志，他原是中央台民族部的编辑，毕业于西北民族学院维吾尔语专业，1960年被派遣进藏支援新建的西藏台，一干就是二十几年。1982年返回中央台工作，曾和我们一起创办了中央台的《民族大家庭》节目。他是一位谦虚低调、编辑水平很高的老同志。我援藏离京不久，他就因病去世。得到他离世的噩耗，我十分悲痛，当即发去了一封不短的唁电。西藏台的老编辑张隆高也是一位很有才气的同志，可惜内调回四川之后英年早逝，令人惋惜。其他健在的老同志中，李佳俊成为西藏著名的记者、作家、文艺评论家；张邦炜成为国内知名的宋史研究专家；任裕湛调京后先后在新闻出版总署音像司和人民音乐出版社担任领导职务；毕业于北京广播学院播音专业的孔剑清在西藏台的15年间既做播音员，又做编辑记者，回京后于1997年获得全国广播电视金话筒奖；西藏台播音员解如光回内地后参与创办中央电视台的《夕阳红》节目，还策划了《百家讲坛》《读书》等节目；莫树声后来成为重庆人民广播电台的副台长。当时还很年轻的"老西藏第二代"刘伟后来成为新华社人事局局长、《光明日报》副总编辑；曾担任西藏台台长的年轻干部刘长江后调任中央人民广播电台四川记者站站长。西藏电台就像是一座大熔炉，在艰苦的环境中锻造了一个个初出茅庐的各民族优秀年轻人，为西藏和祖国内地的各条战线培养了一批德才兼备的优秀干部。

那时，"文革"已经开始，许多老干部受到冲击，但他们仍然与大家一起生活和劳动。记得当时的局台领导阎乃一、张献庆、高烘等老同志天天和大家一起排队买饭，自己有点什么好吃的还要招呼大家去共享。与此同时，还要不断接受批判和斗争，我至今还记得1940年参加革命的局长兼台长阎乃一同志终日默不作声，忍受病痛和精神双重折磨的刚毅坚强的形象；张献庆副台长总是笑眯眯地和大家打成一片；高烘同志经常向我讲述一些新的精神和信息。现在三位老同志均已作古，但他们的身影却永远留在了我的记忆之中。

那时，我们曾短时间参与了西藏电台藏语翻译组的工作，有过一段汉翻藏的业务实践经历，了解了藏语广播的一些工作流程。与我同期在中央民族学院学习过的杜泰同志当时是藏语翻译组的组长，他是青海藏族，1951年随十世班禅大师进藏，曾任班禅警卫营战士。他是新中国第一代藏语研究班的研究生，知识渊博，善于思考，待人亲切和蔼。同在这个组工作的还有学者型的翻译，我中央民族学院的学长罗润仓、庄长兴及西藏民院毕业生陈杰盛；藏族翻译有朗杰曲珍（已去世）、伦珠朗杰、尼玛顿珠（已去世）、永丹、桑布；还有曾在中央台藏语组工作过的回族翻译马慎行。朗杰曲珍是1950年代曾在中央台藏语组工作过的老播音员。当时，她的女儿朗杰央宗只有五六岁，我们经常去她家喝香喷喷的酥油茶，听央宗给我们唱歌跳舞。后来，央宗继承母亲曾经的事业，成长为一位西藏著名的电影配音员、电视播音员和节目主持人，1998年她应邀在电视连续剧《西藏风云》中出演阿沛·阿旺晋美的夫人，也有不俗表现。

写到这里，当年这些老同志的音容笑貌又浮现在我的面前。杜泰同志后来担任西藏广电厅厅长、西藏自治区党委宣传部常务副部长，是一位有一定影响的藏学家，多次出国访问，向海外各界人士介绍西藏的发展和进步。我在20世纪90年代援藏期间又和杜泰同志有过不少接触。可惜他于1997年因病不幸逝世。罗润仓同志后来成为业绩不凡的翻译家、藏学家，曾担任过中国藏学出版社的副总编。不久前得知他已仙逝，广播界痛失英才，令人扼腕不已！

从那以后，我先后几十次进藏工作，几乎每一次都和西藏台的同志有所接触，一起共事。

1970年夏天，我受广播事业局军管小组的委托，到西藏选调中央台藏语广播的翻译和播音员，西藏台以很高的姿态支持了我们的工作，并同意时任藏语组负责人的陈杰盛同志调往中央台。与此同时，我们也把调干中发现的优秀人选扎西次丹推荐给了西藏台，此后，他成为电台的业务骨干，并成为西藏电视台的常务副台长。

1978年春天，我与从北京中央电视台返回拉萨不久的西藏台记者晓明（明玛次仁，后任西藏广电局副局长，已去世）一起参加了中国与伊朗共同攀登珠穆朗玛峰的登山采访活动，大家朝夕相处、相互支持、相互关怀，共同走到了海拔6600米的人生高度。

1980年夏秋之交，我与时任中央台民族部主任的张志才同志（后任中央台副台长，已去世）一起进藏选调中央台驻西藏记者站记者，此时的西藏电台领导再一次伸出友谊之手，同意从刚建立不久的西藏电台驻阿里记者站调记者牛占林到中央台工作。牛占林后来成为中央台西藏记者站站长。

1991年5月，我作为中央代表团的随行记者，与西藏电台、电视台的李永发、田荣高、乐树林、韩辉、强巴、年忻等在西藏和平解放40周年的采访报道中还有过一段愉快的合作经历。现在，作为"老西藏"的第二代、电视摄影记者出身的韩辉担任了西藏新闻出版广电局的局长，正在为西藏的广电事业贡献着自己的力量。

# 援藏期间的难忘印象

1995年6月30日，我作为中直机关的第一批援藏干部，第15次来到拉萨，在西藏广电厅任职。

此时，西藏的改革开放已经进入攻坚阶段。这期间的经历同样是难忘的。从1995年到2001年，是我作为中直机关第一、二批援藏干部在西藏广电战线与大家共同拼搏的6年。

这期间，我分管西藏两台的宣传工作，经历了十世班禅灵童转世和金瓶掣签、邓小平逝世、香港澳门回归，以及世纪之交、实施"西新工程"和纪念西藏和平解放50周年等重大事件。

十世班禅灵童转世和金瓶掣签是我援藏期间直接参与的第一个重大宣传活动。1995年11月28日深夜，我作为这项特殊活动的广播电视现场指挥，同广播电视记者一起进驻大昭寺现场，协调和处理相关事宜，目睹了金瓶掣签的全过程。活动一结束，我们又立即返回广电厅，开始新闻节目的制作工作，大家都是一夜未眠。在此后的一段时间里，大家连续作战，出色地完成了中央和自治区交办的多项任务。

邓小平逝世的报道同样令人难忘。邓小平逝世的次日凌晨3点钟，我在睡梦中接到自治区党委宣传部的通知，并前往宣传部开会。返回厅里后，随即将西藏电台、电视台的领导召集到我办公室，布置宣传任务，并多次与广电部和中央电台总编室联系，及时掌握最新精神。此后的半个月里，我同两台的领导、编辑、记者一起夜以继日，争分夺秒，制作了大量节目，在西藏广播和电视中充分表达了西藏各族人民对邓小平同志的怀念之情。

香港、澳门回归的报道，我自始至终同电台、电视台的同志在一起，不知经历了多少个不眠之夜。

1999年12月31日深夜12点，我在西藏台的播出中心同藏、汉族的技术人员、编辑、记者一起度过了世纪之交这一历史时刻。

"西新工程"实施以后，我同尼玛顿珠、张热闹、刘长江、伦珠等同志以及电台各部门的领导多次紧急磋商，制订计划、方案，并与局领导群觉、李永发等一起为西藏广播事业的更大发展规划了蓝图。

援藏期间，我感受到了西藏台编辑、记者、技术人员和广大干部、职工团结一致、艰苦奋斗、兢兢业业的"老西藏精神"。

我一次又一次从贡桑德吉、玉珍、格桑云丹、普布多吉、边巴次仁、索多、达瓦普赤、扎西罗布、大拉巴次仁、东力、任友明、张云华、王永、甘韵琪、杨红建、李威、黄金发、邓明国、刘小弟等中青年同志的身上感受到了西藏台的活力与希望。

这期间，音乐专题《西藏绝唱》获上海国际广播音乐节银熊奖、广播剧《圣旅》获"五个一"工程奖。这两件事显示了西藏台的优势、实力和走向全国、走向世界的丰厚底蕴。

FM98兆赫调频广播的出现，在广播电台内部掀起了改革的涟漪，使我看到了西藏电台的振兴之路。在《今夜有约》直播室，我几次到现场做嘉宾，支持这一节目，还多次同宋燕（文心）交谈如何把节目办得更好；在西藏军区总医院和自治区人民医院抢救吐血不止的刘长江的病榻前，我一次又一次强忍泪水，和院长、主治医生一起研究方案，请求他们从死神的手中把刘长江年轻的生命挽救回来。

在藏期间，《西藏广播影视报》划归西藏台领导，我坚持审看每期的清样，特别注重第一版的言论和消息的质量，并同报社同志一起多次改革报纸的版面设计。刘林芳、次仁平措等同志的工作精神给我留下了深刻的印象。

在藏期间，我曾与几批援藏的地方台同志共事。从河南台来的翟国选副台长进藏后痛失爱女，精神受到很大刺激。但他忍住悲痛，继续努力工作，令人感动。他写的评论观点鲜明、论述透彻，受到各方赞扬。我们同其他援藏战友在拉萨共度春节、藏历年，大家一起包饺子、吃饺子，在布达拉宫脚下合影留念，也使我难以忘怀。

往事历历在目。它使我再一次回到了布达拉宫脚下生活的日日夜夜。西藏台的众多战友和朋友都是我可敬可爱的老师，我永远不会忘记他们！

2003年8月，中央人民广播电台民族中心委托西藏台在拉萨召开第二届民族广播协作会。我也因此在离开西藏两年多后重返拉萨。会议期间，我先后两次来到广播电台新楼，在中央台援藏干部莫树吉台长和贡桑德吉副台长陪同下，见到了许多老朋友，看到了"西新工程"规划落实之后给西藏台带来的崭新面貌和勃勃生机，特别是大量电脑出现在藏汉语编辑部的办公桌上，让人感慨万千。西藏广播人的许多梦想正在变成现实，西藏台近几年的工作思路和成果令人欣慰。离开电台前，我站在楼顶的平台上，以布达拉宫为背景拍摄了一张照片，作为永久的纪念。

## 尾声——欣慰

2018年5月，我第46次进藏。

9月初，接到西藏自治区政协文史办副主任朗杰央宗的电话，说她已从西藏新闻出版广电局副局长的岗位上调到自治区政协工作（央宗是西藏自治区政协委员），正在策划出版一本纪念西藏改革开放40周年的文集，希望我能写一篇有关西藏广电人的文字收入该书中。

又要把思路引向西藏广播人的话题，对此我自然是乐意的。

我与西藏广播人有半个世纪的友情与联系，对西藏广播事业有着半个世纪的关注。互联网的出现，特别是微信这一互动传媒，使我们的这一联系空前便捷与活跃，近年来，这种网上交流越发热烈和丰富。他们的微信群"老西藏人"全部是西藏电台的老同志，目前有43人活跃在其中。年龄最大的已有80多岁。这些老广播人正尽情地享受着他们之间的战友情、同志情和西藏情，关注着世界屋脊西藏广播事业的每一条信息。

西藏广播事业是中国广播事业的重要组成部分，西藏广播电台是西藏发展前进的重要舆论前沿阵地，承担着把党和国家的声音传入千家万户，把西藏的新发展、新变化、新成就传向世界各地的任务。近期，我对西藏电台目前的发展格局做了一个简要的调研，电台副台长任友明等同志向我提供了这样一些振奋人心的数字：

西藏人民广播电台现在是一个副厅级的事业单位。到目前，全台职工296人，其中藏族和其他少数民族职工169人，占57.1%，汉族职工127人，占42.9%。

全台拥有藏语广播（拉萨语）、汉语广播、藏语康巴方言广播、都市生活广播和藏语科教广播等5个广播频率。全天播音时间达90小时25分钟。

改革开放40年来，西藏台的藏语广播事业发展迅速。目前从事藏语广播的工作人员达100多人，藏语广播的三套频率全天播音49小时15分。对外广播也有很大发展。开播于1964年2月14日的藏语对外广播，目前每天播音120分钟，设有《故乡云》《藏地文化》《西藏旅游》等栏目。2003年开播的对外英语节目《圣地西藏》每天播音120分钟，

随笔西藏

设有《英语新闻》《目击西藏》《西藏故事》等专题和《音乐香巴拉》等文艺专题。西藏台的藏语广播每年能收到世界各地50多个国家和地区的听众来信。

西藏电台通过短波、调频、卫星、互联网等方式传输覆盖。到2017年底，西藏全区广播人口综合覆盖率已达95.21%，受众遍及五大洲50多个国家和地区。

2009年6月，西藏电台开办"中国西藏之声"网站，目前设有藏、汉、英三种文字的子网站，拥有独立的服务器，已经成为西藏自治区的重要门户网站，可以在线收听西藏台的广播节目，5套广播节目全部通过中国西藏之声网同步播出。网站日点击量达50万人次。移动客户端用户达17万。

西藏电台还承担着调频转播中央人民广播电台、中国国际广播电台5套节目的任务，其中包括转播中央台的藏语节目。每天转播时间长达95小时。

看到这一系列数字，老广播人一定会为西藏台的今天感到高兴和自豪。

改革开放正在继续。随着中央广播电视总台的建立，我国广播电视事业正在步入一个全新的发展时期。衷心祝愿西藏人民广播电台再接再厉，把西藏发展进步的声音更出色地传向全中国、全世界，真正成为西藏高原上的真理之声、人民之声、生活之声！

（2018年10月1日据旧作增补于拉萨）

# 世界屋脊上的西藏解放进步之声

## ——中央台藏语广播开办70年回顾

2020年5月22日,是以中央人民广播电台的藏语节目为标志的中国当代藏语广播开播70周年,也是中央广播电视总台少数民族语言广播创建70周年的日子。

中央人民广播电台(为了叙事的方便,我在这里仍然使用中央台的称谓)民族语言广播是我在中央台参与最久的一项工作,前后历经近40年。

由于工作的需要,从20世纪70年代开始,我即陆续进行了有关中国少数民族语言广播,特别是藏语广播历史的研究,并积累了一些资料。本文记述的就是中央台藏语广播70年来的发展脉络和与其相关的若干史实。

谨以此文纪念西藏和平解放70周年。

# 新中国建立前的藏语广播

广播是20世纪人类的重要发明之一，1906年出现于美国匹兹堡。中国于1926年在哈尔滨建立最早的广播电台。1928年8月，"中央广播电台"（全称为"中国国民党中央执行委员会广播无线电台"）在南京开播。

开办藏语广播是20世纪中国社会的一个重要政治现象。

1932年，南京中央广播电台受蒙藏委员会委托创办藏语广播。1934年12月，由国民党中央广播事业管理处和交通部共同在北平筹建河北广播电台，一开始就办有藏语节目，每周一次，每星期日晚播出，内容为一周大事及其他新闻。这座电台只存在7个月。1937年日本侵略军占领上海，同年11月，国民党迁都重庆，三日后，国民政府中央广播电台奉命迁至重庆。该电台在重庆期间使用中外多种语言广播，其中包括藏语广播。抗战胜利后仍然办有藏语广播。1949年国民党反动政府溃败至台湾后，在"中央广播电台"和后来的"台北国际之声"中仍继续办有藏语广播，其主要任务是宣传国民党反动派的主张，煽动西藏地方抗拒人民解放军进军西藏和"反攻大陆"。

西藏地处世界屋脊，战略地位十分重要。近代以来，帝国主义列强相继将目光投向这片高天厚土，觊觎这块圣洁的土地。

进入20世纪50年代，中国人民革命的胜利使美英等帝国主义国家加紧同西藏地方政府中的反动势力勾结，在政治、军事、文化上对西藏事务进行露骨干涉，侵略西藏的步伐明显加快。广播领域也不例外。

1949年4月13日，英国人在拉萨开办无线电通信培训班，益西朗杰、顿玉夏巴、索朗旺堆、云丹罗布、旺扎次仁、索朗多吉、阿夏·扎朋、阿不度·麻增等9人以及英籍人士格西那巴多参加培训并填写了学员保证书。不久，英国人福特在拉萨、昌都先后建立了三座小型通信电台；同年7月，福特利用这些设备协助噶厦政府在当时藏军八代本驻地亚门马嘎建立"西藏广播电台"，用藏、汉、英三种语言广播。当时的所谓"西藏独立宣言"，就是通过这个电台用英语广播的。福特在其回忆录《西藏被俘记》中写道："下午五点，开始拉萨电台的广播，新闻是用藏语播发的，然后由福克斯用英语播发，最后由达赖喇嘛的姐夫，一个年轻的青海人，用汉语播发。接着，我把它转播至西康、青海和我这个低功率转发器所能到达的中国的更多的地方。"书中所提到的福克斯是英籍电报员。此时，福克斯与美国派往西藏搜集情报的哥伦比亚广播公司记者劳威尔·托马斯父子也有频繁接触。美英特工人员在拉萨联手，足见帝国主义对西藏的侵略野心和广播在当时的重要性。这个短命的广播，功率小，用柴油机供电，没过多久，就在雪域长空中消失了。因而，世人很少知道西藏上空曾出现过这样一个广播。福特后来前往昌都，助力噶厦政府阻挠人民解放军进军西藏。中国藏学研究中心编著的《西藏通史》中记载：昌都战役中"俘获为昌都总管府服务的英国人福特"。其电台设备也为中国人民解放军缴获。

## 中央电台开办藏语广播是国家核心利益与重大关切的需要

历史降大任。真正属于人民的藏语广播，随着西藏和平解放的步伐应运而生。

### 解放西藏战略部署的决策与实施

1949年10月1日，毛泽东主席在北京天安门城楼上庄严宣告中华人民共和国成立。此时，西藏还没有解放。

其实，西藏，这片中国西南的屏障，早已进入党中央和毛泽东主席的战略视野。

1948年初，毛主席根据国际国内形势，就高瞻远瞩地考虑了解放西藏的时机和策略。这一年的2月4日，他在河北平山县西柏坡中共中央所在地会见来访的苏联共产党中央政治局委员米高扬时就谈到了解放西藏的问题。毛泽东说：西藏问题也并不难解决，只是不能太快，不能过于鲁莽，因为：（1）交通困难，大军不便行动，给养供应麻烦也较多；（2）民族问题，尤其是受宗教控制的地区，解决它更需要时间，须要稳步前进，不应操之过急。（师哲：《在历史巨人身边》，中央文献出版社1991年12月版，第380页）

从这时起，解放西藏伟大事业的考虑和策划逐渐明晰和具体。

1949年8月6日，毛泽东在给第一野战军司令员兼政委彭德怀的电报中指出："班禅现到兰州，你们攻兰州时请十分注意保护并尊重班禅及甘青境内的西藏人，以为解决西藏问题的准备。"

同年10月13日，毛泽东在关于西南、西北作战部署的电报中正式明确："经营云、贵、川、康及西藏的总兵力为二野全军及十八兵团，共约六十万人。西南局的分工是邓（小平）刘（伯承）贺（龙）分任第一第二第三书记，贺为西南军区司令员，邓为政治委员，刘为西南军政委员会主任（后正式名称为主席）。"

1949年12月，毛泽东主席赴苏联访问，在途经满洲里时给中共中央并西南局写了一封信。大意是：印、美都在打西藏的主意，解放西藏的问题要下决心了，进军西藏宜早不宜迟，否则夜长梦多。

1950年1月2日，毛泽东在莫斯科致电中共中央，指出："西藏人口虽不多，但国际地位极重要，我们必须占领，并改造为人民民主的西藏。"

同年1月8日，刘伯承、邓小平致电毛主席，确定"以二野之十八军担任入藏任务，以张国华为统一领导的核心，已指令该军集结整训，并召张及各师干部速来重庆受领任务"。

同年3月4日，十八军在乐山举行进军西藏誓师大会。

至此，进军西藏的军事部署全面启动。

**解放西藏政治争取工作的实施**

在这同时，为配合解放西藏的军事行动，中央有关部门和进藏部队，分别以不同方式，通过各种渠道，开展了西藏情况调研和派人进藏等重大举措，对西藏上层集团，包括噶厦、藏军、贵族和宗教上层人士等进行全方位的政治争取工作，显示了中央争取西藏和平解放的宏伟气魄和坚强决心。

1950年2月，承担进军西藏任务的十八军党委决定抽调一些师团干部为骨干，邀请著名学者李安宅、于式玉、谢国安、祝维翰等组成政策研究室，研究西藏情况，并很快写出了一批"西藏参考资料"，其中包括《西藏概况》《西藏各阶层对我进军态度之分析》《对西藏各种政策的初步意见》《进军西藏应注意和准备事项》《英美帝国主义干涉西藏问题之趋向和我之对策》《西藏财经问题研究提纲》《西藏政府组织及人事》《西康的道路及邮电概况》《藏军概况》《西藏的内争及宗教》《西藏交通概况》《西藏贵族主要人物录》《西藏的风俗和禁忌》等，这些资料，为中共中央、西南局制定进军西藏的方针政策，为进藏部队进行政策教育提供了必要的依据和教材。著名藏学家任乃强还绘制了康藏地区地图，由二野司令部测绘队印发给进藏部队；法尊大师也参加了许多重要调研和写作工作。研究室由时任十八军副政委的王其梅担任主任。时任十八军敌工部部长陈竞波和宣传部部长乐于泓也先后担任过研究室主任，负责实际组织领导工作。

在这同时，西北军区青海联络站派出联络干部张竞成进藏，转交青海省人民政府副主席廖汉生给达赖喇嘛的信并获得复信；四川白利寺格达活佛进藏劝和（后在昌都遇害）；青海寺院劝和团进藏，迟玉锐等我军干部进入拉萨反映西藏情况；进入阿里的先遣分队对当地政府官员开展工作，促成当地官员给毛主席写信并获得毛主席的亲笔复信。这一系列工作，均取得重要的政治效果。

**中央人民广播电台早期的西藏问题宣传**

20世纪50年代初，新中国刚刚成立，广播当时是与报纸、通讯社并列的最先进的传播媒体之一。党中央充分认识到广播在解放西藏大进军中的特殊重要作用。作为随党中央进入北京不久的中华人民共和国国家电台——中央人民广播电台，在解放西藏的伟大事业中，承担了传播中国共产党声音、传达中国共产党和中央人民政府解放西藏的决心、宣传中央对西藏地方的态度和方针的舆论先导任务。

早在1949年秋拉萨发生"驱汉事件"时，中央人民广播电台就及时播出了新华社9月2日《决不容许外国侵略者吞并中国的领土——西藏》的社论；不久，又播发了出席第一届全国政协会议的藏族委员天宝的文章《西藏全体同胞，准备迎接胜利的解放》。

这一时期，中央领导人和领导机关就西藏问题发表的言论和文章，中央人民广播电台也都及时进行反复广播。例如，毛泽东主席、朱德总司令1949年11月23日复十世班禅额尔德尼·确吉坚赞要求早日解放西藏的电报说："中央人民政府和人民解放军必定能满足西藏人民的这个愿望"；1950年1月20日，外交部就西藏当局派"使团"到外国访问发表谈话，指出，这是帝国主义策划的"傀儡剧"；3月5日，国家民族事务委员会为西康省来京的三位代表举行欢迎会，朱德在会上重申中央解放西藏的决心，强调按照《共同纲领》中规定的民族政策处理汉藏民族关系，等等，都及时通过中央人民广播电台传向西藏以至国外。尽管当时西藏只有极少数上层人士拥有收音机，但他们以及握有电台的英国、印度人员时刻注意收听。中央的声音和人民解放战争伟大胜利的消息，不断传到西藏地方当权者耳中，对西藏分裂主义势力的活动取得了一定的警告与遏制作用。

**中央决策开办国家电台藏语广播**

随着解放西藏战略部署的加紧实施，用藏语对西藏直接传播党中央声音的任务也正式提上日程。

1950年3月29日，中央人民政府新闻总署召开全国新闻工作会议，决定中央人民广播电台增设藏语节目。

4月10日，广播事业局决定开办藏语广播。

4月中旬，时任新闻总署署长的胡乔木同志介绍北京大学东方语言文学系于道泉教授（后为中央民族学院教授）协助主持中央人民广播电台藏语广播的筹备工作。

5月12日，新华社发布消息："中央人民广播电台从5月22日起增设西藏语广播节目，暂定每周三次（星期一、三、五），波长：四二八·五七公尺，七〇〇千周；二九·二四公尺，一〇二六〇千周；·九·九二公尺，一五〇六〇千周。播音时间：北京时间二十三点三十分至二十四点。"

5月13日，毛泽东主席做出批示，要求时任中共中央统战部部长、中央人民政府民族事务委员会主任委员李维汉"负责审查藏文广播并规定该项广播内容及方针"。

同日，《人民日报》在第一版刊登新华社消息："中央人民广播电台将设藏语广播节目。"

5月17日，中央明确对西藏的宣传原则：应按《共同纲领》内容进行宣传，着重纲领的总纲部分、民族政策和外交政策两章，其他内容暂不宣传，对西藏的电台广播尤需慎重。

5月22日，中央人民广播电台藏语广播正式开播，这是中国国家电台在新中国成立后开办的第一个少数民族语言广播节目。节目的主要对象是西藏上层。节目主要内容是：宣传解释中央人民政府的民族政策；报道已解放少数民族地区的一般情况，人民解放军和人民政府保护寺庙、尊重少数民族宗教信仰和风俗习惯的实例；揭露、反对英美帝国主义侵略西藏的阴谋，号召西藏地方上层人士断绝与帝国主义的一切联系，回到中华人民共和国的大家庭中来。

此时，距"十七条协议"签订恰好还有一年的时间。党中央、毛主席的声音在西藏和平解放之前的一年，就通过电波传向了西藏高原。

据此，1950年5月22日被确定为中央台藏语广播诞生的日子，也是中央台少数民族语言广播开播纪念日。（20世纪50年代，中央台先后开办了藏语、蒙古语、朝鲜语、维吾尔语、壮语等5种少数民族语言广播。20世纪70年代至今，中央台办有蒙古语、藏语、维吾尔语、哈萨克语、朝鲜语等5种少数民族语言广播。）

# 中央台早期藏语广播的影响与作用

中央台开办的藏语广播，使用少数民族语言和先进的传播手段，让党和国家的声音、党的民族政策及和平解放西藏的方针，不受地域、语言、文化、年龄和性别的阻隔，迅速进入世界屋脊；西藏解放和进步的信息，在藏族同胞中，特别是在西藏上层中间广泛传播，引起了强烈反响，为西藏和平解放发挥了重要的舆论先导作用。历史已经证明：广播是20世纪50年代在西藏最受关注和欢迎的现代传播媒体。

藏语广播开播时，十四世达赖喇嘛正滞留在位于中印边境的西藏重镇亚东。在帝国主义的策动下，他正站在返回拉萨，还是流亡国外的十字路口，同时也在急切地等待派往北京的西藏地方政府代表同中央人民政府谈判的信息。此刻，他就是通过中央台藏语广播最早得到《中央人民政府和西藏地方政府关于和平解放西藏办法的协议》（即"十七条协议"）签订、西藏和平解放的消息的。他在自传中写道："在当时，所有我们所能获得的资讯只有靠收音机广播。""我在寺中有一部古老的布希收音机接收器，靠六福特电池运作。每天晚间我都要收听北京电台的藏语广播。偶尔，我和一位或其他官员一起听，但大多数独自收听。我必须说，我对大多数听到的节目印象很是深刻，有工业进步、所有中国人民一律平等的谈话。""有一天晚上，我独自听到一个非同寻常的节目。一个严厉、爆裂的声音宣读当天所签署的十七点'和平解放西藏'的'协议'。我简直不能相信自己的耳朵。我想冲出去，叫醒每一个人，但是，我呆坐在椅子上，动弹不得。"这段翻译的文字尽管很蹩脚，但从中仍可看到中央台藏语广播的"十七条协议"在北京签订的消息对达赖喇嘛的强烈震撼。

　　中央台藏语广播的开播在西藏爱国上层人士中产生了积极的影响。担任西藏地方政府首席全权代表同中央人民政府签订"十七条协议"的阿沛·阿旺晋美，在1951年5月23日《中央人民政府和西藏地方政府关于和平解放西藏办法的协议》签字仪式上，曾经动情地说过，一年之前，他还属于藏语广播中所说的"需要争取的藏族上层人士"。他自己没有想到，只经过短短的一年间，他的身份就发生了历史性的变化。而这时，恰恰是中央台藏语广播开播一周年的日子。整整一年前开播的中央人民广播电台藏语广播，为西藏和平解放所做的一切，终于绽放出了绚丽的解放之花。

　　藏语广播开播的时候，西藏地区还没有解放。广播把真理的声音传到灾难深重的西藏高原，在农奴制度的漫漫长夜里燃起希望之光。当时，西藏上层人士十分注意收听这个节目，几乎对藏语广播的每一句话都要仔细分析。西藏自治区原主席、后任中国藏学研究中心总干事的多杰才旦曾在20世纪80年代向我介绍说，那时，拉萨收听广播的工具很少，许多贵族和地方政府官员就在藏语节目播音时聚集到有收音机的上层人士家中，边听边议论。藏语节目促成了许多人思想上的转变。

　　藏语广播传播了进步的声音。1952年11月，西藏致敬团团长柳霞·土登塔巴通过中央台的藏语广播向西藏地方僧俗官员和全体藏族僧俗同胞报告了他们从西藏到北京的沿途情况、在北京的活动和观感，传达了毛泽东主席和他们谈话的精神。新华社在随后的新闻报道中说，这个"广播报告"受到了拉萨市僧俗人民的热烈欢迎。哲蚌寺、色拉寺、甘丹寺的喇嘛听了毛泽东主席的谈话震动很大，哲蚌寺喇嘛尼西德登说："听了毛主席的指示，我真是高兴极了。过去帝国主义者造谣，硬说共产党消灭宗教，可是一年来我们和人民解放军相处得很好，他们的实际行动已经把这些谣言彻底粉碎了。"西藏军区干部学校藏文教员土登尼玛说:"今天在广播中听到了毛主席的指示和祖国内地的建设情况,使我更清楚地看到了西藏人民幸福的前途。"

在查阅有关档案资料时我还了解到,周恩来总理一直关注中央台的藏语广播,当时藏语广播中播出的许多稿件都是经周总理批准的。据统计,从1952年到1956年期间,在中央台藏语节目中做过广播讲话的西藏上层人士有30人次。1959年西藏发生叛乱后,周总理直接指挥西藏问题宣传,其间做出了许多重要指示。

2016年出版的《西藏通史》,对中央台这一时期的藏语和汉语广播也有以下记述:"当时,许多西藏政府官员都已拥有无线电收音机,收音机广播在当时是西藏上层接受资讯的主要方式之一。为了让更多的上层人士了解中央人民政府解决西藏问题的态度和方针,中共中央决定加强对西藏的广播宣传。首次播出的内容,是邀请藏族学者、爱国人士喜饶嘉措大师等人对西藏各界人士和地方政府官员讲话,宣传中国共产党的民族平等民族团结政策、宗教信仰自由政策,敦促西藏地方政府同中央政府谈判。""尽管当时由于通讯设备及技术等方面的限制,西藏上层对每次广播'不是都能听得清楚和完整,只能听个大概',但中央人民政府的声音通过无线电波确实传到了'世界屋脊'。1950年,'西藏代表'夏格巴会晤美国驻印度大使韩德逊时说:'西藏政府'关于共产党中国政府将要'解放'西藏的情报主要是收听电台广播和非官方渠道获得的。电波中传达的和平讯息,对因即将面临人民解放军的'进攻'而惶惶如惊弓之鸟的西藏上层产生了一定的稳定作用。'"(《西藏通史》当代卷上,中国藏学出版社,2016年版,第29页)

# 早期藏语广播的一些档案记录

我于20世纪80年代整理中央台民族语言广播的历史时，还了解到在中央广播事业局档案室的相关档案中记录的早期藏语广播的一些细节：

1950年7月2日，藏语节目播音时间改为20：30—21：00。中宣部给中共中央西南局发电，通知更改藏语节目播出时间。

1950年9月22日，广播事业局就藏语广播开播4个月给中共中央西南局发函，请求代为了解收听情况和意见。

1951年5月，藏语广播为配合西藏和平解放进行了大规模的宣传报道。

1952年7月至8月，藏语节目配合《民族区域自治实施纲要》的颁布，大力宣传了民族区域自治政策。

1952年10月，藏语组报道各地区、各民族参观团和西藏致敬团到达北京的消息及有关活动。

1953年，民族广播编辑部提出：藏语广播仍以我国经济建设的重大成就及民族问题为宣传重点。

1954年5月23日，张国华同志在中央人民广播电台做"团结藏族人民，为建设新西藏而奋斗"的广播讲话。

1954年7月31日，中央台提出关于达赖、班禅来京出席第一届全国人大的报道计划。

1954年8月，在第一届全国人大一次会议期间，达赖喇嘛·丹增嘉措和班禅额尔德尼·确吉坚赞在中央台藏语节目中做广播讲话，谈参加一届人大一次会议的感受。

1954年11月，中央台派出采访组前往拉萨，报道康藏、青藏两条公路修建和通车情况。这是中央台第一次派出记者进藏采访。

1955年10月，为纪念康藏、青藏公路通车一周年，达赖喇嘛和班禅额尔德尼在中央台藏语节目中做广播讲话。

同年，中央台开始出版藏汉文对照的《藏语广播稿选》，供西藏上层人士阅读。

1956年1月1日，藏语广播时间改为每天13：30—14：00、19：00—19：30。西藏工委电告中央台：拉萨有线广播站从1月16日起正式转播中央台藏语节目，听众增加很多。

1956年2月12日，藏历新年期间，藏语广播播出中央民委主任乌兰夫祝贺新年的广播讲话。

1956年4月，藏语广播邀请中央民委负责同志做广播讲话，祝贺西藏自治区筹备委员会成立。

同月，开始举办藏语科学知识广播节目。

1959年3月至5月，西藏少数反动上层发动的武装叛乱被迅速平息，国务院解散原西藏地方政府，并在全区开始进行民主改革。中央台加强西藏问题宣传。藏语节目播出班禅额尔德尼·确吉坚赞、阿沛·阿旺晋美等在全国人大会议上的讲话实况录音，并通知有藏语广播的电台录音重播。

1959年5月5日，中央台成立由杨兆麟、江炎、耿耀组成的三人小组，指导评论尼赫鲁讲话的工作。

1959年6月15日，中央台派出政治部记者沈如峰、民族部记者潘继秋赴西藏采访，报道西藏地区在平叛后藏胞欢欣鼓舞、积极参加生产的情况和广大藏胞迫切要求民主改革的愿望。

1959年12月5日，中央台民族部编辑组贾廷贤同志接受援藏任务，到西藏人民广播电台工作。

1959年12月8日，中央台提出改进藏语广播的意见。

1960年1月1日，藏语节目播出周总理新年广播讲话和民委主任汪锋向少数民族贺年的讲话。

## 中央台的早期藏语广播工作者

20世纪50年代在中央台藏语组工作过的许多同志，都是日后享有盛名的藏学家、翻译家或西藏有关部门的业务骨干。这里仅介绍几位。

**于道泉**　中央台藏语广播的创建者，著名藏学家。1950年4月中旬，时任新闻总署署长的胡乔木同志，介绍刚刚回到祖国的于道泉教授到中央电台协助主持藏语广播节目的筹备工作。这一聘任是由当时在中央民族事务委员会参事室工作的多杰才旦同志转达的。多杰才旦是一位藏族知识分子，1949年即加入了中国共产党。他向于道泉讲述了开办藏语广播对解放西藏的重要性，热诚希望于道泉早日参加筹备工作（多杰才旦此后不久即参加进军西藏的工作，后来担任了西藏自治区主席，1986年5月任中国藏学研究中心总干事。2013年7月在北京逝世）。

刚刚结束14年海外生活，从英国回到北京的于道泉欣然受命，成为中央人民广播电台藏语广播的第一位成员。

1950年下半年，中央民族学院开始筹建，于道泉也从北京大学东语系转到中央民族学院教授藏语文，任少数民族语言文学系藏语文教研组组长。于道泉边教学边搞藏语广播。为了加快翻译速度，他还曾与中央民族学院的西康籍藏语教师土登尼玛合作：于道泉先把新闻稿件的大意翻成藏语，再由土登尼玛迅速写成标准的藏文，然后提交中央台藏语节目组广播。

1990年夏天我曾专程访问于道泉，谈起中央台藏语广播，他回忆说："那时，一位藏族友人阿旺顿珠告诉我，西藏上层听说解放军要进军西藏，都十分注意收听中央电台的广播，对藏语节目的每一句话都加以分析，然后做出判断，确定自己的立场和态度。当时，在西藏贵族中有较大影响的喜饶嘉措大师也曾为藏语广播撰稿，动员西藏贵族来北京看看，不要和英国人搞到一起。"

于道泉生于1901年，山东省淄博市人，是我国著名的藏学家，我国近代最早学习藏文和研究藏族文化的学者之一，也是我国近代史上第一个把才华横溢的六世达赖喇嘛仓央嘉措的诗歌译成汉文和英文的人。他是国际著名的语言学家，通晓藏文、蒙古文、满文、法文、英文、梵文和世界语。

1920年，于道泉进入山东齐鲁大学学习。1924年春天，世界文学巨匠泰戈尔应著名学者梁启超的邀请来到中国访问。青年诗人徐志摩介绍于道泉给泰戈尔一行当义务翻译。泰戈尔在北京期间，曾去拜访俄国学者钢和泰。此后经泰戈尔介绍，于道泉师从钢和泰学习梵文。其间，于道泉了解到，藏文佛教典籍比梵文现存典籍多出许多倍，要了解佛教，必须要学会藏文。

两年后，于道泉开始师从雍和宫的藏族僧人学习藏文。就是在这里，于道泉第一次看到了藏文版的《仓央嘉措情歌》。

当时，著名文学家许地山从英国留学回来在燕京大学执教，于道泉经常去他那里聊天。一次，于道泉谈起这部书，许先生很感兴趣，动员于道泉把这本诗集翻译出来。于道泉很快把这部诗集用新诗体译为汉文，并经许地山先生润色修改。

1927年，经陈寅恪教授介绍，于道泉到当时新成立的中央研究院历史语言考古研究所历史组担任助理研究员。

1930年，由赵元任先生记音，于道泉注释并加汉英译文的《第六代达赖喇嘛仓洋（央）嘉措情歌》作为"国立中央研究院历史语言研究所单刊甲种之五"在北平出版问世。

1934年，于道泉只身离开北京前往法国、德国、英国，开始了他在海外长达14年的生活。

于道泉在英国居住时，早年参加革命的妹妹于若木（后来成为陈云同志的夫人）给他订了《美洲华侨日报》，使他对国内抗日战争的形势有较清楚的认识。解放战争的胜利进展，特别是《美洲华侨日报》刊载的山东惠民和烟台解放的消息，使他看到了祖国和故乡的希望。

1949年1月，北平和平解放的消息传到英国，于道泉决心回到祖国母亲的怀抱。不久，他远渡重洋，到达刚刚解放不久的北平。

1950年4月，于道泉受命筹组中央台藏语广播。在中央台度过了近两年的繁忙岁月。

于道泉在学术上也有多方面的贡献。1951年，他根据拉萨话的语音系统，设计了一套藏语拉丁化拼音方案，效果很好。1953年，于道泉开始主持编纂《藏汉对照拉萨口语词典》，1983年正式出版。1970年代以后，于道泉的工作重点转向对号码代字和号码代音字的研究，为藏文现代化做出了贡献。

1992年4月12日，于道泉在北京逝世，终年91岁。

**江安西（洛桑顿珠）** 藏族，中央台藏语组首任组长。1906年6月生于四川巴塘。1927年11月，江安西由国民政府蒙藏委员会副委员长白云梯（蒙古族）引荐给考试院院长戴传贤，后被保送到中央政治学校蒙藏华侨特别班和西康班学习。此后，江安西先后任蒙藏委员会专员兼该会翻译室藏文翻译、西康省参议会参议员、巴安（巴塘）县县长，直至1949年随刘文辉等在彭县通电起义。此后，江安西积极欢迎和支持十八军进军西藏。

1950年8月，遵照康定军管会的指示，江安西离开巴塘，任康定军管会汉藏文翻译，参与了筹备成立西康省藏族自治区人民政府的各项文件翻译工作；1951年1月至1954年7月，被调到重庆，任西南民族事务委员会汉藏文翻译兼西南公安党校藏文教师和西南人民广播电台汉藏文翻译；1954年8月至12月，在北京担任第一届全国人民代表大会第一次会议藏文组翻译兼任大会藏文校对组组长；1955年—1961年，在北京中央人民广播电台民族部工作，任藏语组组长；1962年后在康定任甘孜藏族自治州人民委员会文史研究组副组长兼甘孜州翻译室翻译；1979年至1989年，任甘孜州第五、六届政协常委，从事文史工作。

2000年2月24日，江安西在拉萨去世，享年94岁。

**黄玉兰（泽仁央宗）** 藏族，江安西夫人。1950年在康定民族干部学校当老师。1954年与江安西到北京参加第一届全国人大一次会议的翻译工作。1955年调到中央台藏语组工作，任翻译，还曾任民族部工会主席。

1988年10月，黄玉兰在拉萨去世，享年85岁。

**德庆卓玛** 中央台藏语广播最早的播音员之一。西藏阿里改则县人。西藏和平解放后参加工作，1951年曾任重庆西南人民广播电台藏语播音员。1952年至1955年，在中央台任藏语广播播音员。当时中央台各语种的播音员都隶属台播音组，齐越任组长。德庆卓玛回忆说，那时齐越对她特别好，她与葛兰、夏青夫妇的关系也很好。1955年德庆卓玛返回拉萨休假，因为西藏工委宣传部需要人就把她给留下了。

此后她受命去成立不久的拉萨市有线广播站做播音员，还曾被派到西藏民族学院给即将进藏的汉族干部教授藏语文。她在罗布林卡、布达拉宫、西藏革命展览馆也曾工作多年，给时任西藏工委书记、西藏军区司令员张国华当过翻译。2001年西藏和平解放50周年时，中央代表团团长胡锦涛同志在罗布林卡接见西藏老干部代表，德庆卓玛也被邀请参加，合影时就站在胡锦涛同志的身边。

2017年6月，德庆卓玛在拉萨病逝，享年88岁。

**德门·德钦卓嘎** 藏语组翻译、播音员。1934年生于西藏仁布县的德门家族中，1948年到拉萨格日寺当尼姑，法名吉尊·洛桑曲吉。1951年西藏和平解放后，她加入拉萨爱国青年联谊会，为解放军做翻译。1953年，德钦卓嘎参加西藏爱国青年参观团到北京参观，并被送到中央民族学院学习。之后被选调进入中央人民广播电台民族部藏语组做翻译和播音员。1961年返回拉萨，在西藏人民广播电台工作。此后开始西藏民间故事的收集采录工作，编辑《邦锦花》（藏文）杂志。1983年底，进入西藏文联，在中国民间文艺研究会西藏分会工作，直到1989年退休。其间，她先后任中国民间文学家协会西藏分会副主席、西藏民俗学会副会长、中国民间文学三套集成的《中国民间歌谣集成·西藏卷》主编、《邦锦美朵》杂志副主编等。他曾先后汉译藏和藏译汉的作品有《徐特立的故事》《中国古代科学家的故事》《西藏劳动歌》《唐东杰布传》《拉萨民间故事》《拉萨歌谣集》《西藏民间故事》等；在《西藏文学》《民间文学》《雪域文化》等刊物上发表了大量藏汉文的民间文学作品。1987年她编写了《西藏民间文学概论》，并在西藏大学讲授。

2012年6月23日，德门·德钦卓嘎在拉萨病逝，享年78岁。

**索朗班觉** 中央台藏语广播早期负责人，著名藏学家、翻译家。

1932年出生在拉萨，9岁被送进拉萨宇妥赞康私塾，学习藏文正字法、格言、公文写作、算术等。16岁起在拉萨先后师从著名学者、十三世达赖喇嘛的经师察珠·阿旺洛桑活佛、敏珠林寺著名佛学家洛追曲桑、康区活佛罗桑金巴、佛学大师阿鲁仁波切、藏学家多吉杰博等研习《三十颂》《音势论》《修辞学》、藏医学、历史、佛学等，奠定了深厚的藏学基础。

西藏和平解放后，索朗班觉于1952年到谭冠三任校长的西藏军区干部学校任教，并开始学习汉语文。1954年，西藏工委选拔优秀藏族青年到北京中央民族学院学习。学习即将结束时，经阿沛·阿旺晋美引荐，索朗班觉进入中央人民广播电台工作，担任藏语组藏文新闻的翻译。其间，他还帮助中央新闻纪录电影制片厂翻译、审定了多部大型纪录片，并和同事们一起制作过藏语广播剧、剪辑电影录音等。1958年4月，他被任命为中央台民族部藏语组副组长（当时没有组长）。1961年中央台民族部撤销，他也随即返回西藏，先后在西藏人民广播电台、西藏自治区文化教育厅和西藏人民出版社等单位担任翻译、教材编写等工作。

1979年索朗班觉调到中央民族语文翻译局，任藏文室主任、翻译局副局长、党委书记。1991年索朗班觉被调往中国藏学研究中心任副总干事，其间多次率团赴美国、瑞士、日本、意大利、挪威等国参加学术会议和学术交流活动。

索朗班觉是一位杰出的翻译家。他参与翻译的列宁、斯大林、毛泽东、刘少奇、周恩来、邓小平等的选集藏文版有十几卷，还主持了《天安门诗抄》《水浒传》《红楼梦》等的藏文版翻译和审定工作。《红楼梦》藏文版，是他翻译生涯的巅峰之作。

作为学者，他潜心研究藏族文化，对西藏的历史、宗教、建筑艺术、唐卡艺术、戏剧艺术、藏医学、天文历算和西藏民俗的研究都有相当的造诣。他发表过《藏戏的产生及其特点》《诗境概说》《论藏语规范化》《藏族天文历算史略》等在学术界产生影响的著述。

1993年，索朗班觉获国务院颁发的政府特殊津贴证书。

1996年1月，索朗班觉因病在北京逝世。享年64岁。

**朗杰曲珍** 中央台第一代藏语播音员。1924年10月生于拉萨的一个旧西藏贵族家庭。1953年参加工作，在西藏军区干部学校教授藏文。1956年参加西藏妇女参观团到内地参观，后留在中央民族学院学习汉语文，由于藏文水平高，两个月后即被中央人民广播电台选调到藏语组做播音工作。1961年返回拉萨，在西藏人民广播电台做翻译工作，1978年退休。

2016年1月2日，朗杰曲珍在拉萨逝世，享年92岁。

朗杰曲珍的女儿朗杰央宗1959年7月出生于北京，后来在西藏电视台从事播音和影视剧藏语配音工作。母女两代都从事过藏语播音工作，这在西藏广播电视界已成为佳话。

**杨钦佩** 藏族，青海贵德县人。1954年至1956年在中央民族学院语文系学习；1956年至1958年在中央民族学院少数民族语言研究所学习，曾参加1957年中国科学院藏语调查队甘青分队的工作。1958年至1960年在中央人民广播电台民族部藏语组任翻译，曾任藏语组负责人。1966年后在西藏师范学院、西藏大学工作。2015年12月逝世。

**彭措顿丹** 1934年6月生于西藏山南，1957年至1960年在中央人民广播电台担任藏语播音员。1962年至1970年在西藏人民广播电台和那曲养护段工作，1978年至1994年在西藏藏剧团任编剧。1995年退休，2006年去世。

# 周恩来总理指示恢复中央台少数民族语言广播

中央台藏语广播在发展的道路上也经受了曲折与考验。

从1959年开始，我国进入三年困难时期，国家进行调整和精简机构。经中宣部批准，1960年底，包括藏语广播在内的中央台五种民族语言广播节目停止播音。

撤销中央台民族广播经历了将近一年的时间。

1960年3月31日，广播事业局党组就停办中央台少数民族语言广播问题向中宣部提出报告。

4月27日，中宣部复函广播事业局党组，转达民委党组意见：中央人民广播电台应继续举办少数民族语言节目。

5月6日，广播事业局向有关民族地区广播电台台长发函，抄转中宣部批示，宣布中央台继续举办少数民族语言节目。

9月，广播事业局局长梅益同志就撤销中央台民族语言广播问题给国家民委汪锋同志写信。与此同时，也向乌兰夫、王恩茂、刘建勋、朱德海同志发出了内容相似的征求意见信。

10月26日，广播事业局党组给中宣部发出《关于停止对蒙、藏等五种语言节目的请示》。

12月6日，中宣部批复广播局："同意你们关于中央人民广播电台停止对少数民族广播的报告。"

12月30日，中央台藏语、蒙古语、维吾尔语、壮语、朝鲜语等五种少数民族语言广播停止播音。

到1960年底，中央台藏语组已经具有一定规模。先后担任组长的有江安西、索朗班觉、杨钦佩等同志。藏语组成员先后有于道泉、李永年、曲吉洛卓、图丹尼玛、索朗班觉、策仁基、江安西、黄玉兰、德门·德钦卓嘎、朗杰曲珍、德庆卓玛、杨钦佩、拉姆、马慎行、丁玉明、海珍、索朗卓玛、彭措顿丹、王魁英等。

1961年1月，中央台组织返回民族地区工作的藏、蒙古、维吾尔、壮、朝鲜等民族的翻译、播音员到抚顺、鞍山、沈阳、上海、杭州、南京、武汉、呼和浩特、包头等地参观。参观结束后陆续返回边疆民族地区，继续从事少数民族语言广播工作。藏语组调回西藏和四川甘孜工作的有江安西、黄玉兰、索朗班觉、策仁基、德门·德钦卓嘎、朗杰曲珍、德庆卓玛、杨钦佩、拉姆、马慎行、丁玉明、海珍、索朗卓玛、平措顿丹等同志。

中央台停办包括藏语广播在内的少数民族语言广播，受到了周恩来总理的严厉批评。

"文化大革命"中，我曾就周总理批评广播事业局不应停办少数民族语言广播一事，询问过时任中央广播事业局局长的梅益同志（中国新闻家、翻译家，后任中国社会科学院党组第一书记、中国大百科全书出版社总编辑）。梅益同志回忆说，1962年7月，在青岛召开的民族工作会议上，乌兰夫、赛福鼎·艾则孜等同志都提到有必要恢复中央人民广播电台的少数民族语言广播，使中央发表的重要文件能够比较准确地译成少数民族语文，及时地传送到少数民族地区。周总理听取了会议汇报后，批评了广播事业局停办少数民族语言广播，并责成国家民委和广播事业局共同研究恢复。7月21日，时任国家民委副主任的萨空了同志来到广播事业局，向梅益同志传达了周总理的指示。周总理批评的大意是：民族广播为什么停了？为什么不告诉我？这应由中央做出决定。我们国家这么大，地区这么辽阔，又是一个多民族的国家，中央台没有民族广播怎么行？不能只考虑精简几十个人，而要考虑党和国家的需要。听了周总理的指示，梅益同志当即表示中央台精简时撤销了民族语言广播是考虑欠周的。

1965年2月17日，国家民委、广播事业局在给中宣部《关于恢复少数民族语言广播的补充报告》中，对上述问题做了更为明确的阐述："我们事后检查，认为过去主张停办的理由是不充分的，工作中存在的一些困难都是可以克服的。目前我国少数民族地区普遍听到来自帝、修、反以及蒋帮电台的各种民族语言广播，但是，听不到我中央台的。而少数民族地区广播电台的电力都不能满足当地的收听需要……同时，由于目前中央发表的重要文件没有统一播发的少数民族文字稿，各地分别翻译发表，往往译文互有出入。如由通讯社播发统一的少数民族文字稿，则需建立较多的收讯台，人员设备困难较大。为了统一各种语言的译文，同时也是为了加强对少数民族进行政策和时事宣传，更有必要恢复少数民族语言广播。"

1965年4月29日，周恩来、邓小平等领导同志批准了中央台恢复少数民族语言广播的请示报告，此后有关前期准备工作加快了步伐。

## 国家电台藏语广播的重建

1965年9月，我从中央民族学院藏文专业毕业后，被分配到中央台工作。后来我知道，我和我的六位分配到中央台工作的同学，就是来参与完成恢复中央台民族广播这一任务的。我们也因此成为中央台民族广播的第二代工作人员。

1966年夏天，"文化大革命"开始，许多工作都陷入停滞状态，日理万机的周总理却仍然关注着中央电台恢复民族广播工作的进程。我们几个同学于当年年底给周总理写信，希望有关部门重视恢复中央台民族语言广播的工作。没想到，不久我们就被告知，周总理看到了我们的信，并请中央广播事业局重视这一工作。根据周总理的指示精神，局总编室主任杨祚铭（后来任中央人民广播电台副台长）与我们研究后，决定让我们这些同学赴民族地区做前期准备工作。为此我曾先后两次前往西藏拉萨堆龙德庆县和墨竹工卡县熟悉藏语文，并短期参加了西藏人民广播电台藏语广播的翻译工作。

1968年，广播事业局就恢复中央台民族广播问题再次向周总理写了报告。同年9月9日，时任国家建委副主任的谢北一向当时的中央广播事业局军管小组传达说，周总理看到了中央广播事业局有关恢复民族广播的报告，并提出了民族广播发射台发射规模有多大、什么时候建成、建在什么地方、开办语种等问题，要求给以答复。不久，广播事业局根据我们在国家民委、中联部等部门调研得到的情况向周总理做了报告。

1970年3月，中央台军代表通知正在新闻部工作的黄凤锡和我说：恢复对少数民族语言广播的报告，中央已经批准。他要求我们尽快写出筹建民族部的具体计划。几天后，我们写出了《中央台民族语言广播筹建方案》和《选调民族语言广播干部方案》。至此，中央台恢复藏语和其他民族语言广播的工作正式启动。

与我长期共事的黄凤锡是一位朝鲜族的老同志，1945年参加革命，1956年3月从延边日报社调到中央台民族部朝语组任副组长。民族广播撤销后，他留在中央台新闻部工作，曾任国际组组长。1965年我们这批从中央民族学院毕业的大学生来到中央台工作后，黄凤锡同志一直是民族广播筹备工作的召集人。民族广播恢复后，1984年他被任命为中央台民族部第二主任，多次被评为中直机关和中央台的"优秀党员"，出版有《回望九十年——一位民族广播工作者的人生经历》一书。2020年，93岁高龄的黄凤锡老人辞世。

从1970年起到民族广播恢复的两年多时间里，中央台从台内和驻地方记者站抽调近20人组成西藏、内蒙古、新疆、云南等调干小组到民族地区开展工作。

我和中央台陕西记者站的贺俊文、湖北记者站的阮观荣和河南记者站的梁长洲等同志先后参加了藏语广播的调干工作。前期曾分别到湖北沙市中央民族学院五七干校和陕西咸阳西藏民族学院选调过藏语翻译和播音员。

藏语广播调干组在西藏拉萨、日喀则、泽当、林芝、那曲、昌都和四川康定等地开展工作。到1972年底的两年多时间里，调干人员在西藏各地选调了一批德才兼备的年轻藏、汉族知识分子到中央台工作。他们中间有：旺堆、索朗多吉、仓决、罗永东（洛桑贡觉）、曲珍、焦凤芝、陈杰盛、洛桑江白、罗旦、边巴次仁、旺久等。

1973年1月1日，中央台藏语广播开播。至此，包括此前陆续恢复的蒙古语、维吾尔语、朝鲜语广播和新开办的哈萨克语广播，中央台恢复民族语言广播的任务全面完成。中央台和广播事业局及时将这一情况上报给了毛主席和周总理。周总理的嘱托和交办的任务终于得以完成。

中央台恢复藏语广播，正值"文革"时期，调干工作难度极大。但是西藏自治区党委、西藏自治区革命委员会、西藏军区和西藏各级领导，包括广大藏族同胞仍然以极大的热情支持中央台选调优秀藏汉族干部到北京工作。西藏自治区党委和西藏军区领导明确要求：各有关单位要敞开大门，支持中央台选调干部，不管调哪个单位的人都要放行，要把最好的藏族和汉族藏语干部选送到中央台。

1971年1月9日，时任中共中央委员、西藏军区第二政委、西藏自治区革委会副主任、藏族老红军天宝，自治区革委会政工组副组长郝平南（后任广电部副部长）等同志在天宝同志办公室接见了调干组成员和第一批调入中央台、即将赴京工作的同志。天宝介绍了西藏工作现状，并对中央台开办藏语广播要注意的问题等做了具体指示。

在谈到翻译、播音工作时，天宝给大家提出六个字的希望："继承、挖掘、创新。"他说，藏族文化是非常深厚的，一定要继承本民族的文化传统，挖掘还有活力的一些东西，根据新的形势进行创新。他要求到中央台工作的同志要带着西藏人民的希望去搞好藏语广播。天宝还就我们提出的藏语广播开播后使用外语借词的问题发表了重要的指导性意见："尊重历史习惯""名从主人"。

中央台藏语广播正式恢复后，受到了藏族听众的热烈欢迎。拉萨雪居委的听众反映，1959年的民主改革使我们在人身上获得了解放，中央台开办的藏语广播，又使我们的耳朵得到了解放，我们可以准确及时地听到北京的声音了。

1976年粉碎"四人帮"后，藏语广播在拨乱反正、促进西藏及四省涉藏州县经济文化发展、推动社会进步、增强民族团结等方面发挥了广播媒体的独特作用。中央台西藏记者站也于1981年5月正式建立，对加强藏语广播的实效性与针对性起了重要的作用。


## 西藏空间斗争的挑战与应对


进入20世纪90年代，藏语广播面临国内外分裂主义分子的严重挑战。西藏的空中斗争愈演愈烈。

1990年1月9日纽约《世界日报》刊登报道《"美国之音"将添藏

声》。此时，美国为了实现西化、分化中国的战略图谋，除将"美国之音"的中文广播从每天8小时增加为12小时外，还由国会通过法案，每年拨款100万美元，在"美国之音"中增设藏语广播。这一广播于1991年3月27日正式播出，"美国之音"曾于1950年朝鲜战争期间第一次开办藏语广播，"美国之音"在广播中承认："美国之音藏语台是经过美国政府批准而组建的"，"是为了让为'西藏事业'而'奋斗'的藏人增加信心，鼓舞士气，也是对达赖喇嘛以'和平思想'去完成西藏'主权'事业的巨大成功。"该广播每天用19个频率播出3次，每次一小时。

1996年12月2日开播的"自由亚洲电台"藏语广播，也是根据美国国会1994年通过的法案建立的。

1996年5月14日"挪威自由西藏之声"（又称"挪威奥斯陆西藏自由广播电台"）藏语广播在印度开播。

此外，印度"德里广播电台"也设有藏语节目。该节目建立于1950年代，达赖喇嘛1959年出逃印度后，即利用这一电台的讲经节目宣扬"西藏独立"思想。

上述广播电台在1989年前后，对我涉藏地区进行长时间、多频率、大功率的藏语广播，企图搞乱藏族同胞的思想，为其西化、分化中国的政治图谋造势。

除此之外，台湾地区的广播电台仍设有藏语节目，继续同我争夺藏族听众。

面对这一"空中斗争"的严峻形势，中央台藏语广播采取了一系列措施：延长播出时间，每天播出时间达到8小时；加强对西藏及四省涉藏州县的调研和采访；栏目设置和节目内容不断创新，增加了"特别关注"和"西藏传统文化"两个栏目，其中的"西藏传统文化"栏目被评为中央人民广播电台"十佳栏目";陆续在节目中增加了用安多语和康巴语播送的节目,进一步扩大了受众面;新闻时效与节目的民族特色、地区特色不断加强,在拉萨率先建立了藏语广播工作站,与中央台西藏记者站的记者紧密配合,及时播发在西藏,特别是拉萨发生的新闻,用藏语采写的新闻和专题稿件大幅度增加;在反分裂斗争,特别是十世班禅大师逝世、灵童转世与金瓶掣签、拉萨骚乱等暴力事件中,中央台藏语广播以最快的速度播发新闻,有力地回击和澄清了西方敌对势力和境内外分裂主义者制造的谣言和诽谤,坚定地站在舆论斗争的前沿,在第一时间里传达了党和国家的声音,在西藏及四省涉藏州县的影响日益扩大。

这一期间,中央台藏语部收到的听众来信、来电大幅度增加,打来电话的不仅有拉萨的听众,还有数千公里之外的阿里听众,就连使用安多语和康巴语的青海和四川听众也电话不断。听众们在电话中纷纷讲述收听藏语广播的体会,认为中央台的藏语广播使他们和党中央的距离更近了。他们还在电话中提出对节目的希望,并点播他们喜欢听的歌曲。这种情况在藏语广播的发展史上是破天荒的,既反映了我国涉藏地区的发展和进步,也说明中央台的藏语广播已经深入人心。

藏语广播恢复后,先后在中央台藏语节目中心工作过的老同志有:洛桑贡觉(罗永东。藏语广播恢复后的第一任组长,后任西藏山南政协副主席)、旺堆(后任中央台、国际台西藏记者站站长,第七届长江韬奋奖获得者,高级记者)、索朗多吉(曾任中央台民族部副主任,后任中国藏学出版社社长)、边巴次仁(藏语广播恢复后的第一代播音员,后任西藏日喀则人大常委会副主任)、旺久(曾任中央台民族部副主任,后任西藏自治区编译局副局长、《西藏日报》副总编、西藏藏语文工作委员会办公室副主任等)、罗旦(后任西藏自治区党委编译室主任，译审）、达瓦次仁（又名李亮，毕业于清华大学，曾在中国民族语文翻译局、中国藏学研究中心工作，后在拉萨布达拉宫管理处任研究员，学者、藏文书法家，已去世）、王世镇（后任少数民族语文翻译局翻译，译审）、赤列（后任《东噶藏学大辞典》编委会委员，专职助手，已去世）、桑吉诺布（曾任藏语组组长、作曲家，已去世）、王魁英、焦凤芝、陈杰盛、卓嘎、杜清初（已去世）等。

## 新时代的藏语广播正在稳步前进

粉碎"四人帮"后，特别是党的十一届三中全会以来，中央台的藏语广播取得了长足进步和发展，受到了海内外听众的广泛赞扬。

进入21世纪，国家启动"西新工程"（即"西藏新疆广播电视覆盖工程"，其目标是让党和国家的声音传遍千家万户，让中国的声音走向世界），中央台藏语广播的实力有了重大提升，藏语广播的规模进一步壮大，是历史上最好的发展时期。藏语广播出现了全新的局面。

2000年3月，藏语节目部首次派出记者参加全国"两会"报道。

2000年12月25日，中央台第八套节目宣告诞生，包括藏语在内的民族语言广播，有了自己的单独频率，这一年是中央台藏语广播开办的第50年。

2001年9月，藏语广播登上中国广播网，进入网络时代。

2009年3月1日，经国家广播电影电视总局批准，中央台藏语频率正式开播。从当天凌晨5点55分开始，藏语广播从原来的分段8小时播出，改为全频率全天18小时播出。百岁老人阿沛·阿旺晋美发来贺信，表示热烈祝贺和亲切问候。他在信中说："中央人民广播电台藏语节目实现18小时播出，使更多的藏族群众能更加及时了解党和国家的方针政策，了解国际国内多方信息，学习各种科学文化技能，丰富藏族人民的文化生活，促进经济文化发展、促进西藏的稳定和发展，促进民族团结进步，同时对继承和发扬藏民族优秀文化艺术将起到很好的促进作用。"

当年10月1日，中央台藏语播音员边巴丹增和达瓦玉珍站在天安门城楼上，用藏语直播中华人民共和国成立60周年庆典。这是中央台历史上第一次用少数民族语言直播国庆庆典实况。西藏电台藏语频率、青海电台藏语频率全程转播；中国西藏信息中心（中国西藏网）藏文版、英文版和人民网的藏文版开通了藏语直播节目的链接。青海电台副台长多杰仁青直播刚一结束就打来电话表示祝贺。他说："国庆盛典实现藏语广播直播与普通话广播直播同步，非常成功，藏族群众听了非常激动、振奋，许多家庭都是看着电视听藏语广播直播，没有了语言障碍，听起来亲切自然，拉近了民族间的感情，心中涌动着作为中华民族一员的自豪感。"

2010年4月14日，青海玉树藏族自治州发生7.1级强烈地震，83小时后的4月17日17时，中央电台用藏语康巴方言播出的节目在玉树上空响起。19日和20日，《人民日报》、中央电视台、《光明日报》和《经济日报》等中央主流媒体相继对比做了报道，认为中央电台藏语广播发挥了广播媒体应急的突出优势，为灾区群众提供了及时有效的抗震救灾新闻报道和切实有效的信息服务，有力地支持了青海玉树抗震救灾工作，取得了突出的社会效果。

同年12月17日，藏语安多方言在中央台藏语节目中播出。至此，国家电台的藏语广播使用卫藏方言（拉萨语）、安多方言、康巴方言播音，全天播出18小时。三种藏语方言在中央台同步播出，揭开了藏语广播发展史上的崭新一页。中央电台藏语广播受众对象也从创办初期的以西藏为主，发展为面向西藏及四省涉藏州县的全部藏族聚居区。

2014年4月14日和9月20日，藏语广播节目"倾听乡音"在尼泊尔的加德满都和博卡拉先后落地，海外的藏族同胞也能直接听到藏语广播了。

随着传媒生态及融媒体格局的迅猛发展，中央台藏语广播与时俱进，迅速进入全媒体传播体系形成的新的发展时期。

2010年7月，藏语广播由模拟播出改为数字播出，在传播技术上实现飞跃。

2010年12月17日，中国民族广播网正式上线，藏语广播和蒙古语、维吾尔语、哈萨克语、朝鲜语广播一起，实现了音频、视频和图文的网络呈现，最大限度地改善了传播效果。中央台藏语节目实现无障碍落地，几代藏语广播人"让海内外藏语听众都能听到我们的藏语广播"的梦想终于实现。为了这一天，他们奋斗了60年。

2011年，藏语部升格为中央台西藏民族语言广播中心。

2015年3月，"中国藏语广播"微信公众号上线，目前的用户和阅读量在涉藏地区各媒体中遥遥领先，

2018年，"藏语广播"APP正式上线。

近年来，中央台藏语节目正在实施全面改版，大幅度增加新闻比重，增设服务类节目；栏目设置上兼顾新媒体，使节目传播对象精准化，版块设置碎片化，播报形式亲民化；节目既适合传统媒介传播形式，又符合新媒体传播要求。重点打造"时政头条""国际新闻分析""空中课堂""邦锦美朵"等几档融媒体节目，及时将图文和音频推送到新媒体。

日前，中央台藏语广播中心除北京编辑部外，还陆续建立了拉萨

编辑部、成都节目制作室和西宁节目制作室，全天播音共计56个小时，用三个专门的频率播出，与70年前相比，不可同日而语。

## 藏语广播已经成为中国广播的重要传播门类

以中央台为先导，西藏及四省涉藏州县普遍建立、快速发展的藏语广播，已经成为中国广播电视系统的一个重要的传播门类之一。

70年来，西藏及四省涉藏州县已经建立了一个数量可观的藏语广播宣传体系。西藏境内已经在拉萨、山南、日喀则、林芝、昌都、那曲、阿里7个城市开办了藏语广播，日喀则的18个县均开设了有专门频率的藏语广播节目。这些广播电台同时承担着转播中央台藏语广播的使命。

西藏台目前从事藏语广播的工作人员达100多人，藏语广播的三套频率全天播音49小时15分。开播于1964年2月14日的藏语对外广播，目前每天播音120分钟，设有"故乡云""藏地文化""西藏旅游"等栏目。西藏电台通过短波、调频、卫星、互联网等方式传输覆盖。到2019年底，西藏全区广播人口综合覆盖率已达98.1%。

除西藏外，青海广播电视台、青海海西蒙古族藏族自治州广播电视台、青海玉树藏族自治州广播电视台、四川广播电视台、四川甘孜藏族自治州广播电视台、四川阿坝藏族羌族自治州广播电视台、甘肃甘南藏族自治州广播电视台、甘肃天祝藏族自治县融媒体中心、云南迪庆藏族自治州广播电视台等都开设有藏语广播节目。党和国家的声音、藏族地区发展进步的声音，从来没有像今天这样骄傲地响彻世界屋脊广阔无垠的天空和大地上。

可以预料，随着中央广播电视总台的建立，中央台的藏语广播将在现有的基础上，得到新的更大的发展。

藏语广播是中国特色社会主义广播的重要组成部分，是中国共产党的民族政策的生动体现。马克思主义认为，民族是一个长期存在的社会历史现象，在人类的发展进程中，首先是国家消亡，而后是阶级消亡，最后才是民族消亡。社会主义时期是中国各民族共同发展进步、共同繁荣富裕的重要历史时期。作为民族地区各民族听众的亲密朋友，中央台的藏语广播必将长期办下去，这是世界屋脊发展的需要，也是中国国情、国家核心利益和重大关切的需要。这是一项长期的光荣而伟大的事业，藏语广播的使命与奋斗未有穷期。

在中国人民广播事业创建80周年和中央台藏语广播创建70周年的日子里，衷心祝福中央台藏语广播青春永驻，扎西德勒！

（2020年3月21日记于北京，5月24日第八稿于拉萨，
2023年1月9日再改于北京）

附记：本文在写作过程中，参阅了《毛泽东西藏工作文选》《中国少数民族广播电视发展史》《西藏通史》《新世纪的交响——中央人民广播电台民族广播（2000—2012）》《西藏自治区志·广播电影电视志》《民族宣传散论》等图书资料；朗杰央宗、泽嘎、多吉、索珍、伦珠、车刚、德姬白玛、央京、扎西吉、旦巴等同志提供了珍贵的历史资料或图片，在此一并致谢。

# 我的青春与梦想从这里起步
## ——献给中央台民族广播创建70周年

2020年5月22日是中央广播电视总台少数民族语言广播创建70周年的日子。对于我来说，也是一个意义非凡的时刻。

中央人民广播电台（为了叙事的方便，我在这里仍然使用中央台的称谓）民族语言广播是我在中央台参与最久的一项工作，前后近40年。在这个岗位上，留下了我的青春与梦想，留下了我人生最重要的成长足迹，也留下了我传媒生涯最美好的记忆。

## 预热——走进学习藏语文的殿堂

1960年8月，我被中国少数民族的最高学府——中央民族学院录取，成为这所学校少数民族语言文学系藏文专业的一名大学生。

学习藏语是我走向世界屋脊的出发之地，走进学习藏语的殿堂是我此生献给民族地区发展进步事业的预热阶段。

五年的学习生活，使我从学习藏文字母开始，逐渐走进藏语语境，走进西藏。这期间，我于1963年春夏之交第一次进入世界屋脊，走进刚刚获得解放、开始享受民主改革成果的百万翻身农奴中间，初次感受到他们对中国共产党和社会主义祖国的热爱，感受到他们对中华民族大家庭的热爱。我还于1964年至1965年间在北京民族出版社藏文室实习藏文翻译，在这里，我受到一大批当代藏文翻译界领军人物的教诲和熏陶，对藏语文的认识有了重要的提升。

这期间，我的藏族老师土丹旺布和徐盛（多吉）的言传身教与谆谆教导，让我打下了较为扎实的藏语文基础。徐盛老师后来担任了中央民族大学的党委统战部长，可惜他已因病故去；土丹旺布老师平生学子无数。近年来，我每次进藏都要到他在布达拉宫脚下的家里看望，还为他写下了一篇传记《我的恩师土丹旺布》。2018年10月13日，土丹旺布老师在拉萨以88岁高龄辞世。

## 走进广播大厦——筹建和恢复中央台民族广播

1965年9月1日，我手持中央民族学院的"派遣证"，第一次走进广播大厦，被分配到中央人民广播电台新闻部工作。这一天，正好是西藏自治区正式成立的日子。

后来我才知道，我们这批大学毕业生来中央台是要完成一个重大的使命——筹建和恢复中央台的民族语言广播。

1970年3月7日，中央台军代表通知黄凤锡和我：关于恢复对少数民族语言广播的报告，中央已经批准，要求我们赶紧写出筹建民族部的具体计划。于是我们从当日脱产，全力投入民族广播的恢复准备这一重大的政治工程和舆论工程之中。我的民族广播人生和西藏人生也同时正式起步。

从1970年到民族广播恢复的两年多时间里，我被安排参加藏语广播调干组，先后去陕西、湖北、西藏、四川等地选调藏语广播翻译和播音员。在西藏的选调工作先后持续两年。

这期间，是我除援藏工作之外，在西藏生活最长的时间。拉萨、日喀则、泽当、林芝、那曲、昌都都留下了我的足迹。在"文化大革命"的特殊历史背景下，调干工作依然受到西藏党政军各级领导的高度重视和大力支持，也使我经受了政治上和业务上的全面锻炼和考验，对西藏的土地和人民有了初步的认识与了解，获得了大量的西藏历史文化信息。

这期间，藏族同胞对我无微不至的关爱尤其让我刻骨铭心。在下乡考察干部的路上，日喀则谢通门县的农民把屋子让给我们过夜，第二天早上，我却看到他们一家露宿在院子里。我在拉萨患病住院期间，西藏自治区领导多次过问与关怀；新华社西藏分社诸多同志多次看望和慰问；藏族同胞给我送来新鲜牛奶、蔬菜、甜茶、奶茶、水果；藏语组新同志罗旦扶我上洗手间，为我洗衣服；还有医院护士为我打开水，藏族小朋友白拉悉心照顾我……这一切，都永远留在了我的记忆之中，成为我热爱边疆、热爱西藏，做好民族宣传工作的不竭动力。

1973年1月1日，中央台藏语广播开播。至此，包括此前陆续恢复的蒙古语、维吾尔语、朝鲜语广播和新开办的哈萨克语广播，中央台恢复民族语言广播的任务全面完成。我们没有辜负党和人民的期望。与此同时，通过简报，中央台和广播事业局将这一情况上报给了毛主席和周总理。

# 在祖国边疆的30年采访生涯

中央台恢复民族语言广播后，我曾长期在民族部编辑组工作。这个宣传平台，是民族广播的发稿中心和采访中心，一个培养编辑记者的广阔发展空间。领导和同事们的信任与厚爱，使我有机会在长达30年的时间里，多次走进西藏及青海、四川、甘肃、云南四省涉藏州县，走进内蒙古草原、新疆大地、海兰江畔、黑龙江边、云贵高原，采写了上百万字的新闻、特写、专访、录音报道、录音新闻等新闻和专题节目，报道了民族地区的巨大变迁；报道了西藏和平解放、西藏民主改革、西藏自治区成立逢五逢十周年的多次纪念活动，以及中国藏语系高级佛学院成立、援助西藏发展基金会成立、中国藏学研究中心成立等涉藏重大事件；还通过撰写一批内参，向中央反映民族地区，特别是西藏面临的诸多困难和问题、重要动向、重要舆情等，受到中央领导同志和有关部门的关注。

这期间，我还受中央台的派遣，参加了1978年中国伊朗联合攀登世界最高峰——珠穆朗玛峰和1985年中国日本联合攀登位于西藏阿里的纳木那尼峰（海拔7694米）两次国际登山活动的采访报道工作。这两次登山采访时，我曾长时间在海拔5000米以上的地区工作，并登达海拔6600米的高度。这是我新闻采访生涯的攀登之旅。

西藏阿里和那曲平均海拔都在4000米以上。我曾有机会四次进入阿里采访、调研和考察。那里的历史文化、山川风光令我震撼、流连；那里的艰苦卓绝让我始料不及，特别是1980年第一次进入阿里时，普兰县委书记在当地燃料极度短缺的情况下，亲自给我们熬粥（早餐和午餐）、烙饼（在旅途上做路餐），让我亲身感受了撼天动地的"老西藏精神"。离开阿里后，我曾写出长篇系列内参，受到中央和有关部门的重视，对解决阿里当时面临的众多困难起到了一定作用。不久前，这篇内参还被时任西藏自治区党委第一书记的阴法唐收录到他的回忆录中。地处藏北草原的那曲，我也先后去过四五次，其中1973年的采访，时任那曲地委副书记的热地（后任第十届全国人大常委会副委员长）亲自送我下牧区、到采访地点，并安排我的住处（帐篷），也是我在西藏采访的难忘经历之一。

这些采访活动，使我有机会深入西藏边远地区、特高海拔地区、人迹罕至的农牧区，目击和感受西藏的真实情况，藏族同胞和各族干部在西藏高原艰苦卓绝的奋斗场景，对我认识中国国情、民族地区区情，掌握新闻记者调查研究的功力，做好党和政府的喉舌，起到了至关重要的作用。


## 民族部编辑组——一个充满活力的温暖集体

在民族部的日子里，我有25年生活在编辑组（后改成新闻组，并升格为新闻部）。这是一个充满活力的温暖集体。

民族部恢复初期，正值"文化大革命"期间，参与新闻编辑发稿的同志来自中央台各个部门和北京广播学院（中国传媒大学前身），其中包括李宜、冯敬希、韩津、郭景露、易淑珍、朱善行、江沄华、张保安、邓涛、余慕华、叶亚谷、陈文普等。1959年奉命支援西藏人民广播电台工作的贾廷贤，在西藏工作20多年后，也于1980年代返回中央台来到民族部编辑组工作。在新疆工作多年的臧捷年也在这一期间来到编辑组。他们在新闻组工作的时间长短不同，但都以身作则，踏实认真，一丝不苟，把自己的编辑经验毫无保留地传授给年轻的同志。毕业于内蒙古大学、内蒙古师范学院、北京广播学院、兰州大学、中央民族大学、南开大学、延边大学等院校的乌凤兰、达古拉、李国君、赵璇、张洪、蒙建亚、兰汝生、张克清、笪思平、白勇熙、任杰、白祥宝、白荣博、尹菊娥等也先后陆续加入进来。老同志、老领导耿耀、赵斯金、黄凤锡等也直接参加新闻稿件的编辑和审稿工作。著名播音员铁城、晓澄等也参加了编辑组及其后来的"民族大家庭"节目的许多工作。

这期间，我在编辑组大部分时间是上早晚班。20世纪七八十年代，值早班的同志早上四五点钟就要到岗，那时新华社发的是模写稿，稿子从模写机的圆盘纸带上不断打出，我们要坐在模写机前把新闻稿截成B4稿纸长短的纸条有序而整齐地贴在用过的稿纸背面，或是贴在裁成稿纸大小的报纸清样背后，在上面勾画编稿，再将蓝色的复写纸插进稿纸，底下垫上塑料板，用力复写成6份，发给蒙古、藏、维吾尔、哈萨克、朝鲜5个语言组，供他们翻译成民族语言文字用，1份留编辑组存档。复写6份稿子要用力气，否则后面的几页就不清楚了。那时，能复写出6份新闻稿是我们的"基本功"。早餐在6点多食堂来大楼送早餐后，大家边工作边轮换着去二楼买饭吃饭，有的同志从家里带来早点，就用台里特批配备给新闻组的电炉加热，有时带点零食，也都是大家共享。凌晨时分，广播大楼里静悄悄，只有我们和二楼中央台新闻部"新闻和报纸摘要"节目组、对外部（即中国国际广播电台前身）国内外新闻组在为海内外、各民族的听众编发稿件、制作节目，并在6点钟以后陆续播出。那时，中央台时政组的时政记者也担负给民族部发稿的任务，他们采写的稿子也要复写出一份给民族部编辑组，我们再据此编发给各语言组。记得刘振敏、刘振英两位同志是我们办公室的常客，也是我们最欢迎的记者，他们赶回广播大楼后，首先跑进大楼一层民族部编辑组的办公室，把新闻稿交给我们。发来的新闻稿件大多是党和国家领导人的重要国内外活动，或国内重大会议消息，常常成为当天发稿的头条新闻。让人感动的还有时任时政组组长、多次采访过毛主席的老同志陈寰，当时虽已年近60岁，仍亲自参加重要时政采访，并把新闻稿送到我们的办公室来。

那时，工作很辛苦、很琐碎，但大家精神饱满、乐观向上，办公室洋溢着青春的活力。周末，有时还会在狭窄的办公室里聚餐，欢笑声、歌声不时从我们的办公室传出。有时，语言组的同志也被吸引加入进来。

令人难忘的是1990年播出的电视剧《渴望》，同样引起了大家的共鸣，其主题歌也在中华大地上唱响。记得在第二年民族部组织的新年联欢会上，编辑组的全体同志破天荒地集体演唱了电视剧的主题歌《好人一生平安》，受到民族部各民族同志的热烈欢迎。虽然已经过去了30多年，但当时的场景仍恍如昨日。1990年第11届亚运会开幕前夕，我和编辑组的赵璇临时接受台里要我们重新撰写亚运会开幕式实况转播稿的任务。在连续40个小时、一夜没合眼的奋战中，我们一字一句地写作、讨论和推敲，终于按时交出稿件，经受了又一次重要写作任务的"大考"。

随着科技的发展，我们的工作环境不断改善。进入20世纪80年代后，新闻发稿开始用上了复印机，90年代用上了电脑。我也是在那时初次接触电脑，学会在电脑上打字，到现在已经是"一发不可收"，每天都要在电脑上工作了。

## 中央台民族广播的开拓性和引领性令人瞩目

民族广播是国家电台的一个新兴节目门类，它的影响和作用是巨大的。

1950年5月22日，中央台率先开办藏语广播，这件具有重大政治意义的开拓性工作在全国产生了深远的影响，带动了全国民族广播事业的发展和繁荣。根据2000年的不完全统计，我国共有165个广播电台、站（包括相关省、市、自治区广播电台和州、盟、市广播电台、站，含调频广播）办有蒙古语、藏语、维吾尔语、苗语、彝语、壮语、布依语、朝鲜语、侗语、瑶语、白语、哈尼语、哈萨克语、傣语、傈僳语、景颇语、拉祜语、水语、纳西语、柯尔克孜语、羌语、土语、锡伯语等24种民族语言广播节目。

中央台的民族文艺广播起到引领作用。"文革"前期，全国只能唱几首歌，广大听众意见很大。记得藏族著名歌唱家才旦卓玛同志就多次对我说：现在，中央台广播里就播几首歌，这怎么能行？中央台民族广播恢复之后，面对少数民族听众的渴望与期盼，民族部音乐组的程湘君、左辛等同志选出《万岁毛主席》《延边人民热爱毛主席》《毛主席的光辉》等歌曲，经过有关部门批准，率先在中央台民族语言广播和汉语广播中播出，受到听众的热烈欢迎。一石激起千层浪，很快，各地电台纷纷增播这几首歌曲，中央台的影响力可见一斑。

1979年4月，中央台民族部和中国音乐家协会在北京联合召开了"少数民族音乐欣赏会"，中国音乐家协会主席吕骥出席，在万马齐喑已久的中国音乐界引起了不小的反响。同年11月，民族部又邀请参加中国文学艺术工作者第四次代表大会的少数民族音乐家和部分汉族作曲家座谈繁荣少数民族音乐问题。才旦卓玛、美丽其格、宝力高、乌斯满江、金凤浩、白登朗杰、朱践耳、王品素、刘淑芳等出席座谈会。这是粉碎"四人帮"后较早召开的一次研究少数民族音乐事业的座谈会。此后，民族部和文艺部的音乐编辑程湘君、李金、魏秦芳、宋友权、左辛等先后赴新疆、西藏、内蒙古、上海等地采风，录制了一大批少数民族歌曲和乐曲，丰富了整个中央台文艺广播的内容。

中央台的民族广播推动了全国的民族宣传工作。1979年9月，民族部和国家民委政策研究室共同编写的《民族政策讲话》，在中央台用汉语和5种少数民族语言广播，受到热烈欢迎。这是民族工作战线拨乱反正中最早的舆论准备之一。这个讲座后来成书，在全国发行。1981年6月，民族部推出的《民族大家庭》节目前身——汉语《民族专题》在中央台《新闻和综合节目》中开播，实现了中央台用汉语和少数民族语言同步宣传中国共产党的民族政策，开创了民族宣传的新局面，在全国宣传界带了一个好头。此后《人民日报》、《光明日报》、《人民政协报》、中央电视台也先后开办了"民族大家庭"等专栏或专版。从1982年起，由民族部策划，广电总局和国家民委先后联合举办了"首届全国民族团结进步征文""边疆万里行""边疆民族知识有奖测试""评选全国少数民族企业家""民族之声音乐会"等活动，在全国掀起了一轮又一轮民族文化宣传高潮，也取得了不错的社会效果。作为这些活动的成果，《同心集》《边疆民族知识问答》《中国少数民族企业家》《民族之声》等图书和画册相继问世。这期间，乌兰夫、习仲勋、韦国清、邓立群、阿沛·阿旺晋美、杨静仁等先后参加了相关活动。1987年9月，乌兰夫同志还应民族部的邀请，来中央台就《民族区域自治法》实施三周年做广播电视讲话。记得我在录音录像之前向他简要报告了中央台开办民族广播的历史和现状，感谢他对推动恢复民族广播所做的贡献。乌老听了很高兴，祝愿中央台的民族广播越办越好。

## 确定中央台藏语广播开播日期

1981年，配合《当代中国的广播电视》的出版工作，民族部安排我收集整理民族部的发展历史，并写出《中央台民族广播资料性文稿》。

在半年多的时间里，我在广电总局档案室、资料室查阅广播宣传档案和《人民日报》1950年代的合订本，并广泛走访中央统战部、国家民委有关负责同志和部分1950年代在民族部工作过的老同志，在浩如烟海的报刊资料中查找出1950年5月12日"新华社新闻稿"编发的新闻"中央人民广播电台从5月22日起增设西藏语广播节目"和5月13日《人民日报》刊登的新闻"中央人民广播电台将增设藏语广播节目"。

此后，我将这一资料写进了《中央台民族广播资料性文稿》中，文稿打印出来后交给中央台。经研究，台里决定将1950年5月22日作为藏语广播暨中央台民族广播开播纪念日。

也就是在这一段时间里，我在广播事业局档案室查到了许多20世纪50年代中央台民族部有关节目方针、宣传策划、人事任命等资料，使我对民族广播的发展历史有了更多生动具体的认识。2005年是中央台民族广播创建65周年，我将这些资料整理成《中央台民族广播大事记（1950—2005）》，并收入我的《民族广播散论》一书中。

## 难忘的几位民族部领导

写到这里，我要说说几位民族部的老领导。

耿耀同志是中央台民族部的首任领导。他是一位在20世纪30年代抗日战争烽火中参加革命的老同志，1939年加入中国共产党。曾任中共冀中地委《团结报》编辑部负责人、《保定日报》主编。新中国成立后，历任中共河北省委宣传部报刊处处长、河北人民广播电台台长。他于1953年调入广播事业局工作，任广播事业局地方广播部副主任。1955年来中央台筹建民族部，1956年6月任民族部主任，为民族广播事业的开拓和发展做了大量的工作。民族广播撤销后不久，他又受命恢复民族广播。1970年正式筹备恢复民族广播初期，刚刚在"文革"中得到"解放"的耿耀同志即参加相关工作，开始时他还没有进入领导班子，就以一位普通干部的身份，听从安排，做力所能及的工作。1972年，他再次担任民族部负责人。此后他曾担任中央台第一副台长，依然关注民族部的工作。他在刚刚恢复的民族部担任负责人期间，同各民族的同志打成一片，关心和解决新调来同志在工作和生活中遇到的问题。这期间和此后，我和他有较多的接触，他的平易近人，他的认真敬业，他的工作方法，都给了我深深的教育和影响。1980年代初期，我去四川、贵州、云南组织"民族团结进步征文"稿件，耿耀同志和农村部老领导方舒同志与我同行，一路上，他们以很大的热情认真考察民族地区的历史、文化和发展现状，并向各级领导介绍中央台民族广播，做了许多有益的工作。耿耀同志善于接近群众，善于做调查研究，善于和各族干部群众交朋友。在云南，他深入基诺山寨，到基诺族老百姓的家里问长问短、了解情况，他的这些"老八路"作风使我深受教育。1989年11月，他应约为中央台民族广播40周年撰写文章，并给陈克信同志和我写了一封短信，信中说："民族广播40周年，应约写篇短文，本来力难胜任，但作为祝贺，只能露拙。离开工作多年，情况已不熟悉，很难符合实际，且人既老矣，观点乃旧。卷是交了，尽到心意，于愿已足，能否使用，由你们定夺。"收到此信，我十分感动。这样一位令人尊敬的老同志，在写稿的事情上，竟然是这么谦虚，真是让我受益终生。1995年7月，我成为中直机关的第一批援藏干部，出发前，已经退休多年的耿耀同志语重心长地嘱咐我到西藏好好工作，发挥自己的专长。他还表示要好好活着，等着我从西藏返回。2000年，他参加了中央台民族广播创建50周年的纪念活动。2002年春节前，我参加台离休老同志的活动，再一次见到耿耀同志，还同他拍了合影。谁知这是我最后一次见到他老人家。耿耀同志是引领我做好民族宣传工作的恩师。2005年，耿耀同志因病去世，他的名字将永远载入中央台民族广播发展的史册。

赵斯金同志是延安时期的老同志，曾在1956年后做过民族部编辑组组长、民族部副主任，1973年任恢复后的民族部副主任。我和他有过一段较长的共事时间。他虽然是一位老革命，但从不炫耀自己，和大家相处，就像是一位慈祥的长者。他和我们一起上早班，参加新闻审稿；他的乒乓球打得很好，休息时常常和同事们一起比赛；还经常参加编辑组的许多日常活动。大家都说他是一位乐观、豁达、长寿型的老同志。谁知刚退休不久，突然的病痛使他过早地离开了我们。但他平易近人的形象却始终留在我的记忆之中。

沙明同志在民族广播恢复后从兰州西北民族学院调到中央台民族部工作，曾任民族部主任。这位回族领导同志从小生活在新疆这个民族大家庭中，精通维吾尔语和其他新疆民族语言，他有很强的领导能力，待人亲切诚恳。那时民族部的办公室很紧张，但他一直坚持把语言组和编辑组的办公室安排在一楼条件较好的房间，而把部主任办公室设在地下室，那里潮湿、温度低。长期的工作，使几位主任都患上了关节炎，但他们从无怨言，依然全心全意为民族部的各民族同志服务。沙明同志后来进入中央台党的核心领导小组，返回新疆工作后，曾任新疆广播电视厅厅长、新疆维吾尔自治区政协副主席。2013年9月，沙明同志因病在乌鲁木齐逝世，享年78岁。

张志才同志1979年底从中央台台播部调到民族部任副主任，1984年任主任。他毕业于中国人民大学新闻系，是一位有能力、有才华、有开拓精神的干部。他在任期间，民族部的工作风生水起、有声有色，这是大家都公认的。张志才同志1985年后曾任中央台副台长、北京电影制片厂党委副书记、中国广播电视出版社社长，可惜后来因病英年早逝。

我还要特别提及黄凤锡同志。他是一位朝鲜族的老同志，1945年参加革命，1956年3月从延边日报社调到中央台民族部朝语组，曾任朝语组副组长。1965年我们这批同学来到中央台工作后，他一直是民族广播筹备工作的召集人。我们从他那里陆续了解了民族广播的发展历史和举办民族广播的特殊重要意义，这些对我来说是一种崭新的启蒙教育。1970年3月，他和我同时被抽调参加民族广播的恢复工作。此后长期共事。1984年他被任命为中央台民族部第二主任。黄凤锡同志是我投身民族广播的领路人。他工作扎实，任劳任怨，忍辱负重；他待人诚恳，热情豪放，勤于笔耕，几十年如一日，就像是一头老黄牛，为民族广播事业奉献了毕生的心血。他是中央台和中直机关的优秀共产党员。2017年12月，我去参加他所在的离退休支部祝贺他90岁生日的活动，我在那里回忆了黄凤锡老人对我的帮助与关怀。那次活动，我得到了他刚刚出版不久的《回望九十年——一位民族广播工作者的人生经历》一书，这是他给我们留下的有关中央台民族广播的珍贵回忆。晚年，他长期和疾病顽强斗争。2020年，93岁高龄的黄凤锡老人辞世。民族广播人永远怀念他。

1995年至2001年，我响应党中央的号召，作为中直机关第一批和第二批援藏干部，第16次走进西藏，在西藏广播电影电视厅工作。这一次长达6年的西藏生活，我要特别感谢时任民族部主任的王连西、副主任图门、民族部专职副书记套高以及民族部的同事支持我进藏工作，为我的人生转型创造了良好的发展环境。在民族部先后担任过领导工作的还有陈克信、朴千钧、肖玉林、赵连军等同志，他们对我的关心、支持和愉快共事，我是不会忘记的。

在中央台民族广播暨藏语广播创建70周年的日子里，我衷心感谢伟大的时代给了我从事这项事业的机遇，感谢中央台和民族部为我创造了众多的机会，使我成为民族广播第二代创业群体中的一员。是中央台的国家媒体平台，使我的青春与梦想在这里起步。

（2020年2月18日记于北京玉泉苑，7月8日改于西藏拉萨布达拉宫脚下，

2021年9月再改于拉萨）

1959年中央台藏语广播工作者在广播大楼前合影

1995年11月十一世班禅
前往日喀则扎什伦布寺途中

1995年大昭寺金瓶掣签后十一世班禅首次亮相（中坐者）

2000年在泽当杨兆麟与中央台藏语组老同志旺堆、罗永东、边巴次仁等合影

2005年采访中央台第一代藏语播音员朗杰曲珍

2005年中央台民族广播55周年座谈会期间，部分历任民族部领导合影

2008年《中国藏学》杂志创刊20周年座谈会合影

2010年5月民族广播60周年纪念合影

2009年10月1日，中央台藏语广播主持人在天安门城楼上直播国庆60周年庆典，左一为中央台时任台长王求

2010年中央台时任台长王求与部分藏语部新老同志合影

2010年在人民大会堂红会中央台民族广播60周年座谈会上发言

2010年在拉萨采访中央台第一代藏语播音员德钦卓嘎

2012年10月在澳大利亚悉尼与藏胞交谈

2013年中央台藏语部欢度藏历新年

# 人物素描

REN WU SU MIAO

①1984年与伍精华研究稿件
②1991年采访曲美巴珍
③1993年在迪庆扎巴格登家
④2009年采访作家苏叔阳

①2009年与阴法勇、李国柱夫妇合影
②2014与土丹旺布老师交谈
③与著名藏学家王尧先生合影

# 阴法唐的青藏铁路情结

青藏铁路已经全线铺通，即将正式通车，这是世界屋脊上的又一个历史性时刻！

近半个世纪以来，青藏铁路从策划到修建，牵动了从中央领导到几代藏族同胞和千千万万进藏干部的心。在青藏铁路横空出世的日子里，让我们走近一位曾经在西藏工作过的老领导、西藏自治区原党委第一书记阴法唐，一起来感受他的青藏铁路情结。

2004年国庆节，阴法唐将军离休后第十一次进藏，参加西藏江孜抗英战争100周年纪念活动。令人惊叹不已的是，他在夫人李国柱的陪同下，是乘汽车沿青藏公路进藏的。用阴法唐自己的话说，此行是"为考验自己的身体，顺便参观整修后的青藏公路和正在艰苦紧张施工的一流高原青藏铁路，向建设大军慰问致意"。

了解阴法唐的人都知道，自从青藏铁路格尔木—拉萨段在2001年7月开工后，这位老人的"青藏铁路情结"就进入了最亢奋的状态。

为了早日建成青藏铁路，阴法唐从1980年代开始，奔走呼吁了20

余年；为了早日建成青藏铁路，他多次向党中央、国务院递交报告，提出建议，并直接先后向胡耀邦、邓小平等同志汇报此事，力主进藏铁路走青藏线。现在，青藏铁路正在向拉萨挺进，2006年7月可望全线通车。西藏人民百年来的梦想就要变成现实，这怎能不让83岁的阴法唐老人心潮激荡！他决心乘汽车沿青藏公路进藏，一睹青藏铁路风采。途中，他走访青藏铁路的施工现场、慰问各民族铁路工人、看望青藏公路沿途的道班工人和农牧民群众。阴法唐一辈子都在和人民子弟兵、老百姓打交道，他离不开这些书写中国历史的主人公。在唐古拉山、在藏北草原，他一次又一次地被铁路工人的豪情和藏北牧民的新风貌所感动。

阴法唐究竟有着什么样的青藏铁路情结呢？

不久前，我们就这个话题走访阴法唐同志，他讲述了许多令人感动的情况。

## 邓小平决策：还是修青藏铁路好

"西藏人民最需要什么？一个发展中的西藏，没有铁路，西藏是大富不起来的……"这是阴法唐1981年12月18日在中央工作会议上发言时说的话。在阴法唐的心中，始终有个愿望——为西藏人民修建一条铁路。

阴法唐同志讲述了他和邓小平同志的一次谈话。

那是1983年的夏天，中央领导正在北戴河休假。此时，阴法唐也赶到了那里，他是去向邓小平等领导同志汇报西藏工作的。

阴法唐对当时的情景记忆犹新：

青藏铁路修到格尔木之后，在云南开了一次会，最后定的是从云南大理修到拉萨，中央领导都同意了，包括小平同志。因为他很关心进藏铁路。

见到我后，小平同志问我："向西藏修建铁路走哪条线好？"我毫不犹豫地回答："还是走青藏线好！"

邓小平说："不行，有个盐湖问题。"

我又说："铁路修到格尔木了，盐湖已经过去了！"

邓小平接着问："还有什么问题？"

我说："还有永冻土的问题，不过许多专家认为可以解决，耀邦同志也说西伯利亚大铁路建设时，好多地方都有永冻土，问题不大。"

邓小平又问："从格尔木到拉萨有多少距离，要多少钱？"我回答："从格尔木到拉萨有1100多公里，原来预计需要28个亿，现在可能需要三四十个亿。"

邓小平扳着指头算了算说："用不了。"

我说："现在物价都涨了！"

邓小平沉思了一会儿，最后肯定地说："看来还是修青藏铁路好！"

回忆完这次重要谈话，阴法唐同志又补充说："后来，我又具体算了算，从云南到拉萨的铁路要1600公里，桥梁、涵洞、隧道占到了48%，更加困难。根据我们的人力、物力、财力和难易程度来看，当然是青藏铁路距离近，只有1100多公里，又平（从昆仑山到羊八井海拔都在4000米以上，地势相对平缓）、又直。桥梁、涵洞、隧道，现在看来只占4%。"

## 青藏铁路来之不易

青藏铁路来之不易，小平同志的决策也来之不易。

阴法唐说："早在20世纪50年代初期，中央就提出西藏修铁路的问题，那时主要是从政治上、国防上考虑。毛主席还同尼泊尔国王谈过，提出要建设青藏铁路，加强两国贸易。论证对比之后，1958年动工修建青藏铁路，后来因为压缩基建而停工。1974年，中央再次将修建青藏铁路提上议事日程。铁道兵经过五年的艰苦施工，1979年青藏铁路越过盐湖，铺轨到格尔木，接着准备继续向拉萨修建。当时西藏自治区党委成立了铁路办事处，铁道兵曾经在格尔木、天水一带驻扎了两个师，计划两年修到拉萨。"

对于这一段历史，阴法唐早已烂熟于心。

1981年12月18日，阴法唐在中央工作会议上发言，对修建青藏铁路的重要意义作了全面阐述，建议中央把修建从内地到西藏的铁路列入国家"六五"计划。

后来，他直接找到当时的党中央总书记胡耀邦汇报想法。耀邦同志表示同意，要阴法唐写个报告，并说："如果修，你们从里往外修，铁道部从外往里修。"

1982年12月9日，阴法唐和一同来京参会的西藏自治区党委副书记巴桑给胡耀邦、叶剑英、邓小平等中央领导同志写报告，提出加快修建青藏铁路的建议和措施，并且设想可以从南北两个方向一起动工，预计1990年或稍后一些时间修通。

1984年2月，中央召开第二次西藏工作会议，阴法唐在汇报西藏工作时，又一次提到修建青藏铁路问题，呼吁："请国家能够给予尽早安排！"

1985年7月，阴法唐第二次调出西藏，到北京任第二炮兵副政委。但是，他的心里依然想着为西藏人民造福的青藏铁路建设，依然锲而不舍地为此奔走呼吁。

1990年7月，离开西藏已经五年的阴法唐回西藏搞调查研究。后来，他在给中央领导的报告中又一次建议"下决心修铁路"。

1994年7月15日，中央召开的第三次西藏工作座谈会前夕，在向江泽民和胡锦涛同志汇报时，阴法唐又一次提出修建青藏铁路，建议把勘察设计青藏铁路列入2000年前的工作计划当中。让他激动的是，四天以后，江泽民总书记在第三次西藏工作会议上郑重表态：要做好进藏铁路建设的前期准备工作。总书记的讲话使他备受鼓舞，也终于让他看到了铁路通到拉萨的希望，他呼吁修建青藏铁路的热情更高了。

在谈到修建青藏铁路的重大意义时，阴法唐说："西部大开发尽管有很多工程，但青藏铁路的修建却具有特殊的意义，特别是表现在西藏的旅游、经济、政治、国防、文化等各个方面。"

2000年2月12日，阴法唐在国家计委、铁道部等部门同志和一些专家的配合支持下，完成了写给中央领导的《关于青藏铁路复工的情况报告》，对修建青藏铁路的重要意义和可行性作了进一步阐述。

2000年11月，江泽民同志作出重要批示，指出修建青藏铁路十分必要，应下决心尽快开工修建。

国务院于2001年2月批准立项，6月29日宣布青藏铁路格尔木至拉萨段开工建设，朱镕基、吴邦国同志分别主持了格尔木和拉萨的开工典礼。

开工后的第二年，即2002年12月，江泽民又为青藏铁路题词："建设青藏铁路，造福各族人民。"此后，胡锦涛、温家宝同志也有指示和要求。2004年12月12日，曾培炎同志在一个报告上明确表示要提前铺轨到拉萨。

谈到这里，记者问："您刚才提到了20年时间10次坚持不懈地呼吁修建青藏铁路的漫长过程，让我们很受感动。当得知青藏铁路就要修建时，您的心情是怎样的呢？"

阴法唐激动地说："当时就好像一块石头落了地，心里说：总算呼吁成功了。"他还表示"争取坐第一班火车去拉萨"。

## 新的愿望：让青藏铁路继续延伸

在这次采访中，阴法唐同志还告诉我们，2001年6月，在青藏铁路开工前几天，他在铁道部召开的座谈会上除表示祝贺外，还诚恳地提出了三个字的期盼：好、快、续，就是"第一，要在保证质量的前提下加快速度，就是要好；第二，修建格尔木到拉萨的青藏铁路可以提前完成，就是要快；第三就是要续，就是铁路修到拉萨后要不间断地继续向前延伸。也就是修到拉萨后，要继续往前修，一是日喀则方向，另一个是向林芝方向修"。

2005年8月15日，从在贵阳举行的西南六省区市经济协调会上又传来好消息：未来5年，西藏将迎来铁路建设史上的第二个高潮，那就是建设青藏铁路的东西两条延伸线，拉萨至日喀则和拉萨至林芝铁路将在"十一五"规划初期开工建设。

这个消息正好实现了阴法唐同志的愿望。

这就是阴法唐将军的青藏铁路情结，这就是一位老共产党人对世界屋脊终生不渝的情怀！

（本文是2006年和西藏电台记者甘韵琪联合采写的）

# 给老将军拜年

2016年藏历火鸡年正月初二（2月28日）上午，我与爱人次丹和泽嘎、曲珍两口子一起到北京西四的一个干休所，给西藏自治区原党委第一书记、原二炮副政委阴法唐老将军和夫人李国柱拜年。

显然接到了门卫的报告，电梯在六楼一开门，李国柱大姐已经站在电梯口迎候了。不久前她刚做完腰椎的手术，行动不便，几天前在首都博物馆里的"西藏牦牛进北京"展览上见到她，她是坐在轮椅上的。此情此景，让我们深为感动。

进到客厅，95岁高龄的阴书记和我们一一握手。他身子仍很硬朗，腰板直直的，说话掷地有声，依然军人风度。

接着是藏式拜年仪式，吃"切玛"、献哈达。

身着藏装的次丹和泽嘎先后代表我们两家人捧着插有彩色麦穗和酥油花木牌的"吉祥斗"（切玛）走到阴书记和李国柱面前，祝福二位老人藏历年快乐，扎西德勒。两位"老西藏"十分熟练地用右手抓起斗中的糌粑面和青稞，轻轻地向上扬了三次，表示敬天、敬地、敬人，还将糌粑面放入嘴中品尝，预祝今年风调雨顺。在接受哈达时，阴书记把献给他的哈达当即从脖子上取下来回赠给次丹和泽嘎。这是一个规格很高的礼节，显示了老将军平易谦和、尊重藏民族习俗的高风亮节。

落座后，我们看到，客厅正中挂着一个粉底黑字的横幅，上面写着"庆祝藏历火鸡新年"。这使我记起，过藏历年他在家中挂横幅，这不是第一次。2009年我来拜年时，这里就挂着写有藏汉两种文字"欢庆藏历土牛年"的横幅。显然，阴书记一家是把藏历年当自己的年节来过的。

我向阴书记介绍，2016年夏秋之交，我在拉萨度过了140天的难忘时光。这次西藏之旅，我把拉萨的大街小巷转了个遍，弥补了在职时只顾完成采访任务，来不及了解拉萨许多细节的缺憾，对拉萨以及西藏的历史文化又有了新的感受，还用拍下的几千张图片和数万字的日记，把美丽的拉萨永远留在了我的记忆里。回京后我陆续在微信群里发了50多组拉萨图片，引起大家的关注。我觉得，拉萨的变化之大，既在意料之中，更多的是在意料之外。拉萨河"高峡出平湖"的景观以及滨河公园和"张大人花海"的壮美，就让我叹为观止，以至接连去了四五次还觉得意犹未尽。听说拉萨民间有"河变湖、树上山、暖入户"的赞誉，称赞西藏自治区党委和政府的工作卓有成效。

听到这里，阴书记感慨地说，拉萨和整个西藏这些年的变化的确很大，新的建筑和设施不断出现，街道修得很漂亮，和1950年代刚进藏时相比，早已是天上地下。他还提起1982年西藏改革开放初期去阿里调研的情景，感触颇深。

和我同来的泽嘎是我在中央人民广播电台的同事，现在是中央台西藏民族语言广播中心主任。他说，党中央和国务院一直关心和重视中央台的少数民族语言广播事业。"西新工程"实施以来，中央台的民族广播快速发展。目前中央台的藏语节目已经成为中央台的一套独立频道，每天播出时间从1950年开播时的30分钟增加到现在的18个小时，使用拉萨、康巴和安多三种藏语方言播出，在拉萨、成都和西宁还建立了三个前方编辑部，直接采写、编发和制作部分藏语节目。中央台的藏语节目已经在尼泊尔落地。听了这些信息，老书记显得十分高兴，一再勉励藏族编辑、记者、翻译和主持人再接再厉，把藏语广播办得越来越好。我知道阴书记一直很重视在西藏办好藏汉两种语言的广播，1983年3月，他重返西藏任自治区党委第一书记期间，还利用在北京开会的空隙，专程到中央台看望藏语广播工作人员，给大家留下了深刻的印象。

中午，阴书记夫妇盛情请大家在家里吃便饭。他首先举杯向藏族同胞祝贺藏历新年，并向大家提出希望："不忘初心，继续前进，迎接党的十九大胜利召开。"他和李国柱大姐不时给大家夹菜，还介绍说，特意给藏族朋友做了一道他们爱吃的菜——土豆泥。阴书记高兴地畅谈了自己在长达23年的时间里不断探讨和归纳"老西藏精神"的经过，再次让我们感动。他特别提到"老西藏精神"中的"一不怕苦，二不怕死"就是西藏边防官兵在1962年第一次响亮地喊出来的。后来受到毛泽东主席的充分肯定和赞扬，成为中华民族精神的重要组成部分。"长期建藏"思想也是进藏建藏人员在西藏艰苦卓绝的环境中铸造的一种高尚精神、追求和情操。在这一精神的感召下，雪域高原不知留下了多少可歌可泣的动人故事。

其实，阴书记夫妇就是"老西藏精神"的实践者和好榜样。他们都是走进西藏的18军老战士，李国柱还是第一批进藏的女兵。离休前李国柱是国家广电总局教育司的干部，前些年她参与发起和征集稿件，编写了《首批进军西藏的女兵们》一书，这一史诗性的进藏女兵集体创作，成了一部形象的"老西藏精神"的教科书。近年来，李国柱又先后撰写和出版了《一个女兵的西藏人生》和《我的西藏未了情》两部著作，再次感动了无数读者。阴书记先后在藏工作长达26年。1950年第一次进藏是执行党中央和毛主席的伟大战略决策——向西藏进军，把五星红旗插上喜马拉雅山；第二次是1980年中央任命他为西藏自治区党委第一书记，在西藏拨乱反正，改革开放。是一位名副其实的"老西藏"。《阴法唐西藏工作文集》已经问世，他的人生回忆录也已初步完成。

阴书记夫妇不仅自己实践"老西藏精神"，而且把这一精神传给了子女。她的女儿中有三个孩子的名字与西藏有关。"建白"是"建设西藏"之意，"江萨"是"新江孜"之意，"亚农"是在西藏"发展农业"之意。1998年，由他们夫妇发起，全家总动员，捐出16万元，加上各界捐献的10万元，共计26万元作为启动资金，成立了"阴法唐西藏教育基金会"。现在，在社会各界的支持下，基金会的资金已达1000余万元，每年都拿出一部分资助西藏边远地区的中小学，一时间，"老书记关心西藏教育"成为雪域高原的美谈。现在，他们的女儿阴建白已经接替阴书记，担任了基金会的法人代表。据我了解，阴书记一生与西藏结下了难以割舍的情缘。除在西藏先后工作二十多年外，离休后，他又先后十余次进藏调查研究、考察青藏铁路、看望老房东、老朋友。在北京的家中，每天晚上他们都要看西藏电视台的《新闻联播》节目，还经常在家中接待来自西藏高原的藏汉族干部群众，接听万里之外的长途电话。他家屋里的摆设充满了西藏元素："老西藏"王贵等书写的"老西藏精神"条幅、拉萨大幅全景图，还有藏装、木碗、藏戏面具、牦牛山羊模型……无不展现了两位可敬的老人对西藏的深厚感情。笔者看到，他家的客厅中挂有一幅同乡、著名书法家欧阳中石先生的书法作品，上面写道："西南大隅障边陲，屹立高原仰北之，天意人心亲脉脉，一家兄弟永如斯。"这是对两位老人西藏人生的形象概括和描述。

告别的时候，阴书记穿戴整齐执意要送我们下楼，经我们一再劝说，85岁的李国柱大姐代表阴书记一直把我们送到楼下，挥手同我们道别。

回到家中，我给李国柱大姐发了一条微信："阴书记的教诲令人难忘。祖国情、西藏情、民族情、战友情，情深似海，感天动地。"

（2017年3月2日写于北京，4月10日修改。本文先后在《西藏日报》《布达拉杂志》和中国西藏网等媒体上用藏汉两种文字发表）

# 35年后的看望
## ——关于老模范多吉的记忆

　　来到那曲，一直打听多吉的下落。听说他还健在，我决定去那曲县门董乡登门看望。

　　多吉是20世纪70年代西藏牧业大寨——那曲县红旗公社的带头人。那时，他带领全乡的藏族翻身牧民战天斗地，建设草场，在艰苦的条件下，发展了当地的牧业生产，成为雪域西藏农牧民的一面鲜艳旗帜。那时，有关他的报道、图片，随处可以找到。他与隆子县列麦公社的仁增旺杰、乃东县结巴公社的次仁拉姆等都是西藏民主改革后涌现的第一批翻身农奴出身的基层干部。

　　我是1974年第一次认识多吉的。那时我是中央人民广播电台的记者，到那曲后，时任那曲地委书记的热地同志推荐我去红旗公社采访，并亲自把我送到海拔4600多米的红旗公社水利工地，安排多吉和我接头，还嘱咐他要安排让我晚上睡在一个干净的帐篷里。

　　那次采访，我有机会看到并感受到藏北牧民的坚忍不拔和吃苦耐劳，对多吉的干练、豪爽和幽默留下了深刻的印象。

此后不久，多吉又作为西藏代表多次进京出席党代会或劳模会，我也有机会去他的住地采访他。

一晃几十年过去了，探望多吉、了解他的近况一直让我记在心上。

今天一早，我就从那曲镇出发，乘车前往门董乡，看望35年未曾见面的多吉。同行的同志告诉我，多吉退休前曾任那曲县委副书记，近年来腿脚不太灵便，但一直关心那曲县的发展，有机会还会给地区和县的领导提出发展经济的建议。

汽车穿过白雪皑皑的山冈，还是那条熟悉的路。三十多年前在这里采访和生活的情景又浮现在眼前。

我们在多吉简朴的院落前下车，多吉闻声拄着拐杖赶到门口迎接。经过自我介绍，多吉立即想起了三十多年前我采访他的情景，他紧握着我的手，长久地摇动着。看得出他很激动。

交谈中我知道，多吉今年已经74岁了，过着幸福的晚年生活。他有5个孩子，祖孙三代的大家庭已经有27口人了。

多吉说，3月28日是西藏百万农奴解放纪念日，昨天他在家里看了拉萨庆祝大会的电视直播，很兴奋，也回想了50年来自己走过的岁月。他说，没有共产党、解放军就没有西藏人民的今天；没有民主改革，就没有西藏的发展和翻身农牧民的幸福生活，要世世代代铭记党的恩情。他说，现在青藏铁路已经修到了他的家门口，这是过去做梦也想不到的大喜事。乡亲们都得到了铁路修建带来的实惠和发展机遇，生活越来越好。这些年，这里的变化用"翻天覆地"来形容是最确切不过的了。

多吉愉快地回忆起当年与巴桑（朗县原县长，后任西藏自治区党委副书记、全国妇联副主席）、仁增旺杰、次仁拉姆多次在拉萨开会和交往的情景。翻身农奴的解放和当家作主，是他一生中最快乐的时光。

多吉很关心西藏的发展，他认为今后要按照科学发展观的要求，规划好10年、20年后的发展蓝图。他表示相信，西藏人民的未来一定会更加美好。谈到这个话题，多吉显得十分激动，这使我又仿佛看到了他当年带领翻身牧民艰苦奋斗的情景。

交谈中多吉热情的老伴不时给我们倒上香喷喷的酥油茶，还让我们吃她亲手炸制的藏式点心"卡赛"。屋里的电灯亮亮的，牛粪火呼呼地燃烧着，把屋子烘得热乎乎的。多吉的小孙子一直依偎在爷爷的身边，看得出，多吉是个慈祥的爷爷。

多吉住的这套平房距离30多年前住的老房子不远，是最近两年新盖的。屋里的陈设十分简朴，党的三代领导人的画像高挂在房子中间的墙上。而他获得的数不清的荣誉在屋里却找不到丝毫的痕迹。

这位曾经在西藏家喻户晓的人物，在进入晚年之后，保持着宁静、淡泊的心态，他快乐地享受着民主改革和改革开放给他带来的幸福生活，同时也憧憬着更加美好的未来。

临别时，我望着多吉花白的头发和古铜色的刚毅面孔，突然觉得，他就是一部活生生的西藏民主改革的历史、一部百万农奴翻身解放、当家作主的历史。

我怀着深深的敬意与他道别，期望再次与他见面。

（2009年3月29日于西藏那曲）

# 寻找曲美巴珍和她的儿女

2011年10月下旬，我第七次来到四川省甘孜藏族自治州首府康定采访。

刚下飞机，我就向州委宣传部的同志打听曲美巴珍儿女们的联系方式。找到他们是我此行的重要任务，我不能和他们失去联系。

这是我在康定的第二次寻找，第一次是寻找曲美巴珍，这次是寻找她的儿女。

## 曲美巴珍——感动西藏的人物

曲美巴珍是谁？她是20世纪50年代人民解放军进军西藏路上的著名支前模范，是一位美丽而坚强的康巴女子。在整个50年代，她那张著名的赶着牦牛走在支前路上的照片，频频出现在《人民日报》《人民画报》和《民族画报》上。

1991年出版的《当代中国的西藏》对她有过很长的一段介绍:"从进军西藏开始,就得到全国各地,尤其是邻近西藏的四川、西康、云南、青海、新疆的大力支持……德格县龙垭村藏族妇女曲美巴珍是运输战线的突出代表。从1950年人民解放军经德格向金沙江进军开始,她便带着两头牛、一匹马,和邻居们一起参加了支援解放军进军西藏的运输行列。在运输途中,她尽量帮助同伴解决困难。过河间,总是帮助体弱的同伴上下驮子。有一次她自己的牛累得走不动了,她就带病背着50多公斤重的驮子继续前进。她说:'解放军远离家乡和父母,千辛万苦到这里来,是为了我们藏族人民的解放,我们不能叫解放军挨饿。'她把粮食一直背到目的地。每当下雨或飘雪时,她带头用自己的毡子搭在牛身上,把衣服盖在驮子上,保护运送的物资。曲美巴珍率领的妇女运输队经常在柯鹿洞到光通河60公里的路段上运输。这段路崎岖险恶,一不小心就会连人带牛掉下悬崖,摔得粉碎。曲美巴珍和她的运输队没有被困难吓倒,她们勇敢坚强而又谨慎小心,胜利完成了100多次运输任务。西康省人民政府主席廖志高派代表授给她《支援模范,藏族之光》的锦旗。"

2011年7月,在纪念中国共产党成立90周年和西藏和平解放60周年的日子里,曲美巴珍被评选为"60位感动西藏人物"之一。

## 寻找曲美巴珍

我很早就知道了曲美巴珍的名字。当了中央人民广播电台的记者后,我也曾多方打听,但没有找到她的下落。一直到1991年春天,为纪念西藏和平解放40周年,我带领中央台记者组乘汽车从川藏公路进藏采访，在时任甘孜州政协副主席、州委宣传部部长卢凤鸣（女、藏族）的热情帮助下，终于在康定城的跑马山下，找到了令我十分敬仰的曲美巴珍同志。

在此后我写的《曲美巴珍，你在哪里？》一文中，我描述了第一次见到她时的情景："二层楼上的房门打开了。迎接我们的正是曲美巴珍。这位40年前的支前模范，已经从一位秀丽的藏族姑娘变成了64岁的慈祥的藏族阿妈。她仍然是那么朴素，穿着普普通通的上衣，头上戴着解放帽，头发还是黑黑的。虽然身体已经发胖，但还可以从那和蔼的笑容中，看到她当年秀美的轮廓。

曲美巴珍听说我们是中央人民广播电台的记者，十分高兴。她热情地把我们请到客厅里坐下。这是一间典型的藏式房间，绘有吉祥图案的藏式方桌上摆着糖果、点心和瓜子，炉子上坐着滚烫的酥油茶。我们靠在藏式沙发——卡垫上，随着她不时夹杂着藏语的叙述，回到了40年前那个难忘的岁月，那个给了她闪光青春和火红年华的时代。"

她的往事回忆令我震撼，她对共产党、解放军的赤诚让我感动；十八军小战士在她身边牺牲的场景让我刻骨铭心；她与十八军参谋秦干事（秦世怀）的幸福结合与30多年的幸福生活让我感慨不已，使我越发敬重这位充满传奇色彩的老阿妈。

曲美巴珍当了"支前模范"后，曾于1953年到北京参加第二次全国妇女大会，还在中央人民广播电台做过广播讲话。此后她一直在甘孜州做妇女工作和宣传工作。1980年，曲美巴珍担任四川省甘孜藏族自治州人大常委会正县级专职委员，1989年10月退休。

# 17年间的三次看望

从1991起，我们开始了长达17年的友谊。这期间，我曾先后三次到康定看望她。她的儿女们也亲切地称呼我为"张哥"，我也几乎成了这个汉藏团结家庭中的一个成员。我做不了太多的事，只能运用职业优势，把我看到的新西藏以及十八军老同志对她的关怀和问候转达给她，让她得到更多的欣慰和快乐。

1999年年初，我和电视剧《西藏风云》拍摄小分队从拉萨来到甘孜州的甘孜县和泸定县拍片，又专程到康定看望了曲美巴珍。我告诉她，剧中的索娜这个人物就是以她为原型塑造的。还告诉她阴法唐等西藏老领导听了我的汇报，都很关心她的近况，祝她健康长寿。两年后，阴法唐夫妇还派女儿阴建白到康定看望了她。在后来由阴书记主持编写的《解放西藏史》一书中，也有专门文字记述了曲美巴珍的事迹："德格县龙垭村藏族妇女曲美巴珍用自己的两头牦牛、一匹马，在120公里的运输线上，一直往返驮运物资；雨雪天，她用自己的衣服盖住驮子，保护运输物资。她与男子一起参加担架队，赶夜路抬运解放军伤员，双脚磨破，鲜血浸染藏靴，仍然坚持前进。"

# 2004年看望曲美巴珍

2004年夏天，我到甘孜州调研，再次登门看望了曲美巴珍，那时她已患病多年，手也有些颤抖，但见到我，她仍然像第一次见到时那样兴奋不已。她拉着我的手，回忆进军西藏的年代，述说对汉族丈夫的思念，介绍自己的退休生活，还不断招呼家人给我倒酥油茶，让我吃糌粑、吃风干牛肉和水果。告别的时候，她拉住我的手久久不放，并把我的两只手先后贴到她的前额上，这是藏族同胞对亲人的最好祝愿。我们互道珍重，依依惜别。

谁知，这竟是我们的永诀。2008年6月16日，曲美巴珍在康定病逝，终年81岁。

听到这个噩耗，我悲痛不已，当即给甘孜州人大发去唁电。我在唁电中说："曲美巴珍同志是藏族人民的优秀女儿，是一位热忱的爱国者和民族团结的模范。作为十八军进军西藏队伍中的一名运输队员，她在半个多世纪前为西藏和平解放勇敢支前的英雄业绩和年轻的身影，已经永远镌刻在解放西藏的史册上！我于1991年在康定找到曲美巴珍同志，并报道了她的业绩与现状，引起西藏自治区老领导的关心和重视，也从此开始了我们的联系与友谊。17年间，我先后三次看望曲美巴珍同志，她对中国共产党的热爱与忠诚、她对民族团结的实践与坚守、她对解放西藏岁月的记忆与快乐、她对新西藏的赞美与向往，都给我留下了永不磨灭的印象！"

## 与曲美巴珍的儿女重逢

此后，由于电话号码的更换，我和一直有电话往来的曲美巴珍的女儿秦秀英（藏族名字是斯郎旺姆）失去了联系。但她和弟弟、妹妹们的情况仍时时让我牵挂。

在离开康定的前一天下午，康定县外宣办主任张雪峰给我发来短信，告诉我打听到了曲美巴珍儿子秦彪的联系方式，这使我喜出望外，通过秦彪的爱人，我迅速拨通了秦秀英家中的电话。

电话那头传来了秀英激动的声音，我这才知道，这几年，他们也在找我，还在网上写了许多留言，希望能和我联系上。

不一会儿，秦秀英和弟弟秦彪出现在我面前。大家都很激动。六只手紧紧握在一起。

秀英姐弟俩领我到宾馆附近的一座茶楼叙谈。我们就像一家人一样拉起家常。他们俩都已退休，秀英的大弟弟秦德康仍在州检察院工作。知道曲美巴珍几个子女的家庭生活都很幸福，我也十分高兴。交谈中得知，秀英和秦彪还学会了上网，有自己的QQ，能在网上对话和传送图片，这给我们今后的联系带来了许多方便。

问起和父亲老家现在联系多不多，姐弟俩讲述了许多我不曾知道的情况。

他们的父亲秦干事1940年代参加人民解放军后就和家人失去了联系。老家也以为他已牺牲，还在家中为他立了一个牌位，以示纪念。直到1970年代，秦干事才在一位同乡的帮助下与家人取得了联系。这一天大的喜讯使两边所有的人都喜极而泣。此后，秦干事的母亲专程从江苏来到康定，在跑马山下一住就是五六年。老人很喜欢曲美巴珍这个善良热情的藏族儿媳妇，对自己的孙女、孙子更是充满了怜爱之情。孩子们也很喜欢这位汉族老奶奶。老人回到江苏后，一直和他们保持着联系，直到去世。秦干事参加革命后一直没回过老家，但几个叔叔来过康定与大家相聚。那时受条件所限，大家都没有电话，联系起来很不方便。秀英他们还都在上学，参加工作后又都很忙，所以一直没去过父亲的老家。这也成为他们深深的遗憾。

秦干事于1988年在康定去世，终年60岁。曲美巴珍后来告诉我：她的终身伴侣秦世怀是安徽人，曾给刘少奇当过警卫员。他在解放战争时期参加革命,身上有9处伤,其中有一颗子弹一直留在肺上。20世纪50年代曾到成都的川医检查,大夫说做手术要去掉几根肋骨,就没有做。秦干事去世之前是康定县商业局的干部。遗体火化后,悲痛欲绝的曲美巴珍还惦记着他留在肺上的那颗子弹,特意从骨灰里找到了它,并细心收藏起来。1991年第一次见到曲美巴珍时,她还端出一个盒子,拿出了那颗子弹壳给我看。

往事如烟,曲美巴珍和她一家的故事一直激励着我。

现在,曲美巴珍不在了。作为"张哥",我们要延续这种汉藏友谊,这是一种难得的人间真情。我嘱咐他们要抓紧时间去安徽看望父亲老家的亲人,让汉藏两个民族的亲情世世代代传承下去。也欢迎他们来北京旅游,看看祖国的首都,看看外面的世界。

分别的时候,大家一起照了合影,我还特意让秀英站在中间。这是一张难忘的照片,我将永远珍藏。

怀念曲美巴珍!祝福她的儿女们幸福,扎西德勒!

（2011年11月7日深夜记于北京）

# 扎巴格丹的香格里拉生活

这次到迪庆，最高兴的是见到了18年前结识的藏族朋友扎巴格丹。从他的身上，我看到了迪庆藏族自治州前进的身影，也看到了归国藏胞的幸福生活。

## 18年前的记忆

1993年6月，我第一次到迪庆采访。那是一次难忘的高原之旅。陪同我们的扎巴格丹是迪庆州民族宗教事务委员会的干部，那一年他23岁，留着短发，穿着一身劳动布衣服，一路陪着我们。从交谈中我知道，他是一位15岁时与父亲一起从印度回国的藏族同胞，精通藏、英、汉、印地4种语言文字。他的父亲在印度生活了40年，受到祖国和亲生女儿的感召，于1987年回国。

那一次，他特地邀请我们去中甸县（今香格里拉县）尼史乡称尼村看他家的新房子。那是一栋高大的全木质结构的二层楼房，是当时村里最气派的藏式民居。扎巴格丹76岁的老父亲仁钦平措热情地招待我们，讲述了海外生活和归国历程，还为我们唱起了一支海外游子的思乡之歌。后来他的叙述和他的歌声在中央人民广播电台的《民族大家庭》节目中播出，受到听众的欢迎。扎巴格丹的热情、认真，以及他想做更多事情的理想给我留下了深刻印象。

那次采访结束后，我回到北京，写出了《迪庆——那片充满希望的土地——迪庆人物访谈录》一文，其中的一节"扎巴格丹——他家从印度归来"，就记录了我对他和他的家庭的感受。此后，我们通过好多次电话。听他说，单位很重视培养他，曾送他到迪庆州的民族干部学校和党校学习，他也说想发挥自己的特长，以后在当地搞旅游。后来，由于当时家中都没有电话，更谈不上有手机，相互联系不方便，加之工作的变动，就渐渐听不到他的消息了。后来我虽曾有过两次到迪庆的机会，但都因逗留时间太短，没有打听到他的下落。

## 艺术中心的不期而遇

2011年10月下旬，我带领"同心2011网络媒体藏区行"采访团来到迪庆州。这是我第四次来这里。距上一次来，又过去了8年。

1993年我来这里采访时，看到街上新落成的"骏马奔驰"塑像，听到了上至州领导，下至企业家，一直到扎巴格丹的讲述。我意识到，这里是一片充满希望的土地。此后不久，迪庆迅速起飞。特别是2001年12月民政部批准将中甸县更名为香格里拉县后，迪庆州更是声名远扬，成为涉藏地区加快发展的耀眼明星。当年采访过的中甸县委副书记齐扎拉成长很快，后来成为云南省委常委、中甸州委书记。2010年被调往西藏，任西藏自治区党委常委、拉萨市委书记（作者注：齐扎拉现任西藏自治区党委常务副书记、西藏自治区主席）。

我对这次采访自然也是充满了期待。

到迪庆的第二天，热情的主人安排"香格里拉唐卡中心"作为我们采访的第一站。

走进古色古香的独克宗古城，在一处藏式庭院前，一位留着长发的藏族中年男子热情地招呼大家进院，走上二楼，并不断回答着记者的提问。此时，一个来自新加坡的学生团也在这里参观学习，这位中年藏族还不时用英语回答他们的问题。我看着这位忙碌的藏族主人，若有所思：这个人好像在哪里见过。趁着大家采访的间隙，我走过去和他交谈，并交换了名片。就在我拿到他名片的刹那间，一行字出现在我的眼前："扎巴格丹，香格里拉民族文化传承与保护协会、香格里拉唐卡协会理事长。"扎巴格丹，这不就是18年前接待我们的那位藏族朋友吗？我喜出望外，立即紧紧地握住他的手，连连说："你是扎巴格丹？18年了，终于找到你了！"此时，扎巴格丹似乎也从记忆的搜索中缓过神来，他也再次握住我的手："你是中央人民广播电台的张老师，太高兴了！"这一不期而遇，使我们都无比兴奋。在紧张的采访间隙，我们不时询问着对方这些年的情况，他还特意去办公室拿来两套介绍唐卡协会的画片送给我。

扎巴格丹说，香格里拉唐卡协会是2007年由他集资创办的，当时，独克宗古城正在修复，为了保护和发展藏族的传统文化，提升独克宗古城的文化内涵，他建立了"香格里拉文化多样性传承与保护协会"，并成立唐卡协会，请来唐卡画师和民间艺术教师，免费招收了一批贫困家庭的儿童，让他们掌握一技之长，成为藏民族传统文化的继承者。目前，在唐卡班学习的有二十几名藏族青少年。

## 他的事业越做越大

趁着记者们采访唐卡画师洛桑克珠的时候，扎巴格丹领着我穿过一条街，看了他正在做的两个工程：一个是"香格里拉藏酒吧"，一个是"阿若康巴南索达庄园"。藏酒吧是一栋两层木楼，正在修建，计划明年5月开业。扎巴格丹说，香格里拉村民酿造的青稞酒远近闻名，在尼泊尔和不丹也很受欢迎，酒吧开业后，将形成当地的青稞酒品牌，并且要走进国内外市场。他已经在家乡组织村民批量生产青稞酒，让家乡的父老乡亲有更多的收入。在阿若康巴庄园工地，扎巴格丹表示，他要把这里建成一个高档酒店，明年国庆节前开业。

扎巴格丹告诉我，现在他每天的日程都是排得满满的，有时甚至要按时间表运行。迪庆州的历届领导都很关心他，鼓励他多为老百姓做实事。他还是迪庆州的人大代表、政协委员。

听着扎巴格丹的讲述，我不禁为这位康巴汉子的精神和业绩所深深感动。

这18年间扎巴格丹是怎么走过来的呢？他的创业足迹又是怎样的呢？

1993年，扎巴格丹离开机关"下海"，到旅行社做导游，熟悉旅游业务；1999年到奥地利进修旅游管理；2000年，创办了以发展生态旅游为主的探险旅游公司，并与外国探险家合作出版了《澜沧江的故事》《茶马古道》两本介绍迪庆的英文图书；2003年创建了康巴商道探险旅行社；2007年创建了阿若康巴、巴斯卡厨房（均为餐厅）；同年自筹资金创建了慈善团体——香格里拉民族文化多样性传承与保护协会；2008年创建了唐卡学会；2009年合资创建了香格里拉足生堂；2010年筹备达拉、毕松村的乡村生态旅游项目。

# 达拉村风景

说起乡村生态旅游，扎巴格丹神秘地对我说："我领你去看一个地方"，他一边开着车一边说起了他的另一个理想："这些年香格里拉的旅游品牌已经打造出来了，大家都知道普达措、碧塔海、硕都湖，但我看，我家乡的达拉村和毕松村的景色一点也不比这些地方差，我要把这两个地方建设成香格里拉的新景点，开展生态旅游和探险旅游，还能接待科学家到这里做科学考察。"说着，他指着远处的山林让我看。暮色中，只见山上森林密布，金黄一片，落日的余晖照在上面，灿烂耀眼；两旁的草场上牦牛在悠闲地吃草，满目田园风光。

一路上，扎巴格丹不时停下车，与乡亲们打招呼，还问要不要搭车送一段。看着老乡们的快乐神情，我知道，扎巴格丹和当地的乡亲们十分熟悉，他是个心地善良的人。

过了一会儿，眼前出现了一栋崭新的二层木屋，在辽阔的田园上十分醒目。走进宽大的院落，这才看清楚，原来这是一座面积很大的纯木质结构二层楼房，里面有客房、餐厅和设备齐全的卫生间。站在窗前，森林、草场尽收眼底。

扎巴格丹告诉我，这里就是他正在筹建的乡村生态旅游项目。这里是达拉村，穿过森林，山那边还有一个旅游点——毕松村。最近，扎巴格丹三天两头要来这里，他要动员和组织这里的藏族乡亲们参与乡村生态旅游，为他们再开辟一条致富的门路。扎巴格丹说，达拉一毕松生态旅游项目将在2012年4月开始接待游人，届时，香格里拉春天的草场上将出现一顶顶美丽的藏式帐篷，别具一格的高原帐篷酒店，将是扎巴格丹和他的伙伴们为香格里拉营造的又一个新景观。

## 走进扎巴格丹家的第四代新居

此次香格里拉之行，扎巴格丹再次请我走进了他的新居。在现代社会，住房是生活水平的重要标志。算起来，扎巴的新居是他家的第四代住房了。扎巴格丹的姐姐索朗卓玛一辈子没离开过称尼村，西藏和平解放前她家有一个旧屋，1981年建了新房；父亲回国定居后，孝顺的姐姐在1993年又盖了一栋全木质结构的新楼，成为当时全村最好的房子，我在当年采访时看到的就是当时尚未完全竣工的第三代新屋。这次，我还是首先到这座楼房中参观，回想18年前在这里时的愉快场景，追忆已经去世的扎巴格丹老父亲和姐姐的音容笑貌，看看他们今天更加美好的生活。我清楚地记得，就是在上楼的楼梯上我们和扎巴格丹的家人照了一张"全家福"。现在，扎巴格丹的姐夫生活在这个宽敞的院落中，院子里放养的藏香猪个个膘肥体壮。

扎巴格丹的第四代新居距老屋不远，远远就看到涂有白色石灰粉浆的高大院墙。大门是藏式门楼，见到主人的红色越野车来了，好几只毛茸茸的小狗摇着尾巴跑过来，对我们十分友好。扎巴格丹喜欢养狗，他还有一只心爱的藏獒。

走进大门，迎面是一栋坐北朝南的长形木屋，看上去十分雅致。扎巴说这是他的会客厅。走进去一看，满屋阳光灿烂，木沙发、木桌、木凳、木质装饰品，让人神清气爽。

主楼在会客间的右侧，这是一栋高大的二层木结构楼房。里面全部是现代家具，包括淋浴设施。扎巴领我走上二层的客厅，一位慈祥可亲的老阿妈安详地坐在那里，扎巴说："这是我的母亲，是在你1993年来迪庆采访后从印度回国定居的"。我走到老人面前，双手合十，互祝"扎西德勒"。从她那标准的拉萨口音里我判断她是生于西藏的藏族。一问才知道，她母亲是西藏山南人，叫白玛卓玛，今年82岁。从他那依然白皙的皮肤和优雅的神态中可以看出，老人的晚年生活十分幸福。我们很快用拉萨语交谈起来。能有机会说拉萨话，老人自然很开心。说话间，她还接到了长途电话，老人拿着手机，思维清晰地和远在外地的孙子说着家常话。扎巴给我倒了一大杯老妈妈准备好的甜奶茶。我们边喝边聊。

扎巴让我参观了自己的书房和卧室，还特意让我看看女儿次拉姆的屋子，只见墙上贴满了她的奖状，还有许多照片。次拉姆今年11岁，母亲是一位漂亮的丽江纳西族女性，她还有个藏族名字叫丹增白珍，在州劳动局工作。因为当天不是周末，母女俩都在县城里，那里还有一套他们的住房。扎巴是个孝子，每天都要开车回来看望母亲，有时还要陪着母亲住几天。扎巴说女儿让他自豪，从上学那天起，成绩一直很好，现在是班长，还是少先队的大队长。去年她的一篇作文《我的爸爸》还在"中华颂"全国万校小学生魅力作文大赛中荣获了特等奖。扎巴说，女儿对他说，自己要好好学习，将来要考到北京上清华大学。

扎巴安排我来他家，是要给我一个又一个的惊喜。和老阿妈道别后，扎巴执意要我到他的后院看看。走进新居左侧的庭院，又让我大吃一惊。原来这是个地地道道的"后花园"，草坪、果树、花坛、木桌木椅、木凉亭，加上石头铺就的小路和木屋，芳草萋萋，清雅幽静，真是个小小的"世外桃源"啊！

离开迪庆州的时候，我对扎巴格丹说："看来你回国定居这条路是走对了。"他开心地回答说："是啊，我现在过的才是真正的香格里拉生活。"

谈起回国20多年的感受，扎巴格丹说："父亲在国外的时候天天都思念着自己的祖国，告诉我无论如何也要回到家乡，并要求我一定要用自己的力量为家乡的人民做一些事情。二十多年来，我一直铭记着父亲的嘱托，我觉得选择回国是我人生中做得最正确的一件事情。"

回到北京后，我在浏览"香格里拉民族文化多样性传承与保护协会"网页时看到扎巴格丹写的一段话："香格里拉是千百年来无数人魂牵梦萦的福美之地。雪山、牧场，美丽的喇嘛庙，这就是我生生世世不离不弃的故乡。我要倾我所能，倾我所有，守护她……"

这段文字，让我更加读懂了一位归国藏胞的内心世界。

（2011年记于北京）

附记：当本书即将出版时，时间又过去了11年，扎巴格丹的事业越来越红火了。2020年夏天，他来拉萨打理他的主打产品——阿若康巴庄园的拉萨分店，并来到我在拉萨的住地看望。这一年，我完成了进藏日记《一个新闻工作者的西藏记忆》的编辑工作，在有关扎巴格丹的人物介绍中写有如下文字："扎巴格丹，男，藏族，归国藏胞。1970年生于印度中央邦的一个农村，1987年同父亲一起回国，在故乡云南迪庆藏族自治州的中甸县定居。1990—1999年在州民族宗教事务委员会任公务员，1999年到奥地利和美国学习旅游管理和企业管理。2003年在迪庆州成立康巴商道旅行社，成功地开发了迪庆的生态旅游项目。2006年在独克宗古城成立香格里拉民族文化传承与保护协会，免费为藏区培养唐卡绘制等人才。现任阿若康巴系列精品酒店董事长。是迪庆藏族自治州人大代表、政协委员，迪庆州民族团结进步模范个人。"

# 追思史占春同志

中国现代登山事业的创始人史占春同志于2013年1月27日在北京逝世，终年85岁。

3月13日上午，我参加了在中国登山运动中心召开的追思会。李志新、王凤桐、罗则、陈荣昌、张俊岩、于良璞、张江援、陈建军、金俊喜、吴寿章、汪铁铭、营道水、赵进军、张长龙、成天亮、鲁光、王鼎华、王友堂、王延郁等登山界著名人物、老同志和中央台、国际台、体育报等部分新闻单位参与过登山采访的老记者出席。史占春的儿子史岩也参加追思会，并作了极富感染力的发言。我也因此与他相识。

我在会上发了言，主要内容如下：

没有及时得到史占春同志逝世的消息、没能向史占春同志的遗体告别，是我终生的遗憾。

我于1978年参加登山采访工作，此后便与中国登山事业结下不解之缘。史占春同志是中国登山队这个英雄集体的领军人物，是中国登山队的一面旗帜。中国登山事业的历次重大行动都对不同历史时期中国的政治生活产生了深远的影响。中国登山队创造的"无高不可攀，无坚不可摧"的"登山精神"早已成为中华民族精神的重要组成部分，在困难的年代、在艰苦的岁月、在中国走向现代化的征途上，"登山精神"都起到了"精神原子弹"的作用。

史占春同志是一位在国内外享有盛誉的著名登山家，他所具有的政治意识、战略意识、理论意识；他指挥登山战斗清醒、果断、沉着、坚定的大将风度；他在世界登山舞台上的凛然正气；他的真诚、坦率与耿直；他的亲和力与人格魅力；他的闪光思想和语言感染力；他的音容笑貌都永远活在我们的心中。

我和史占春同志有长达35年的交往。1978年春天，我作为中央人民广播电台的记者应中国登山协会的邀请，参加了中国和伊朗联合攀登珠穆朗玛峰的登山采访工作，在海拔5000米以上的珠峰大本营及一至三号营地生活了三个月。在完成采访报道任务的过程中，还创造了我人生登达6600米高度的纪录。这期间，包括回到北京后的总结活动，我多次直接接触史占春同志，听到他从北京向登山一线指挥部发出的各项登山指令，被他的果敢决策所深深感动。

1985年春天，我又应邀参加中国日本联合攀登位于西藏阿里的纳木那尼峰（海拔7694米）登山采访工作，有机会在大本营与史占春同志朝夕相处，目睹和感受他在登山第一线的卓越指挥才能，聆听他对登山的深刻思考和见解。在河北兴隆县训练期间，我和他在3月5日还有过一次彻夜长谈。在第二天的日记中有这样的记录："昨晚与史占春同志夜谈至凌晨。他认为，登山运动，国外已经出现人类重返自然的趋势。大城市使人厌倦，大自然的广阔天地唤起了人们对人类童年的记忆。过去，中国登山健儿激励了中国人民，给他们以有益的启示，今日中国，登山运动如何给中国人民以新的启示呢？"同年5月23日的日记我写道："史占春同志说：大自然是文明宝库，登山是强健者、勇敢者、文明者的运动。人类对大自然的认识是无穷的，要一代一代地登山，把人类的认识活动持续下去。人类来自自然，又走向自然。登山运动员的寿命是短暂的，而认识自然是无限的。"这些论述大大深化了我对登山意义及其内涵的认识，给我的登山报道打开了一扇宽阔而富有智慧的窗口，同时也延伸了我对西藏的认识和解读，对我以后的西藏报道产生了重要的影响。

这次登山活动结束后，中日双方联合出版了中、日、英三种文版的登山报告《纳木那尼》。作为中文版和英文版内容的主要执笔者，史占春同志委托我为他起草了该书的前言：《纳木那尼精神永存》，集中阐述了对登山事业和国际联合登山活动的一系列重要观点。这次合作，又给了我一次近距离了解史占春同志的机会。

中国的高山集中在西藏自治区，我国的大量登山活动是在西藏自治区境内进行的。登山离不开西藏，登山报道也自然离不开对西藏的报道。登山采访经历打开了我对西藏的认识和思考的大门。所以，从一定意义上来说，史占春同志有关登山的思考与后来的登山采访实践，影响了我的一生。史占春同志堪称我新闻生涯的启蒙导师和良师益友。

两次登山采访，使我走进了中国登山队这个英雄集体，与史占春、王富洲、刘连满、屈银华、许竞、王凤桐、刘大义、张俊岩、王振华、曾曙生、陈荣昌、成天亮、潘多、邓嘉善、罗则、侯生福、贡嘎巴桑、桑珠、桂桑、齐米、次仁多吉、加布、于良璞、尚子平、李舒平、宋志义、陈建军、金俊喜、李致新、王勇峰等许多藏族、汉族、朝鲜族的登山英雄、领导和工作人员广泛接触，许多同志日后成了我的好朋友。在1985年以后的近30年中，我参加过许许多多的登山人的活动，也与史占春同志有过多次见面交谈的机会，继续享受着登山人给予我的思想阳光和精神熏陶。这些都已成为我的宝贵的人生经历。

在追思史占春同志的悲痛时刻，我建议：

第一，为史占春同志立传，撰写一部史占春与中国登山事业的人物传记，详细记录他不平凡的一生。这一工作意义重大，他的思想和精神是中国登山事业的缩影和代表，是中国登山事业的宝贵财富。

第二，以口述历史的形式组织登山界的老同志口述历史，撰写回忆录，把他们的经历和感受结集成册，公之于世，留给世人。

我想，这样做是对史占春同志最好的纪念。

（2013年3月14日夜于北京）

# 回忆伍精华同志

听中央电台的同事才让多杰说，伍精华同志的女儿伍佳正在组织老同志撰写一本有关伍精华同志的回忆录。我和伍精华同志在新闻采访工作中相识，并有较长时间的交往，他是我十分尊敬的一位领导和长者，一位优秀的民族干部。虽然已时隔多年，但提起笔来，许多往事依然历历在目。

## 主持"民族问题五种丛书"工作

我很早就知道伍精华同志是我党培养的具有较高理论水平的一位优秀彝族干部，是党的"八大"最年轻的代表。

最早接触伍精华同志，是在20世纪七八十年代，国家民委编纂"民族问题五种丛书"的时候。那时精华同志任国家民委党组副书记、副主任。"民族问题五种丛书"的编纂是中国民族文化建设的一项浩大工程，伍精华同志担任编辑委员会常务副主任，直接组织和推动了编写工作。从1978年末到1991年10月共计正式出版了402册，总字数达8000多万字，执笔作者达1760人，发行总量183万册。这些数字在当年堪称中国少数民族历史文化编纂和出版史上的创举！我那时是中央人民广播电台民族部的记者，负责国家民委口的宣传报道工作，经常有机会聆听伍精华同志的讲话，近距离地与他就民族工作的一些问题交换意见，听取他对民族宣传工作的看法。他为人谦和，没有领导的架子，很容易与他沟通。中央媒体的记者都愿意和他交往。这期间，我采写和编发了许多有关丛书的新闻在中央台播出。

2006年，伍精华同志作为编委会主任出版的《中国民族问题资料·档案集成——〈民族问题五种丛书〉及其档案汇编》125册精装本面世。这项中国民族文化建设浩大的基础工程，是新中国对世界人类学和民族学作出的重大贡献，在民族文化建设史上具有里程碑的意义。

## 在拉萨采访伍精华书记

1985年6月，中央派伍精华同志进藏，任西藏自治区党委书记、西藏军区第一政委。这是一项不同寻常的任命。保持西藏稳定、促进西藏发展的重担压在了他的身上。

这期间，给我印象最深的是，1986年的8月17日，伍精华同志在拉萨西藏自治区党委他的办公室接见我，并接受了我的采访，谈及了有关西藏工作的一系列重大问题。

在当天的日记中，我记录了精华书记谈话的一些内容：

"他一见到我就说，从西藏实际出发，西藏应当实行一星期五天工作制。

"他认为在西藏要进行马列主义民族观、宗教观的教育。他说，佛教在西藏的影响深度已经超过了佛教的发源地。在这样的地方工作，怎么把握宗教是个很大的问题。中央的6号文件很重要，应当认真学习。

"中央6号文件说，西藏基本上全民信教，耀邦讲话也这样提。在西藏工作，许多同志没有认真研究过藏民族的心理素质。

"处理民族关系一定要有民族平等的观点，不能违背，不能随心所欲。"

从这个记录可以看到，伍精华同志在西藏工作中不回避矛盾，不回避不同意见，他是敢于讲真话的，他是心胸坦荡的。

## 支持中央台的民族宣传事业

中央人民广播电台的民族宣传事业也长期得到了伍精华同志的关心与支持。

20世纪80年代，民族工作拨乱反正，中央台民族部配合国家民委做了大量工作。包括策划播出"民族政策广播讲话"，组织"全国民族团结进步征文活动""边疆万里行宣传活动""边疆民族知识有奖测试活动""评选全国少数民族优秀企业家活动"，等等，这些活动，伍精华同志都给予了热情支持。

1984年5月31日，作为国家民委第一副主任的伍精华同志在中央台发表广播讲话："祝贺边疆万里行起步。"

1989年9月，伍精华同志参加全国民族团结征文活动优秀稿件的终评工作，直接指导了这项在全国产生重要反响的征文活动。

1992年，我国周边开放出现新局面。中央台组成报道组前往云南、广西、黑龙江、吉林、内蒙古、新疆、西藏等7省区，采访报道边疆民族地区改革开放的新形势。这次采访的成果——系列报道《边城行》等一批新闻作品，得到了党中央、国务院领导同志的肯定和广大听众的热烈欢迎。时任新疆维吾尔自治区党委书记的宋汉良、副书记贾那布尔分别致信中央台表示感谢。伍精华同志也在当年8月份致信时任广播电视部部长的艾知生同志，代表国家民委表示祝贺。

## 援藏前的看望竟成永诀

1995年6月，我作为中直机关第一批援藏干部进藏工作。临行前，我去伍精华的家里看望他，并向他辞行。

他的家里很简朴。精华同志热情地请我们坐下，招呼我们喝茶、吃水果，认真听取我关于援藏的情况介绍，并不断问起我的工作安排，能否适应，家中情况，有什么困难。关于西藏工作，伍精华同志说待我在西藏工作一段时间后，结合感性认识再交换意见。

我记住了他的话，也明白他是要我在西藏工作的实践中形成自己的认识后再与他交谈，他不强加于人，不搞先入为主，这是马克思主义的认识论，是真正的领导风范。我也准备在完成任务后向他汇报援藏心得。谁知这一次见面竟成永诀。

2007年伍精华同志逝世时，我正在西藏出差，不能为他送行，甚为遗憾。但他的人品、他的音容笑貌却永远留在了我的心中。

（2014年11月25日于北京）

# 王尧先生二三事

王尧先生辞世的消息让我震惊和悲痛。

王尧先生是当代中国乃至世界为数不多的藏学大家，可以毫不夸张地说，他的离去使中国藏学家队伍蒙受重大损失。

王尧先生在藏学领域里的造诣是全面而精深的，他对西藏的语言文字、历史宗教、文学艺术、社会生活均有数量可观的研究成果，他对敦煌古藏文文书的研究处于世界领先地位，他对藏传佛教的研究独树一帜，他是当代传播西藏文化的领军人物，他是中国藏学走向世界的开拓者之一。

王尧先生是我十分尊重的前辈。1960年我进入中央民族学院藏文专业学习时，王尧先生已经在藏学界崭露头角，当时在《人民日报》等报刊上经常可以看到他翻译连载的《萨迦格言》和《藏戏故事》，给我留下深刻印象。他的博学与坚忍，他的学识与学养，激励我学好藏语文，对我后来走向社会、走进藏文化，都产生了积极而深远的影响。

半个多世纪以来，我与王尧先生有过多次交往，他对我亦多有鼓励。他的离去，使许多往事清晰地展现在我的面前。

## 对一幅唐代"坛城图"的关注

先说一件30年前的事情。1985年3月至6月，我参加中日联合登山队攀登西藏阿里纳木那尼峰的采访工作。登顶成功后的6月20日，我在当天的日记中有如下记载："晚上日本《每日新闻》记者冈秀朗介绍采访线索：扎什伦布寺中有一唐代'坛城图'，是九幅小画合成的一幅大画。中间是大日如来佛，原画为两幅，其中一幅经弘法大师带到日本，后交给日本京都清水寺张海法师，又传到浅间神社，直到明治时代的柏原学而氏，画长1米，宽70厘米。此画对研究日本清水寺历史有一定的价值。"

当年8月21日，我与时任中央民族学院副教授的王尧先生通电话，向他简要报告了我参加登山采访的情况，并向他询问有关扎什伦布寺唐画问题。王尧先生认真听了我的介绍，他对中日文化交流史上的这一佳话表示很感兴趣，还向我介绍了历史上中日文化界与宗教界的交往情况，建议我到西藏扎什伦布寺做一次考察，争取获得一些有价值的线索。他还对我参加登山采访表示欣慰，并告诉我他在中央电台的"报摘"中多次听到过我采写的报道。不久，我参加中国登山代表团赴日本访问，其间，我将王尧先生介绍的情况转告给了日本记者冈秀。由于此后工作繁忙，去扎什伦布寺考察唐画的事情一直没能实现，成为一件憾事。

但这一故事并未结束。不久前的一个偶然机会，我在微信上看到《光明日报》2014年10月10日第11版上刊发的记者刘茜写的《王尧：

依然白发一书生》一文，让我惊喜的是，文中谈到他与十世班禅大师的友谊时，竟然提到了这幅画的下落："时隔多年后，王尧的一个学生告诉他，扎什伦布寺有一幅古画，非常值得注意和保护。王尧前往查询后，认定是唐代密宗的坛城图。后来，在北京，王尧与时任中国佛教协会会长的赵朴初谈到了这幅画，赵朴初向十世班禅提出借观的要求。班禅把那幅画提出来，郑重地交给了赵朴初，并称：'这是扎什伦布寺全体僧众供养中国佛教协会的礼品。'"看到这一报道，我既兴奋不已又感慨万分：王尧先生时刻关注与西藏有关的每一个重要的学术研究信息，并身体力行，亲自考察。这种严谨认真的学术作风，值得我永远学习。

## 鼓励我在新闻界做好西藏宣传工作

我于1960年9月进入中央民族学院（今中央民族大学）少数民族语言文学系藏文专业学习，1965年毕业后即进入中央人民广播电台，主要从事以民族、宗教、西藏及四省涉藏州县为主要内容的新闻报道工作。

长时间的涉藏采访和对西藏日益深入的了解，使我多次萌生"改行""重返藏学领域"的念头。在我与王尧先生的接触中，也吐露过这些想法。而王尧先生则一再鼓励我要做好新闻工作。他认为中国的藏学需要在媒体上做好传播工作。他不止一次地对我说，宣传西藏就要懂得西藏，我学过藏语藏文，热爱西藏，又有长期在西藏采访的经历，藏学界需要我这样的记者，做好涉藏报道也是我对中国藏学界的贡献。在我退休后受邀做《中国藏学》杂志执行主编期间，他也多次肯定杂志的学术质量，鼓励我把这个杂志办好。

王尧先生的恩师于道泉教授是中国现代藏学的开拓者和先行者，1960年9月我到中央民族学院后的第一课——迎新晚会上的主讲人就是于老，他对西藏价值的描述与认知，对我后来从事涉藏工作影响巨大。我在20世纪80年代曾经专程去中央民族学院于老的家中采访。所写的报告文学《于道泉传奇》在《人物传记》上发表后，引起王尧先生的关注。在于老百年诞辰之际，王尧先生特地将《于道泉传奇》中有关于老参与筹建中央人民广播电台藏语广播的史料收入《平凡而伟大的学者——于道泉》一书中。他在一篇纪念文章中写道：

担任新闻出版总署第一任署长的胡乔木同志听说了于道泉先生的轶闻故事，也知道他通晓多种语言，而且是在欧洲留学多年的专家。于是把筹办藏语广播这一重要工作交给了他，请他协助中央人民广播电台设立藏语翻译和播音小组。对于于先生来说，这一项工作"正合吾心也！"

经过努力，中央人民广播电台聘请了于道泉先生，以及由他推荐的李永年先生、李春先生（曲吉洛卓，拉萨藏族旅京人士）和图丹尼玛喇嘛等人作为藏语广播组第一批成员，1950年4月10日开始工作，做好各项准备，5月22日晚上正式播音。这件事是于道泉回国以后第一件最为开心的事。张小平同志作为中央人民广播电台民族部的负责人深情地记录了这一段历史。

于道泉先生在工作中能充分调动藏族知识分子的能动性，与几位老朋友合作，共同为西藏的事业而努力。就在那时还出版了《中央人民广播电台藏语广播稿》（内部发行）的藏文版。许多新词术语每天在广播中会碰见，并要求用藏语播出去，于先生为此煞费脑筋。这个藏语广播稿，几乎成了每日出版的藏文信息报，在北京藏人圈子里成了最受欢迎的读物，在推广新词术语方面起了很好的作用。如"政协""民主""革命""解放"等反映新社会、新事物的词语就逐渐在藏区推广开来。

王尧先生将于老参与创办中央人民广播电台藏语节目的史实再度记录和传播，是对我的极大鼓励。事后，他将使用我文稿的情况和出版于老百年纪念册一事向我做了说明，也让我感动。王尧先生的学养与文德令我受用终生。

## 谦逊平和的大家风度

我从中央台的岗位上退下来后，应中央统战部的邀请，又做了近8年中国西藏网和西藏文化网的总编。2012年1月，刚刚改版的中国西藏网在全国人大会议中心召开春节藏历年联谊会，邀请领导和各界名流参加。让我们非常兴奋的是王尧先生也应邀出席了这次活动。由于组织工作的疏忽，王尧先生被安排坐在第二桌。到场之后，他高兴地和大家打招呼，亲切交谈。这时，著名作家马丽华找到我，对这一安排提出意见，她严肃地批评我们："王尧先生是藏学界最大的名人，你们不应当这样安排。"知道这个情况，我们立即对座位进行了调整。但王尧先生执意不去主桌，并且一再说，坐在这里很好，和大家交流方便。看到不断有藏学界和新闻界的同志前来和他交谈，我们也只好"主随客便"了。那天，王尧先生兴致很高，谈笑风生，和大家一起观看专业艺术家的表演和网站同志自己创作的节目直到结束。送他走的时候，我一再对今天的安排表示歉意。而王尧先生则表示对此并不介意，一再鼓励我要做好网站工作，把中国西藏网办成一个在海内外有影响的涉藏网站，还和我合影留念。谁知道，这竟是我和王尧先生的最后一次见面和交谈。这件事情让我更加真切地感受到了王尧先生的大家风度，我把这看作是他留给我的宝贵精神财富。

王尧先生是首届中国藏学珠峰奖的荣誉奖获得者，这是中国藏学界至高无上的荣誉。我在参加这一奖项的评选过程中，多次听到藏学界的各位专家学者对他的高度评价。对王尧先生来说，这一荣誉只能用"当之无愧"和"实至名归"八个字来形容。

在12月23日举行的王尧先生告别仪式上，我见到了许多藏学界的后起之秀和充满深情的大量超长挽联："学界翘楚博古通今统摄汉藏享誉海内外，藏学宗师谨严治学教书育人桃李遍天下""展写卷磨金石史乘浩繁唯先生究其阃奥，承真言受正教学路修远蒙恩师点亮智灯"。这些挽联令人深思。我有充分的理由相信，在以王尧先生为代表的老一辈藏学家成就与风范的鼓舞激励下，中国藏学的未来必定与"藏学故乡"的美誉交相辉映，大放光彩。

（2015年12月24日凌晨）

# 我的恩师土丹旺布

在我的西藏人生中，有许多引领我走进西藏文化殿堂的藏汉族老师、学者和朋友。其中首先提到的当属我的恩师土丹旺布。

1960年9月，我在北京中央民族学院开始了大学生活，也开启了我的藏语文学习生涯。为我们上第一堂藏文课的就是当年29岁的土丹旺布老师。记得那时他身着藏装，一头略有卷曲的乌发，两眼炯炯有神，说起话来温文尔雅，对我们亲切和蔼，是我人生中第一个接触的藏族知识分子。那堂课上，土旺老师为我取了藏族名字：列谢。"列谢"的汉语意思是"格言"。这个很有书卷气的名字大约寄托了他对我的某种期许。半个多世纪以来，这个名字一直伴随着我至今，就连注册微博，我也用的是"张小平—列谢"的名字。2014年夏天，我重返半个世纪前第一次进藏生活过的拉萨堆龙德庆县岗德林乡，让我没想到的是，许多老乡还都记得"列谢"这个中央民族学院学生的名字。一直到1965年大学毕业，进入中央台工作，土旺老师一直伴随着我的学习生活。

作为土旺老师的学生，我和他有长达半个世纪的师生情谊。

根据我的采访和了解，土丹旺布老师1930年3月10日出生在拉萨吉日的阿日康。阿日康是一家酒馆的名字，那里是拉萨早期的一个卖酒的地方，现在已经找不到了。他的家庭属于拉萨市民中的小康之家，有一个弟弟，一个妹妹。土丹旺布在12岁时进入拉萨娘容辖学习两年，主要学习藏文文法和书写。娘容辖是拉萨的著名私塾，是当时的重要儿童启蒙学校。据藏族作家索穷所著《娘容辖私塾的创办人：仁增·伦珠班觉》一书记载，西藏最早的私塾创办于吐蕃时期，医圣宇妥·云丹贡布创办的私立藏医学校被认为是西藏历史上第一所正规的私塾学校。而娘容辖则创办于一百多年前。20世纪30年代至50年代，娘容辖私塾学校是拉萨规模最大、名气最响的学校，鼎盛时期学生达到300多人，土丹旺布就是这一时期进入这所学校学习的。在娘容辖，他打下了很好的藏文基础。从15岁起，土旺进入位于布达拉宫德阳厦的"孜拉扎"，在这里学习了6年。"孜拉扎"是旧西藏培养俗官的学校，但土旺学习结束后并没有取得任何官职。1950年前后，土丹旺布曾以一个学生的身份，前往近代西藏著名学者根敦群培住所，一睹这一学术大师的尊容，聆听他的教诲。在2011年开放的根敦群培纪念馆播放的短片里，我曾看到有他讲述当时情景的视频。

1951年西藏和平解放，拉萨迎来了"金珠玛米"（解放军）。此时土旺老师已在噶厦政府的"孜仲"里担任秘书（办事员），抄抄写写干了一年多。

拉萨解放后，土旺老师加入了西藏爱国青年联谊会，开始了新时代的生活。

1953年是土旺老师的人生转折点。这一年，人民政府组织赴内地青年参观团，他积极报名，并被批准。这是他第一次走出高原，来到内地。参观团团长是雪康·土登尼玛和噶雪巴色。在长达半年的时间里，参观团走遍祖国大江南北，北京、沈阳、哈尔滨、上海、武汉、天津、南京、杭州、苏州，都留下了他们的足迹。他和参观团成员目睹了祖国的辽阔、美丽和欣欣向荣的发展景象，对中国共产党和国家的民族宗教政策有了一个生动形象的认识。参观结束时，领导征求大家的意见，愿意回西藏的安排回西藏，愿意留在北京的可以安排学习。土旺被祖国内地的欣欣向荣所感动，他选择了留在北京学习。很快，他被分配到中央民族学院预科学习汉语。一年后，土旺成为中央民院语文系藏文教研室的一名年轻的藏文教师。在此后的岁月里，他先后为十几个班级的几百名汉族学生授课，使他们初通藏语文，成为建设西藏的重要力量，有些学生现在已是著名的藏学专家。这期间，他曾担任中央民族学院语文系藏文教研组组长和少数民族语言文学系的系主任，参与了由著名藏学家于道泉先生主持的《藏汉对照拉萨口语词典》等重要工具书的编纂工作。

从1953年到1988年，土旺老师在中央民族学院执教长达35年，是该院在北京生活时间最长的藏族教师之一。

1988年，土旺携全家离开北京，返回故乡拉萨，到西藏社会科学院语言文学所任副所长，继续研究藏语文，直至1997年退休。这期间，他个人或与人合作编撰了《拉萨口语会话手册》等书，受到广泛赞扬，并接连再版。

近年来，虽已高龄，土旺老师仍然对教授藏语文乐此不疲，他在家中义务为汉族学生教藏语文，还为美国、日本、法国等国的留学生讲授藏文，成为名副其实的"退而不休"的藏语文专家。

巧的是，几年前我通过著名擦擦研究专家、书法家刘栋先生结识的旅美华人学者王叔平先生，也是土旺老师的弟子。作为一位物理学家，王叔平在退休之后，对藏语文产生了极大的兴趣，并在拉萨拜土旺为师。我与王叔平结识后，不断听他讲述在土旺老师家中学习藏语文的故事。2014年初，王叔平回国期间专门来到北京我的家中，将他利用十年时间编撰完成的大作《藏文地名词典》送给我。2020年夏天，我在拉萨又收到了他刚刚完成的8卷本《藏汉大词典》。

土旺老师教学认真，诲人不倦，为人低调，不事张扬，淡泊名利，乐观豁达，谦虚和蔼，平易近人。记得最初学习藏语发音，教到"拉"（ལྷ）的发音（这个音涉及"拉萨""神""风"等词的发音）时，因为汉语普通话没有这个发音，加之这个音的发声很特别，发声时气要从舌尖两侧发出，同学们大多数都不能正确发这个音，在这种情况下，土旺老师不厌其烦，一遍又一遍地给大家示范，我记得特别清楚，他一个个地辅导大家发好这个音，在给我辅导时，他大约教我发了30次的音，那些天，他教大家发这个音，口干舌燥，连声音都变得沙哑了。一直过了两三天，班上的多数同学才逐渐掌握了"拉"的发音方法，这件事我一直牢牢地记在心里，当时的场景至今恍如昨日，挥之不去。

1963年进藏实习时，土旺老师和我们一样穿着学校配备的白板羊皮袄，一样和同学们在柳园开往拉萨的客车上谈笑风生，一样和大家一起经历高山反应。我记得非常清楚，一路上他一直坐在客车的最后一排。在拉萨布达拉宫前和全班同学合影时，他坐在草地上和大家拍照，分不清谁是老师，谁是学生。实习期间，他多次来到我们居住的堆龙德庆县岗德林乡，了解实习情况，辅导藏语学习。记得实习期间，他向我讲述过为了工作他如何一再推迟婚期，真正做到"晚婚"。他对我藏语发音的热心辅导，使我有了今天的藏语表达能力。他漂亮的藏文书法让我羡慕不已，激起了我学好藏文的冲动。1970年代，我到中央民院他家中看望他。他说女儿丹珍天天听中央人民广播电台的广播，特别熟悉我从西藏发回来的各类新闻和珠峰登山报道，这一番话语使我更加感到作为广播记者的责任和使命。丹珍后来在中央民族学院藏文专业毕业后分配到北京图书馆工作，曾在著名学者黄明信身边作为助手工作了五年，参与了《北京图书馆馆藏藏文古籍目录》的编纂工作，可以说是"女承父业"了。

2008年夏天，我曾带领中国西藏网的年轻记者到拉萨采访，再次专程看望土旺老师夫妇，那年他78岁，已步履蹒跚，但仍很乐观。我给他献哈达，送上我写的书《天上西藏》，他很高兴，并认真翻阅。他也送我了《拉萨口语会话手册》一书，并在该书的扉页上写下了两行清秀的藏文："送给张小平同志。土旺8月3日。"我们一起回忆了20世纪末援藏期间，和他一起陪同老同学刘莹（曾在民族出版社任藏文翻译，后任湖南少儿出版社副社长，现已退休）去堆龙德庆县色马乡看望当年实习时的老房东的情景。

2014年进藏，我特地把当年在拉萨的合影带给了土旺老师。捧着照片，他细细端详着大家的神情，笑得像个孩子一样。

分别前，我扶着他走到开满鲜花的庭院中，拉着他的手，让我的夫人次丹拍了一张又一张照片。

在当年5月21日的日记里，我有如下的记载：

> 早上去布达拉宫后面的雪新村，看望我的藏语文启蒙老师、84岁高龄的藏语文专家土丹旺布。
>
> 现在，由于年事渐高，加之眼疾，行动不便，土旺老师已经很少出门了。平常，他与相濡以沫一生的妻子次仁卓玛相伴。看得出，虽然已是西藏的著名学者，他的日常生活依然十分简朴。而土旺老师对此却十分满足。

土旺老师性格开朗，这次见面，他告诉我，现在腿脚不大方便了，一只眼睛患白内障已经看不见了，"我现在是'睁一只眼闭一只眼'"，依然不失幽默。问他一只眼失明是否患有糖尿病，他说"糖尿病拒绝接纳我"，他的乐观与豁达溢于言表。

2016年我第45次进藏期间，又曾两次拜望土旺老师。这一年他86岁，师母也80岁了。

他们还住在布达拉宫后面的雪新村。

满面红光的土旺老师，戴着一顶毛线帽，在一层的里间卡垫上坐着，笑眯眯地等候着我。我俩热情相拥，互致问候。我用藏语同他交谈。问起近况，他第一句话仍然是那句充满诙谐的话语："右眼看不见了，现在是'睁一只眼闭一只眼'。"但他说，睡眠很好，躺下就着，食欲也很好。只靠一只眼睛看书吃力，但看人、看电视还可以。

师母给我沏了茶，让我吃糖、奶渣和水果。我向土旺老师汇报了我们1960年藏语班同学的近况，转达了韩秋白老师对他们的问候。

问起孩子的情况，土旺老师说，女儿丹珍现在西藏图书馆当副馆长；儿子旺丹现在西藏旅游局工作，经常来往于拉萨和北京之间，他在北京长大，说得一口标准的北京话，汉藏兼通。

谈起现在的生活和收入，土旺老师一再表示，有吃有穿，平时也不需要花什么钱，他很知足。他笑着对我说，外孙子毕业于北京工商大学，现在在自治区邮政储蓄银行工作，工资比我们高；外孙女也大学毕业了。

土旺老师的记忆总体还不错，只是提到的个别学生他说记不大清楚了。这已经很是难能可贵了。我拿出从北京带来的一些他的老照片，他戴起花镜饶有兴致地反复看了好几遍。看到他20世纪末和堆龙德庆县色马乡老书记在一起的照片，他还能叫出他的名字：更祖。

土旺老师不住地说："历史，咱们说的都是历史。"是啊，到这个年纪，回忆历史也是享受啊！

其实，这次看望，我有三个任务：一是索要土旺老师的简历，以使我写的有关土旺老师的文字更加准确；二是找一些老照片；三是想让土旺老师给我写一段藏文以为纪念。

事实上这几个愿望并不容易实现。师母说简历找了好久没找到，他对此一向不怎么看重；老照片都没有了，他们也没太注意保存；我请土旺老师试着写下了我的藏文名字，虽然握着笔的手已经微微颤抖，但老人家的字仍是墨宝，我当即珍藏了起来。

在这次见面中，我详细地了解了土旺老师的人生轨迹。

时间走得真快，一个多小时过去了。我起身和土旺老师道别，与他行碰头礼，祝愿他老人家健康长寿，下次进藏我还会来看望他。

回家后，我在微信朋友圈中发了我们见面的两张照片，引起了大家的关注。当年辅导我们藏文学习的韩秋白老师在发给我的微信中给土旺老师留言："土旺啦，您的精神真好啊！一如当年，那么可亲可敬可佩，祝您阖家幸福健康吉祥如意！扎西德勒！""看土旺老师额头的红光，我想送一句话，丹霞一点在额头，好健康啊！"青年藏学家、中央民族大学教授苏发祥（藏族）留言："看到土旺老师夫妇身体健康真是太高兴了！张老师，原来我们是同学啊，土旺老师也是我的藏文老师！"著名编剧、导演刘德濒留言说："老人家身体真好，磕拜！"旅居美国的藏族朋友德吉白玛留言："土旺教授很精神，一日为师终身为父！"老同学、格萨尔研究专家杨恩红留言："请代向老师问好！"西藏人民广播电台原副台长张云华留言："师生情深。"……到第二天，这条微信的留言与点赞已达上百人次。

2020年5月，我第47次进藏，又专程看望了土旺老师。这时他已卧床数年，身体日渐虚弱，但听到我的藏语问候，他显得很兴奋，紧紧地握住我的手一直不放。至今我还感觉得到他那温暖柔软的手留给我的热度。

2020年10月13日凌晨，患病卧床的土丹旺布老师在拉萨平静离世，终年90岁。14日上午，我在赴山南途中接到了他的女儿丹珍发给我的噩耗。

土旺老师是我走向西藏的藏语文启蒙老师，亦师亦友，交往终生。他是从旧西藏走来，接受新社会新思想的榜样；他默默地为新中国培养了一大批从事涉藏教育、新闻、文化等领域的汉族、藏族和其他民族的专业人才，为藏语文、藏文化在海内外的传播作出了贡献。我永远怀念他。

（2017年4月9日写于北京，2020年10月26日改定于拉萨）

# 雪域漫记

XUE YU MAN JI

①2006年青藏铁路沿线的羊群

②2006年青藏之行——从火车上看雪山

③2006年青藏之行——日喀则朝佛群众

④2007年青藏铁路车厢内与乘务员合影

①2009年比如县夏竹卡群众欢度第一个百万农奴解放纪念日
②2018年在十世班禅灵塔前留影

# 羌塘七日

这是2009年我记录走进羌塘印象的一篇文字。

羌塘是西藏那曲地区的泛称（有时也包括阿里），那里是一片遥远而神奇的土地。再次走访那曲，是我多年的愿望。

那曲处在西藏高原的高处，与阿里地区一样被称为"世界屋脊的屋脊"。在我的西藏经历中，那曲是我涉足较少的地方。也许是一种偏见，许多媒体人过去认为这里地处偏僻，与外界联系较少，不出新闻，所以媒体对这里的报道也不是很多。

其实，那曲是个很有特色的地方，是世界屋脊上还没有被世人所完全认识的地区之一。著名作家马丽华的名著《走过西藏》系列中的《藏北游历》就记录了那曲的神奇与诱惑。她的另一篇作品《十年藏北》，更是展现了20世纪八九十年代的那曲风貌。我曾应马丽华之邀认真读过此书，并为该书写过一篇评论，对那曲的变迁留下很深的印象。

# 往事回想

我虽然对那曲了解不多，但也绝非与她没有缘分。从1963年第一次走进西藏到现在，我已经先后五次踏上过这片土地。1963年和1966年两次进藏，我是乘汽车从甘肃柳园经那曲到拉萨的，在那里停车吃过饭，可谓与那曲"擦肩而过"。那时，对那曲的印象就是"寒冷荒凉，人烟稀少"，当年的那曲镇只有一条街，几乎就是青藏公路上的一个大食宿站。

1974年8月，我第三次到那曲，这次是以中央人民广播电台记者的身份前去采访，报道青藏公路通车20年间这里的变化。记得那次在那曲与时任地委书记的曹旭同志和副书记热地同志有过多次接触。热地同志还热情地送我们到红旗公社的水利工地采访，并叮嘱当地同志晚上安排我们住一个干净的帐篷，后来还接我返回那曲镇。前后10天的采访，使我有机会与当时西藏闻名的"牧业大寨"红旗公社书记多吉接触，还在他家里住过两个晚上。其间采访了当地的牧民、帐篷小学教师和学生，和他们一起劳动。还采访了地区综合加工厂、农机厂和辽宁医疗队。镇上新建的百货公司也给我留下深刻印象。

1991年7月，我第四次到那曲，采访、报道边疆民族地区改革开放的新成果，当时的日记中记载："抵那曲，市容大变，过去的面貌已经找不到了。""街上外地饭馆极多，一条街就有30多家。""那曲县委副书记兼人大主任次仁塔钦陪同先后去门堆乡（解放前是一个部落）老红旗公社书记多吉处、德吉乡敬老院、县服装藏靴厂、孝登寺采访。"

当年的日记里还记载："牧民是那曲的主人，他们是最能吃苦的人，过去一只狗、一支羊就是全家的财产，现在状况大变，门堆乡就是例证。新房、风力发电机、缝纫机、牛奶分离器、藏柜、藏桌，成了新牧民的标志。牧民房屋极干净，令人吃惊。那曲镇少女服装很出色，与过去相比变化太大了。吃饭也方便多了，开放搞活还是好。"

2000年11月，我第五次到那曲，此行是以西藏广电厅援藏干部的身份陪同国家广电总局巡视组考察"西新工程"实施情况。那次考察，曾到达安多县，并登上海拔5230米的唐古拉山口，还看望了"天下第一道班"的工人们。当时的日记中记载："下午5时抵达那曲镇，9年没来，面貌大变，几条主街道均为水泥路，路灯很现代。住那曲饭店，内部设施有改善，有暖气。""下午两点抵达安多，也是一个新县城，沈阳援建的沈阳街是一条柏油马路。""晚8点返回那曲镇。饭后看夜景，兴盛超市今天开张，很现代。""孝登寺已修饰一新，寺前白色房屋为僧舍，整洁清爽。""从尼姑庙拍那曲镇全景，城市规模已经形成。9年后再次造访，变化的确很大。"

## 新那曲镇印象

2009年3月下旬，在雪域高原欢庆首个"西藏百万农奴解放纪念日"的历史性时刻，我又踏上了这片土地。这是我第六次走进那曲。又是时隔近9年。

初春时节，汽车沿着青藏公路的黑色路面高速前行，青藏铁路与我们并驾齐驱。时光已经进入21世纪，那曲又将是什么模样呢？

过罗玛镇后，我们就逐渐接近那曲镇了。半个多小时后，汽车翻越一道山梁，眼前豁然开朗，一个崭新的城镇出现在我们面前。走下山坡，沿着城西侧一条宽阔的水泥大道前行，现代化的路灯、路标透着一股现代气息。车向南拐，就进入了市区，过去那曲镇十字交叉的两条路早已不见踪影，街道纵横，路面宽阔，商店林立，车水马龙，熙熙攘攘，新开张或促销的商店门前彩旗招展，邮电、银行、商场、超市、宾馆、饭店、电脑专卖店一一从眼前掠过。在街上可以看到许多来自草原上的牧民和外来旅游办事的人，用当地干部的话来说，这里"人气很旺"；入夜，街道上灯火辉煌，霓虹闪烁……漫步在那曲街头，过去低矮的房屋已不多见，代之而起的是一座座楼房和现代建筑。我清清楚楚地记得，那曲镇著名的寺庙——孝登寺明明是在镇子的边缘，可一进城我却发现它坐落在城市的街道里，干净、整齐、肃穆，虔诚的信徒们围绕着它日复一日地顶礼膜拜。仔细想想，原来是城市规模扩大了，众多新的建筑自然而然地就把这座古老的寺庙拥进了现代城镇的怀抱。这座50多年前被称为"一座寺庙，一群帐篷"的"草原客栈"，已经完全改变了旧日的模样。

在那曲镇期间，我曾向接待我们的地委宣传部同志提出希望领我到这里的制高点，看看今日那曲的全景。熟悉地形的藏族司机一下子就把我们拉到那曲镇西北的山顶上。登高望远，站在飘动着无数五彩经幡的山坡上，蓝天白云下的新那曲镇尽收眼底，我手中的质量还算不错的相机缓慢地转动180度，四次按下快门才好不容易拍下眼前的那曲镇。下山的时候途经一座尼姑庙，这时我才想起，9年前，我就是站在寺庙前第一次拍下当年的那曲镇。时过境迁，城市的发展太快了，今天，原来拍照的位置已经不是观看全景的最好视角，必须走到新的高度上才能看到它的新貌。我不禁在想，再过9年，我大约还要再攀上新的高度去领略那时的那曲镇风景了。

# 世界上海拔最高的物流中心

　　随着青藏铁路的建成，藏北草原的发展正面临着历史上前所未有的机遇，近年来，"羌塘"前行的脚步已经大大提速。正在加快建设的青藏铁路那曲物流中心就是一个示范性工程。

　　物流中心坐落在那曲镇以南5公里处，占地面积8000余亩，以那曲火车站为中心，是一个现代化、多功能的物流中心，涵盖了物流所需的所有设施和程序，包括海关、工商、税务、信息监测与管理等。据承建单位中铁建工集团那曲物流中心指挥部总工程师严晗介绍，物流中心的设计和设施都是国内一流的。由于南极的科考站也是由中铁建工集团建设，因此在设计物流中心的时候充分考虑到了这里的高寒和大风等特殊因素，把南极的经验也运用到这个项目上了。据介绍，物流中心主要分为三个区域：第一个区域是散堆装物流区，占地2000亩。第二个区域是生产加工区，占地2000亩，在这个区域里为那曲的畜牧业、手工业、食品加工、藏医药等产业和未来的招商项目预留了厂房区。目前招商工作正在进行，前景看好。严晗把这里形象地比喻为"那曲的工业园区"。第三个就是综合物流区，占地3500亩，是整个那曲物流中心的灵魂和核心，主要办理各种货物，如粮食、化肥、建材、集装箱的运输和储存。其中，仓库总面积6万平方米。还有集装箱作业区和堆场，将来会完成大型货物的装卸；交易中心占地1万平方米，各种商品交易活动将来都会在这里进行。这个区域还建有生活设施，变电所、公寓、浴室、锅炉房、加油站、垃圾转运站等都将陆续完工。严晗介绍说，整个物流中心长7千米，宽1.5千米，总投资近15亿，是世界上海拔最高的物流中心，2007年那曲的货物到达和发送总量超过60万吨，预计到2015年达到223万吨，到2020年达到310万吨。2007年9月28日，那曲物流中心工程正式开工，预计到今年6月底，物流中心就将陆续投入使用。

千百年荒凉落后的藏北草原，矗立起当今世界上海拔最高的铁路物流中心。远远望去，这个规模宏大的建筑群，就像是一列拉动藏北草原前行的高速列车，"羌塘"正在创造着21世纪的西藏奇迹。

## 藏北牧民的新生活观

**亚达的四代住房。**安多县森格卡岗村48岁的亚达坐在舒适的家中告诉我们，这里是他的第四代住房："解放前，我家住在岩洞里，民主改革时住进了黑帐篷，后来盖了土坯房，现在搬进了石头建的房子。"

亚达生活的变化得益于青藏铁路的修建。森格卡岗村海拔4800米，当地人世世代代以放牧牛羊为生。2005年，青藏铁路修到安多县城，村里的大部分劳动力都参与了这项工程，有了相当不错的收入。"那时候，村里组织了70来人去修铁路路基，一个人半年就能拿到近2万元。4年下来，我们都存了钱盖起了新房子。"后来，自治区在森格卡岗村建起了牦牛育肥基地，亚达又带领乡亲们将牦牛奶加工成酸奶出售。安多是青藏铁路翻越唐古拉山后进入西藏的第一站，亚达希望青藏铁路将来在安多站停留的时间更长些，他想在站台上建一个销售点，向刚刚进入西藏的海内外游客出售他们的酸奶和土特产品。如今，亚达每天都能听到火车呼啸着从他的家乡通过，每天，火车都召唤他和乡亲们去创造新的生活。

**格桑多吉的安居楼房。**安多县扎仁镇四村的格桑多吉有一座漂亮的二层楼房，这是"安居工程"带给他的。他说："2006年，我们这里就开始了安居工程，政府每户补助1.5万元，盖房所用的木材由政府统一拨指标，我们买的都低于市场价。政府还无偿提供水泥，省了不少钱。"

安多县农牧民安居工程办公室次仁旺杰介绍说，今年实施的安居工程有1239户。到年底，全县的安居工程就要全面完成了。搬进新居的牧民实现了定居，祖祖辈辈逐水草而居的传统生活方式得到了改变，他们不但住上了宽敞、漂亮的房屋，还看上了卫星电视，用上了干净的自来水，生活质量有了很大的提高。用牧民自己的话说："在我们的家乡，除了自然条件不能改变，生活的各个方面都在变。"

**觉觉的新生活理念。**离安多县城不远有一座房子，主人觉觉是一个热情、豪爽的藏族汉子，见我们给他的房屋拍照，便介绍说："这是去年用从拉萨运来的石头新盖的，花了18万元。"

觉觉家里原来有80只羊、30头牛，一家人过着普通牧民的生活。觉觉说："虽然那时候国家已经有一些政策了，但是我们这里条件不好，生活还是很贫苦。"在自治区实施富民政策后，觉觉就卖了家里的大部分牲畜，用这个钱买了汽车，跑起了运输。青藏铁路快通车的时候，觉觉意识到安多县将会迎来新的发展机遇，于是他在县城里先后盖了28间商品房，还在附近开了茶馆、酒吧、招待所。后来他干脆自己也把家安在了县城附近。觉觉还告诉我们，他在几年前已经把老家措玛乡的草场和房子租了出去，在拉萨为父母买了一套25万元的房子，让他们安度晚年。如今，他的两个孩子也送到拉萨北京中学和那曲高级中学上学，他期望自己的第二代过上和他小时候完全不同的生活。

说起青藏铁路给自己带来的机遇，觉觉告诉我们："小的时候和爸爸妈妈一起赶着家里的牲畜去拉萨，要用盐巴去换一些家里吃的和用的东西。这一路就要走45天。现在去拉萨，坐火车只要6小时，花60元的车票钱，实在是太方便了。原来我只开车去过兰州和西宁，现在火车这么方便，我还打算去北京、上海看看。"

**布诺布的致富观。**那曲县罗玛镇43岁的布诺布，曾经是一个普通牧民，16岁时学会开车，一年后他就贷款买了汽车，到位于藏北的尼玛县、双湖县等地跑运输。青藏铁路的建设为布诺布带来了新的发展机遇，他的四辆翻斗车日夜不停三班倒，为筑路工地运送沙石等建筑材料，每辆车一年能赚30万元，前后三年时间，他成了名副其实的老板。后来，他成立了藏北草原上第一个牧民经济合作组织，成为远近闻名的致富带头人。

布诺布富裕之后就开始思考：家乡的人还不富裕，不能看着他们继续过苦日子。2005年，他投入20多万元，盖起了厂房，从加工酥油开始做起。当时只有12户人家与他合作，提供奶源。经营了一段时间后，他发现一斤牛奶5元钱，做成酥油后卖十几元，可是如果做成酸奶可以卖到更高的价钱。这一琢磨，他当即决定做酸奶加工。现在他加工和销售的品种，除了酸奶、酥油，还有拉拉、"煺"（一种藏式食品，用酥油、奶渣、红糖等制成）等。生意做大了，直接参与合作的人也越来越多。目前已有328户牧民、1972人与布诺布签约提供奶源。去年一年，他用于收购牛奶和拉拉的投资就达到318万，合作的农户平均每户一年卖牛奶的收入就能达到3万元。

布诺布还有一个理想：有条件的时候，再添置一套制酸奶的设备，搞一个正规的现代化酸奶厂，再解决保鲜期的难题，让内地人也能吃到藏北草原的酸奶。

这就是今日的藏北牧民，世人当对他们刮目相待！

# 从心底流淌出来的草原文化

比如县夏曲卡是个位于怒江峡谷深处的小镇。"3.28"那天，这里聚集了几千名牧民群众，他们在蓝天白云下摆上了一场规模空前的草原文化盛宴。牧民们骑着各种色彩和装饰的摩托车从草原深处赶来，无数面五星红旗、几百辆摩托车、鲜艳多彩的牧区节日盛装，还有那此起彼伏的掌声和欢笑声，形成了那曲草原上的动人交响！彪悍的康巴汉子、秀丽的草原姑娘、天真活泼的那曲新一代，还有那些笑得合不拢嘴的老阿妈、老阿爸，顷刻间把我融化在这解放纪念日的狂欢之中……置身在这样的氛围中，你才会真正感受到什么是翻身和解放，什么是幸福和欢乐，什么是从内心深处流淌出来的草原文化。

其实这种感受一直与我同行。在比如县香曲乡的丁嘎村，一场丁嘎热巴的表演让我们如痴如醉。丁嘎村位于比如县城东怒江左岸的深山之中，整个村子坐落在高山上的一片平坦的坝子上。"热巴"舞跳起来了，还是在蓝天白云下。极目望去，这里就像是一座天上的舞台，满脸笑容的藏家百姓，全身心投入的"热巴"舞者，还有那远处的新房、汽车、摩托车，俨然是一幅世外桃源的风景。天上人间、人间天上，这个普通的藏东山村，传达给世界的是新西藏的信息。今年41岁的嘎乌是第九代丁嘎热巴的传承人。他说："今天是3月28日，是西藏百万农奴解放纪念日，我们村里人都非常高兴。50年来我们的生活变化非常大，通水、通电、通路、通电话，日子越来越好。""热巴"过去是民间艺人卖艺求生的一种职业，以流浪乞讨为生，旧西藏的草原上经常能看到他们的身影。社会的进步使热巴文化得以保护和发展。现在这里成立了丁嘎热巴歌舞队，经常参加排练和演出的有二三十个年轻人。嘎乌正在上小学四年级的儿子顿珠也在热巴舞队里学舞。嘎乌说："这个舞一般是从十七八岁开始学习，练习各种动作也非常辛苦。国家越是支持，我们就越有劲头。"

经国务院批准，比如丁嘎热巴于2007年6月19日被列入国家级非物质文化遗产名录。一个藏北草原上的普通村落，一个普通藏民群体的民间舞蹈，被列为受国家保护的文化品种，这件事令人深思。在节奏落差很大的鼓声中，年轻的热巴演员时而围成圆圈，悠然起舞，时而跳跃旋转，凌空腾飞。乡亲们围坐在地上，快乐地欣赏着不知看了多少遍的属于自己的歌舞，他们不是在观看，而是在享受自己的艺术、自己的生活。据史料记载，丁嘎热巴舞的产生约在公元11世纪，是人们为纪念藏传佛教史上著名的米拉日巴大师所创造的舞蹈，因此取名热巴舞。由于世代传承，丁嘎热巴吸收了大量流传于民间的艺术形式，并融入了宗教文化元素，成为西藏优秀的民族文化遗产。一位八十多岁的老者拉着我的手久久不放，连声说："感谢共产党，感谢政府，扎西德勒！"看着他那饱经沧桑的慈祥面孔，我懂得他的话的分量。

在那曲，传统文化可谓俯拾皆是，光在比如县就令人眼花缭乱。这里分布着藏传佛教各个教派的113座寺庙，散发着浓厚的宗教文化气息。在贡萨寺门前以及环绕四周围墙上的1040座佛塔，形成了蔚为壮观的塔林世界，展现了宗教的、文化的、艺术的多元色彩，不能不说是一种享受和体验。在帕拉，当地的白塔既有气势，又具规模，玛尼经石与寺庙白塔融为一体，众多的朝佛人群使这里弥漫着肃穆与虔诚。离开城镇，在那曲的草原和山峦之间行走，远处不时会出现形状各异的寺庙，那些围墙和其中的金顶，会让你对古老与现代交相辉映的西藏产生深深的敬意与思考。

达姆寺的骷髅墙也让我们难忘。这是一处世界罕见的宗教文化景观。自几十年前向外界报道之后，这里成为许多学者名流以及游历者的向往之地。走进比如县达姆寺东侧的一处庙宇，这里就是闻名中外的骷髅墙所在地。庭院东南西三面的围墙上镶满了一排排人的头骨——骷髅，中间石头铺就的地面，就是远近闻名的达姆天葬台。据寺庙的僧人说，下面是一座与达姆寺同样大小的经堂。他们认为，能在这里举行人生告别仪式，既幸运又会顺利地走向"来世"。而保留骷髅的原因据说是让活着的人看到人死后的模样，从而对自己的人生进行反思。这自然是一种宗教的说法，却也不无道理。走进庭院北面的诵经厅，里面是满墙壁画。寺庙的僧人告诉我，原来的墙上是石刻作品，现在已重新刻好，只等资金一到就可施工，恢复其原有面貌，并希望我能为他们帮些忙。对此，作为西藏文化保护与发展协会的理事，我自然责无旁贷。据介绍，怒江对岸的多多卡还有一处骷髅墙，规模与这里相当。

在那曲，不论你走到哪里，都会有置身草原文化海洋的感觉：那蓝天白云下的山峦、河流、湖泊、冰川、火山遗迹，那一望无际的草原、牧场、无人区以及数不清的野牦牛、野驴等野生动物，是世上难得一见的高原景观文化；那草原深处排列整齐的石阵、那流传久远的"格萨尔"说唱、热巴歌舞，那些记录世界屋脊先民生活的岩画及其众多的古代人类生活遗存，是破解"象雄之谜""羌塘之谜"的金色钥匙，也是那曲敞开胸怀、迎接海内外宾客的宝贵人文财富。

## 那曲的明天会更好

7天的那曲之旅，我接触了这里的许多干部和农牧民群众，看到了今日那曲的蓬勃生机和那曲人的精神面貌，使我对羌塘的未来充满了信心。

在那曲，现任地委书记边巴扎西给我留下很深的印象。这位当年中国人民大学哲学系的藏族高才生，曾先后在中央国家机关的多个部门供职，具有深厚的理论功底和丰富的涉藏工作经验。走进他那曲的家，我首先看到的是窗台上的那些新书。他告诉我，虽然来那曲工作后很忙，也很累，但是读书时间还是可以挤出来的。这两年他读了不少开启心智的书籍。加上他在不长的时间里走遍全地区7县1区50多个乡、6万多公里的调研足迹与成果，使他很快就熟悉了那曲、认识了那曲，并且和他的同事们绘制了新那曲的开发蓝图。边巴扎西还很关注新媒体，每天都要上网浏览国内外信息。

谈起那曲的未来，边巴扎西告诉我们，中国特色社会主义主题教育活动正在这里深入展开，那曲的发展思路进一步完善，羌塘草原正处在大开发、大发展的前夜。党中央、国务院对这片辽阔的土地十分关注，不久前决定开辟一条高质量的横穿西藏东北部的交通大道，将那曲至昌都的公路改造建设成黑色路面，还批准在那曲镇实施城市改造工程，解决长期困扰当地的取暖与用水问题。加上正在施工的那曲物流中心，藏北将插上腾飞的翅膀。

我在那曲期间曾读过边巴扎西到那曲任职后写的一篇文章《认真做好新形势下的群众工作》，他在文中写道：那曲"高寒艰苦，人民群众更需要党的温暖；经济社会发展相对滞后，抵御自然灾害能力弱，人民群众更需要党和政府的扶持；反分裂斗争尖锐复杂，更需要加强对人民群众的教育引导"。他认为"做好联系群众、教育群众、引导群众、组织群众、服务群众、管理群众的工作，是各级领导干部必须掌握的基本功，也是各级党委、政府最重要的工作职责和立足之本"。边巴扎西在文中表达的观念与情怀令人感动。（作者注：边巴扎西后来先后担任西藏自治区副主席，西藏自治区党委常委、宣传部长。现在是国家民委党组成员、副主任）

　　在第六次离开那曲的时候，我长久地回望这片高天厚土，同时，又开始了对下一次走进那曲的期待。

（2009年5月4日记于北京）

# 拉萨有个关帝庙

历史上，内地普遍崇拜关公，许多地方都建有关帝庙，关帝崇拜可以说是汉民族信仰文化的一个重要组成部分。可是，许多人大概还不知道，在西藏拉萨，也有一座关帝庙。

2009年春天，我再次拜访了这座不同寻常的庙宇。

这是一座较为典型的坐北朝南的汉式建筑，远远就可以看到山顶上黄色围墙内的琉璃瓦屋顶。这与众不同的庙堂，常常吸引过往行人的目光。

## 倾听汉藏两个民族的历史故事

关帝庙坐落在拉萨布达拉宫和药王山以西的帕玛日山上，建于乾隆五十七年（1792年），是由清政府派出的福康安大将军等清朝官兵修建的。由于这座小山形似磨盘，清朝驻藏官员称其为磨盘山，所以

关帝庙又称为"磨盘山关帝庙"。在《清史稿》《卫藏通志》等文献中都有对这座寺庙的记载。

关帝即关羽，是三国时期蜀国刘备手下的一员大将，字云长，河东解县（今山西省运城市解州镇）人。因关羽一生作战神勇，为人忠义，被尊为"关公"，后为封建统治阶级大力宣扬，并加以神化，在各地建立关帝庙。关帝庙又称"帝君庙"或"武庙"，元代以前多称武庙、关公庙，明清之后多称关帝庙。有学者研究，关公信仰"形成于南北朝至唐代，发展于宋之时期，盛行于明代，至清代而达到顶峰"。

显然，磨盘山关帝庙是在清朝这一关帝信仰的高峰时期建立的。然而作为清朝驻藏官兵的宗教活动场所，可以说又是一次保家卫国的产物。

《磨盘山关帝庙碑文》对此有详细记载：

> 乾隆五十有六年秋，廓尔喀自作不靖，侵凌藏界，并抢掠扎什伦布庙。皇上赫然震怒，谓卫藏自策零敦多卜殄灭后，隶职方

者百余年，使靳征调之烦，从移驻班禅、达赖之议，其济咙、聂拉木等地势将尽委之贼，此后受戕者，当不止前后卫藏矣。特贲纶音，福安康为大将军，一等公海兰察、四川总督惠龄为参赞大臣，统领劲兵，大张挞伐。大司空和琳飞刍挽粟，专司策应，为后路声援。大学士孙士毅复自昌都驰赴西招，协理军储，于五十七年夏，由宗喀、济咙整旅遄进。先是驻军前藏，征兵筹饷，谒札什城关帝庙，见其堂皇湫隘，不可以瞻礼，缅神御灾捍患，所以佑我朝者，屡著其孚格。于是度地磨盘山，鸠工庀材，命所司董其役，默祷启行，荐临贼境，七战皆捷，距阳布数十里，廓酋震詟军威，乞降至再。皇帝鉴其诚款，体上天好生之德，准纳表贡。诏令班师，并御制《十全记》颁示臣下，子惟此视师。自进兵以来，山溪险峻，瘴雾毒淫，竟获履险如坦，不三月而藏绩，自非神佑不至此。凯旋之日，庙适落成，与诸公瞻仰殿庑，徘徊俎豆，深感大功速竣，维神之力，而益欣继自今前后卫藏之永永无虞也。是为记。时乾隆五十七年谷昌。

碑文中提到的廓尔喀是尼泊尔境内的一个民族，1788年出兵侵占后藏聂拉木等地，清政府立即调内地官兵赴藏，于乾隆五十四年（1789年）四月，将廓尔喀入侵的军队逐出国境。乾隆五十六年廓尔喀再度入侵，占据了聂拉木、吉隆等地，并偷袭日喀则，将扎什伦布寺的财产、法器抢劫一空。清政府遂派大将军福康安率师入藏，在八世达赖的积极配合和藏族人民的支持下，于乾隆五十七年七月驱走了入侵的廓尔喀军队，一直打到了廓尔喀的都城阳布，即今天的加德满都。

按照当时的习俗，清军出征前几乎都要祭祀关羽，祈求他的保佑。打了胜仗，则要修建关帝庙，以答谢关帝圣君的相助。大将军福康安班师回到拉萨，士兵们认为在边陲万里险恶的地理和自然环境中，能顺利击败以骁勇善战闻名的廓尔喀人，一定是武圣关羽在冥冥之中相助，于是上下官兵捐银7000两，修建了这座关帝庙。因为关帝形象与藏族史诗中的古代英雄格萨尔非常接近，所以拉萨人也称关帝庙为"格萨拉康"（格萨尔庙）。其实，在帕玛日关帝庙建造之前，清朝驻藏官兵在扎什城的兵营附近就建有关帝庙，但这时已"堂皇湫隘"，不足以观瞻。于是决定在磨盘山"新建关帝庙"。

对此，乾隆五十八年（1793年）驻藏大臣和琳撰写的《重修扎什城关帝庙碑文》中也有记述：

"恭惟我国家抚有区夏……举凡王师所向，靡不诚服，关帝圣君实默佑焉……乾隆辛亥秋，廓尔喀部落惑于逆僧沙玛尔巴游说，潜师侵掠后藏……我兵出奇奋勇，七战七捷，直逼贼巢……自进师王凯旋，凡三越月，固由圣主庙谟广运，指示机先，大将军运筹帷幄，靡坚不破，然究属帝君威灵呵护之所致也。大将军回藏，度地磨盘山，创立神祠，以答灵贶……"

由此看来，帕玛日关帝庙是汉藏民族共同抗击外来侵略、保卫祖国神圣领土的历史遗存，也是研究清政府在西藏施政用兵行使主权的历史见证，具有重要的历史和文物价值。据记载，清代，西藏共建有关帝庙10座，主要分布在拉萨、日喀则、江孜、定日、工布江达以及军事要塞、交通要道。2008年，由国家投资300余万元，对拉萨关帝庙进行了一次大规模的维修，再现了这座汉藏合璧建筑的古老风采。

# 关帝庙：不同的供奉，共同的寄托

关帝庙现在由拉萨"四大林"之一的功德林寺管辖，历史上也是功德林的一部分。

功德林在磨盘山的西南边，是一座历史悠久的格鲁派寺庙。抗击廓尔喀战役胜利后，这里成为摄政达擦活佛的永久官邸，现在依然香火旺盛，朝拜者往来不绝。

从北侧山门沿石阶登上风马旗飘扬的磨盘山，就进入关帝庙的庭院。庭院呈长方形，东西两边对称建有两层平顶藏式楼房。底层原为僧房，二楼为接待香客用房。

庭院东北竖有一块石碑——关帝庙落成碑，它是庙内现存最重要的文物。碑高3.04米，碑首为二龙戏珠浮雕图案，中间篆刻"万年不朽"四字。碑身正面四边饰云雷纹，中间是汉字楷书碑文，记载清军打败廓尔喀入侵的经过和建庙缘由。如今这块被无数朝圣者顶礼膜拜的石碑碑身汉字碑文已模糊难辨。满院盛开的桃花为这块古老的石碑增添了浓浓的历史韵味。

由庭院登上北面的13级台阶便是主殿——关帝殿，殿前建筑为抬梁式结构，硬山式屋顶，上覆绿色琉璃瓦，四角飞檐排空，建筑面积约800平方米。殿外东侧有乾隆五十八年（1793年）福康安等清朝官兵所铸铜钟一口，称"磨盘山关帝庙铜钟"。钟上的文字至今清晰可见。大殿外面有可环绕大殿一周的"回"字形转经道。

走进主殿，迎面供奉的就是英武威严的关羽塑像。殿堂两侧，是包括诸葛亮、张飞、关平在内的四座彩色人物塑像，同样栩栩如生。在关公塑像左侧，供奉有藏族同胞十分崇拜的格萨尔神像。

大殿背后的黄色殿堂，藏语称"加央拉康"，即文殊殿，其建筑风格与关帝殿基本相同。殿内主供文殊菩萨，两边塑有恰那多吉、四臂观音、龙树菩萨等塑像，还摆放着许多彩色泥塑佛像。殿前，几百盏酥油灯吐放着淡淡的青烟。

不同的供奉，共同的寄托，共融的文化，藏汉合璧的关帝庙带给人们许多有益的思考。

资料显示，帕玛日关帝庙过去的祭祀活动除了5月13日（关公诞生之日）的固定性祭拜外，一般还是以信徒临时祭拜为主。现在的朝拜者中，汉族和藏族均有，祭拜习俗也是汉藏习俗融合。案前供酥油灯、净水碗、青稞酒，以及庭院中的煨桑炉，都是藏民族最为传统而又普遍的祭神拜佛方式。

正在这里为酥油灯添油的僧人古丹格桑告诉我，关帝庙所在的帕玛日山和布达拉宫所在的玛波日山（红山）是拉萨的风水宝地，护佑着拉萨的善男信女。这使我更明白了前往这里朝拜的人的期望与梦想。

多年前，我曾来过这里，见到过旧时的庙宇模样，心生许多感慨。如今，我站在玛波日的山顶，遥望远处巍峨的布达拉宫，长久地在修葺一新的幽幽庭院里驻足，内心充满了感动。正是桃花盛开时节，这里被粉白色的桃花所覆盖，阳光与蓝天为他护佑，绿色的琉璃瓦顶、红黄相间的藏式房屋，江南风格的月亮门、走廊，都在这里显得那么和谐、安详与宁静。

（2008年写于拉萨）

# 拉萨之魂——八廓街

八廓街是圣城拉萨的代表作，也是这座古城的中心。一千多年来，它见证了西藏的变迁，也承载了雪域的历史与文化。

据最新出版的《拉萨市城关区志》记载：八廓街是为建筑大昭寺，并围绕大昭寺的发展而建设、发展起来的。其街道围绕大昭寺从左到右转一圈，藏语称为"八廓"，即"一中圈"之意，八廓街名即由此而来。

说到八廓街，不能不提到1300多年前西藏吐蕃王朝的第33代赞普松赞干布，他先后迎娶了尼泊尔的尺尊公主与来自长安唐王朝的文成公主。文成公主抵达拉萨后，先修建了小昭寺，之后，应尺尊公主之邀，利用她熟悉的汉历观测法，观测建立佛殿的地理风水，辅助松赞干布选址，在被认为是魔女心脏的"卧塘湖"上，排水填土修建了大昭寺，以保拉萨的平安。大小昭寺建成后，两位公主携带的释迦牟尼佛像分别被供奉在两寺的大殿中。最后，文成公主从长安迎请的觉卧释迦牟尼佛像被请到大昭寺的中央佛殿供养。大昭寺从此成为信仰藏传佛教的海内外善男信女的朝拜中心。在许多藏族同胞看来，能到八廓街的大昭寺朝拜释迦牟尼佛像是他们一生中最大的心愿。

八廓街的发展，经历了千余年的历程。据考证，元代由蔡巴万户长蔡巴桑结欧珠及其后裔莫朗多吉出资改扩建的八廓街，后历经修缮，规模不断扩大，成为拉萨主城区的象征。

历史上的八廓街是一条贵族院落和商业、宗教相互交融的独特城区和街道。宇妥、朗顿、桑颇、索康、崔仁、赤江、擦绒在此有院落，还有"邦达仓"等有名的商号。清代，中央政府批准成立的噶厦等一些地方政府办公机构也设在八廓街。八廓街的东南角有一座清真寺，被称为大清真寺，由进藏驻守的清军中的回族所建。八廓街南面有一座小清真寺，由来自克什米尔等地的穆斯林修建。

八廓街又是一条繁华的商业街道。东街、南街大多为来自克什米尔的穆斯林商店，主要经营各种高级皮毛和藏式帽子。八廓北街大部分是来自尼泊尔的商人。其余商店都由藏族和汉族所开设。来此经商的汉族主要是驻藏官员带来的。此后也有少部分北京、河北以及川陕甘的汉族、回族来此经商，从事皮货盐茶交易，其中最大的丝绸商店是北京商店。藏族商人从内地购进丝绸、瓷器、海产、干果、茶叶和盐等商品在八廓街出售。还有到印度采购商品的藏族商人在八廓街上经营布匹、毛料、呢子、五金等商品。除了这些商店以外，八廓街还有金银珠宝首饰店、工艺品店、食品、服装、生活日用品店和土特产品店，街道上还有许多摊贩。此外，还有小型的家庭式的饭馆、茶馆、酒馆。整条街道商店林立、商品琳琅满目。

八廓街的四面八方又形成许多相对独立的中小街巷。这些街巷又是一些极具特色的集市贸易区："蔡那巴热"（菜市场）、"夏冲沃"（卖肉街），还有露天商场、给马钉铁掌的门面等。这附近还有一些有名的街巷："吉日"巷集中了民间许多皮革加工作坊和皮革销售商品；"八郎学"居住的大部分是昌都地区来的康巴人，主要经营茶叶；还有"冲赛康"（观景街）、"铁崩岗"（灰土坡）、"鲁固"（迎候龙的地方）、"恰彩岗"（顶礼的地方）；八廓西街外还有一个"宇妥桥"，即"琉璃桥"，为清代所建，是西藏地方政府迎接中央政府官员进藏的接官亭。在八廓街，还可以看到清代驻藏大臣衙门、民国政府驻拉萨办事处的遗址。

历史上的八廓街上还有许多属于各大寺庙的房产，一年一度的拉萨"传召大法会"期间，各大寺庙的喇嘛就住在这里，僧侣充盈街头。

八廓街还是一条充满民族风情的古街，集合了来自祖国内地和南亚次大陆的风情，很多奢侈品在这里都有销售，这里既有浓郁的宗教文化氛围，又散发着商业文明气息。大昭寺周围沿八廓街还竖有四根巨大的挂满彩色经幡的旗杆，十分引人注目。

1951年西藏和平解放后，八廓街进入了发展的新阶段。它见证了西藏发展的脚步，成为人们了解西藏历史、文化的重要窗口。

记得我第一次走进八廓街是在1963年的2月份，正值藏历新年期间，只见大昭寺前挤满了磕长头的朝圣者，而大昭寺顶上的巨大高音喇叭里，正在播送着中共中央批判苏共的"九评"。

从那时起到现在，我曾数百次地走进这块古老而神奇的街巷，目击藏族百姓的生活实况，感受随处可见的藏族文化与风情。半个多世纪以来，八廓街经历了一次又一次的维护和整修。现代科技和设施的进入，街道、老屋的重修和重建，地下管道的配备与齐全，改变着八廓街人的生活质量，也使八廓街更加繁华与诱人。记得光是八廓街的路面，我就亲眼见到从道路泥泞不堪、屎尿横流，到石子路、柏油路，再到石板路、地下水道齐全、路旁华灯林立的变迁。

现在，八廓街正处在历史上的繁华时期。现代元素的加盟，并没有使它的古老和沧桑褪色。走在八廓街上，就像走进了西藏的历史，古宅、寺庙、朝圣的人流、独具特色的雪域商品，会使你产生时空转换的错觉。

在这里，你可以买到一切具有西藏文化元素的、古老与现代并存的商品；可以买到与藏传佛教有关的一切贡品、装饰品与各色艺术品；可以买到内地生产的大量日用百货，买到印度、尼泊尔等许多南亚国家的精美饰品、佛像等。

走在八廓街上，你能被弥漫在空气中的缭绕香烟倾倒，也能被五彩斑斓、金碧辉煌的各色艺术品震撼，甚至能闻到几十种法国香水的芬芳。

西藏一直是个开放的世界，也正因为如此，才造就了兼收并蓄、古老灿烂的吐蕃文化。今天，作为西藏的窗口，八廓街正以更加宽广的胸怀，迎接着五洲四海的宾客，吸纳着当今世界最新的文化，酝酿着世界屋脊新的更大的变革。

现在，走向富裕的藏族朝圣者，正以更加喜悦的心情，从西藏各地，从四川、青海、甘肃、云南等省的涉藏地区，或乘飞机、汽车，或长途跋涉虔诚磕拜，涌向拉萨，来到八廓街，实现今生最大的心愿——向释迦牟尼佛像顶礼，献上自己与亲人的虔诚。作为八廓街起始地的大昭寺，永远香火旺盛，门前的唐柳、大殿内文成公主从长安带来的释迦牟尼12岁等身佛像，依然庄严伫立，默默地接受藏民族的千年朝圣。

2020年夏天，大昭寺前矗立千余年的唐蕃会盟碑和清代的"痘碑"换了新装，两座汉藏结合风格的金色碑亭出现在人们面前。在此之前，位于八廓街南北两条街上的清政府驻藏大臣衙门遗址和根敦群培纪念馆也已成为这里新的景观与游人新的去处。

八廓街及其周围的大街小巷，似乎都被调动起前所未有的激情。不论走到哪里，都是商品的世界、藏传佛教的世界、西藏文化的世界。在幽静的小巷中，你可以看到鲜花盛开、充满温馨与宁静的阿尼仓姑尼姑庵；也能走进独具特色的甜茶馆，喝甜茶、吃藏面，去感受拉萨市民恬静从容的生活状态；更能在小巷深处一睹老人的悠闲和天真的童趣，一座座古宅大院还能激起你的思古之幽情。那座矗立在八廓街东南角的黄色藏式楼房，被认为是六世达赖喇嘛仓央嘉措300年前不时出入，留下千古诗行的地方。他的诗歌，不论是情歌还是道歌，都已成为藏族文学史上的不朽篇章。这座被今人命名为"玛吉阿米"的黄房子已经成为爱情的象征、歌者的天堂、浪漫情怀的圣地。

我在拉萨的日子，最喜欢在八廓街漫步沉思，随手拍下的数千张图片，只能记录这座古街的一角，但仍可使读者感受夏日的八廓街、黄昏中的八廓街、世界屋脊上的八廓街。

八廓街，一条走不完写不尽的街。

（2011年写于北京，2021年8月改于拉萨）

# 见证今日香格里拉

10月24日晚7点，我随2011首都网络媒体藏区行采访团一行乘东方航空MU5911航班，抵达云南省迪庆藏族自治州首府香格里拉县（原名中甸县，2001年12月17日更名为香格里拉县），进行了短暂、难忘而丰富的走访。

这是我第四次踏上迪庆的大地。

## 难忘的记忆

1993年我第一次来这里采访，曾走过茶马古道，北上德钦县城，一睹梅里雪山风采；与州领导、各级干部和普通老百姓进行了广泛接触，结识了许多朋友，有些至今保持着联系。那是迪庆大发展的前夜，当时，43岁的州委书记江巴吉才、44岁的州长格桑顿珠、31岁的中甸县康奔公司总经理王树芬都和我们做过深入的交谈。他们思想解放，年富力强，对迪庆的发展思路清晰，给我留下深刻印象。时任中甸县县委副书记的齐扎拉，结合县里的实际，给我们描绘了一幅令人鼓舞的全县发展蓝图。这批年轻有为的藏族干部带领迪庆各族人民走上了一条独具特色的发展之路。回到北京后，我不断得到迪庆发展进步的大量信息。齐扎拉后来成为云南省委常委、迪庆州委书记，现在担任了西藏自治区党委副书记、西藏自治区主席。这次访问的成果，我在《迪庆，那片充满希望的土地——迪庆人物访谈录》一文中有详细的记录。我在文中写道："迪庆，一方充满诗意的土地，一个让人永远难以忘怀的境界。有幸亲临这片冰雪与绿色交相辉映的圣地，的确是人生的一大乐事。在藏语中，迪庆含有'大吉大利'之意。虽然历史留给了它沉重的过去，但是今天，迪庆藏胞正在以全新的思维和勇敢的实践，创造着希望和辉煌，铸造着雪域深处真正的吉祥宝地。"

2001年，我在西藏做援藏干部时，陪同国家广电总局巡视组，乘坐拉萨至迪庆航线开航第二天的班机重访迪庆，考察迪庆州实施"西新工程"的情况，对8年后的迪庆又留下了全新的记忆。这时，迪庆已不再闭塞，通往内地的多条航线陆续开通，县城面貌焕然一新，富有浓厚藏民族文化气息的建筑比比皆是，让人耳目一新。

2003年，我到昆明参加一个对外宣传研讨会期间，第三次来迪庆，留下的印象更为深刻。那时，新迪庆的面容已经展现在世人面前，"香格里拉文化"现象已经引起世人注意。那次走访后，我曾写文对涉藏地区现代化的思路与模式进行了再思考。

## 今日迪庆：发展思路明确，奋斗目标远大

2011年的第四次迪庆之行恰巧又是时隔八年。新世纪的第一个10年间，这片神奇雪域上的各族人民共同团结进步，共同繁荣发展，物质文明与精神文明齐头并进，创造出了更多的骄人业绩。

迪庆被称为是"群山藏宝，滴水流金"的如意宝地。近年来，迪庆州依托旅游文化、生物、水能、矿产四大资源优势，围绕把迪庆建设成为全国藏区跨越式发展和长治久安示范区的奋斗目标，确立了"生态立州、文化兴州、产业强州、和谐安州"的发展思路，逐步走上了科学发展、跨越发展、和谐发展的轨道。据介绍，全州生产总值从2005年的28.02亿元连跨30亿、40亿、50亿元三个大关，增加到2010年的77.1亿元，年均增长20%。在经济快速发展的同时，全州生态建设和环境保护成绩显著，教育、文化、科技、卫生等各项事业全面发展，政治稳定、民族团结、宗教有序，处在历史上稳定和发展的最好时期。

在迪庆，我们听到了许多令人欣慰的好消息："十一五"期间，全州通车里程达到5372公里，新增公路里程1370公里，香格里拉机场改扩建工程全面完成；解决了8.2万人饮水困难问题，贫困人口年均减少1.2万人；2010年有602.99万人次到迪庆旅游，旅游业总收入从20.08亿元增加到61.57亿元，增长2.07倍；成功引进香格里拉、喜来登等国际知名酒店入驻迪庆；坚持生态立州、环境优先，制定实施了"七彩云南香格里拉保护行动"，生态质量逐年提高；全面推进以州直学校为重点的集中办学工程，从2010年起，云南民族大学香格里拉职业技术学院开始招生，三县高中新生全部集中到州直优质高中就读；

成功推出了《香格里拉》《香巴拉印象》等优秀文化产业项目，实施了2430个村民小组20户以上通电自然村直播卫星广播电视覆盖。这些，只是迪庆州"十一五"成就的一些事例或数字。

"十二五"规划自然更加给力。全州将坚持走中国特色、迪庆特点的发展路子，紧紧抓住发展、稳定、民生三件大事，坚持正确的发展思路，依托农业产业化、新型工业化、城镇化和教育现代化四轮驱动，实施"绿色经济、人才优先、投资拉动、品牌支撑"发展战略，建设富裕、民主、文明、开放、生态、和谐迪庆，为到2020年与全国、全省同步实现全面建设小康社会的宏伟目标打下具有决定意义的基础。

读着这些文字，迪庆干部群众未来五年的思路、目标与作为已经跃然纸上。


# 有益的启示


走进云南省迪庆藏族自治州的首府香格里拉，现代城市的元素随处可见，民族特色与传统文化的气息迎面扑来。藏族、纳西族、傈僳族等各族群众投来的善意微笑令人难忘。每天晚上在多处广场上的藏族锅庄舞狂欢、独克宗古城的古朴与繁荣、尼西乡的田园风光、金黄遍野的浪漫秋色、松赞林寺的宗教氛围，还有那随处可见的淳朴民风，使人顿生陶冶心灵的美好感受和享受生活的美丽心情。这些见闻，使我对迪庆社会发展和香格里拉文化现象的观察与思考变得更加清晰。

（2011年10月27日凌晨）

# 亲历藏式婚礼

拉萨的夏天凉爽宜人，刚刚过完"萨噶达娃节"，一年一度的"夏日狂欢节"——雪顿节也日益临近。蓝天、白云、阳光、夜雨，加上从早到晚弥漫在拉萨大街小巷上空的"桑"烟，给拉萨披上了古老而又青春浪漫的色彩。在这个时候，有机会参加一场充满雪域风情的藏式婚礼，实在是一件很快乐的事情。

不久前，我在北京接到了藏族侄子丹增朗杰向我发出的参加他的婚礼的邀请。丹增朗杰出生在一个"团结族"的家庭，爷爷是北京的汉族，奶奶是拉萨八廓街的藏族。父母亲都是大学毕业生，母亲达仓的老家在后藏"美酒的故乡"日喀则。由于从小生活在拉萨，藏民族的生活习俗和与生俱来的高原气质，已经深深地印在丹增朗杰和他的哥哥丹增格列身上。新人都是在内地毕业的大学生。一家两代人都是大学生，这在西藏早已不是新闻了。

婚礼定在阳历5月26日（藏历四月二十八日），是请寺院的高僧计算的吉日良辰。这个古老的习俗，在西藏沿袭至今。

我愉快地接受邀请，从北京乘飞机飞抵拉萨。我的夫人次丹已在此前进藏，在拉萨等候。

一到拉萨，我就感受到了清凉的夏日情调。

## 婚礼前夜

按照当地的习惯，婚礼要先在妻弟格列家举行一次，请家族成员参加，属于内部活动；之后还要在林卡里举行一次，接受亲朋和同事们的祝贺。我因为要承担摄影的任务，所以，自然要参加和记录两次婚礼的盛况。

准备的事项很多，要去商场买大量的瓜子、糖果、水果。西藏的水果品种很丰富，几乎全国的水果在拉萨都可以买到。当然，在各项准备中酒是不可缺少的，包括青稞酒、啤酒和白酒。青稞酒是自家酿制的，是最好的头道酒和二道酒，甘洌酸甜，口感极好；啤酒的种类很多，当地人最喜欢的是拉萨啤酒，用青稞制成，瓶装罐装均有，已经远销内地和海外，一次婚礼要准备上百箱，甚至更多。至于白酒，可以说都是名酒：贵州茅台、四川五粮液、北京红星二锅头，应有尽有。

在准备的过程中，新娘佩戴的"嘎乌"不能缺少。"嘎乌"是一个精致的银制小盒，里面装有经文，是一种护身符，用珍珠、玛瑙、翡翠等珠宝玉石穿缀而成，戴在胸前，是藏族传统的饰品。婚礼前的一个星期，家人将早已亲手编织好的"嘎乌"再次加工，做到精益求精，最后要请家中最年长的老人过目点头认可，这才算是"验收"了。

参加婚礼的家人，都要身着最好的藏装，许多都是崭新的。女性成员，不论是少女还是中老年人，都会做个最喜欢的发式参加婚礼，以示祝贺。就连年过80的大姐索朗拉姆也让妹妹们给她编了一个有吉祥红丝绳的发辫，人也年轻了许多。

举行婚礼仪式的大厅更是早早就布置好了。佛龛前面的供桌上按传统习俗摆满了吉祥物件，包括用"布鲁""木东""那夏"等"卡塞"（藏语，是用面粉做的各种油炸食品）摞起的大型贡品引人注目，还有苹果、枣、橘子、桃等干鲜果品，供桌上还有茶叶（沱茶）、冰糖、酥油茶、"曲拉"（奶渣做的奶制品）、八宝饭等，这些都寓意新郎家生活富足，未来幸福美满。

西藏的夏夜，繁星似锦，夜空晴朗静谧，星星格外明亮，仿佛伸手就可以摘到。晚上9点多钟，专门请来的绘图师被大家簇拥着来到大门口的马路上。他打量着门前的地形，用脚不断丈量着。胸有成竹后，即拿起一个装满白石灰的塑料瓶作为画笔，随着瓶中白石灰的不断流淌，一幅漂亮的藏式吉祥图案在人们面前渐渐展现，门前一阵欢笑声，人们情不自禁地喊起来："扎西德勒！扎西德勒！"

## 迎接新娘

婚礼的日子终于来到了。迎接新娘是很隆重的事情，有许多习俗和程序。

根据事先的安排，我的夫人次丹代表婆家要在凌晨赶到新娘家里，给新娘化妆，还派了一个小伴娘——妹妹阿努12岁的孙女丹增拉姆到现场观看，协助化妆。新郎的哥哥丹增格列随后乘车到达，代表婆家到新娘家迎接。

我们乘车于凌晨6点多赶到新娘群英家，由于时区的关系，拉萨天还没亮，但新娘的家人早已迎候在门前，大门口的地面上也绘有白色的吉祥图案。我们被热情地迎进新娘家，接受吉祥的哈达。

走进新娘住的房间，次丹首先为新娘穿上崭新的红色夏季藏袍和水绿色的上衣，发辫已由她的几位好友——今天的伴娘编好。伴娘都是漂亮的藏族姑娘，身着节日盛装。化妆由次丹主持，经过一个小时的精心打扮，神采焕发、美丽动人的新娘出现在家人和迎亲队伍面前。她恭恭敬敬地向佛龛顶礼，喝家人送上的酥油茶，同生活了多年的家道别，还要向前来迎亲的人们敬献哈达、青稞酒，大家互祝"扎西德勒"。

离家前，迎亲队伍还要举行插"彩箭"仪式，新郎的哥哥要把带来的一支"彩箭"插在盛装打扮的新娘背后。彩箭是一种吉祥的物件，色彩鲜艳，用孔雀毛做箭杆，黄色的箭袋里装有各种装饰品，外系彩带；彩箭插在新娘背后，表示她已经被男方看中并且俘获，属于男方家的人了。对新郎来说，从此你就是我的新娘了。传说松赞干布迎娶文成公主时，就是用彩箭来迎接的。

此刻，天已放亮，彩霞映红了天空。迎亲车队缓缓离开新娘家，前往新郎家中。路上，还要接受两处早已等候的迎亲队伍的迎接：停车下来，行"切玛"礼，煨桑烟，接受祝福。


## 婚礼·哈达的海洋

这天，新郎家早已装饰一新，屋顶上五色经幡迎风飘扬，香烟缭绕，唐卡高悬，庭院里郁郁葱葱，喜气洋洋。

　　迎亲汽车在绘有吉祥图案的家门口停下，新娘接受哈达，被簇拥着走进婚礼大厅。

　　藏式楼房里的客厅宽敞华丽，新郎在这里迎候新娘，帮她整理身后的"彩箭"，之后双双在沙发上落座，新郎新娘的父母也随之入座。这时，婚礼乐队奏响了欢快的藏族乐曲。乐队成员大都是身着节日盛装、能歌善舞的少男少女，所操乐器有藏族传统的扬琴、六弦琴、笛子等，演奏的曲目多是古朴典雅的宫廷音乐，悠扬动听，恒久绵长；也有节奏较快的旋律，一般要在高潮时演奏，以壮会场声色。由亲朋好友组成的摄影团也开始各显身手，摄像机、照相机、手机纷纷上场，灯光闪烁，气氛欢乐。

　　向新人和双方父母敬献"切玛"（一种盛有青稞、糌粑，插有彩色麦穗和酥油花木牌的吉祥木斗）、青稞酒、吃人参果饭是开场项目。之后，婚礼进入家人、亲戚朋友敬献哈达的程序。这是婚礼上最热烈的场面。人们排成长队，老人和长辈站在最前面。人们首先向释迦牟尼佛像敬献，接着向新郎新娘、双方父母献哈达。这样算来，每个前来祝贺的人至少要敬献七条哈达。当然，在西藏各地，敬献哈达的条数也各不相同，有些地方还要向新人的其他家庭成员献哈达。

　　在现场，我看到，大多祝贺的客人都是互相帮助，一个人打开哈达，一个人敬献。从日喀则专程赶来的"祝贺团"由新郎母亲老家的十几位亲属组成，他们个个身着后藏的节日盛装，抬着许多盒还没有打开包装的哈达。来到新人面前，有人打开盒子取出哈达，有人敬献，既有序，又热烈。

　　每个献哈达的人都要向新人说些祝福的话。这个程序持续的时间很长。新人和双方父母的脖子上很快就挂满了哈达，到20来条时，脖子上几乎不能再放哈达了，新人幸福欢乐的脸庞上也开始有汗珠滴落。

这时会有家人为他们擦汗，并将他们脖子上的哈达取下放在旁边的卡垫上。随着祝贺人群的继续敬献，哈达很快又把他们包围，那就继续将哈达取下放在旁边。不多时，新人和双方父母的周围，就汇成了哈达的"海洋"，洁白的哈达象征纯洁的爱情，也寄托着亲朋好友的祝福之心。这种场面，不亲临现场，是很难想象到的。我了解了一下，在拉萨，规模较大的婚礼几乎都会有七八百位客人到场，今天，这里大约留下了5000条哈达，真真切切地汇成了婚礼现场的吉祥场景。

参加婚礼的孩子们此刻也是最开心的，他们在场地上跑来跑去，一双新人也会常常把孩子揽入怀中，这是吉祥的象征，也预示着大家的祝愿：早生贵子（女），阖家幸福。

仪式结束。乐队奏起狂欢的乐曲，人们纷纷和新人合影留念，还会情不自禁地跳起拉萨踢踏舞。婚礼进入高潮。其间，接待人员穿越在大厅和庭院的人群中间，不断为大家献上青稞酒、啤酒，场上也不时响起嘹亮悦耳的祝酒歌声。

我被这热闹的场面所感染，也身着藏装和家人与新郎新娘合影，留住了一个又一个难忘的瞬间。

## 午宴的色彩

午宴是又一个婚礼高潮，是主人对客人的款待和答谢。

这场盛宴，显示了主人的好客和诚意。

盛宴一般都要准备好几天。上好的牛羊肉和酸奶，会让你感受藏式婚宴的特有情调。据妻弟格列介绍，酸奶是提前在距拉萨二三十里地以外的达孜县的一个山村里定制，当天早上由当地农牧民开车送来。

在午宴上，我看到了不曾经历过的场面：足有20米长的餐桌上，依次摆满了藏式、汉式和西式佳肴，足有上百个品种。

午宴的餐桌极富装饰性，用萝卜雕刻成的仙鹤（藏语称"衷衷"，象征吉祥）、白塔；藏式装束的佳丽娟人站在西式糕点上迎候嘉宾；等等都给午宴增添了节日的气氛。

藏式菜肴以牛羊肉和牦牛奶为主要原料，"推"（一种用酥油、奶渣、红糖、白糖做的藏式甜点）、灌肠、烤羊腿、凉拌酱牛肉、酥油白糖人参果、清炒松茸、炒牛肺、肉末酸萝卜、羊脯炖萝卜、萝卜炖牛肉、红油牛舌、凉拌芒康木耳、生牛肉酱等几十种食品让你领略藏餐的丰盛和美味。

西餐餐位上的各式点心面包、沙拉、香肠、各式凉拌、烤牛排、各式果品让嘉宾调节胃口。

而红烧大虾、扣肉、米粉肉、炸带鱼、烤羊肉串、凉拌肚丝、青椒牛肉、多种凉菜，以及煮熟的玉米、花生、红薯、山药等食品使人如同在北京做客。

庭院里再次飘荡起此起彼伏的祝酒歌声。

## 桑烟中的祝福

婚礼持续两天，结束前要举行煨桑仪式，这是传统的婚庆程序。

庭院当中要摆放供桌、悬挂唐卡，地面上绘有吉祥图案，煨桑炉中不断有人添加松柏树枝，香烟弥漫，火光闪闪，如入仙境。参加婚礼的人们会再一次接受主人的致谢哈达，并聚集到庭院里。

新郎新娘在接受祝福后，分别手捧"切玛"依次向嘉宾致谢。几乎在同一个时刻，大家排成一列，高呼"扎西德勒"，将手中的糌粑面同步抛向空中，用以敬献天、地和人，祝愿新人白头到老、一生幸福。瞬间，庭院里的松烟和糌粑交织在一起，烟雾弥漫，全场欢腾，歌声悠扬，恰如天人合一，吉祥圆满。在场的几乎所有人都进入场地，跳起欢乐的锅庄，一对新人也加入其中，与大家同欢共舞。

香烟尽缭绕、起舞弄林卡。一场充满青春气息的藏式婚礼，留给我的是美好的回想与无尽的诗意。

（2014年9月24日记于北京）

# 2016拉萨夏日记事

时隔两年，2016年夏天我第45次走进西藏，在拉萨度过百余天，又留下了许多难忘的记忆。

## 吴雨初和他的牦牛博物馆

应吴雨初先生之约，在藏期间，两次前往位于柳梧新区拉萨文化体育中心内的西藏牦牛博物馆，仿佛经历了一次西藏文化的洗礼。

吴雨初先生向我赠送了他刚刚出版的新书《最牦牛——西藏牦牛博物馆建馆历程》，并且讲述了不久前发生的一件令他十分震撼的事情。9月2日，一位来自当雄草原的71岁藏族老人索朗扎西专程来到牦牛博物馆，他出语惊人："我是专程来感谢'发明'了这个博物馆的伟人，我走了很远很远的路，今天一定要见到他。"他还说："我们都是藏族人，从小就跟牦牛一起生活，可又有谁想过要去感恩牦牛呢？但是吴老师就做到了。所以我说他是伟大的人、了不起的人，是值得我们每个藏族人尊敬的人。"当见到吴雨初时老人竟然给他跪下，感谢他为西藏做了这件好事。这样的事情，牦牛馆建馆以来已经出现了多次。

在西藏创建牦牛博物馆是中国也是世界的创举，是中国对世界文化的新贡献，它为世人认识西藏、认识藏民族、认识藏文化打开了一扇不同寻常的大门，开启了一个新的观察与思考藏民族的窗口。这一创举的深远影响与社会价值将会在未来的岁月里逐渐显现出来。索朗扎西老人的语言与举动就是对这一创举的最朴素的表达与评价。

牦牛博物馆的创始人吴雨初先生，1976年从江西师范大学毕业后自愿要求进藏，在自然环境十分恶劣的藏北工作了12年。这12年加上他后来在自治区首府拉萨工作的4年，吴雨初先后在西藏度过了16个春秋。这段漫长的时间使他有机会无数次地接触牦牛、感受牦牛，并进而思考牦牛、研究牦牛，最终产生了在西藏建立牦牛博物馆的构想。

在北京市和西藏自治区各级领导、专家学者的支持下，在西藏和四省涉藏州县广大藏族同胞和各界人士的大力支持下，吴雨初的梦想终于实现了。一座风格独特的博物馆在拉萨西南的柳梧新区拔地而起，成为中国博物馆系列的最新类别，在海内外引起了广泛的关注。2014年5月18日，世界博物馆日这一天，西藏牦牛博物馆开馆试运行；11月11日，正式对社会公众免费开放。到目前为止，前来参观的观众已达15万人次，光是在雪顿节的7天中，参观者就达3万人次以上。在西藏来说，这是一个相当不小的数字。我在先后两次的参观中发现，与别的博物馆不同，来这里参观的有许多是远道而来的藏族农牧民，其中许多是老人。牦牛与他们关系太密切了，现在生活水平大大提高，他们也想来看看和他们打了一辈子交道的牦牛为什么走进了这么漂亮的博物馆，在牦牛身上究竟有什么他们不知道的故事。当看到参观中，那些藏族爷爷奶奶领着孙子孙女在牦牛标本前拍照的情景，我一次次被深深地感动着。

在参观和交谈中，我问起吴先生，下一步打算要做些什么，是否要进一步完善和扩充展览，是否要写一部有关牦牛文化的专著，是否要把博物馆的影响进一步扩大。对这些问题，他没有来得及做出正面的回答，但是他告诉我，这个展览很快要搬到北京首都博物馆做几个月的展出。这个信息让我很兴奋。我知道，吴雨初的梦想还在延续，他一定会在现有的基础上，向着新的目标前进。这是一个老进藏人正在实现的一个梦想，其实，半个多世纪以来的千千万万个曾经为西藏做过奉献和牺牲的"老西藏"，哪一个人对这片热土没有自己的不了之情和一个又一个梦想呢！

## 张大人花雕塑和张荫棠铜牌

在拉萨期间，我曾多次去布达拉宫后面的龙王潭公园拍摄大型金属雕塑——张大人花。

张大人花是一种在西藏广泛生长的八瓣花朵，挺拔秀丽，由清末驻藏帮办大臣张荫棠引入花籽，后在西藏迅速繁衍，人们亲切地称它为"张大人花"。

在龙王潭一片翠绿的草地上，一组闪着银光的张大人花大型雕塑正在怒放，身后是蓝天白云、布达拉宫。

在这由十几米高的八个钢制花朵组成的雕塑下面，一幅长方形黄色铜牌上用藏汉两种文字镌刻着："张荫棠（1864—1937），广东南海人。近代著名外交家。曾任清政府驻旧金山总领事、中华民国驻美公使等职。1906年被清政府任命为副都统查办藏事。进藏后，他惩办中央政府驻藏腐败官员和西藏地方贪官污吏，整顿乱局，提出发展工商、兴建交通、兴办教育等改革措施，受到西藏各族人民的称赞。他带来的花种适应高原，秋季盛开，鲜艳的花朵异常美丽，人民争相种植，并亲切地称为'张大人花'，表达对这位贤良官员的崇敬。"

在张大人花的四周，是八座记录西藏近代历史的浮雕，这些浮雕的名称分别是："文成公主进藏""打击英国侵略者""和平解放""欢迎亲人解放军""国防之路""翻身农奴得解放""忆苦""思甜"。

为张荫棠和"张大人花"竖雕塑和建纪念铜牌，这在西藏还是第一次，在全国也是一件很有意义的事情。

西藏和平解放以来，在拉萨和其他各地，建起了一批纪念碑、雕塑或浮雕。拉萨的金色牦牛雕塑、西藏和平解放纪念碑、青藏康藏公路纪念碑都早已成为地标性的建筑物。张大人花雕塑的出现，为拉萨又增添了一处美丽而富有历史人文色彩的风景。

## 在岗德林第六次看望藏族老友

去岗德林看望老朋友次仁顿珠，这是半个世纪后我们的第六次见面。

由于拉萨三环的立交桥和高速公路正在修建，原来通往岗德林村的17、18两条公交线路都已改道。17路的藏族司机告诉我，可坐他的车到堆龙德庆公安局门口下车打的去岗德林。听从他的建议，果然顺利到达，次仁顿珠在路边等着我。他还要让外孙子骑着摩托车把我送到家门口，我哪里会这样做，就把带来的苹果、葡萄、瓜子放在车上，让摩托车先开走了。我和次仁顿珠边走边说，一会儿也就到家了。

次仁顿珠早就打好了酥油茶，刚一落座，他就给我倒了满满的一杯，让我先休息一下，还端出一篮子煮好的土豆让我吃。土豆是自家种的，新鲜又好吃。

他告诉我，女儿卓嘎因病住院，等着做手术。开始住在县医院，后转到自治区人民医院。农村有医保，看病很方便了。

说话间，他的外孙女、在阿里措勤县工会工作8年的达瓦玉珍过来看我。虽然是第一次见面，但因次仁顿珠已经在上次见面时说起过她，所以也就很快熟识，并聊了起来。她这次是回来休假。由于海拔高，阿里对干部的休假是优惠的，每年两个月，加上别的因素，这次她的假期一共有三个月。但她告诉我，由于县里临时有事，她要提前回去。达瓦玉珍说，她毕业于西藏民院的旅游专业，毕业后在拉萨考取了公务员，并被分配到阿里措勤县工作，那里海拔4700米，是世界上海拔最高的县城之一。虽然工作不很对口，但她对当下的生活很满足，措勤县地域辽阔，很舒服。我告诉她，我去过四次阿里，三次措勤。措勤县的名字还是周总理定的，她听了表示很惊讶。我建议她买一台相机，学习摄影，把措勤的美丽告诉世界。还建议她多在电脑上写些东西，练练笔，多学一些本领。

根据我这次走访的计划，次仁顿珠陪我一起再次踏访53年前住过的老屋遗址。徒步大约半个小时后，我们来到当年的恰噶村，来到我的第一个住地屋前。周围正在盖新房，旧屋只剩断墙和院子，周围的老树犹在，依然枝叶繁茂，郁郁葱葱。旧屋主人早已在他处另建新居，这里被废弃，自然是这个景象。看到周围建起了不少新房，我的心也平衡了许多。西藏在发展，岗德林也在发展。这是社会发展的规律，是值得欣喜和庆祝的。在老屋旁，一栋新建的房子引起了我的注意。

房子盖得很大，钢筋水泥结构，主体已经建好了。正说着，一位健壮高大的中年男子走过来，次仁顿珠告诉他我几十年前在这里住过，今天来看看老屋子。他听了高兴地请我进去看他的新房。我走进去楼上楼下看了一遍，真不得了，他说新房总面积有400多平方米。他还告诉我楼上楼下都有卫生间，楼外面有小树林，风景也很好。我赞扬房子的设计很科学、很实用，祝愿他的生活越来越好。走出新房，次仁顿珠告诉我，这家邻居现在的主人叫丹增尼玛，搞建筑的。我问他的父母是谁，次仁顿珠说他父亲叫达桑，母亲叫曲珍，都已经过世，他们的几个孩子现在的生活都很好。

离开老屋不久，眼前是一片宽阔的地面，次仁顿珠指着这片地方对我说，这里将建高速公路，下一次你来就是另一个样子了。我不禁联想，若干年之后，岗德林还会存在吗？随着整个西藏和拉萨市的发展，岗德林也将整体搬迁。据了解，这里的农民大约是迁往县城的北面，是拉萨城镇化建设的一部分。那时，岗德林的名字也许会随着他的居民在另一个地方出现，也许岗德林的名字依然留在这里。但不论是何结局，岗德林的历史，它曾经有过的辉煌，特别是21世纪初叶岗德林的蔬菜和花卉，早已写在拉萨发展的史册上，后人是不会忘记岗德林的。

走在岗德林的土地上，只见这里几乎成为一个大工地，到处都在盖新房，许多人家的门口都停放着大卡车、小汽车、拖拉机。我当年对这里的印象更是无影无踪。难怪次仁顿珠这位老干部在自己曾经十分熟悉的家乡也数次迷路，还要不时询问对面走过来的乡亲们。次仁顿珠也发出由衷的感慨：最近没怎么来这边，这里的变化太大太快了。

好在很巧，在路上碰到了我们要找的欧珠多吉，见到我，他立刻快步向我走来，亲切地叫着我的藏族名字"列谢啦，恰派囊穷啊"

（"恰派囊穷啊"是藏语"您来了，欢迎啊"的意思）。欧珠多吉是当年岗德林的民办小学教师，他一直记着我的名字。

我们一起走进他家的新居。二层楼，十来间房子，包括女儿、女婿和外孙子，一家5口人其乐融融，客厅用的是新家具，大液晶彩电，而他自己的屋子用的还是旧家具，也许是这些物件用久了，舍不得。我在他的新居里上上下下走了一遍，真是感慨不已。二层平台上还有一间单独修建的新屋，我问他是谁住的房子，他说没有人住，我和他开玩笑说："那我将来再来时就住在这里吧。"他一口答应："太好了，这就是你的屋子。"西藏的乡亲们富裕了，这些话多有底气啊。我不禁感动得热泪盈眶。

在院子里，我给他们拍了两张全家福照，一位慈祥的老妈妈闻讯走进院子也要照一张，我赶忙给她和欧珠多吉照了一张合影，老妈妈笑得合不拢嘴。欧珠多吉有些文化，见识也广，谈起我曾去过澳大利亚，他马上说知道那个地方。真是时代不一样了，记得当年我在岗德林住的时候给大家读藏文的反修文章，其中提到列宁、斯大林。我问大家知道是什么意思吗？没有一个人答得上来。当时让我十分感慨，也觉得在西藏发展教育、让藏族同胞开阔眼界是西藏发展的一项重要任务。

我请他们两人到县里吃午饭，由欧珠多吉的女婿给我们开车。这是一辆很不错的越野车，是几年前买的二手车。女婿长年为中国地质大学的西藏研究基地开车，多次去阿里等边远地区搞科研，包括去改则和那曲无人区的尼玛县等地。

在县里的一家餐馆吃饭，条件还不错。我要了六个菜，大家边吃边聊，谈起西藏和家乡的变化，大家感触很多，都说这几十年变化太大了，也希望能多活几年。我说整个中国人的平均寿命都在增长，西藏地区也是这样。咱们都要好好活着，要多见几次面，有机会大家要到北京看看。

道别的时候，我给次仁顿珠的手里塞了200块钱，让他替我看望住院的女儿卓嘎，给她买些水果。

在次仁顿珠老屋听到他说达桑的名字，我觉得很熟悉。回到家我翻开正在整理的西藏日记，在1963年写下的岗德林日记中，一下子找到了这个名字，原来他就是我离开次仁顿珠家后住的第二个家的房东。我在日记里清晰地记录了在达桑家的生活。这真使我既激动又感慨。世界上真有这样巧的事情，半个世纪后竟与达桑的第二代巧遇。这是命运使然，还是缘分使然？下一次来岗德林，我一定要拜访丹增尼玛一家！

## 见到46年前的藏族朋友

10月9日中午，与旺堆一起和阔别46年的格桑卓玛等藏族朋友在西郊长寿藏家宴餐厅见面。在长达4个多小时的时间里，大家畅叙近半个世纪岁月里的各自经历与感慨，兴奋之情溢于言表。

格桑卓玛带来了盐井葡萄、醉梨和她自己酿制的红葡萄酒。

时光荏苒，1970年毕业于咸阳西藏民族学院的格桑卓玛已经从当年活泼开朗的藏族姑娘变成了一位慈祥快乐的老阿妈。

我们一起为这长达46年的汉藏友谊举杯，为大家的健康幸福举杯。

格桑卓玛和王珍回忆起她们到内地上学的情景感慨不已。她们说，1964年去内地，她们都是骑马，当时昌都地区的路况很差，从家里到昌都走了将近半个月。到昌都还要等汽车。到咸阳西藏民院差不多又用了半个月。现在可是大不一样了。昌都有了民航，各县通往昌都的路都已经是黑色路面了。拉萨的交通就更是方便了。

1970年秋天，格桑卓玛在西藏广播电台接受培训后，与我们一起乘车前往昌都。交谈中我才知道，大家分手后不久，她被分配到扎木广播站，做了7年的播音员，后来随爱人一起调到拉萨，先后在自治区卫生厅和自治区防疫站工作。其间曾到哈尔滨学习3年，主攻会计专业。爱人苏子文（嘉措）曾任自治区人民医院党委书记。15年前突患高血压、脑梗，几乎瘫痪，格桑卓玛提前退休照顾患病的爱人至今，十分辛苦。他们的两个儿子都早已成人、成家，儿孙满堂。

谈起1970年11月一起从拉萨乘解放牌卡车去昌都的情景，大家都是记忆犹新。一路歌声，一路谈笑，一路关照，真是难忘的旅程。格桑卓玛特别提到，离别时，她们站在桥头哭了很久，"你们到了邦达草原我们还在哭"，格桑卓玛还是用她那充满诙谐和感情的语调回忆和描述着当时的情景。说到这里，我和旺堆都十分感动。谈笑间，我又提起在前往昌都的敞篷汽车上，格桑卓玛送给我一顶皮帽让我御寒的事。她说，那顶帽子其实是途经扎木时她的一个表弟怕她路上着凉感冒，特意送给她的。后来，格桑卓玛见我一路穿着单薄，就把帽子送给我戴了。不论是谁的帽子，这份情谊我是一辈子也忘不了的。近年来我多次在回忆录或电视访谈中提及"帽子的故事"，就是为了不忘这份民族情谊，就是想找到和再次见到这位藏族朋友。

格桑卓玛也说她一直在找我和旺堆。十几年前，她在新华书店里看到了《雪域在召唤——世界屋脊见闻录》那本书，发现是我写的，立即买了一本，回家后认真地读了一遍，知道了我的一些情况，也更想见到我和旺堆。直到去年，她在一个茶馆里巧遇旺堆，这才建立起联系。我清楚地记得，时任中央电台西藏记者站站长的旺堆见到格桑卓玛后很快给我打电话，通报这个好消息。我也很快与格桑卓玛通了电话，并约定我来西藏时一定见面。

今天，这个长达46年的愿望终于实现了。

这个汉藏两个民族团结的故事还将继续延续下去！

# 随笔西藏 下

张小平 著

四川人民出版社

# 目录 I

## 网言网语

## 网上访谈

随笔 西藏

# 影视图书评说

YING SHI TU SHU PING SHUO

2008年彝族作家冯良（左二）与阴书记夫妇和我合影

# 当代西藏的影像解读

## ——电视片《西藏民主改革50年》观后

3月，早春的气息弥漫万里高原，雪域西藏的各族人民正在喜气洋洋地迎接一个非凡的盛大节日——百万农奴解放纪念日。

刚刚在中央电视台播出的3集历史文献纪录片《西藏民主改革50年》，以崭新的叙事方式和不同寻常的珍贵画面，用一个又一个真实的故事，为人们解读了当代西藏变革、发展和跨越的历史与现实，全景式地再现了半个多世纪以来在西藏高原上发生的天翻地覆的变化，揭示了"西藏问题"的由来和背景，是一部了解西藏、认识"西藏问题"的电视佳作。

西藏作为一个人文地理、社会政治、民族文化的综合概念，一直受到世人的关注。1951年的和平解放和1959年的民主改革是发生在世界屋脊上的重大事件，在20世纪50年代震撼了全世界，成为当代中国的重要话题。今年是西藏民主改革50周年，西藏自治区人大在一月份通过决议，确定每年3月28日为"西藏百万农奴解放纪念日"，这一天因此成为西藏各族人民的盛大节日。电视文献纪录片《西藏民主改革50年》是中央电视台献给藏族同胞和海内外观众的一份值得珍藏的礼物。

电视片《西藏民主改革50年》具有的纪录片新特点引人注目。

**关注人的命运**。西藏民主改革是近代世界历史上最广泛、最深刻、最伟大的一次"废奴"运动，是世界文明史上的光辉篇章。废除西藏封建农奴制度是世界人权运动的划时代杰作，是中国对世界人权运动的杰出贡献。关注人，关注人的命运，是人权思想的核心。《西藏民主改革50年》的一大特色就是全片自始至终以人为切入点，以人的命运为主线展开。原西藏自治区党委副书记巴桑、堆龙德庆县农民巴桑、墨竹工卡县农民格桑、登山英雄贡布、古建筑设计师木雅·曲吉建才、西藏大学原校长才旺俊美和她的汉族夫人张廷芳、原布达拉宫维修办公室主任甲央、西藏电视台记者年忻、西藏人大常委会副主任嘎玛、日喀则市农民边巴、八廓街古玩店主旺堆、自治区人民医院医生次仁央宗、进藏女兵吴景春等一大批各具代表性的人士所讲述的西藏故事，生动形象地展现了西藏民主改革是人类历史上一次伟大的人权运动这一核心主题，深刻地阐释了解放西藏农奴的深刻历史和社会意义，让人感动。

**发出中国在"西藏问题"上的正义之声**。历史文献纪录片具有回顾历史，解读真相、发表议论的诸多功能。西藏历史的亲历者阴法唐、王贵、魏克、黄明信、陈宗烈等人对旧西藏的记忆；西藏问题学者胡岩、丹增伦珠、降边嘉措、阿旺次仁、龙平平、周炜对西藏重大事件的剖析与解读；热地、朱维群、张庆黎、向巴平措等领导的谈话，都从不同侧面发出了中华儿女在"西藏问题"上的真知灼见和正义之声。

**用历史和现实画面说话**。《西藏民主改革50年》史料丰富，历史影像珍贵，还第一次使用了海外拍摄的大量原始画面以及解密的国外涉藏档案材料，许多史料和历史细节也是首次披露。中国影视工作者也为这部历史文献纪录片提供了大量第一手图片和影片。这些画面和史料深刻地揭露了封建农奴制度的反动、残酷、野蛮和黑暗，历数了帝国主义染指西藏的罪恶史实。片中还使用了十四世达赖半个多世纪以来的大量影像资料以及流亡海外的"藏独"势力实施暴力、从事分裂活动的画面。这一切，自然使这部作品具有较高的文献性和史料性。观众将对达赖的多重面孔及其实质表现留下深刻印象，从而在"西藏问题"上得出自己合乎逻辑的结论。

**构思新颖，语言平实、叙述自然。**《西藏民主改革50年》与以往文献片的叙事方式不同，它以新的构思和视角，将一个举世关注的话题用简洁直白的语言和富有冲击力的画面加以梳理和表述，讲事实、讲故事、讲道理，很有特色。

一部成功的作品都凝聚着主创人员的辛劳和汗水。据我了解，纪录片的采编人员在长达半年多的时间里，数次进藏，先后赴拉萨、日喀则、山南、那曲等地区采访拍摄，足迹几乎遍及青藏高原，行程近两万公里。随后，摄制组又在北京、成都、兰州等地走访了许多当年的老西藏。据统计，摄制组自采拍摄素材达6000多分钟，整理有关西藏的影像资料5000多分钟，先后采访拍摄了近百位当年的藏汉等各民族的历史见证人。片中大量珍贵的历史影像均拍摄于20世纪四五十年代，许多史料和历史细节也是首次披露，因而史料色彩和文献色彩也更加突出。

50年前，我有幸与西藏相识，并曾几十次游走在她美丽而神奇的大地上，见证了世界屋脊半个世纪的风雨历程和欢乐浪漫的今日西藏。电视片《西藏民主改革50年》又把我带回到那个激情燃烧的岁月，那个改变了西藏农奴命运的一个又一个历史瞬间，我与翻身农奴相处的难忘岁月恍如昨日。片中的许多藏族和汉族主人公都是我崇敬的老领导和老朋友。可以说，翻身农奴是我最初认识西藏的启蒙老师，火热而多彩的西藏生活铸造了我的人生。

　　旧西藏从来不是香格里拉，新西藏正在成为人间天堂。在西藏百万农奴解放纪念日即将到来的时刻，站在北京望雪域，遥祝百万翻身农奴和他们的后代吉祥如意，祝愿西藏的未来更加美好，扎西德勒！

（2009年3月10日写出，发表于《人民日报》）

# 阅读《亲吻藏南》笔记

西藏是我魂牵梦萦的地方，半个多世纪以来，我在西藏高原上数十次游走，许多地方都留下过我的足迹。但错那以南的达旺等地却是我的空白。那里时时让我牵挂。

自从1960年学习藏语文、进入涉藏领域以来，我一直关注至今被印度侵占的西藏山南达旺地区。每每见到介绍那里的图片或文字，我总要把它细细珍藏起来。我很早就知道，那里是西藏最美丽的地方之一，那里生活着藏族、门巴族同胞，那里出产香蕉、菠萝，那里森林茂密，那里是六世达赖喇嘛仓央嘉措的出生地，有许多藏传佛教寺庙。但是他现在的模样，那里的人民和那里的生活，我一直无从详尽知道。

1962年中印边境自卫反击作战期间，我已经是中央民族学院藏文专业二年级的学生，那些日子，我不断地从中央人民广播电台的新闻报道中得知，我军先后收复了藏南的达旺、德让宗、邦迪拉等地，后来，中国政府发表声明，宣布"全线主动停火，主动后撤"。到2012年，已经整整50年了。

后来，我在与原西藏自治区党委第一书记阴法唐同志的多次接触与交谈中知道，在50年前的那场战争中，他担任中印边境自卫反击作战前进指挥部政委，指挥部队攻占西山口，收复达旺，对那里的藏族、门巴族同胞的印象极深，离别的时候，当地百姓嘱咐解放军"一定要早日回来"。这一去也是50年了。

最近我得知中国青年出版社出版的《亲吻藏南》一书，记载了作者在达旺的见闻，这使我十分兴奋，立即在网上订购。昨天下午得到此书，真是如获至宝，爱不释手。回家后，我挑灯夜读至今晨1点，一口气看完了这本沉甸甸的图片和文字。

此书作者梦野12年前开始自费环游世界，足迹遍布七大洲四大洋，走访了150个国家和地区。达旺之行是他旅行中最具震撼与感情色彩的篇章，被他称为"我的旅行之最"。《亲吻藏南》一书以图文并茂的形式首次为中国读者展示了中国藏南达旺（包括邦迪拉）现在的面貌。这些图片和文字使我和作者一道走进了西山口、达旺和邦迪拉。

这里的风情与西藏别无二致，雪山、森林、湖泊都令我那么熟悉，藏族、门巴族的服饰，还有那里的房屋建筑、寺庙风格，各式佛塔、经堂大殿与我在喜马拉雅山北侧的所见同出一辙。饭馆里写有中文"双龙戏珠"字样的扇子和墙上悬挂的"拉萨全景图"，寺庙门饰及外墙上绘制的"吉祥八宝图"，还有邦迪拉宾馆里的中国扇面画"凌风傲雪"，都让我感慨不已。

关于50年前的达旺情况，亲历者不多。文字记载也很少见。2010年出版的《一个女兵的西藏人生》一书由于我参与了审稿工作，所以对其中的内容印象很深。此书的作者李国柱是1950年首批进军西藏的女兵，是原西藏自治区党委第一书记阴法唐同志的夫人，在西藏工作23年，长期做统战工作，至今能说一口流利的拉萨藏语。她在该书的

"从一张相片想起的"一文中，对阴法唐同志在达旺和德让宗的见闻有详细的记述，至为珍贵。特将有关内容转录如下：

后来我才知道，法唐同志到了达旺和德让宗一带，曾带领工作队拜访了达旺寺，寺内供有六世达赖喇嘛母亲的灵塔。六世达赖喇嘛出生于附近的白卡村。达旺寺是门瑜地区最大、最有影响的寺庙，为拉萨哲蚌寺属寺，由错那宗代管。留寺僧人和当地部分头人热烈出迎，互赠哈达后参观寺庙，发放布施，给僧人尼姑袈裟、酥油、盐巴和丝质的布达拉宫风景画，向僧众宣讲了我党的政策和我军纪律，阐明了中印边境武装冲突的真相，并答应他们的要求，派部队保护寺庙。在德让宗住的时间较长，对群众工作做的也最多，在群众和头人会上，还介绍了祖国历史和祖国的伟大、边境状况、我们的态度等情况。上层人士、宗教界人士都说："达旺历来就是西藏的一部分，我们都是西藏地方政府的百姓，达赖归噶厦管，噶厦归中国，我们也是中国人。"老格隆桑布交出寺庙珍藏的有关边境的资料144份，把寺庙"封地文书"捧出，让工作队拍摄照片和影片。离德让宗几十里远的一个小头人，从山洞中搬出保存了多年证明该地自古以来就是中国领土的文件交给工作队。部队做群众工作——帮秋收，背水，送盐茶，放电影，编竹筐送他们，群众特别高兴，不再听信谣言。当听说部队要主动后撤时，感到震惊、不理解，有的写请愿书，要求留下，有的说"把我们也带走"，有的说"你们走后，我们的心永远不会变的，绝对不会做对不起国家和你们的事"，走时群众挥泪相送。

上述叙述令人感动。在写这篇短文的时候，我也翻阅了2011年由中国藏学出版社出版的《阴法唐西藏工作文集》，该书中的"雄狮搏击"一文也有对50年前这场战争的珍贵回忆："我到过的地方主要是达旺和德让宗一带。印军侵占以前，那里一直处于西藏错那宗的管辖之下，六世达赖喇嘛就出生在那个地方。有一座寺庙，我们几个领导专门去看过，拜访过该寺的一位负责人。达旺、德让宗一带的老百姓有藏族、门巴族等，生活习惯、宗教信仰等都与西藏其他地方一样。我还到寺庙与喇嘛交谈过，也到当地群众中间做过工作。老百姓对我军非常热情，他们说'一看长相，我们就是一国的'。我们给老百姓带了一些盐巴和茶叶，他们吃了后高兴得不得了，说'好久都没有尝到这些东西了，印度的盐巴和茶叶我们吃不惯'。"

50年前的往事不能忘记。令人欣慰的是，《亲吻山南》一书中也记录了作者在这场战争40多年后进入达旺的见闻："整个达旺的寺庙挂的全部是中国藏传佛教的旗帜，没有一面印度国旗"；"我看到飘扬的印度国旗都是在印度军事设施上，在民间的城镇我很少看到"；"我问过中国藏南的女性：'你们愿意归属于中国还是印度？'她们说：'我们在家一直都是说藏语，我们也会印度语，有的也会英语。我们一直认为我们是西藏人，既然西藏属于中国，我们也愿意属于中国。'"

这些场景和话语让我心头震撼：血浓于水，骨肉亲情是任何力量都不能分割的。此刻，我又想起了达旺以北山那边的错那，2001年春天的那次走访，我看到了与本书中的达旺图片几乎一样的画面。

我期待早日踏上这片土地，与那里的父老乡亲促膝交谈，在那里的雪山林海间尽情吟诵六世达赖喇嘛仓央嘉措的不朽诗篇。

（2012年3月20—21日写于北京）

# 感天动地西藏情

## ——写在《我的西藏未了情》出版之际

　　李国柱同志的新作《我的西藏未了情》即将出版，借这个机会，我也想说说自己的感受。

　　30多年前，我在西藏拉萨第一次采访时任西藏自治区党委第一书记的阴法唐同志。此后不久，我在云南边疆见到了阴书记的夫人李国柱大姐，那时她还不到50岁，洋溢着活力和激情，与我用藏语长时间地交谈，给我留下深刻印象。此后，我们成了中央人民广播电台的同事和朋友。

　　进入新世纪以来，李国柱同志以很高的热情活跃在涉藏生活的各个领域，并在各类报刊上不断发表文章，一直到与其他战友共同组织、编辑、出版进藏女兵群体巨著《首批进军西藏的女兵们》，编著《西藏江孜：1904年抗英斗争的历史记忆》，这些重大举动和重要成果在涉藏领域引起很大反响，国柱同志自然也就声名鹊起。这位首批进军西藏的女兵，在步入古稀之年的时候，成了一位颇具影响力的作者。

　　李国柱的成功，源于她对祖国和人民的忠诚与热爱，源于她感天动地的西藏情怀。

大约是1999年的夏天，我在援藏期间受命参与电视剧《西藏风云》的拍摄，当时正在北京做后期并筹备审片。在阴书记家里，李国柱告诉我她们正在策划写一本女兵进藏的回忆录，并邀我到她家里，让我看她们的倡议书和已经收到的回忆稿件，还告诉我她已经写出了一批回忆文章，计划挑选若干篇收到书中。遵照她的委托，我对她的回忆录做了挑选，还做了些修改。不久，她又告诉我，来稿越来越多了，自己写的选一两篇就行了，让大家的文章都有机会收到回忆录中。2001年，我收到了散发着油墨芳香的这套两卷本的新书，并应她的邀请，写了一篇书评《进军西藏的青春之歌》，记录了我认真读完全书后的种种感受。

根据我的了解，策划《首批进军西藏的女兵们》的最初冲动，主要来源于这批老同志对历史的责任感与对进藏生活的深深怀恋，同时也与一本小册子有关。

记得是1995年初，我在一个书摊上偶然看到一本书，翻阅后发现全书充满虚构和捏造，恶意歪曲首批进藏女兵的历史真相，丑化这批共和国年轻的巾帼英雄，有损于维护祖国统一和民族团结的伟大事业，于是立即将这本书送到阴法唐书记处，请他过目。阴书记看后十分重视，因他已得知该书在多处出现，就立即给有关部门写信反映，并提出了处理意见。不久这本书被停止发行。阴书记还写了长篇文章《一个愚弄世人的弥天大谎》在报刊上发表，以肃清这本书造成的不良影响。也就是这本书，促使李国柱和她的战友们动员千余名健在的首批进藏女兵，历时五年完成了这部巨作，为中华人民共和国、为解放西藏的难忘岁月留下了一部信史，一部完全由这支特殊的进藏群体书写的隽永文字。现在，《首批进军西藏的女兵们》已经成为许多涉藏领域的干部、专家、学者关注的图书之一。

　　也许，正是这部书的成功出版，给李国柱带来了更多的启发和鼓舞，从此，她更加勤奋地拿起笔，写出了一篇又一篇散发着"老西藏"激情的回忆文字。用"一发而不可收"来形容她的勤奋与成果，是再确切不过的了。

　　《一个女兵的西藏人生》的成书过程我也记忆犹新。那是2009年的一天，国柱大姐约我去她家里，拿出她的书稿，并诚恳地邀请我做这本书的责任编辑，帮助她把关。虽然我此前已知道她在写系列回忆录，但此时此刻看到这厚厚的书稿，我仍然被深深地震撼了。在感动之余，我接受了这个任务。

　　随着仔细阅读书稿的文字，我越来越强烈地感受到，这是一部不同寻常的书稿，是一位年逾花甲的首批进藏女兵书写的解放西藏的口述历史，弥足珍贵。怀着敬仰、钦佩和感动的心情，我利用几个月的时间对原书稿的内容进行反复筛选，集中主题，合并文章，逐篇修改，重拟标题，最后对全书进行分类，以"走向西藏""昌都记忆""江孜岁月""西藏往事"等作为各类别篇章的标题，将全书串联成为一个整体。正像我在后来发给阴法唐夫妇女儿阴建白的一条短信中所说："看书稿的过程是我追寻'老西藏'的足迹、重温历史的过程，是一次精神上的洗礼，也是对自己心灵的净化。'老西藏精神'一次又一次地震撼着我。应该感谢你妈妈，她的激情，她的勤奋，她的执着，她的努力，使这部不同寻常的回忆录得以面世。我们大家都应该学习你爸爸妈妈的革命精神，学习他们始终不渝对西藏的情怀。"这条短信表达了我编完这本书后的真实心情。

　　《一个女兵的西藏人生》出版后，在社会上，在读者中，特别是在涉藏领域，产生了出乎意料的反响。不仅图书一再加印，创造了中国藏学出版社突破1万册的发行纪录，许多报纸杂志上也都陆续发表了对这本书的评论、读后感和对李国柱的访谈。就连解放军总政治部主任李继耐上将也给李国柱写信，充分肯定了这本书的价值，指出："老同志们的经历是一种宝贵的财富。"

说到编辑这部书稿的感受，我还想说：这不是一本普通的进藏女兵的回忆，而是一部中国女性与祖国命运的深情记录，是汉藏两大民族生死相依的炽热情怀，是对理想、信念和价值观的郑重思考，是对"老西藏精神"的原生态展示和热烈赞颂。它所具有的纪实价值、史料价值和文献价值也是显而易见的。这部回忆录在解读"老西藏"的心路历程、青春情怀、艰难与辉煌、辛酸与欢乐等方面也展示了其独特的认知价值与情感魅力。该书朴实无华的语言、白描自然的叙事方式和女性作者特有的细腻与情感表达，也是在其他同类著作中不多见的。

《一个女兵的西藏人生》不是李国柱的封笔之作。今年7月份，她的又一部书稿基本完成，并继续请我当第一读者，审读书稿。我再一次强烈地感受到一位进藏女兵对西藏难以割舍的情感，我建议把这本书的题目定为《我的西藏未了情》，作为《一个女兵的西藏人生》的姊妹篇。这个建议得到了国柱同志的支持和中国藏学出版社的采纳。

这本新书，将使读者从更加广阔的视角看到国柱大姐的西藏未了情怀，看到她对国家大事的关注和一批鲜为人知的建言书信，看到她丰富多彩的退休生活，看到一位进藏女兵"老骥伏枥，壮心不已"的灵魂与情操。

本书的另一个特点是以占全书一半多的篇幅，收录了国柱同志的亲属对《一个女兵的西藏人生》一书的评论与相关回忆。这些文字具有很强的感染力，许多篇章都可作为《一个女兵的西藏人生》一书的重要注解和补充，对我们了解阴书记和国柱大姐的人生足迹具有很高的价值。书中还收录了一批"老西藏"和他们的后代、在藏干部、作家、记者、同事，包括解放军战士和青年学生以及素不相识的读者撰写的评述，这些文字立论高远、认识深刻、生动感人，其中的《生命的海拔有多高》《精神的力量到底有多大》《看到了视奉献为享受的时代》《高山流水藏汉情》《写在高原上的壮歌》《我的老李阿姨》等一大批随笔、访谈和回忆，都可算作是对《一个女兵的西藏人生》一书的诠释、思考和补充。其中还有多篇作品提供了西藏解放、改革、发展等不同历史时期的重要史料和进藏援藏干部的生活实况。这些内容都大大提升了这本书的阅读价值和信息、知识含量。应当提及，这本书不仅记录了李国柱个人对西藏的深深眷恋，也同时展现了许许多多的"老西藏"对那片高天厚土的不了情怀。可以预料，这本书将以它特有的内容与魅力再次拨动众多读者的心弦。

我从事涉藏工作已有半个世纪，与阴书记和国柱同志也有几十年的交往。在我成长的路上，以他们为代表的一大批"老西藏"的经历与情怀给了我深刻的教育，以致影响了我的一生。我认为，"老西藏精神"是中华民族精神在世界屋脊上的凝聚与升华；"一不怕苦，二不怕死"精神、"长期建藏，边疆为家"精神，以及"无高不可攀，无坚不可摧"的"登山精神"等对中国社会产生深远影响的思想与观念，都源于西藏高原，都源于"老西藏"这个英雄群体。这些精神深深地影响和滋润了中国的几代民众，推动着中国社会的发展与进步。这是"老西藏"奉献给祖国和人民的最可宝贵的精神遗产，对中国未来的发展依然具有重要的认识价值和精神力量。

我愿踏着"老西藏"的足迹，以他们的人生为榜样，为西藏更加美好的未来，为真实生动地记录和传播今日西藏奋斗不息。

（2012年10月6日于北京）

# 为我的藏族兄弟点赞

——宋友权《时空成霰——媒体职场随思录》序言

这是我第一次用网络语言做书序的题目，因为世界进入了互联网时代，"点赞"是个当红的流行用语，在这里恰好能表达我此时的心情。

近年来，我与挚友宋友权同志多次交谈过有关写书的话题。我曾对他说：你是从川西北高原走出来的嘉绒藏族，你的成长历程就是新中国的历史，你的人生足迹就是川西北藏族同胞1950年代以来的发展与进步的生动记录。你应当以自己为原型，写一部自传体小说，那将是一件很有意义的事情。

现在，一本厚厚的名为《时空成霰——媒体职场随思录》的书稿摆在了我的面前，作者就是宋友权。从中央人民广播电台繁忙的工作岗位上退下来的他，终于在电脑上敲出了他回顾人生的第一乐章。这自然让我高兴、激动和欣慰。我为他点赞，向这一著作的问世表示由衷的祝贺！

这本书，使我对友权的认识有了新的提升。他使我生动而具体地看到了一位从大山里走出来的藏族兄弟，是怎样在中华民族大家庭里成长和奉献的。

这本书，让我看到了友权的成长轨迹：从中央民族学院（今中央民族大学）艺术系的学生到广播电台的编辑；从地方电台到中央电台；从中央台文艺部中国音乐组组长到中央台听工部主任；从编辑、主任编辑到高级编辑，再到中宣部广播电视报刊的监审专家，等等。我也知道，他还曾长期担任过中国民族影视艺术发展促进会副会长的职务，为中国民族影视事业的发展做了许多有益的工作。鲜为人知的是，他还是许多著名中国当代歌曲评选和推荐活动的策划、组织和领导者。

这本书，让我看到了友权的学识与学养。这不是一本普通的文集，而是一位藏族高级知识分子、教授级高级编辑对本职工作和国内外重大问题的思考与见解。他的思维、表达和激情，与新中国的发展同步，他是新中国培养起来的藏族兄弟姐妹的光荣代表。

这本书，有一定的知识含量和认识价值。书中的文章广泛涉及政治学、新闻学、民族学、文艺学、传播学、受众学、广播影视学、语言学等诸多学科。一些文章还涉猎了市场学和金融学。这使我对友权兄更加刮目相看，他在有些领域的见解让我自愧不如。

这本书，让我看到了友权的勤奋、刻苦与不懈追求。他读书的深度和广度令我钦佩。他在文章中旁征博引，除革命导师的著作外，还在不少文章中引用了诸如《乐记》《汉书》《史记》《尚书》《国语》等中国古代名著中的论述。他的业务本行是音乐，但他从工作需要出发，接触一行热爱一行，钻研一行，先后接触了政治、经济、文化、传播等许多当代前沿学科，在不少阅评文章中都展现了他敏锐的政治嗅觉和超前意识。

这本书，集中展示了他对当代一些重大政治与学术问题的见解，其中给我印象深刻的是他的几篇涉及民族问题的文章:《"嘉绒"略谈》《新闻媒体应慎用"炎黄子孙"的提法》《文艺广播在民族地区的社会功能》等。这些文章以简明清晰的思路、通俗易懂的语言鲜明地阐述了他的观点,具有较强的说服力,对问题的深入研讨起了引导作用。

这本书,还展示了他的创新与开拓精神。这集中表现在他组织大家深入探讨广播受众、广播节目评估和广播节目质量考核等广播领域中长期不太为人们关注的领域,并在这个基础上牵头组织、写作、出版了《中国广播受众学》一书,填补了广播学领域的一项空白,是对中国广播研究的重要贡献。可以说,创新与开拓,是友权人生的一大亮点。

上述概括,只是我粗读文集后的几点感受,值得提及的文章还有许多,如《正确阐释"货币战争"》《2008年全球金融危机的由来与应对》《中国与"中等收入陷阱"》等就是他在退休后的新的思考。

宋友权是我的老校友、老同事、老朋友。我们在1960年代相识于中央民族学院(今中央民族大学)。那时,我在少数民族语言文学系藏文专业学习,他在艺术系音乐专业学习。记得一进学校,系里就提倡学藏语的汉族学生要和学校预科及各系的藏族同学交朋友。我们就是在那个时候认识的。记忆中的友权有着一头乌黑的卷发,脸上总是面带笑容,同时也有一丝腼腆。那时我就知道他来自四川省阿坝藏族自治州(后来更名为阿坝藏族羌族自治州)的金川县,属于嘉绒藏族这一独特的藏族支系。从他那里,我获得了有关藏族历史和文化的许多信息和知识。1965年大学毕业后,我们一度失去联系。1980年8月,他从青海电台调来中央台民族部文艺组工作,老友重逢,分外亲切,从此开始了我们长达几十年的同事生活。让我难忘的是,1982年,我在阿坝州采访时巧遇正在那里休假的友权,我们一起走访了州府马尔康及其周边的藏族村寨和当地的藏族文化界人士,彻夜聆听和观看当地的藏族歌舞，同时品尝着咂酒；我们还曾在入住的旅馆里，喝着毛梨酒海阔天空不思睡眠；后来我还结识了他姐姐的女儿卓玛和卓玛的丈夫——一位从九寨沟走进成都的藏族学者乔登塔。从友权和他家人的身上，我又听到了许多关于今日嘉绒藏族的故事。这也自然使我更多地走近了这位藏族兄弟。当然我也没有忘记，我还欠友权的“账”，那次阿坝相遇，他曾热情邀请我去故乡金川一游，我也慨然应允。但当时因有进藏任务，未能马上成行。时至今日，仍未能履约，实为一大遗憾。但我一直怀揣这一“请柬”，我希望在有生之年能够踏上金川那片神奇的土地，目击和感受那里不同凡响的嘉绒历史、风情与文化。

据我了解，友权的故乡金川的本教文化、碉楼建筑，乾隆皇帝历时七年两次攻打金川的战事和后来北京西山藏族村落的形成，北京西山的圆形城堡是乾隆皇帝专门为征讨大小金川而修筑的模拟战场的故事，还有2000多名藏族战士在第一次鸦片战争中组成藏族远征军奔赴浙江，在保卫宁波的抗英战争中全部殉国的壮烈史诗，都使金川在中华民族发展史上占有不同寻常的位置。

同他的故乡金川一样，友权也是一个有故事的人，他的汉族名字的来历，他上小学的细节，他的婚姻传奇，他在青海高原上的十多年生活，他在北京半个多世纪的经历，都有一个个的故事，都会让你始料不及，拍案惊奇。他的标准汉语地道纯熟，生动幽默，他为人谦和，待人热情，朋友众多，是中央台的知名人物。依我看，这本书只是他“六零后”写作的起步。我们有充分的理由期待，他一定会在不远的将来，为我们写出一位藏族同胞在祖国怀抱里成长的精彩华章。

（2016年12月26日写于北京，2017年1月21日修改、4月5日再改）

# 祥云升起的深情述说
## ——电视剧《西藏秘密》纵横谈

蓝天之下，祥云升起，烈焰冲腾，翻身农奴在封建农奴社会的废墟上欢呼雀跃。这是电视剧《西藏秘密》结尾的场景。

对于一个笔耕雪域高原半个世纪的"游子"来说，2013年登上央视荧屏的这部电视剧，带给我的是空前的兴奋与震撼。

这是一部难得的涉藏题材的影视艺术精品，这是一部荡气回肠的西藏往事的述说，这是中国电视剧涉藏题材创作的历史性突破。

西藏是中国的一片高天厚土，西藏的历史文化已经进入世界级显学的藏学殿堂，研究西藏，展示西藏，在当下可谓"热门"。但是由于西藏题材的特殊性和敏感性，许多作家、艺术家至今对这一领域"望而却步"。

集剧作家兼导演于一身的刘德濒则有他自己的思路。20世纪90年代，他与著名导演翟俊杰一起创作电视剧《西藏风云》的经历，点燃了他对西藏题材影视的创作激情。从此，他与西藏结下不解之缘：他的书房满是西藏历史文化的图书，他的思绪经常飞向世界屋脊。历经

14年的探索与实践，电视剧《西藏秘密》终于问世。他要用这部作品向世界讲述西藏封建农奴社会覆灭前夜的社会风貌，讲述这一时期发生在西藏的重大事件，从而揭示"祥云在世界屋脊上升起"的历史必然性。

《西藏秘密》获得了成功。

## 难得一见的"好评如潮"

《西藏秘密》播出的时候，我正在澳大利亚探亲。但我从媒体（特别是新媒体）上很快看到了方方面面的议论。

翻开大量互联网、报刊和荧屏的记录，对《西藏秘密》的评价之高，出乎许多人的意料。

实事求是地说，对这部电视剧的评价是多元的，这符合当前中国信息多元和舆论多元的实际，但主流是好评如潮。

审片会上，大家对《西藏秘密》的评价是"这是近年来拍摄的涉藏电视剧中不可多得的一个好作品，主题鲜明，思想性、艺术性、观赏性三个方面都是上乘之作。故事很感人，情节跌宕起伏，演员表演很到位。历史的风云，家族的变迁，人生百态，都表现得非常好"。

西藏自治区一级导演强巴云丹说："西藏题材的电影、电视剧很难搞，我看完了全篇，非常激动，而且看得特别投入。"

《中国西藏》杂志原总编张晓明认为："这是近20年，甚至更长时间以来，最好的一部涉藏题材的电视剧。电影《农奴》曾经是涉藏题材影视片中的一个高峰，之后再没有人超过它，现在《西藏秘密》超过它了。这部剧有史诗的意味。它用一种传奇的笔触讲述了西藏旧时代、旧制度为什么会结束、会垮掉，新生活为什么必然会发生，不可阻挡地要进行民主改革。主权问题、人权问题、西藏政教合一制度问题，影片都用一种艺术的手段客观地、真实地、正确地告诉了观众。过去我们宣传西藏太概念，到国外人家不接受。用这部作品宣传西藏历史，宣传我们的主流观点，它的效果会更好。"

原中国文联副主席、著名文艺评论家李准说："我认为，新中国成立以来，这是最好的表现西藏历史和现实题材的影视作品之一。《西藏秘密》描述了几个贵族之家主人公的生命体验，和他们的日常生活的流程，通过他们的生命体验，带出了1933年到1959年的整个西藏社会历史的风云变幻，也带出了整个世界的风云变幻，它揭示了农奴制被革除是历史的必然要求。"

中国传媒大学教授、博士生导师王伟国认为："电视剧《西藏秘密》以正确的美学观、历史观，开阔的历史视野和宏大叙事策略，通过对西藏上层贵族命运变迁的叙事，以审美化的艺术手法，形象地、生动地演绎了20世纪30到50年代的西藏社会的深刻变革，影片没有采取真人真事叙事，而是采取了真实的历史氛围与虚构的人物相结合，达到了总体的艺术真实的目的。从而使观众看这部电视剧的时候，去感悟历史真理，揭开西藏特定历史时期的社会真相。"

中国文联原副主席、著名文艺评论家仲呈祥说："《西藏秘密》这种与时俱进的、自觉的历史意识，特别值得称道。这个戏的历史品格上超越了同类题材。它呈现了西藏民族的完整风貌，这个风貌摆在我们面前是有认知价值的，同时也是有审美价值的。恕我直言，我们今天对艺术，特别是影视艺术，主要强调它对受众的娱乐人格的塑造，满足受众情感宣泄的需要，而忘却了艺术的最高目标，是培养受众健全的文化人格，特别是在21世纪物欲横流、极端个人主义泛滥、技术至上主义喧嚣的时候，还是需要《西藏秘密》这样的作品，来帮助影视艺术完成塑造国民的健全的文化人格，特别是审美人格的需要，没有这个是不行的。"

广大观众十分喜爱这部电视剧。下至青年学生，上至百岁老人都加入了观众队伍。有留言写道："这是一部写实主义的力作，是中国文化多年难得出现的精品。"

《西藏秘密》播出后，《人民日报》《光明日报》《工人日报》《中国民族报》《西藏日报》《大众日报》等中央和地方的报纸杂志先后发表了以"《西藏秘密》背后的秘密""掀起遮住历史的'帷帘'""一部反思历史和宗教的好剧""《西藏秘密》再现真实旧西藏""《西藏秘密——的确很精彩》""期待影视剧揭开更多的《西藏秘密》"为题的百余篇赞誉这部作品的文章。这在近年来的影视评论领域也是少有的。

这就必然引发我们对这部作品的深度思考。


## 大手笔的故事讲述


著名文艺评论家、北京大学教授陈晓明说，这部电视剧敢于在历史的大格局中来表现西藏进入现代社会的阵痛，这很难，也很可贵。

的确是这样。依我看，这种"大视野、大气象、大手笔"的创作来源于对创作题材的深刻而准确的把握。

《西藏秘密》编剧兼导演刘德濒在"编剧阐释"中开头的一段话，开宗明义地亮出了作者的基本思路：


这个世界上，还有多少人对1959年以前的旧西藏有感性的认识？还有多少人对旧西藏历史原貌、社会风情、人权状况有深入、全面的了解？

这是产生所谓的"西藏问题"的重要原因之一。因此，以电视剧的形式客观地、真实地还原那段历史，有着非同寻常的现实意义。长篇电视连续剧《西藏秘密》将发挥电视剧艺术的优势，揭开那段已逐渐被世人遗忘的历史真相。《西藏秘密》将在宽阔的历史时空中重现那段已经远去的岁月——农奴的悲惨生活和毫无人权；三大领主的剥削本性和奢侈糜烂生活；中国中央政府解放西藏的英明和执行十七条协议的不折不扣。进而，让观众从中认清"西藏问题"的本质。

重大的历史背景，宏大的政治主题，如何用电视剧艺术的形式加以表达？刘德濒给出的回答是："让虚构的人物在真实的历史时空中行走，是我们采取的叙事策略。"

这种构想，他真的做到了。

在《西藏秘密》中，他以四个西藏贵族家庭从20世纪30年代到50年代末的历史变迁为主轴，讲述了拉萨贵族之间、贵族与农奴、农奴与农奴、统战干部与贵族、统战干部与农奴之间的曲折、复杂、耐人寻味的故事。

《西藏秘密》的人物和故事主线是虚构的，但该剧的历史背景、历史事件则是真实的。影片揭示了西藏现代史上最重要的30年历史，表现了十三世达赖喇嘛圆寂后，西藏上层的权力之争、爱国与分裂的较量，龙厦事件，达札迫害热振事件，爱国上层用驮队运物资支援抗战，解放军和平解放西藏，伪人民会议骚乱事件，1959年西藏上层反动集团武装叛乱和民主改革等。电视剧用跌宕起伏的故事把这些历史事件串联起来，客观地揭露了西藏政教合一制度和封建农奴制度的落后、残酷和黑暗。

《西藏秘密》所揭示的"秘密"很多，而"西藏革命党"（剧中表现为"雪域同志会"）则是第一次在荧屏上披露的近代西藏历史上鲜为人知的一段史实。落后的社会制度必然引发志士仁人的不同形式的革命活动。在扎西顿珠身上所发生的故事，典型而又有说服力地表现了那个时代先知先觉者的思考、探索、失败与觉醒。这些故事符合西藏的历史，也符合社会发展的规律，是解放西藏的重要群众基础和思想基础。

正像有的观众评论的，整个剧虽然是从贵族生活开始，但是将西藏30年的历史交代得很清楚，尤其是百万农奴翻身得解放，让人很感叹那时的改天换地，是多么的伟大，多么的有激情。电视剧向观众传递了正确的价值判断，让人能够对剧情所反映的历史进行反思。客观上起到了教科书和正史宣讲都无法达到的教育和宣传效果。

## 史诗性的叙事风格

西藏近代历史错综复杂、跌宕起伏、事件众多，许多课题尚在当代学者的研究之中。梳理和表现这段历史要有史实的把握、宏观的视角和对事件人物的驾驭能力。这是一个规模很大、难度也很大的系统工程。作者用自己的辛劳与智慧，将这一时代的西藏与祖国内地和世界连接起来，与正在进行的第二次世界大战联系起来，抗日战争、解放战争、中国共产党、国民政府、驼峰航线、滇缅公路、茶马古道，都在电视剧中得以触及和展现，使观众在这部电视剧中获得了许多意想不到的知识，是对西藏当代历史通俗而形象的影视解读。毫无疑问，全景式地表现西藏近当代历史的本身就是一种气势非凡的史诗性的风格。

《西藏秘密》故事的讲述与人物的塑造极具浪漫色彩，扎西顿珠的"替身"、次仁德吉的"命运"、多吉林活佛的"预言"、玛尼堆的"伏藏"、达娃央宗与白玛多吉的"爱情传奇"，为全剧的史诗风格增添了许多迷幻的猜想与美丽的期盼。

一位评论家认为，《西藏秘密》在艺术上的显著特征，是英雄化的史诗与神话化的戏剧性相结合的手法。整部剧展开的历史叙事其实也是英雄化的叙事，或者说史诗化的历史叙事。这一评价是很有道理的。《西藏秘密》的问世，对推进我国影视艺术发展，特别是重大题材的开拓，具有创新和认知的价值。

《西藏秘密》对旧西藏社会制度的表现十分细腻，各阶层不同人物的言谈举止、着装礼仪、举手投足，处处表现了旧西藏社会的等级制度、人际关系和阶级界限。贵族宅院和园林打羽毛球、喝洋酒的生活场景，随意买卖农奴、收缴农奴的"下雪税""辫子税"，对农奴施以酷刑、世世代代还不清的债务，一家三口分属三个农奴主，都是旧西藏社会的真实写照，是对与当代人渐行渐远的历史的追忆与再现，具有深刻的历史与现实的意义。也可以说，《西藏秘密》是另一部讲述当代西藏历史的电视剧《西藏风云》的姊妹篇，是《西藏风云》的细化与升华。

一位观众在《西藏秘密》播出中间就写出感受，说他看了这部电视剧有"三个意外"：农奴处境之悲惨、贵族权力争夺之凶残、西藏贵族之时尚，都让他"没想到"。这位观众的体验恰恰是《西藏秘密》所要表达的政治诉求。四个噶伦世家的西藏故事，展现了20世纪30年代至50年代的西藏历史画卷，这就是《西藏秘密》史诗性的价值所在。

# 梦幻般的风情展示

西藏是美丽的，西藏故事是神奇浪漫的。但要将它在屏幕上展现出来，美学视角、美学价值的展示，美学内涵的表达就显得尤为重要。《西藏秘密》很好地完成了这一使命。

随着电视剧情节的发展，展现在我们面前的是世界屋脊的蓝天、白云、雪山、草地，寺庙金顶、大江大河、城镇山村都被深邃蔚蓝的高原苍穹所环抱；清晨与黄昏、农村与牧场、河畔与林中，无不充满了梦幻与诱惑。这些画面的展示，很好地烘托了西藏的色彩与魅力，自然会激起观众对这片国土的向往与热爱。这种视觉效果又是故事情节所不能替代的。

雪域民俗的展现也是本剧的一大特色。卫藏与康巴地区的华丽服饰，寺庙与林中的五色经幡，神秘的玛尼堆，奇特的牛粪墙，百姓门前、家中的各式白灰绘就的图案，藏式婚礼，寺庙民居的多样化建筑风格，以及贵族家中的摆设，还有旧西藏的一妻多夫习俗，无不展现着西藏的独有风情和旧西藏上层社会的真实生活面貌。这些场景的展示为故事的讲述增加了更多的看点。而扎西顿珠与次仁德吉在一望无际原野上的爱情狂欢，也为这部电视剧留下了美好难忘的经典画面。

所有这些，没有对西藏文化的景仰之心，没有对藏传佛教的尊重之情，没有对西藏历史文化的深度阅读，是难以做到的。

还应当看到，《西藏秘密》的演员阵容也是可圈可点的。著名演员郭晓冬、沈傲君担任剧中的主要角色——历经磨难的扎西顿珠和美丽善良的次仁德吉，他们演绎的西藏故事使观众眼前一亮，他们塑造的藏族艺术形象开启了一代新风。而藏族著名演员多布杰和洛丹饰演的仁钦噶伦和康萨老爷，则把旧西藏上层贵族的神态、心理和形象表现得淋漓尽致。蒲巴甲和"阿佳组合"三姐妹的加盟也给这部作品增加了许多亮色。剧中曹炳琨饰演的土登格勒也同样被许多观众称道。

综上所述，探讨《西藏秘密》的历史、文化与美学价值，是一件十分值得的事情。这一电视剧所引起的反响也是一件值得思考的社会现象。

《西藏秘密》已经记录在中国影视艺术发展的史册上。但是剧作者兼导演，也是藏学家的刘德濒并没有止步。最近，他刚刚完成对西藏阿里神山圣湖的万里朝圣之旅。一部新的作品正在创作之中。

我们期待他的新作给世人带来新的视觉盛宴。

（2014年11月2日写于北京，刊于《西藏日报》）

# 对《雪域长歌》的评论

2013年春天，在一次北京建藏援藏工作者协会的会议上，张小康同志找到我，希望我为她刚刚完成的《雪域长歌》一书把把关，并告诉我，是阴法唐老书记的夫人李国柱大姐向她推荐的我。

从那时起到2014年4月该书由四川人民出版社和中共党史出版社共同出版，在长达一年的时间里，我前后四次审读了这部长达50万字的"西藏故事"，成了这部书的"第一读者"。

十八军进军西藏、解放西藏是中国人民解放战争在祖国西南边陲的谢幕之作，被老同志们称为"第二次长征"。十八军将士用自己的青春年华、血肉之躯与子孙的命运铺就的西藏解放之路、发展之路，在人类历史上留下了浓墨重彩的一笔。在同时代人的记忆中，20世纪五六十年代，十八军是世界屋脊上最响亮的名字，"金珠玛米"是西藏人民的亲人，是世界屋脊上最可爱的人！

根据小康的叙述，1980年代，在海外学习和生活的她听到周围许多人讲起美国军人的故事，遂萌生了一个大胆的想法：将更加震惊世

界的父辈们的故事讲出来！这将是一段与父亲有关的亲情讲述与再现，
更是一段与西藏相关的历史风云的还原。

回国后小康一直没有忘记这件事。2014年是父亲张国华将军诞辰
100周年，于是酝酿和准备许久的小康终于在2006年开始着手该书的
采访与写作工作。

从这时开始，小康以各种方式寻找当年跟随父亲进藏的老战士及
其亲属。在采访期间，不断有老同志离世，这给了小康很大的震撼与
启发：必须与时间赛跑，将这些无名英雄的光荣历程永远载入史册！

在采访期间，小康得到了许多老同志及相关部门的大力支持。许
多人将珍藏了一辈子的日记、照片无偿地交给小康使用，一些患病住
院的老同志忍着病痛给小康讲述当年进藏的故事；十届全国人大常委
会副委员长、西藏自治区党委原常务副书记热地同志听到小康在写这
样一部著作后，欣然命笔，将自己从旧西藏农奴成长为新中国国家领
导人的特殊经历写出来，作为这本书的序言。

《雪域长歌》从内容上来看，可以说是《解放西藏史》一书（此书
系几年前由阴法唐同志牵头，100多位"老西藏"参与共同编著）的
姊妹篇。它们以不同的体裁和文笔记录了进藏大军的奉献牺牲与西藏
社会历史的发展变迁。小康有着非常明确的写作思路：解放西藏是全
国人民与十八军等各路将士的共同事业，不是某一个人或几个人完成
的。在编写此书期间，对于父亲扮演的角色，小康力求不写或少写，
而是将更多的笔墨留给了那些普通的、默默无闻的进藏建藏前辈们。

在小康的眼中，十八军进军西藏与解放西藏的事业是中华民族的
优秀儿女在世界屋脊上的一次艰苦卓绝的特殊跋涉。十八军不仅仅是
解放之军，更是新西藏的建设之军。当年进藏的除军人外，还有一批
科学家、学者、教授、工程师、医生、随军记者、摄影师等。他们带

到西藏去的不仅仅是一支军队，更是科学、知识、光明与未来。

为了记录这段特殊的历史，小康融众多种第一手资料、老照片、史料、故事等为一体，不论是主要人物还是普通战士，小康都将他们写得有血有肉，栩栩如生。

2018年秋天，我在拉萨就《雪域长歌》一书的价值与特色写下了这样一些文字：

张小康所著的《雪域长歌》一书，是近年来我国出版的一部优秀的纪实文学作品。

这是一部记录1949至1960年间在世界屋脊西藏发生的震惊世界的和平解放、民主改革和平息叛乱三大历史事件，全面而深刻地讲述"西藏问题"真相的史诗性力作，是涉藏题材纪实文学中的上乘之作。和平解放西藏是中国当代历史上的重要篇章，只有深刻而全面地掌握和驾驭浩如烟海的史料，怀有对"老西藏"和革命先烈的深深崇敬和真情实感，才能写出这样一部重大革命历史题材佳作。

这是一部针对西方敌对势力的攻击和不明真相的海内外读者在"西藏问题"上的困惑与误判，而讲述的一个感人至深的"西藏故事""中国西藏老兵的故事"。作者用大量鲜为人知的真实可信的事实，为海内外读者解读了为什么要解放西藏，西藏是怎样解放的，旧西藏的封建农奴制度为什么要废除，中国共产党在解放西藏的过程中执行的是一条什么样的路线和方针，中华各族儿女为西藏的和平解放作出了什么样的奉献和牺牲。全书具有历史的厚度、思辨的高度和强烈的震撼力。

这是一位"老西藏"的第二代用自己炽热的爱国情怀、以

"为了永久的记忆"的赤胆忠心书写的一部为进军西藏、建设西藏的人民解放军指战员和各行各业的先驱者们立传，赞颂中国共产党治藏政策的一部历史文学长卷。

这是一部亲历者的口述历史，是西藏和平解放的忠实记录，是"老西藏"刻骨铭心的集体记忆。也是十八军后人对70多年前那段峥嵘岁月和无数先烈的深情缅怀与无限崇敬。

作者历时八年，辗转全国各地，采访了数百位"老西藏"及他们的子女或亲属，以大量珍贵的第一手资料，再现了半个多世纪前那段发生在西藏高原上的波澜壮阔的历史，具有历史的真实性和巨大的感染力，对海内外读者亦具有独特的史料价值、文化价值和认识价值。

本书作者张小康是进军西藏的十八军军长张国华同志的女儿，她在海外生活长达20年，亲身感受到"西藏问题"在海外的重大影响和海外各阶层对"西藏问题"的困惑，她把个人与家庭的命运融入到中华民族的整体命运之中，把解放西藏的伟大事业看作是中华民族的共同历史使命，因而使本书站在当代中国历史长河的高度，塑造了一个由千千万万个为西藏的解放和发展进步而英勇奋斗和献身的英雄群体，以朴实无华的文字和一个个催人泪下的故事形象地记录了解放西藏的历史，从而完成了父辈和先烈们将这段历史真实地留给世人、留给后人的遗愿。本书通过大量历史记载和当事人口述，忠实地展现了20世纪中叶中国历史上的壮丽一页，反映了那时全体人民的"中国梦"，即实现国家的统一、各民族的团结、各族人民的解放和幸福。为实现这些梦想和目标，人人都在努力，人人都在奉献，人人都在牺牲。这对今天的人们来说，尤其是青少年读者，具有重要的启示作用和教育意义。可以说，这是一部充满爱国主义情怀和中华民族精神的涉藏历史教科书，也是一部难得的对外讲述西藏的经典读物。

本书以充满社会主义核心价值观和革命人生观、世界观的特色，受到各民族读者的热烈欢迎和高度评价，获得了包括"2014中国好书"、"2014年度大众喜爱的50种图书"、国家新闻出版广电总局"2015年向全国青少年推荐百种优秀图书书目"等在内的多个奖项和荣誉。本书的藏文版即将出版，英文版也在翻译之中。相信这部作品在海内外读者中的影响将进一步扩大。

谨以这篇文字献给2021年西藏和平解放70周年。

（2018年9月13日写于拉萨，2021年3月5日改于海口）

# 中国藏学研究的新成果
——祝贺《东嘎藏学大辞典》问世

接到中国藏学出版社送来的长达3000余页、14000条词目、280万字的《东嘎藏学大辞典》，心情非常激动。《东嘎藏学大辞典》堪称藏学巨著，它的出版是中国藏学研究的最新成果，可喜可贺！

大辞典的作者东嘎·洛桑赤列先生是我十分尊敬的藏学老前辈。20世纪60年代，我就在中央民族学院与他相识。作为一名学习藏语文的汉族学生，我与他有过难忘的交往。1995年夏天，我执行援藏任务到西藏工作，其间也多次见到早已功成名就的东嘎先生，听到过他的教诲。后来听到他在国外治病不幸去世的消息，使我十分悲痛。

东嘎先生经历丰富，知识渊博，勤奋好学，著作等身。他发表的《论西藏政教合一制度》一文反映了他鲜明的政治立场和历史唯物主义的世界观；而《东嘎藏学大辞典》则全面地反映了他的学术观点、治学态度和学识水平。从一位藏传佛教的活佛到蜚声海内外的藏学大家，东嘎先生的人生轨迹，生动地折射出西藏在20世纪下半叶经历的深刻的历史变革。可以说，东嘎先生是20世纪西藏知识分子的杰出代表。

　　藏学是当代世界学术领域里的著名学科之一。中国是藏族的故乡，也是藏学的故乡。但是，近百年来，藏学研究却一度被西方国家所把持，这是一种极不正常的学术现象和历史文化现象。国外藏学研究具有开创价值和认识价值，也诞生过许多传世佳作。但由于观念的阻隔、文化的差异和时代的局限，国外许多有关西藏和我国其他涉藏地区历史文化的研究成果，在相当长的时间里和相当大的范围内误导了许多善良的人们，造成了政治上和学术上许多难以挽回的影响。新中国成立后，特别是党的十一届三中全会以来，以中国藏学研究中心的成立为重要里程碑，我国的藏学研究工作有了历史性的突破，藏学研究队伍空前壮大，取得了举世瞩目的成就。当前，我国藏学研究正在向纵深发展，许多极具历史和现实价值的学术著作先后由中国藏学出版社出版，受到海内外藏学界的关注。《东嘎藏学大辞典》的问世是又一个令人鼓舞的标志，对推动我国藏学研究事业攀向新的高度必将起到重要作用，在全世界的藏学界也将产生深远的影响。

　　《东嘎藏学大辞典》是迄今为止世界上第一部以藏学为主要内容的藏文大辞典，涉及藏族历史人物与历史事件、历代中央王朝与西藏地方政府的关系、原西藏地方政府机构及专用公文、涉藏地区名胜古迹和重点寺庙、藏族民俗与宗教、藏学基础知识等众多的领域，是一部不可多得的藏学百科性质的藏文辞书。值得称道的是，辞典附录了东嘎先生撰写的《大事年表》，这个年表记录了上至三皇五帝，下至先生辞世之前长达五千年的西藏与祖国关系史上的重大事件，还记录了先生的个人经历，实在难能可贵。

　　《东嘎藏学大辞典》既集中展示了东嘎先生近40年的艰辛劳动及其认识成果，同时也在后期的整理过程中融入了我国藏学家的集体智慧，充分体现了社会主义能集中力量办大事的优越性。

进入21世纪的藏学研究正面临着前所未有的发展机遇。藏学研究是包括人类学、民族学、历史学、宗教学、社会学在内的综合性学科，在学术之林中独树一帜。研究西藏及四省涉藏州县的历史和现实，可以给中央的治藏方略提供重要的决策依据与参考，可以为我国涉藏地区的发展提供高层次的思路；同时，可以同西方敌对势力和民族分裂势力进行针锋相对的斗争，在维护国家主权、维护祖国统一和民族团结的神圣事业中发挥重要的作用。

我作为新闻界的一名从业人员，一直关注着中国藏学研究每一个重大成果，并连续报道过藏研中心建立后前十年的足迹，还曾参与过一些具体工作。在《东嘎藏学大辞典》问世的时候，我衷心希望藏学中心能够组织力量，尽快翻译出版这部巨著的汉文版和英文版，以扩大和延伸这一重大学术成果的政治影响和学术功能；我还建议在此基础上，组织力量编写和出版《中国藏学百科全书》，这部书应当在《东嘎藏学大辞典》的基础上大量增加西藏和平解放以来当代西藏和其他涉藏地区政治、经济、文化和社会发展的词条，以适应国内外藏学研究的需要，进一步树立中国在藏学研究领域中的主导和权威地位，国内外所有关心西藏和其他涉藏地区发展的人们将会更多更好地了解一个真实的西藏，一个充满活力和认识价值的西藏，一个令世人耳目一新和充满希望的西藏。

（2002年6月17日）

# 西藏人生的壮丽画卷

## ——《见证西藏——西藏自治区历任现任主席自述》读后

这是一本厚重的大书，一本具有重要史料价值和认识价值的好书，它的名字叫《见证西藏——西藏自治区历任现任主席自述》，是中国藏学出版社为西藏自治区成立40周年而出版的献礼图书。

## 不同寻常的写作群体

《见证西藏》是由亲历者写出的一部西藏当代简史、一部西藏百万农奴的翻身解放史，也是一部世界屋脊的发展变迁史。堪称是一幅有血有肉、感人至深的西藏当代画卷。

《见证西藏》的作者是一个特殊的藏族领导干部群体：全国人大常委会副委员长热地以亲身经历和感受为本书作序；西藏自治区历任和现任主席阿沛·阿旺晋美、天宝、多杰才旦、多吉才让、江村罗布、列确和向巴平措分别为本书撰写了自述。第一人称的亲历与叙事，是这部著作的主要风格。

热地副委员长的代序,高屋建瓴地从历史的高度和宏观的视角回顾了西藏自治区半个世纪的发展历程,阐述了中国共产党的治藏方略及其成功实践,回忆了老一辈革命家对作者的亲切关怀与教导,读来亲切动人。

## 展示藏民族成长的轨迹

本书的作者都是西藏当代历史的亲历者,又是历史的创造者和记录者,因而他们成为共和国历史上独具特色的一个藏族作者群体。在他们的笔下,记录了西藏半个世纪的历史风云,向全世界一切关心西藏的人们展示了一个民族成长的壮丽轨迹。

阿沛·阿旺晋美,今年96岁。他是1951年代表西藏地方政府同中央人民政府谈判并签订历史性的《十七条协议》的西藏首席代表,也是西藏自治区的第一任主席,作为西藏当代历史的见证人,当之无愧。正如他在自述中所说:"从1910年出生至今的将近一个世纪里,我从一个贵族少爷到西藏地方政府的高级官员,又从一个贵族高官成为新中国的国家高级领导干部,亲历了西藏历史的重大转折,参与了西藏乃至全国伟大变革的每一发展时段,见证了历史潮流的一往无前。这种亲历和参与,极大地丰富壮阔了我的人生。回首历史转折的紧要关头,西藏面临着抉择,个人面临着抉择。当我义无反顾地做出当年选择的时候,就是选择了与西藏人民站在一起、与全国人民站在一起的立场。从此,我个人的一切就与国家的利益、民族的利益融和为一,我个人的道路就与中华民族发展进步的轨迹融和为一。"这段自述真切感人。

阿沛老人极富传奇色彩的人生及其感悟，在从旧西藏走过来的老一辈中很有代表性。

天宝，这位西藏自治区的第二任主席，今年90岁，是中国工农红军的第一批藏族战士和中国共产党的第一批藏族党员。1949年，他作为唯一的藏族正式代表到北京出席了中国人民政治协商会议第一次全体会议。在70年的革命生涯中，他受到党和国家几代领导人的亲切关怀和培养，是在中国共产党的怀抱里成长起来的少数民族干部的优秀代表。就连天宝这个名字也是毛主席给他起的。天宝原名桑吉悦西，1936年底，他随红军长征到延安后，组织上为了给中国革命培养少数民族干部，安排他和一批少数民族战士到中央党校民族班学习。一次，毛主席为民族班学员讲完课，亲切地和大家握手、交谈。问到他时，学校领导介绍说，他叫桑吉悦西，是少数民族班的班长。毛主席说："了不得嘛，当了领导，还带'长'嘛！"毛主席又问他的名字是什么意思。毛主席说："我们大家都是党和红军的宝贵财产，是上苍，也就是你们说的佛祖，赐给我们红军队伍的宝贝。"这时，毛主席兴致很好，想了想，又说："长征时我到过你们的家乡，那里的藏胞对长征的胜利是有贡献的。汉语有句古语，叫'物华天宝'，也是和你那个'桑吉'差不多。我给你起个名字，就叫天宝吧！"70多年来，天宝带着这个名字，经历了抗日战争、解放战争、中华人民共和国成立、解放西藏、社会主义建设和改革开放的漫长岁月。

多杰才旦，西藏自治区的第三任主席，是一位藏族知识分子。他的经历同样具有典型意义。这位新中国成立前夕进入北京师范大学教育系的藏族学生，在大学期间，就参加了党所领导的进步学生运动，走上了革命道路。北平解放后，进入中央民委工作，在藏民组成立后担任组长。1950年参加新中国成立后派往西藏的第一支综合性科学考察队，作为社会历史组副组长进入西藏，后因需要留下工作，在西藏度过了35年的难忘岁月。这一安排，使他有机会近距离接触到西藏社会的各个阶层，对封建农奴社会有了深刻的认识。1959年，他在色拉寺工作了6个月，第一次了解了西藏寺庙的真实内情。除担任自治区的各项重要领导职务外，多杰才旦还直接参与了三项重要工作。他在自述中说："就我个人经历而言，参与创办拉萨小学和创办西藏社会科学院及中国藏学研究中心，是我这一生中的三件最有意义的事和最让我感到欣慰的事了。"

多吉才让，这位出生在甘肃省夏河县一个贫苦农民家庭的藏族干部，是西藏自治区的第四任主席，也是新中国成立以来中央政府中的第一位藏族部长。关于进藏工作的经过，他在自述中说："1959年初，西藏发生了武装叛乱，中央决定从全国各地抽调干部进藏平叛、搞民主改革。调干中尤其需要有一定工作经验的本民族干部进藏工作，我有幸被组织上选中。那一次整个甘南州共选派了七十多名藏汉族干部进藏，我是这批人中年龄最小的，刚19岁。"到西藏后，他从最基层的工作干起，32岁时任地委书记，一直到成为西藏自治区主席。谈到个人经历，他写道："一个贫苦农民家庭的孩子，成长为我们党的高级干部，是党悉心教育培养的结果。党对民族干部的培养可谓无微不至、呕心沥血。就我个人而言，我先后在中央党校学习达五次之多。印象最深的是1975年第一次走进中央党校，西藏只有我和热地两位同志，但同学中却有一批老一辈革命家。正是在中央党校，我比较系统地学习了马列主义理论。"在藏工作的30多年中，多吉才让走遍了除墨脱之外的西藏所有县和一半以上的乡镇。1990年下半年，多吉才让到国家民政部工作，担任部长长达10年之久。西藏和平解放后，藏族干部在中央政府中任职的越来越多，生动地反映了中国共产党的民族政策。

十八军战士出身的江村罗布，1950年加入解放西藏的行列，是西藏自治区的第五任主席，今年74岁。1995年11月29日，他作为国务院特派专员，同国务院代表、国务委员罗干和国务院宗教事务局局长叶小文共同主持了十世班禅转世灵童金瓶掣签仪式，并亲自宣布"嘉黎县坚赞诺布中签！"

我用这么多篇幅简要转述几位历任自治区主席的特点，是因为他们的身上跳动着当代西藏强有力的脉搏。

## 记录西藏前进的脚步

《见证西藏》一书给我们提供了西藏当代史上许多鲜为人知的史料，其中许多史实是第一次公之于世，这就使20世纪后半叶的西藏历史更加立体而清晰地呈现在读者的面前。

翻开这部大书，就仿佛走进了半个多世纪以来的西藏历史风云之中。旧西藏的记忆、和平谈判与《十七条协议》的签订、进军西藏、与伪"人民议会"的斗争、民主改革、西藏自治区成立、"文革"中的西藏、拨乱反正、改革开放，一直到西藏的现代化建设，青藏铁路的铺设，都在历届和现任自治区主席的自述中有具体而生动的记述。

谈到1950年的和平谈判，阿沛·阿旺晋美告诉读者："我在离拉萨去昌都赴任前，向噶厦和摄政写了报告，请求准许我到昌都后不接任总管职务，而是一路东去，寻找解放军进行和平谈判。这个请求没有被批准，我只得去昌都接任总管。""在解放军进驻昌都镇前夕，我率总管府主要官员离开昌都镇西行，在距昌都一日行程的朱古寺住下来，等待解放军前来接收。离开昌都前，我派出官员分三路去寻找解放军接头谈判。后来我在朱古寺协同解放军遣散了溃败后聚集在朱古寺的藏军士兵后，同那些与我们同行的总管府官员以及藏军排长以上军官回到昌都镇，受到解放军前线最高领导人王其梅将军的热情欢迎和优待。"关于和平谈判的细节，他在自述中说："中央人民政府全权代表提出了'十项条件'作为谈判的基础。我们五位西藏地方政府全权代表仔细认真地研究了'十项条件'，一致认为其内容细致周全，我们想要提出的问题都包括进去了，其中还包括了一些我们应该提出而没有想到的问题，这表明中央人民政府对和平谈判的诚意和对西藏地方特点的充分考虑。""此后在具体谈判过程中，虽然在个别问题上发生过比较激烈的争论，但总体上始终是充分民主、友好交谈、反复协商的氛围。""《十七条协议》签订后，毛泽东主席在5月24日晚举行宴会，隆重热烈地祝贺谈判圆满成功。宴会前他老人家亲切接见西藏地方政府全体谈判代表，发表了简短深刻、亲切严肃的谈话。大意是：祝贺你们的谈判圆满成功。你们办了一件大好事，签订了一个好文件。写在文件上的好事，不等于实际的好事。要变成实际上的好事，还需要做很大的努力，需要有耐心，需要说服更多的人和你们一起努力。"无疑，这些记述，是西藏当代史上的极其珍贵的史料。

天宝同志在自述中谈到了20世纪70年代自治区主要领导"下基层了解情况，有个不成文的'四不政策'：不准发电报，不准打电话，不准搞迎送，不准收下面的土特产。每次下基层不通知报社，也不让记者随行。到了田间地头，或者工地现场，席地一坐，跟群众就聊了起来。出去之前很少通知地区和县里。到了基层，就在那里吃派饭。有什么吃什么。吃完给点钱和粮票""在基层，我们同农牧民群众一起，喝酥油茶，抓糌粑，也把自己带的烤饼、馒头和群众分享。""在拉萨，有时节假日，我常常戴着草帽上街散步，走到哪里，看到哪里，问到哪里。了解商品价格，了解群众生活需求。有时到拉萨郊区，会到老百姓家里串门，问收成，问生活，问茶叶和盐巴够不够，问酥油茶壶买不买得到。这种随意走访，使我了解了许多第一手材料。"这些回忆，是对"老西藏精神"的极好注解。在今天，仍然有着重要的现实意义。

## 感人至深的汉藏情谊

在《见证西藏》这部书中，历任西藏自治区主席在自述中几乎都谈到了成长过程中与汉族干部结下的深厚友情。

多吉才让在谈到党的民族干部政策时写下了这样一段话："我们党在培养少数民族干部身上花的心血，要比培养汉族干部花的心血多得多。这种培养，不仅仅是送你去学习，还包括大量日常工作中的实践锻炼和老同志的言传身教。在这方面，我尤其幸运，无论走到哪里，无不得到汉族老同志真心实意的帮助。比如我当区长时，区委书记是位汉族同志，他从如何做笔记、如何写报告教起，真是手把手地教：初稿完成后再一字一句帮我推敲修改，并且告诉我为什么要这样改。然后又和我一起下乡调研，告诉我调查报告的撰写从何入手，如何抓住重点，如何归纳总结。我当县长时，副县长们都是新中国成立前参加工作的老县级干部，平级调来，工作经验非常丰富，是他们教会了我如何当县长。在他们的帮助下，我的职务越来越高，而这些指导过我、教育过我的师长们，大都还在原职默默地奉献，后来级别最高的，不过厅局级。若论思想境界和工作能力，他们真的比我高出很多。""可以说，我之所以能在各级领导岗位上比较顺利地走过来，是那些汉族老领导手把手地教出来的，也是一步一步带出来的。""我想，不仅是我，所有其他藏族干部的成长，也都离不开党的培养，离不开汉族同志的传、帮、带。"

教师出身的列确同志，在自治区领导岗位上已经工作了15个春秋，有丰富的基层工作经验。他对自己的成长，有另一番感受。他说："现在回过头再看，后来自己能够逐步成长，与少年时代在江孜接受的良好的教育密不可分。当时在江孜小学，为数大半的教师毕业于复旦大学，还有一些毕业于南京大学等高等学府。从名气那么大的学府出来，满怀热情奔赴高原，在最基层的小学校担任教员，就是今天也不多。这些来自祖国内地的汉族教师，不仅有很高的文化水平、很强的责任心、很好的教育方法，而且为让学生更容易理解和提高教育效果，他们积极响应党的号召，自学藏语文，用藏语授课，不少校领导和教师的藏文都达到了相当高的水平，这的确让很多当地人士和群众非常钦佩。所有这些，也使藏族人民亲身感受到民族大家庭的温暖，加深了对共产党、毛主席的感情。"谈到与汉族干部共事的经历，列确动情地写道："我印象非常深的是，在西藏工作的汉族干部，无论是早进藏还是晚进藏，无论是在自治区和地区还是在县区乡机关，都非常讲政治觉悟，讲政治纪律，哪里艰苦就到哪里去，哪里需要就到哪里去，不计较个人名利，不计较个人得失。当时，许多进藏干部都是高职低配，像在江孜县工作时，几届担任县领导的同志，好几位在进藏前就已经是地级干部，但在县里的工作岗位上，他们一干就是几年、十几年，甚至更长时间。""西藏现任的以及卸任的许多藏族各级领导干部，都是从那个时候起，在党的各级组织关心、培养下，在许多汉族老大哥手把手的教育下成长起来的。"

# 身历与心历

《见证西藏》不仅记述了一批藏族高级干部的成长历程和他们为新西藏的发展和进步作出的卓越贡献，他们在自述中表达的感悟和思考，同样给人留下深刻印象。

阿沛·阿旺晋美写道："从西藏和平解放，到民主改革，到筹备自治区，直到今天的改革开放时代，一步步走来，我亲眼看到了长达千余年的封建农奴制度的黑暗和落后及其最后阶段和消亡过程；亲眼看到了一个从积贫积弱中走出的新中国日益繁荣昌盛，而今巍然屹立于世界民族之林；亲眼看到了西藏人民物质生活的提高和精神面貌的改观；看到了中国共产党所代表的先进生产力、先进文化和最广大人民群众的利益在西藏和在全国的光辉实践；看到了体现着党的民族平等团结、共同繁荣政策的民族区域自治制度，已经深深地植根于西藏人民心中。这一切，使我在回首往事的时候，内心充满了欣慰和自豪，虽历尽沧桑而无怨无悔。"阿沛老人说得多么好啊！

多杰才旦写道："回想自己在西藏工作的这三十多年，感慨万千。我为自己亲身经历的西藏社会大变革，为那些激情燃烧的岁月而感到骄傲和自豪。也为亲眼看到西藏沧海之变，藏族人民今天过上了幸福、美满的新生活而感到由衷的高兴。""几年前，我们和中央文献研究室联系出版《毛泽东西藏工作文选》时，毛泽东文献室的负责人深有感触地对我们讲，毛泽东对国际国内的重大问题都是采取大手笔的方式，惟独对西藏问题采取慎而又慎的态度，由此完全证明他对西藏问题特殊本质的深刻认识，和一切工作必须采取慎重稳进的战略方针。历史证明，毛泽东的治藏方略无比英明而伟大，他的指导思想的伟大意义和历史作用在过去、现在和未来都将产生深远而广泛的影响。"

多吉才让写道:"作为在西藏这片高原热土上工作、生活了30多年的藏族干部,从上个世纪50年代末的民主改革到80年代的改革开放,是身历,也是心历。""对于我个人来说,在西藏32个春秋的人生年华,见证了西藏从封建农奴制到社会主义新西藏的沧桑巨变,经历了从民主改革到新时期改革开放的全过程。期间,让我永远心怀感激的,是党的培养和充分信任,是西藏的土地和人民哺育了我,鼓励了我。"

现任西藏自治区主席向巴平措今年59岁。参加工作的30多年中,曾担任过车间主任、厂长、副局长、县委书记、地区副专员、专员、地委副书记、书记、市委书记、区党委副书记、常务副书记、自治区主席等职。他写道:"五十多年的人生历程,伴随着西藏和平解放五十多年来的风风雨雨,是一名藏族干部在党的哺育下不断成长的真实写照。""作为党的一名高级干部,我深刻地认识到,仅仅从一个翻身农奴对共产党充满感激之情上来思考问题是远远不够的,必须根据党的要求和发展变化的国际国内形势,在不断改造客观世界的同时,努力改造自己的主观世界,牢固树立起马克思主义的世界观、人生观、价值观,坚定共产主义的理想信念,为西藏的社会稳定、经济发展、人民安居乐业作出自己新的贡献。"读了这与时俱进的一段话,人们有理由对西藏的未来充满信心和希望。因为西藏有这么多高水平的领导干部!

## 有益的启示

《见证西藏》的成功出版及其在广大读者中引起的强烈反响,给我们带来了许多有益的启示。

策划是本书成功的重要开端。本书的策划者，都长期从事与西藏有关的事业，对西藏的情况十分熟悉。一个策划成就一本大书；动员一支特殊的作者队伍，为西藏当代历史留下了十分宝贵的信史，选题策划功不可没。

本书的责任编辑马丽华、冯良，一位是我国著名女作家，有长期在藏工作的经历；一位是彝族作家，也曾长期在西藏工作过，编辑出版过许多介绍西藏的好书。由他们来编辑此书，自然为全书增色不少！

《见证西藏》的装帧也极具特色，16开本的大书，给人以厚重和珍贵之感，同全书的精彩内容相互辉映，给读者留下挥之不去的印象。

盼望有更多的反映西藏当代政治、经济、思想、文化领域历史性变迁的好书问世！盼望有更多的西藏史诗作品问世！

（2006年1月17日凌晨于北京，发表于《中国西藏》杂志）

# 羌塘变迁的历史记忆

## ——《走遍藏北无人区》读后

　　不久前，收到新华社摄影记者唐召明的新作《走遍藏北无人区》。这是一本记录羌塘变迁的书，是一本不同寻常的记者足迹，值得阅读，值得收藏。

　　位于西藏北部的羌塘，又称藏北无人区，是西藏人烟最少、历史上发展缓慢的"最不发达地区"，但独特的地理方位和不一般的自然与人文环境，使它在百年前就进入了世人的视野，并成为世界屋脊上的一片特殊地域。

　　藏北这片神奇的土地，我这个"老西藏"对它并不陌生。从1960年代起，我就曾先后多次与它有过近距离的接触。1963年春天，我作为正在学习藏语文的中央民族学院学生，第一次沿着青藏公路途经藏北前往拉萨。那时，我看到的藏北是一望无际的群山、草场和雪原，看到的是刚刚摆脱封建农奴制度桎梏的翻身牧民清贫的生活。1974年，我去藏北采访，时任那曲地委副书记的热地同志热情地介绍并引领我，采访了红旗公社的一个水利工地和帐篷小学，走访了周边的牧民，看到了藏北牧民建设新西藏的豪情与对新社会的热爱。2005年春夏之交，我从阿里归来横穿藏北，途经位于藏北无人区中心的尼玛县做短暂停留，看到的是一座崭新的草原新城，让我惊讶不已。而2009年春天的采访，我则在那曲镇、比如县等地与藏北牧民一起欢度了第一个西藏百万农奴解放纪念日，感受了藏北草原那幸福、温暖而浪漫的气息。

还应该提及，在此之前的2001年，著名作家马丽华请我为她的新作《十年藏北》撰写书评，使我有机会跟随她那秀丽而充满诱惑的文字，对20世纪末的藏北做了一次深层次的探访和遨游。那次阅读，激起了我越发强烈的走遍藏北的冲动。

可以说，阅读召明同志这部图文并茂的著作，实现了我走遍藏北的梦想。我几乎是爱不释手地在半个多月的时间里，有时是在深夜时分，断断续续而又激动不已地读完了这本大书。这在我多年的读书生活中是不多见的。

因为都是记者出身，又同是与藏北有不解情缘的我，非常关注作为一个摄影记者的召明同志是如何走进藏北、如何认识藏北、如何记录藏北的。

书中的答案远远超出我的预料。

这是一本政治性、知识性、史料性俱佳的，较为全面地记述藏北无人区几十年间巨大变迁的"西藏藏北发展报告"。

"藏北"的藏语发音是"羌塘"，意为"辽阔的北方高地"。《走遍藏北无人区》给我们传达了许多有关羌塘的重要概念和信息。

藏北是个地理概念，也是一个社会政治概念。这片平均海拔在4000米以上的辽阔国土，是一块亘古以来渺无人烟的寂静大地。从瑞典探险家斯文赫定100多年前涉足这里时起，藏北就被世人认定是个人类无法生存的"生命禁区""西藏的北极"。而本书的记述则使我们看到，获得翻身解放的西藏牧民，是怎样在中国共产党和人民政府的带领下，走进无人区深处，以空前的激情与胆略，创造了一个又一个人间奇迹，将这里从一个封建农奴社会、一个极为贫穷落后的荒原，变革为崭新的欣欣向荣的社会主义新牧区。这是一个跨越世纪的伟大变革，是农奴制被彻底铲除的奇迹，具有世界性的示范意义。如今，藏北已经成为当代西藏发展的缩影、世人认识西藏的重要窗口。

藏北又是一个自然、历史和人文的概念。这里虽然人烟稀少，但却是野生动物的乐园，野驴、藏羚羊、野牦牛、黑颈鹤、岩羊、棕熊、雪豹的大量出没，使这里充满生命的活力；这里地上有大片的雪山、冰川、草原、盐湖、溶洞和丰富的野生植物资源，地下蕴藏着丰富的矿藏；这里虽然鲜有人类的足迹，但它在一两千年前却是西藏早期人类活动的重要地区，是西藏文明的重要发祥地，是历史上盛极一时的古象雄王国所在地和象雄文化的摇篮。西藏解放以来四次进入这片无人区的科考队员们以丰硕的考古收获，为我们解读了藏北无人区曾经拥有的辉煌过去及其灿烂遗存，揭示了开发藏北、保护藏北的美好愿景。

藏北还是藏民族在极其恶劣的自然环境下生存、发展的社会进化与变革的概念。20世纪50年代末在世界屋脊上发生的社会大变动，在这里得到了最生动、最典型的表现。30多年前，2053名牧民，赶着16万多头（只）牛羊进入藏北无人区10多万平方公里的荒原；30多年后，这里出现了一个又一个漂亮的城镇、牧区；太阳能路灯、太阳能热水器、太阳能灶、太阳能温室、太阳能取暖等，大自然赐予的太阳能在这里得到广泛应用；一代又一代援藏干部以炽热的情怀，在这里与藏族人民并肩奋斗，患难与共，融为一体；这里到处流淌着藏汉民族亲密无间的爱的暖流；还有现代文明的进入，蔬菜大棚的暖色，班戈、尼玛两县的商业气息，草原上色彩绚丽的现代服饰，无不让读者感受着这片土地前进的脚步。书中首次披露了时任那曲地委副书记的十届全国人大常委会副委员长热地，37年前赴双湖无人区调研后所写的考察报告。这个历史文献，记录了推翻西藏封建农奴制度后的第一代藏族干部群体对藏北无人区的认识与开发思路，展现了感人至深的"老西藏精神"，弥足珍贵。

这是一部关于藏北的"百科全书"。作者以亲身见闻和经历娓娓动听地为我们讲述了当地的历史与自然变迁，讲述了这里的神话传说、民风民俗、饮食歌舞、藏医藏药、温泉绿洲、野生动物、庙宇僧人、雪莲虫草、火山遗迹、海市蜃楼、远古岩画、石棺墓葬、藏獒趣闻，大量有关藏北风雪灾害、地震现场的记录，以及无人区考察开发和保护的生动历程，这些都会给读者带来前所未有的获取新知的满足与快乐。

作为一位摄影记者，唐召明生在山东，长在青海，青藏高原有着他34年的青春记忆，用他自己的话说是"身上流淌着高原那博大而野性的热血"。他勇于走前人没有走过的路，以探索与求知的精神，从1987年至2009年6次闯进无人区。那些在二三十年前为进入藏北而苦苦寻求汽车和乘车的往事，那些无人区途中的陷车与磨难，那些考察途中的艰辛与险情，都让我想起自己在阿里、那曲及西藏各地曾经的经历，既亲切又感动。特别是作者的随处留心、及时记录、勤奋写作与亲临第一线吃大苦耐大劳的采访精神，都使我看到了"老西藏精神"在他身上的延续，给人以深深的震撼和启迪。在我看来，当记者就应当是这样的。作者记述的经历，是一个记者对藏北无人区的探险之旅、认识之旅与朝圣之旅，显示了他对这片国土的挚爱与深情。一位普通的摄影记者，用20多年的时间，坚持不懈地跟踪记录和热情报道西藏社会发展最缓慢地区的变迁，见证了那里的逐渐变化与崛起，这个经历本身就是极为难能可贵的。在我的印象里，我国新闻界还没有一位记者像唐召明这样，详尽地长时间地在世界屋脊发出藏北无人区的信息。在当今提倡改进新闻采访作风的历史新时期，这本书的作者无疑为新闻工作者树立了一个良好的榜样。他在书中发表的数百张照片，是藏北无人区开发的珍贵图像资料。书中"大羌塘，野生动物的最后避难所""羚羊，灾难后的复兴""为保护野生动物而战"等篇章，都记录了他对羌塘开发与保护的严肃思考。

本书的结尾，作者为我们讲述了一位藏北牧羊女斯求卓玛历时8年，在京藏两地无数好心人的帮助下到北京治病，成功从身上切下一个重达5公斤肿瘤的感人故事，这无疑是当代西藏社会人际关系、汉藏关系的生动写照，也是作者认识藏北、报道藏北，为藏族人民服务思想境界的一次升华。

我们期待有更多反映当代西藏发展历程的新作问世。

我们有理由欢呼藏北的变迁，祝福藏北的未来，祝福西藏的未来。

（2013年12月25日，发表于《中国西藏》杂志）

# "老西藏精神"的深情再现

在当代中国的词汇中，"老西藏"是一个引人注目的新名词，它指的是20世纪五六十年代进军西藏、解放西藏、建设西藏的一大批中华民族的优秀儿女。今年89岁高龄的甘耀忠同志就是这支队伍中的一名光荣成员。

在2021年西藏和平解放70周年的前夜，遵嘱为一位令人尊敬的"老西藏"的新书作序，我深感荣幸。

甘耀忠同志是奉团中央的选派，于1951年初加入解放西藏的大军，作为十八军独立支队的一名战士，他是从青海徒步走到西藏拉萨的。那时他19岁，来自江南富庶之地江苏宜兴，是一位正在读高中的热血青年。从进藏到退休，甘老在西藏工作生活了46个年头，是一位名副其实的"老西藏"。

46年，这是一个什么样的概念啊？那是他的一生啊！

西藏和平解放那一年，我9岁，正在北京读小学。我是从中央人民广播电台的广播中听到解放西藏的消息的。9年以后，我进入中央民族学院学习藏语文，并最终走进了这片辽阔而美丽的土地，成为新西藏的记录者和见证人。从这个意义上来说，我可以算作是老西藏的后来人。

第一次读到甘老的文章是在2011年，北京的建藏援藏工作者协会为迎接西藏和平解放60周年，约请西藏老同志写回忆文章，不久他写出了《十八军独立支队进藏亲历记》一文，从成都寄给我，请我帮他润色。就是这篇文章，让我走近了这位"老西藏"。

记得文章改好后，我给他写了一封信，信中说："这些文字和照片，是您光荣经历的难忘记忆，弥足珍贵……盼望不断读到您的西藏生活回忆，这是您个人和家庭的财富，更是国家与民族的宝贵精神财富。"

又是时隔9年，89岁的甘老图文结集初稿摆在了我的案头，这让我感到十分惊喜，也让我再一次走进了这位老人的西藏世界。

读罢书稿，闭目沉思，一位勤勤恳恳、踏踏实实、不求名利，终生为西藏的解放和发展服务、终生热爱和眷恋西藏的"老西藏"的形象跃然纸上。可以说，这是诠释"老西藏精神"、展现"老西藏"风貌的一部难得的涉藏图文作品结集，他记录了一位"老西藏"平凡而非凡的人生足迹。

近年来，学术界和老同志对"老西藏精神"有过许多研讨和论述，使这一精神在国内外更加广阔的领域里得到传播和发扬。在我看来，"老西藏精神"是中华民族精神在当代中国的发扬光大，是中国特色的民族精神，是延安精神、抗日战争精神、抗美援朝精神、"一不怕苦，二不怕死"精神、修建青藏川藏公路的"两路精神"、"无高不可攀，无坚不可摧"的"登山精神"和"特别能吃苦、特别能忍耐、特别能战斗、特别能团结、特别能奉献"精神的集中体现，就是习近平同志所说的"缺氧不缺精神、艰苦不怕吃苦、海拔高境界更高"的精神，是中华民族精神在世界屋脊上怒放的伟大精神之花！

作为解放西藏、建设西藏队伍中的普通一兵，甘老在近半个世纪的雪域生涯中，听从命令，服从指挥，不怕牺牲，不图名利，哪里需要到哪里去，先后在拉萨、江孜、日喀则等地从事青年团、开荒生产、赈济救灾、发放农贷、修桥筑路、上层统战、平息叛乱、民主改革、政策研究、民事裁判、公安侦破、组织支前、煤矿开发和藏语翻译、新闻报道摄影、筹建西藏革命展览馆等多项工作。日复一日，年复一年，我们可以想象，在西藏和平解放之初的艰苦岁月，在世界屋脊伟大变革的辉煌年代，"老西藏"这个光荣群体，他们平凡，然而却作出了足以彪炳史册的贡献！读读这本书，我们可以从中对西藏走过的峥嵘岁月产生许多前所未有的感受。

这是一本集史料性、资料性和可读性于一体的西藏当代历史教育读物。从这本书里，你可以读到进军西藏数千里征途中的一个又一个可歌可泣的故事；可以读到西藏解放之初党和国家投入大量资金，组织多个参观团，组织旧西藏上层贵族、爱国人士、青年学生到祖国内地参观学习的难忘历程；可以读到进藏干部开荒种地、江孜救灾、访贫问苦、调查研究的艰苦生活和西藏第二代艰难成长的许多感人细节；还可以看到一批保存了半个世纪之久的记录西藏当代历史变革的黑白照片。甘老在那些艰苦岁月中保留下来的由西藏赴祖国内地参观团名录及相关总结和回忆，也都会让今天的我们产生灵魂的触动和对西藏历史岁月的怀想与感动。

这本书中多次提到的甘老自学藏语的情节也令人难忘。在西藏解放的最初岁月，许多进藏干部响应党中央、毛主席的号召，深入群众，学习藏语，架起了一个又一个党和政府与西藏上层和百万农奴沟通的桥梁，使中国共产党、人民解放军、党和国家的民族宗教政策在西藏这片古老的土地上深深扎根，为此后的平叛改革、建立人民政权、建设社会主义新西藏打下了牢固的信仰基础，形成了民族团结的不朽力量。在西藏工作就要会说藏语的传统，是西藏工作的极其宝贵的经验，直到今天，仍然有着重大的政治意义和温暖人心的现实意义。在我所接触的"老西藏"中，本书提到的阴法唐、李国柱夫妇直到现在还会说藏语，李国柱和我通电话时常常直接用藏语交谈；"老西藏"王贵同志不仅精通藏语，还能写得一手漂亮的藏文；至于我在芒康县调研时接触的一批汉族干部，个个能说一口流利的藏语的情景，更是令我终生难忘。这些紧密联系西藏各阶层群众、把党和国家的方针政策和无限关怀直接送到雪域高原千家万户的"老西藏"，是我永远的榜样和楷模！

在西藏广泛流传的"老西藏""献了青春献终身，献了终身献子孙"的名言，在甘老的身上也得到了令人敬佩的体现。甘老19岁进藏，后来与从事幼儿和青少年教育的河北女子赵振维老师（中直机关保育院派出的第一批援藏干部）结为终身伴侣，他们同甘共苦，荣辱与共，并且养育了一双优秀儿女。他们的第二代继续踏着父母的足迹，扎根雪域数十年，为西藏的发展、稳定和繁荣做出了各自的贡献。据我所知，他们的儿子甘光旭在西藏自治区党委的重要部门任职，女儿甘韵琪是一位女承父业的全国优秀新闻工作者。为完成甘老的心愿，将这段历史留存于世，在长达十余年的时间里，甘韵琪精心积累资料、多次为甘老录制口述历史，并撰写相关文稿，为这本书的出版，付出了大量的心血。

在迎接西藏和平解放70周年的日子里，这本书的问世，无疑是甘老这位"老西藏"为新西藏献上的一件很有意义的礼物。我们相信，西藏的明天会更好，一个团结、富裕、文明、和谐、美丽的社会主义现代化新西藏正在向我们招手，这是甘老和与他共同奋斗的千千万万"老西藏"的共同追求和期盼。

（2020年9月6日于西藏拉萨）

附记：这是我应甘耀忠同志之邀为他的《风云际会西藏缘（1951—1996）——解放西藏亲历和新西藏散记》一书写的序言。

# 《神奇的家园》——西藏文化的精彩亮相

　　如同中国众多的艺术家近年来先后登上维也纳金色大厅的舞台一样，不久前，中国藏族民间艺术家也把雪域西藏的舞姿与旋律展现在奥地利美丽的土地上。这是西藏文化走向世界的又一次精彩亮相，是藏民族献给海内外观众的又一道艺术盛宴！

　　日前，西藏昌都地区民族歌舞团在保利剧院演出的大型藏族歌舞诗《神奇的家园》，再一次在首都北京吹起了一股西藏文化之风，带给人们的是一次对藏族文化刻骨铭心的体验和对雪域西藏新的向往与期盼。这是一台在"奥地利 2006 中国西藏文化周"上被欧洲观众赞誉为带来"梦幻般感觉"的藏族歌舞节目，也是这台节目经过反复锤炼后在国内的首场演出。

　　"只有民族的才是世界的。"绚丽诱人的雪域色彩、轻松活泼的高原旋律、原生形态的民间歌舞，以及藏族演员纯真质朴的表演，是这台节目获得成功的重要原因。那活灵活现的羚羊舞，仿佛在有限的舞台上展现了一个无边无际的高原野生动物世界；那优美动人的酥油舞、热烈豪放的锅庄舞，还有那藏族少男少女的狂欢与爱恋、婚庆与生育的生动场景和炽热氛围把我的思绪又带回到那遥远的康巴藏区；那嘹亮高亢的藏北牧歌、独具一格的夏尔巴群舞，以及尾声布达拉宫前歌与舞的组合，则给观众以漫游世界屋脊的艺术享受。可以说，藏族传统文化的魅力在这台节目中展示得淋漓尽致。没有生活的底蕴，没有这些来自西藏农牧区的演员对高原生活的忠实再现，是很难达到这样的艺术效果的。

源于生活、高于生活，古老与现代相结合，是这台节目获得成功的又一个重要原因。传统文化与现代色彩的交融是古老艺术焕发青春的重要思路和经验。

任何一部艺术作品都要经历一个锤炼的过程。《神奇的家园》也是如此。经过两年多的反复修改和在国外多次演出的实践，可以说，这部作品正在逐渐走向成熟。笔者认为，如果全剧的结构再凝练些、节奏再加快些、舞台背景和色彩更亮丽些，《神奇的家园》必将赢得更大的成功。

《神奇的家园》的问世，带给我们许多有益的启示。西藏艺术创作正在进行新的探索，西藏传统文化的发展正在进入新的境界，西藏文化走向世界的步伐正在加快。这一切都使我们感到欣慰。我们期盼着有更多的当代西藏艺术精品亮相世界！

（2006年12月5日）

# 和冯良走进她的文学世界

## ——《彝娘汉老子》读后

好久没有被一本书深深吸引住了。冯良的新作《彝娘汉老子》使我找到了这久违的感觉。两个多月来，这本书一直放在我的案头或枕边，时时拿起来捧读，算起来一共读了三遍多，感触还真是不少。

《彝娘汉老子》的书名就很特别：彝族母亲，汉族父亲。按照作者自己的解读："我就是彝娘汉老子组合出来的一个传人啊！"

的确，不同寻常的书名给读者献上的是不同寻常的精神盛宴。

这是一本以第一人称的口吻写出的自传体散文小说集。

这是一本以彝族女子的眼光审视彝族、记录彝族历史和文化的带有哲学意味的文学思考论集。

这是一本以全新的视角和深情的笔触展现凉山社会变迁的民族史诗。

这是一位彝族青年女作家对家乡、民族与民族心理的真实再现和郑重思考。

《彝娘汉老子》这本书使我走近了作者冯良，更在不经意间和作者一起走进了凉山，走进了那个我曾有幸涉足，但至今仍并不十分熟悉的世界，从而使我认识了一个中华民族大家庭的光荣成员——彝族。

作者的创作态度是严肃认真的。与时下那些味同嚼蜡的流行小说不同，《彝娘汉老子》以凉山的历史为背景，以人物和故事为载体，以自己的所见所闻，为读者巧妙地展示了我国凉山彝族地区从三国时期到现在的历史脉络，特别是20世纪50年代以来半个多世纪的划时代变革。"化外之地""西南丝绸之路""成昆铁路"等词语，以及司马相如、诸葛孔明等人物，都被作者巧妙地编织到这本凉山故事之中。她的旁征博引，既显示了她的文化功底，也大大提升了这部作品的文化品位。这一特质，在《喜德县》一文中得到了充分的展示。

作者的构思是独树一帜的。她的写作策略是大主题、小切入，大背景、小故事。通过一系列普通彝族百姓的经历和传奇，细致入微地表现了中国西南地区少数民族的生活与风俗，历史与变迁，外在与心理。书中有很多故事：《有名气的人》中的"我家娘娘的爸爸"以及他"娶土司娘子做老婆"的经历，还有他的个人传奇，为读者讲述的是凉山奴隶社会、"白彝""黑彝"、200多年前的"改土归流"以及近代的土司制度；《病故的老阿牛》讲述的是新中国成立前彝族社会的"打冤家"、土司制度的衰落和1955年的民主改革；《一个苏尼》则讲述了两代彝族祭师的传奇、彝汉情谊，以及新凉山的诞生与旧时代陋习的消亡，别有情趣；《欧婆婆传》又用很长的篇幅记述了一位普通的彝族女性的一生，其中红军经过彝族地区时她男人"给红军指路"的情节，堪称是"神来之笔"。至于在各篇故事字里行间描述的彝族服饰、碉楼、老宅、葬俗，还有许许多多当地特有的风情，都使我们仿佛经受了一次次彝族文化的洗礼。

作者的文笔是亲切而自然的。她以女性作者特有的细腻，将自己融入故事之中，用带有浓厚四川方言和彝族地区特有的语言表达方式，慢条斯理地、娓娓动听地讲述着一个个大多数读者见所未见、闻所未闻的故事，使你欲罢不能，不由自主地同作者一起走进她所营造的世界。本书每个故事的开头都很随意，但又都"出语惊人"："我家嬢嬢给我讲"（《有名气的人》）；"我家表姐不用说也是个彝族"（《害羞的民族》）；"我知道这里的苏尼，就是住在两个山接缝里的那一个"（《一个苏尼》）……不仅如此，本书近似白描的语言尤其令人叹服，诸如："我们小时候，钱很金贵的，被大人紧紧地攥在衣兜里"（《害羞的民族》）；"整个脸全靠得了大病以后的皮肤和骨头撑着"（《一个苏尼》）；"做彝族多好啊，起码一年中有两个年好过"，"我们那里是云贵高原，有风的"（《过了彝年过春节》）；"原来我的老家这样的有文化啊！"（《喜德县》）；"他怕得心跳得把衣衫都连带起来抖个不停"（《欧婆婆传》）……完全可以说，这种"冯良语境"造就了她的写作风格，并且将她推向成功。

作者的文学功底与历史视角是水乳交融的。冯良是一个很有文化底蕴的作家，她的文学就是人学，就是史学。她把形形色色的凉山人物放在广阔的历史背景中，因而她笔下的故事个个耐人寻味，具有历史的厚重感和文学的写实感，从而形成了她的文学的与众不同之处。以《害羞的民族》为例，既活灵活现地写出了一个民族的传统特性，又以母亲的故事为线索，追述了父亲与母亲的身世、婚姻、家庭与爱情，20世纪50年代的凉山生活场景跃然纸上。正如作者所说："要知道，彝汉通婚这件事即使放到20世纪五十年代那样社会革命激荡的时候也会让彝汉两边的人侧目的，温和点说是不理解。不管怎么说都是开风气之先吧。"作者还说，她讲的这些故事"构成了社会变革中的民间史"，"过了几十年上百年，相信搞正史的学者能够从中窥见社会主义建设在凉山发展的民间意味的"。显然，冯良要告诉我们的，早已超出了作品的本身。其实，冯良自己已经说得很透彻，她在一篇自述中说：她写的是"故事里生长的历史"。

作者的叙事手法别具一格，尤其值得称道。她不用一般小说常见的表达方式，时而用儿时的目光和语气记述自己的见闻和感受，时而用大学生的视角夹叙夹议地追述着家乡的往事，时而用走出大山后的心境解读那些纷繁复杂的社会历史现象，时而还会用"我的娘娘"的语言讲述凉山古老的传奇，真是篇篇出新意，让人拍案叫绝。

本书作者冯良是20世纪60年代出生在四川凉山的彝族女作家。大学时在中央民族大学攻读汉语言文学专业，毕业后自愿要求到西藏工作，在西藏人民出版社策划、编辑出版过不少有影响的好书。十多年后，冯良以资深编辑的身份进入首都出版界，先是在民族出版社做图书编辑，现在是中国藏学出版社的编辑部主任（此后又任该出版社的副总编辑）。她拥有丰富多彩的西藏生活经历，这使她在最近十多年里陆续写出了长篇小说《西藏物语》和中短篇结集《情绪》等文学作品，获得好评，成为在文学界和出版界有一定影响的跨民族书写的彝族作家。她的涉藏文学作品曾获"西藏1985—1995十年文学成就奖"，1997年获西藏自治区政府珠峰文学奖。但她并不满足于此。在她的内心深处，那浓浓的乡情和甜甜的乡音一直在呼唤着她的灵感，浇灌着她的文学天地。多彩的童年经历与走进中年的成熟思考，终于使她在繁忙的编辑生涯中不时偷闲提笔，让自己的思绪回归那早已远离她的童年与少年时代，重新品味、记录与思考那些留在凉山深处的故事。于是，一篇篇关于凉山的文字相继问世，就形成了呈现在我们面前的这本《彝娘汉老子》。

冯良曾经问过我："你最喜欢书里的哪一篇？"我回答："《彝娘汉老子》。"

　　我这样回答是基于我在阅读全书后的总体印象。因为这本书讲述的故事和其中的丰富内涵，展示了我国少数民族作家队伍的成长和她们对祖国和中华民族大家庭的热烈而深沉的情感。

　　我长期从事民族宣传工作，近年来又与冯良有较多的工作联系，使我对这位聪明伶俐的彝族女子渐渐有所了解。她的平淡低调的处世态度和不动声色的深度幽默，她随意中的认真，谈笑间的执着，都给我留下了很深的印象。冯良是在20世纪60年代前期出生在四川凉山的"团结族"——这一古而有之的社会历史现象，在新中国成立后的半个多世纪中又催生出了许多崭新的浪漫故事。而新时代的文化哺育和新世纪的人文环境，使冯良比自己的先辈更善于思考自己从属的民族的过去和祖国母亲的未来。这尤其使我感到欣慰与骄傲。近年来在文化界出现了个新名词叫"族际边缘人"，或曰"族际边缘文化"，且不说从学术角度是否已被认可，但至少它反映了我国民族关系在新的历史时期的新发展和新特点。那种各民族间各自封闭生存，极少交往的历史早已成为过去，我国西部大开发、大开放、大发展的现实，促进了各民族间的频繁接触、交往与交融，"共同团结进步，共同繁荣发展"正在成为我国民族关系的主旋律。在这一崭新的社会环境中成长起来的新的作家群体，必然对祖国民族大家庭的历史与未来展开更有深度的思考。西藏的扎西达瓦、四川的阿来，包括正在向我们走来的冯良就是他们中间的代表。这是我国多民族的文学群体走向成熟、走向世界的重要信息，也是中国民族大家庭走进世界民族之林的豪迈脚步。我们有理由为这一文学现象欢呼！我们有理由期待反映我国各民族多彩生活的史诗性作品更多更快地问世！

　　　　　　　　　（2006年3月27日二稿于北京，摘发于《中国青年报》）

作者附记：2020年9月，冯良的长篇小说《西南边》获得"第十二届全国少数民族文学创作骏马奖"。该书由《收获》杂志在2016秋冬卷首次推出，受到文学艺术界和广大读者的高度评价。2021年3月8日记于北京。

# 思考与评述

SI KAO YU PING SHU

①1974年在拉萨
②1980年在阿里古格遗址
③1985年报道阿里纳木那尼峰登山

①1995年与阴法唐书记夫妇合影
②1996年在拉萨农村
③2021年和爱人次丹卓嘎在西藏
④2022年在拉萨家中

# 我的西藏观

我是一名中国汉族出身的西藏工作者。学习藏语、藏文使我走进了西藏，亲历近半个世纪西藏的历史和社会变革，这构成了我人生的主旋律。

一、我眼中的西藏是中国西部的一块富饶美丽的土地，是有着深厚历史与文化内涵的充满知识与诱惑的土地，是养育了勤劳、智慧、善良的藏族人民的土地，是一个极为美丽、纯净、尚待开发的处女地，是一个你去了一次就再也忘不了的一片土地，她可以改变你的人生，可以成就你的事业，可以成为你一生中最宝贵的精神财富。西藏是一种境界、一种感受、一种文化、一种生活方式、一种生存状态。今日西藏是个抖掉历史灰尘，走进现代世界，与中国各族人民和世界人民同步走向未来的世界上最高的一片热土。

二、我从1960年开始学习藏族的语言和文学，1963年第一次走进西藏，近50年来，我有几十次进入西藏和其他涉藏地区的机会，这使我有机会近距离地观察藏族人民的生活，感受他们的喜怒哀乐，理解他们的世界观、人生观，可以走进他们的精神世界，成为他们的朋友和兄弟。我走遍了西藏的主要地区，城镇、农村、牧区、草原、边关，包括"世界屋脊的屋脊"阿里和羌塘那曲都留下过我的足迹。

三、我对西藏半个世纪的发展和变革有着深刻的记忆。交通、邮电、衣食住行、文化艺术的变化在我的心目中都是实实在在的，都是生动鲜活的。我愿意回答在座朋友的问题，我很希望和你们一起走进我熟悉和深深热爱的西藏，和你们一起去感受那片土地给我们带来的震撼和启示。

四、我长期从事媒体工作，记录西藏的脚步和声音，思考西藏的发展和现实是我的天职。我对西藏的文化样式、语言文字、风土民情、汉藏关系，以至于登山科考都有自己的经历和感受。我愿意和各位朋友分享。

（2009年11月17日写于北京）

作者附记：这是我作为中国藏学家代表团成员出访英国、法国前夕写的一篇发言提纲，以便在国外的不同场合向外国政要、学者、学生及媒体简要介绍我对西藏的基本感受与认识。

# 关于建设网上西藏的实践与思考

很高兴来到古城咸阳，与大家一起探讨21世纪的中国少数民族地区信息传播与社会发展这个课题。这届大会有这么多的学者参会，显示了我国民族地区信息传播事业的发展与研究上升到了一个新的高度。我还想特别感谢中国人民大学新闻学院，是他们发起召开了第一届中国少数民族地区信息传播与社会发展论坛，为提升这一领域的研究水准，使民族宣传最终成为一个完整的学科，作出了历史性的贡献。

西藏民族学院是中国共产党为西藏建立的第一所高等院校。建校50年来，培养了大批优秀的藏族和其他民族的干部，为西藏的发展、进步和稳定做出了重要贡献。近年来，学院在藏学研究领域，特别是西藏历史文化及新闻史研究等方面又取得了许多令人关注的成果。

在中国人民大学举行的第一届论坛上，我曾就民族宣传的几个问题发表了自己的感想。几十年来，我先后从事过广播、电视、报纸、杂志等不同形态的媒体宣传工作。从2005年起，我又进入互联网与新媒体宣传领域，参与了中国西藏信息中心，也就是现在的中国西藏网的涉藏宣传工作。今天，我想根据近几年的实践，着重谈谈关于建设网上西藏的几个问题。

第一，关于中国西藏网的使命与定位。

构建网上西藏是一个重要的政治命题，是党和国家赋予的政治使命，是互联网事业发展的需要，是反分裂斗争的需要。开办涉藏网站，打造网上西藏，对外传播西藏，是时代赋予的历史重任。

互联网和新媒体是人类在20世纪的伟大创造。当前，互联网事业在全球迅猛发展，新媒体以超乎人们预料的速度全面走进人们的生活。互联网打破了传统媒体的时空界限，成为思想文化信息的集散地和社会舆论的放大器。各种政治势力和各种人群都在运用互联网，有关西藏的各种信息昼夜不停地在互联网上高速传播，影响和改变着人们的思想、生活、观念和政治态度。此外，网上阅读趋势的变化加快，新媒体和新技术不断创新和升级，传媒业市场快速分化，这些因素都给网站的发展带来了巨大冲击和挑战。

面对互联网的高速发展，党和国家日益重视新媒体，重视互联网，作出了许多重要决策。中央主要领导做客人民网和新华网，直接同网民对话，直接在网上浏览政治、思想、文化领域的动向，显示了对互联网的深刻理解。

与此同时，敌对势力近年来也更加重视利用网络媒体同我较量。目前，海外涉藏网站已达数百家，在西方社会有相当的影响力，国内也有许多受众。这一形势要求我们加快涉藏网络媒体的建设速度，提高网上西藏的传播水平。

中国西藏网的前身是中国西藏信息中心网站，2000年建立。胡锦涛同志2001年要求"把中国西藏信息中心网站建设成世界最大的，成为海内外全面、客观、真实地了解西藏的重要窗口"。这就为网站确定了定位与任务。网站建设的宗旨是服务于西藏和四省涉藏地区的发展稳定，服务于西藏在国际上树立良好形象，网站主要面向海外广大读者。

涉藏宣传是党的宣传工作的重要组成部分，也是对外宣传的重要阵地。为了进一步做好这一领域的工作，2009年2月，中国西藏信息中心网被批准成为国家第十个重点新闻网站。此后，网站正式更名为中国西藏网，启用了新的标志。

2010年年初，中央召开了第五次西藏工作座谈会，作出了一系列促进西藏社会发展和长治久安的重大决策，也对加强中国西藏信息中心的工作提出了明确的要求。网站随之进入了逐步做大做强的新阶段。

10年来，网站建立了中、英、藏三个文种的涉藏信息平台。发布了150余万条有关西藏历史与文化、宗教、藏学、环境保护、藏语言文字使用、物质与非物质文化遗产的保护与发展等信息，受到包括海外藏胞在内的国内外网民、华人华侨、海外留学生的关注，中国西藏网已成为海内外网友了解真实西藏的重要窗口和重要的涉藏信息来源。自然，网站也受到西方敌对势力的严密监视和攻击，被称是在利用"非政治化宣传"实行"一种斗争和进攻的战略"。

**第二，关于探索网站特色。**

特色是网站的立身之本。我们与其他网络媒体的不同之处是：多数网站背后都有一个宣传实体，如报纸、杂志、广播电视等，而我们不具有这样的实体，因而不具有这样的优势，这就需要我们在实践中走出一条自己的路。近年来，我们从以下方面进行了探索和实践：

**独家** 独家发布是媒体最重要的特色之一。2009年底，得知美国著名未来学家、《大趋势》的作者奈斯比特夫妇正在拉萨访问，网站决定对其进行专访。从策划到采访完成、网上发布信息，前后历经12小时。为此，我们组织北京的西藏问题专家策划提问，由在拉萨的工作站实施专访。连续发布了《奈斯比特访谈实录：希望再次回到西藏》《奈斯比特：欧洲500年的跨越，西藏用了50年》等图文快讯与详细报道，开创了西藏网独家访谈外国名人的先例。

**首发** 网站要发展，必须充分运用自己的特有优势，争取逐渐获得重要报道的首发权。"益多专栏"就是个典型例子。目前已发表的27篇，许多都是由中国西藏网首发的。

中央统战部朱维群常务部长与德国《焦点》杂志记者、英国BBC记者、中东欧记者、凤凰卫视吴小莉等的谈话也大多在中国西藏网首发，产生了广泛影响。

**策划** 策划是衡量网站智慧、活力与思路的试金石。除策划独家专访，举办"西藏文化讲堂"外，我们还注意发挥网络民意特点，主动设置话题。

2009年11月美国总统奥巴马访华前，网站适时主动出击，与环球网联合，在国内网站率先推出"提问奥巴马"和"在线调查"栏目。网民提问和调查数据被外交部新闻发言人秦刚在新闻发布会上引用，产生了影响舆论的积极作用，也成为我主动引导国际涉藏舆论，在重大事件面前不失声的一次成功实践。

在美国总统奥巴马执意会见达赖后，网站推出了"我有话说"专栏，先后采访了金灿荣、胡岩、郑世明、叶海林、周庆安、王小彬等著名学者，形成了一批独家专访。

**栏目** 网站要吸引受众，必须有好的栏目。中文网站在改版时用很大力气研究栏目的设置，既要有编辑部的考虑，更要适合受众的需要。页面的内容和形式都是为受众服务的。编辑首先要做"第一读者"，不能闭门造车，而是要重视上网感受、网民感受。"卓玛在线""观察""本网评论""海外视角""藏学研究""藏传佛教""雪域人家"等栏目，就是以其特色和网民的需要而设置的。

**自采** 加大西藏工作站和北京编辑部的独家采访力度，是近年来我们工作的重点之一。西藏工作站处在第一线，也是主要的涉藏信息源头，准确把握网站定位，采写人无我有的独家报道，恰恰是我们的优势；北京具有丰富而权威的涉藏报道资源，重大涉藏活动、众多国家级的专家学者、涉藏机构、中国藏语系高级佛学院、中央民族大学、西藏中学，都是我们的采访对象；内地许多地方都有涉藏研究机构，建有西藏中学，这些也是我们特有的资源。编辑部还有及时参与重大涉藏事件报道的优势，近年来的拉萨"3·14"事件、四川汶川地震、青海玉树地震、百万农奴解放纪念日、西藏民主改革50周年等重大新闻事件，我们都派出记者赶赴现场，发布了大量的图文作品。还派出记者组进入墨脱采访。网站的独家图文作品被海内外的网站大量转载。这方面还有许多工作可以做。

第三，关于网站互动栏目的尺度把握。

互动是网络媒体的一大特色和优势，论坛、博客都是释放网民思想、观点的重要出口，具有很强的接近性。我们在实践中感到，涉藏内容的博客、留言比其他领域的更复杂、更多元，既敏感又难以把握，是对网站从业人员思想和业务素质以及运营技巧的多重考验。

第四，关于网站的视听感受。

网站是视觉媒体，也是视觉艺术。页面是受众打开网站后的第一印象，也是"读图时代"读者的普遍阅读习惯。除页面设计的特色外，我们还在首页的突出位置开设了"图说西藏""大美西藏""视听西藏"等栏目；"拍客"栏目则突出网络媒体重在参与的特点，不断发布网民的摄影作品；有些栏目还不定期发布漫画作品，以增强视觉冲击力。

这些栏目受到网友的普遍欢迎。

第五，关于加强网站服务功能。

服务是现代媒体的重要任务。当前，网络正从一种媒体发展成一个新的社会。人们对于网络的需求，正从简单的信息消费需求发展到多重内容与服务需求。中国的网络媒体经历了从内容平台到社交平台到工作生活平台的发展轨迹。因此，现在的互联网已经是一个综合的平台，而不是单一的内容平台。当网络成为一种综合平台时，它比单纯的内容平台所要承载的产品就要更为丰富。显然，提升网站的服务功能已经成为当务之急。

近年来，除了继续办好"卓玛在线"等受到欢迎的品牌栏目外，我们正在抓紧策划拓宽业务，建立更大的服务平台，为读者提供更多的信息，推荐更多的图书，展示更美的图片，实现更多更便捷的参与互动，为西藏和四省涉藏地区的发展搭建更大的网络平台，为海外读者提供高质量的服务。

第六，关于形成涉藏网站合力。

目前，国内已建立数百个涉藏网站。但大多各自为战，尚未形成合力。我们要努力改变这一局面。全国涉藏网络媒体要加强沟通和合作，要建立资源共享机制，还要建立交流和研讨的机制，联手组织一些具有藏族特色的网络媒体宣传活动。

以上所说，只是我们在工作中的一些具体实践和体会。我们认为，没有传统媒体做依托的网站依然可以走出自己的发展之路。

应当承认，与全国众多的大型网络媒体相比，涉藏网站大多起步较晚。面对网络媒体迅猛发展的形势，我们必须奋起直追。当前，网站正处在发展的关键时刻，为了明确网站的定位、任务和发展前景，在国家有关部门的大力支持下，我们制定了中长期的发展目标，即建立全新的发展思路和全新的发展机制，大量引进高端人才，大量采用高端技术，全面提升网站的总体实力，把网站建成世界上最大的具有民间特色的涉藏网站，逐步实现多语种、多布点，以多媒体、多元化、高科技的手段建设网站，使其成为名副其实的中国西藏信息中心。

建设网上西藏，是一个规模宏大的系统工程，是信息时代赋予我们的使命，考验着网站及其从业人员的才能智慧、敬业精神、团队意识和管理水平。网上西藏又是一个说明今日西藏、展现大美西藏、让海内外网民充分参与的信息平台、知识平台和互动平台。我们要面对网络媒体发展的新形势、新挑战，转变发展方式，提升传播能力，加速转型步伐，进一步增强网站的影响力、传播力和舆论引导能力，努力为西藏和四省涉藏地区的发展，为让世界了解一个真实的西藏，继续探索，继续前进。

（2010年10月24日）

# 关于新媒体与民族文化传播的几个问题

很高兴能有机会回到我的母校来参加这次论坛。

关于当代新媒体与民族文化传播的研究问题，起步是比较晚的。我清楚地记得，在20世纪70年代和80年代的时候，光是"民族新闻"概念的讨论就众说纷纭，争论不休。当时我们从事民族宣传的人都有一种孤军奋战的感觉，因为社会上对这个领域缺少关注，缺少研究成果。记得我也曾在报刊上发表过几篇短文，也是不了了之。但是最近这些年情况发生了很大变化。参与这个领域研究的人越来越多，今天在座的很多学者都有自己的专著，充分反映了在民族新闻传播、民族新闻宣传、民族文化传播领域，我们的研究在深入，视角在拓宽，认识在深化。我也同样认为，当前研究和探讨新媒体与民族文化传播问题有着重要的现实意义。

中央民族大学过去叫中央民族学院，是我的母校。实际上我的西藏情结和民族宣传的生涯就是从这里起步的。我在20世纪60年代初进入中央民院，在语文系藏文专业学习。我记得当时我参与办的第一个黑板报，叫《年轻人》。同时我还经常参与院学生会每逢节假日在校园里用大幅彩色纸张和毛笔抄写的院刊，写点小文章，或者是写点小诗在上面发表。我觉得这样的环境、这样的民族大家庭的氛围造就了我们，使得我们从一踏进校园就受到民族团结大家庭的熏陶，这也使得后来我从办黑板报到搞广播、电视、报纸、杂志，直到退休以后，进入互联网的领域，现在主要是在中国西藏信息中心和西藏文化网从事涉藏宣传，确实和传媒结下了不解之缘。

从我刚参加工作搞广播，到现在搞互联网，很多人都说我很时髦，什么媒体最新就搞什么媒体，我想是时代给我带来了这样的机遇。因此我想今天主要结合我自己几十年来在民族宣传工作上的一些感受，就民族文化传播的具体问题谈几点自己的看法。

第一，民族宣传和民族文化传播应当纳入新媒体的视野。

当前，新媒体发展很快，技术越来越先进，样式越来越丰富，影响越来越宽广，已经深深地进入社会生活的各个领域。但是从内容上看，现在不够平衡，也有一些缺失。众所周知，当今世界是个多民族的世界，"世界因民族而丰富，中国因民族而多彩"。民族文化的传播，是当代中国宣传构架中的一个重要组成部分，关系国家核心利益，也体现了中国特有国情。我认为，民族宣传主要是通过汉语、少数民族语言和外语对国内外受众介绍中国各民族的历史和现状，展示中国各民族悠久灿烂的文化，增强各民族同胞的向心力和祖国大家庭的认同感，增进外国读者和听众、观众对中国民族大家庭的了解。在这样一个宏大的宣传构架中，民族文化传播是一个重要的亮点，也是民族宣传的魅力所在。宣传各民族的文化应当是新媒体的责任，这一领域的宣传可以使新媒体更加富有色彩和魅力，可以使海内外的读者从文化的层面上认识今日中国，认识中国各民族。我认为当前对民族的宣传仍然需要进一步加强。从某种意义上来说，近年来，民族发展、民族文化的宣传有弱化的现象。可以说，我们当前对这个方面的宣传不是多了，而是少了。我认为新媒体要关注民族文化的传播。

**第二，新媒体要正确把握民族文化传播的尺度。**

民族文化是各族人民宝贵精神的传承，是一个民族历史的重要载体，代表着这个民族的激情、创造、过去与未来，是新媒体重要的宣传资源。新媒体的任务就是要为保护和发展各民族优秀的传统文化提供舆论支持和展示平台。而不能再像18、19世纪，乃至20世纪的一些中外学者、探险家那样，以猎奇的眼光甚至是西方文化至上的观点来审视中国的文化、中国各民族的文化，记录和描述中国各民族的文化现象。那时候的一些作品和成果，在域外的民众之中留下了中国落后和愚昧的印象，这种认识一直持续到了现在。很多外国人以为中国人现在还在穿着长袍马褂，仍然是头上留着辫子，这和我们的宣传、我们的对外传播是有很大关系的。其实，我们的很多作家、学者，在新中国成立以后，也经历了一个如何传播民族文化的认识过程。20世纪七八十年代出现的小说《亮出你的舌苔或空空荡荡》，还有当时首都机场泼水节的壁画等曾经在文化界、在校园引起轩然大波。我觉得那个时期，一部分人，特别是一部分媒体工作者，对少数民族文化的认识走入了误区，延续着猎奇和窥探的恶习，误读了少数民族文化，伤害了少数民族同胞的感情，所以引发了民族关系的一度紧张，这是一些典型事例。我觉得准确把握和正确认识我国56个民族的文化价值，宣传继承和保护各民族优秀的传统文化，并且要让他们在新的历史时期得到新的发展，应当成为新媒体的重大政治使命。

**第三，新媒体要特别重视展示各民族的新文化。**

新中国成立以后，各个民族的文化取得了很多进步。在对待少数民族传统文化和新文化的态度上，学术界和舆论界一直存在不同的认识，以致形成一些认识误区。比如说，有一些同志不够重视观察、思考和介绍传统文化的发展和今天的形态。其实文化是一个动态的、发展的物质和非物质社会思想意识形态。一个民族如果只陶醉于古老和传统，必然停滞不前。媒体如果只热衷宣传古老和传统，导向就会迷失。而西方一些学者，则是希望持续这种停滞不前。我们听到过很多声音，他们还希望中国的涉藏地区永远停留在五十年前的社会形态，使得他们在旅游的时候能够在世界屋脊看到人类的过去，看到曾经的贫穷和落后。但是时代在发展变化，任何一个民族都在往前发展，任何一个民族的文化都在向前发展。正像一位藏族学者说的，他们穿着时髦的衣服，享受着现代文化的成果，过着富足的生活，却要中国的藏民族继续过着中世纪的生活，这是不公平的。我觉得我们一些媒体也存在这样的现象。他们只热衷于在民族地区寻找和展现已经过时的生活形态，让少数民族同胞在镜头前穿古老的服装，说现代的话，或者穿着传统的衣服在田间干活，穿着崭新的服装在话筒前说话。这些现象值得我们对自身的民族观、价值观和宣传导向进行认真的反思。我们所处的时代是个民族文化大发展的时代，关注各民族在新的历史时期的新发展、展示新成就、报道新动向，是传统媒体和新媒体的责任。新媒体具有空前广阔的发展空间，可以记录传统文化、展现各民族的最新生活状态，使传播效果实现最大化。

第四，新媒体应特别关注各民族间的交流和借鉴。

我认为，当下的各种媒体尤其应当关注各民族经济、文化和社会的最新发展态势，要多报道各民族之间的交流、学习和借鉴。各民族只有在频繁的交流中才能得到提升和发展，历史上很多事例都证明了这一点。现在我们所说的藏民族的古老文化是在1300多年前的各民族大交流中形成的。当时，西藏民族的先行者采取了开放的姿态，吸纳了内地的汉族和其他民族的文化，周边的古印度文化、波斯文化，还有希腊文化等，同藏族当地的文化相融合，才逐渐形成了当时世界上独树一帜的吐蕃文化。闭关自守的文化是没有生命力的。实际上，现在中华各民族正处在一个互相学习、共同发展的关键阶段。在这个问题上，我们应该保持清醒的头脑，通过媒体多反映各民族之间的交流合作和开放心态，不断增进各民族的国家意识、中华民族大家庭意识和各民族文化的多元一体意识。

**第五，少数民族语言宣传也要注意对民族文化宣传尺度的把握。**

我国民族问题的对内宣传使用汉语和少数民族语言。有一段时间我们曾经认为，对民族文化的宣传，主要是宣传自己的民族，藏语广播主要播藏语歌曲，维吾尔语广播主要播维吾尔语歌曲。后来我们逐渐地在实践中认识到，这样做是片面的，它容易使一个民族被封闭在本民族的文化圈中，视野变得狭隘和封闭，无助于自身的发展和进步。所以我们就调整了节目的方针，不但介绍本民族的传统文化，而且要增加介绍中华各民族的优秀文化、介绍世界各民族优秀文化的内容和比重。只有这样，才能使各民族文化在相互交往中交流，在相互借鉴中提高，在相互学习中发展，在相互撞击中升华。这是我们把握少数民族语言宣传应有的品格，也是我们时刻应该把握的舆论导向、文化导向和媒体导向。

（本文是作者2010年6月25日在中央民族大学
"新媒体与民族文化传播论坛"上的发言）

# 西藏和平解放60周年和我的思考

再过几天，就是"5·23"西藏和平解放60周年的日子。此时此刻，我和在座的各位学者怀有同样的激动心情。

60年是一个甲子，也是藏历中的一个饶迥，对于一个国家或一个民族来说，这是一个不短的时间。西藏已经经历了许许多多的饶迥，在我看来，这是西藏发展史上最重要的60年、最辉煌的60年。这60年，改变了西藏的命运，推翻了封建农奴制度，实现了西藏历史上最伟大的社会变革和社会进步。

这段历史也给我们留下了许多重要的思考：

第一点，完善和发展了治藏方略。中国共产党领导下的这60年间，中央政府制定和实施了适合西藏实际的治藏方略，和平解放、民主改革、跨越发展都是永垂史册的壮举。从20世纪80年代以来，中央以西藏工作座谈会的形式，五次在不同的历史时刻召开会议，研究和解决西藏稳定发展进程中的重大问题，及时作出决策，这在中国历史上是绝无仅有的。这一治藏方略是中国解决民族问题特别是治理西藏的伟大创造。

第二点，60年的经验极其宝贵。长期建藏、艰苦奋斗、无私奉献的"老西藏"精神，团结和谐的民族关系，以及发展西藏经济、改善人民生活、巩固祖国边防的一系列举措和成果，都是60年来西藏各族干部、军民共同创造的精神和物质财富。改革开放以来，随着市场经济的发展，我国的民族关系也出现了一系列新情况、新问题。在西藏，除存在类似的问题外，还面临着国内外分裂势力和西方敌对势力的严重挑战。由于种种错综复杂的原因，当代西藏的民族关系和社会发展需要"热运行、冷思考"，要特别提倡"老西藏精神"，提倡平等、团结、和谐的社会主义民族关系，提倡向少数民族学习，强调藏民族和其他兄弟民族一样，都为祖国的历史发展、国家统一、民族团结、文化繁荣做出了不可磨灭的贡献。目前在西藏一些地方存在的忽视西藏特色和藏民族的心理承受能力，一刀切，照搬内地发展模式等倾向，都应引起重视。我建议，应当重新提倡在西藏工作的汉族和其他民族的干部学习藏语、藏文，真正做到深入基层、深入实际，弘扬"老西藏精神"。真正在西藏实现民族团结、政权巩固、人心向着共产党。

第三点，应当认真总结西藏在走向现代化过程中面临的新问题，处理好民族特色与现代化的关系，处理好支援西藏与调动西藏各族人民积极性的关系，处理好经济发展和环境保护的关系，处理好现代设施与西藏传统文化的关系。做到传统优秀文化得以原汁原味的保护，现代文化在借鉴世界各国文化的基础上充分体现藏族文化元素。

第四点，要思考和研究进入21世纪以后，在西藏走向现代化过程中西藏民族的心理，实事求是地研究和把握藏传佛教对藏民族的现实影响，研究这60年中治理藏传佛教寺庙、执行宗教政策的得与失，这是在西藏争取人心的一个重大课题，不可掉以轻心。

第五点，西藏和平解放60年，是一部宝贵的信史，是当代中国历史的重要组成部分。应当动员各方面力量抓紧记录历史、抢救历史、出版历史。近年来许多研究部门都在整理西藏重大事件亲历者的口述史料，这一工作十分必要，建议动员更广泛的社会力量，动员旧西藏政治、经济、文化等各个领域的在世不多的知情人，把他们亲历的旧西藏、旧制度、农奴社会、农奴与贵族的生活详尽地记录下来，也要抓紧请亲历民主改革的翻身农奴、基层干部和普通百姓详细地叙述他们经历的那段火热的岁月，记录在西藏历史上这个重要年代的大事小情，还要认真记录海外藏胞对他们经历的那段历史的口述，就像几年前中国藏学出版社出版的扎西次仁的那本书《西藏是我家》。

第六点，要研究这些年来对外介绍西藏的经验与教训，如何让西方社会真正认知今日西藏，如何让西方民众改变被误导的西藏印象，真正学会向海内外读者、观众讲述西藏的故事，是社会科学界、藏学界、新闻媒体面临的一项重大课题，需要我们认真思考、探索和实践。

20世纪30年代，国内曾经出版过朱绣编纂的《西藏60年大事记》，那本书记录的是清末民初西藏发生的许多重要事件。而从1951年到现在的当代西藏，经历的是与那个时代完全不同的60年。美国著名学者、未来学家奈斯比特和夫人，2009年末在拉萨接受中国西藏网记者采访时，曾经说过一句很经典的话：西藏50年的发展，在欧洲用了500年。这个评价是公正的，也是对我们的重要启示。我们应当认真回望西藏这60年，回望我们和西藏各族儿女共同走过的这60年。站在新的起点上去迎接新西藏的第二个60年。

（本文是作者2011年5月19日在中国藏学研究中心举行的
西藏和平解放60周年座谈会上的发言提纲）

# 站在中国藏学研究的最前列

## ——《中国藏学》出刊100期寄语

《中国藏学》杂志出刊100期，值得祝贺。

《中国藏学》是中国藏学研究的国家级刊物，是向世界展示中国藏学研究最新成果和学术水平的重要平台。创办20多年来，已经在国内外藏学界产生了一定的影响。

2004年年初至2007年底，我在《中国藏学》杂志工作了四个春秋，那里留下了我和编辑部同志们劳作的足迹。那些不寻常的日子令人难忘。

我于1960年至1965年在中央民族学院少数民族语言文学系藏文专业学习。从此开始了我与西藏、新闻和藏学的不解之缘。毕业后长期在国家电台——中央人民广播电台工作，使我有机会长时间地走进西藏和四川、青海、云南、甘肃等四省涉藏地区，与那片土地上的各族人民近距离交往，目睹世界屋脊半个世纪的变化，成为20世纪下半叶西藏高原历史变迁的亲历者和见证人。数百万字的新闻报道、人物专访、通讯、特写、散文，还有大量的进藏日记，记录了我对新西藏的见闻、感受与思考。由此拥有了对当代西藏历史文化、社会发展变革的深度了解，也从中产生了许多研究与写作的冲动。我曾经想在中年时转向藏学研究，但也有许多藏学界的前辈希望我能在新闻界为藏学研究做舆论支持的工作。我觉得这些建议很有道理，于是在新闻战线一直工作到2003年底。

## 我与藏学界的亲密接触

新闻工作的经历和藏文专业的学历，使我在半个世纪里与中国藏学界的专家、学者多有接触，许多藏学家成为我的良师益友。1980年代我曾有机会采访中国现代藏学的先驱于道泉先生，他的执着探索、终生追求的精神给我留下深刻印象。和中国藏学研究中心的缘分，更是让我不能忘怀。1986年春天，我到中央统战部采访，时任统战部顾问的西藏自治区原主席多杰才旦先生，向我通报了中央领导同志关于同意成立中国藏学研究中心的重要信息。从此开始了我与藏研中心长期密切的关系。中国藏学研究中心成立、《中国藏学》杂志创刊，以及那时的许多学术活动，我都以记者身份前往，并于第一时间在中央人民广播电台的《新闻报摘》《全国联播》和《民族大家庭》等节目中播发相关报道，努力以实际行动不辜负藏学前辈的期望。那个时期，我还多次参与张蜀华同志有关《中国藏学》杂志相关宣传活动的策划。1995年7月，我作为第一批中直机关援藏干部，到西藏广播电影电视厅任职6年。这一期间我仍一直与藏研中心和《中国藏学》杂志保持密切联系。

2004年初，我在中央台退休。不久，在藏研中心的藏历年茶话会上，时任副总干事的大丹增同志听说我已退休，立即提出希望我到《中国藏学》杂志"发挥余热"。基于本文上述缘由，经过认真的思考，我决定到《中国藏学》杂志"友情支援"，度过了我与杂志编辑部同志长达四年的学术编辑生涯。

## 难忘的编辑部生活

《中国藏学》杂志是中国藏学研究中心主办的国家级藏学刊物，在国内外有一定的影响力。4年来，我和编辑部的敦煌学博士黄维忠、藏族女作家央珍、青年学者陈立健和王淑惠等同志愉快共事，编发了16期、近500万字稿件，先后审阅过七八百万字的文稿。我的工作概括起来有以下几项：

处理好学术研究与当前需要、历史研究与现实课题的关系。这期间，根据需要，《中国藏学》杂志先后编发了《纪念根顿群培》专辑、《纪念西藏人民抗英战争百年》专辑、《邓小平与西藏》专辑、《中国藏学研究中心成立20周年》专刊、"青藏铁路"专栏和"藏医药学"专栏等。这些专辑、专刊和专栏，体现了杂志的政治属性和导向意识，加上各期发表的大量学术论文，体现了中国藏学研究与西藏现实的紧密结合。

编发了一批代表中国藏学研究最新成果的稿件。这一期间，中国藏学研究成果甚丰。由于当时杂志的人力和篇幅所限，不少优秀作品不能在当期发表，但仍刊发了一大批学术力作。其中包括（以发表时间为序）：陆水林《乾隆时期巴尔蒂斯坦（小西藏）与清朝关系初探》，张羽新《帝师考源》，廖祖桂、李永昌、李鹏年《〈钦定藏内善后章程二十九条〉版本考略》，周源《再论西姆拉会议》，瞿霭堂《中国藏族语言文字研究50年》，任新建《论康藏的历史关系》，杜永彬《中央第三代领导核心的治藏方略》，才让太《再探古老的象雄文明》，大藏经对勘局《〈甘珠尔〉版本及其对勘成果要述》，廉湘民《论西藏的民族区域自治》，宋月红等《西藏民族区域自治的法律地位及其地方立法研究》，马林、马学贤《青藏铁路沿线藏区农牧民思想观念的变迁》，格勒等《关于加快藏区现代化建设步伐的调查与思考》，刘长虹《〈刘赞廷藏稿〉研究》，周炜《现代化进程中的藏语文信息处理》，宗刚《青藏铁路的建设与对西藏发展的影响》，杨明洪《西藏经济跨越式发展：治藏诉求与政策回应》，桑德《扎什伦布寺学经制度的传承与现状》，喻天舒《传教士与古格王国的覆灭》，谢继胜等《青海乐都瞿昙寺瞿昙殿壁画内容辨识》，沈卫荣《元明两代朵甘思灵藏王族历史考证》，王文长《西藏乡村的出路：经营乡村》，霍巍《试论吐蕃时期原始巫术中的"天灵盖镇厌"习俗》，土嘎《昌都历史文化的特点及其成因》，许新国《郭里木吐蕃墓葬棺板画研究》，刘志群《藏戏与汉族戏曲的比较研究》，李佳俊《当代藏族文学的文化走向》，次仁央宗《西藏贵族社会变迁研究》，周炜《民族语言文字信息技术发展背景下的藏文编码国际标准研制工作》，杨明洪、安七一等《西藏"安居工程"建设：基于公共产品视觉的分析》，张云《吐蕃王朝扩张策略之分析》，尼玛扎西《新时期康区研究的历史突破》，朱晓明《江泽民关于西藏工作重要论述探析》，阿旺朗杰《达旺甘丹朗杰寺寺规》等。

发表了一批有学术见解的文章。其中包括：郑声波《〈大唐天竺使之铭〉之文献学价值》，廖祖桂《〈大唐天竺使之铭〉词语译读辨析》，拉巴平措《藏族传统健身方法中的保健按摩》，吴均《论夏嘉同音与羌藏同源》，丹曲等《藏文文献中"李域"（li-yu，于阗）的不同称谓》，才让太《佛教传入吐蕃的年代可以提前》，史金波《最早的藏文木刻本考略》，洲塔等《论藏族社会转型过程中的宗教世俗化问题》，罗桑开珠《藏族文化研究的理论与方法》，嘎·达哇才仁《藏区现代化过程中宗教世俗化的趋势》，韩小兵、喜饶尼玛《立法视角下的西藏人权保障历程》，刘勇《藏传佛教的功能及其实现过程分析》等。

发表了一批老一辈藏学专家的力作。其中包括：邓悦龄先生《岳钟琪与西藏问题》《读〈西藏史〉札记》《1750年珠尔默特那木扎勒事件的再思考》《第一次廓藏战争（1788—1789）中的议和潜流》《乾隆朝第二次廓尔喀之役（1791—1792）》，柳升祺先生《拉萨三大寺的学制》，黄明信先生《对于几种辞书里"藏历"条释文的评论》。

发表了一批台湾、香港和海外学者的文章。主要有：林冠群《吐蕃赞普墀祖德赞研究》《唐代吐蕃军事占领区建制之研究》，冯明珠《川青藏边域史地考察——近代中英康藏议界之再释》，樱井龙彦等《百年日本藏学研究概况》。

上述各项只是这四年中的一些编辑思想与成果概括，其中的部分作品后来收入了《〈中国藏学〉20年论文精选》一书中，还有的获得了第二届中国藏学珠峰奖。现在看来，由于受能力与当时的条件所限，这一时期的工作还留下不少遗憾。令人欣慰的是，长江后浪推前浪，这些遗憾为《中国藏学》的未来留下了发展的空间。

## 我的几个愿望

《中国藏学》出刊100期的时候，中国藏学研究事业正站在一个新的起点上。中央第五次西藏工作座谈会为我们打开了更加广阔的办刊思路。借这个机会，我谈谈自己对今后办好刊物的几个愿望：

要树立藏学编辑的学术思维和办刊理念。藏学杂志的编辑不应只是编辑来稿，而应当根据藏学研究的发展态势，把握藏学研究全局，以宏观的视野和超前的思维，主动策划选题，不断推出有创意的栏目或专刊，发布最新研究成果，引领藏学研究向深度和广度进军。藏学杂志的编辑应是藏学研究人员，从而能创造性地开展策划、组稿和编辑工作，使杂志做到与藏学研究同步前进，在某些方面具有一定的超前性。

要重视组织和发表有关中国藏学发展历史的文章。中国是藏学的故乡，藏学是我们多民族统一的国家中的固有学科，中国藏学研究的丰硕成果举世瞩目。我国对藏族历史的记载与研究已有2000年的历史，研究中国藏学发展的历程可以使我们宏观地看到中国藏学史料的丰富和藏学故乡的不可置疑，激励当代藏学家在前人成果的基础上攀登新的学术高峰，在政治上也有深远意义。

要重视发表热点问题的研究成果。为现实服务是藏学研究的既定方针。西藏和四省涉藏州县是当代世界政治的热门关注和长久话题。组织并发表对当前西藏和四省涉藏州县社会发展和热点问题有重要指导意义的学术研究成果，是一件很有意义的事情。涉藏地区发展思路和成功经验，藏语文的继承、应用和发展，对藏族传统文化的评价与发展走向的展望；藏传佛教活佛转世制度的历史与现实，当代藏传佛教寺庙的管理与发展等领域，我国藏学界都不乏致力研究的名家。及时跟踪他们的研究脚步与成果，并及时在杂志上披露，是编辑部的职责所在。

要重视比较研究。比较研究是一种现代研究方法，可以在更广阔的视野中加深对所研究主体的认识。英国著名学者李约瑟在《中国科学技术史》这部巨著中的研究方法，提升了国人对历史上中国科学技术发明价值的认识。借鉴这一研究思路，可能在对西藏文化的价值认知上有新的突破。把西藏历史文化放在中国历史发展的大背景下进行比较研究，也会产生良好的社会效果。藏学编辑也是藏学学者，组织和发表有学术水准的比较学研究成果，有利于推动藏学研究事业。

开辟"中国藏学家"专栏。中国藏学家是中国藏学研究的主力军。历代记述和研究西藏的学者大有人在。建议有计划地介绍100年来最有成就的中国藏学学者，这将是对中国藏学领域百年成果的检阅，也是对当代中国藏学研究阵容与成果的很好展示。可以请当代藏学家写第一人称的自述，也可以以专访或报告文学的方式刊出，这将有利于提升杂志的可读性，吸引更多的有志者加入到藏学研究的行列。

办好"藏学文摘"和"藏学新书"栏目。现代学术研究离不开对相关领域信息的掌握与应用。《中国藏学》杂志要变成汇天下藏学成果精华的展示平台和信息平台。编辑部要有专人研究和掌握国内外藏学研究的动态和最新成果，并及时在杂志上发布。这对提升研究水平、拓宽研究视野、提高研究质量、推动藏学研究的发展，将起到有益的作用。《藏学新书》栏目的推介也是编辑部重要的日常工作。推介要及时，要有权威性，要有学术评论。

充分利用网络优势，当今时代，海量信息在互联网上传播。要解放思想，加大杂志的自我推介力度，使各期上的重要文章在更广阔的空间传播，让更多的读者看到。那种认为学术作品是专利，只能在小范围中传播的想法早已落伍。学术成果是为全人类服务的，没有一定力度的传播，研究成果就失去了社会效益。只要有作者本人授权，就应当尽可能地扩大他的传播效果。现代传媒已经出现多种形态，要重视互联网的应用，要采取多种形式和手段，在新媒体上扩大杂志的影响。

要重视对藏文学术研究成果的推介。在西藏和四省涉藏州县，也有一大批使用藏文和汉文史料、用藏文写作的藏学学者。他们的研究成果具有不可替代的价值。及时将他们的研究成果译为汉文，将扩大这些论文的影响力，推动中国乃至世界藏学研究的发展。

要把海外藏人的研究成果和国外藏学家的成果及时译成中文推介。海外藏人的研究成果，也是中国藏学研究的一部分，要及时译成中文。国外藏学家在一些领域的研究走在我们的前面，也要知己知彼，才能找出差距，及时借鉴，共同把藏学研究推向新水平。

开办"藏学知识"栏目，普及藏学知识。提高中国藏学研究水平，让更多的人关注涉藏地区，关注藏学，需要向广大读者，特别是青少年读者普及藏学知识。藏学是大众的学问，不是象牙塔里的学问。这样做，可以使杂志有更多的读者。

形成藏学杂志的合力。编辑部要主动参加国内外有关学术会议，加强和《西藏研究》《西藏民族学院学报》《西藏大学学报》《藏学学刊》等藏学杂志的联系与合作，发挥各自优势，形成学术合力，共同策划学术交流和研讨活动，共同推动中国藏学事业的发展。

学术刊物也要有新闻理念。学术刊物应当联系实际、生动活泼、与时俱进。要重视对藏学领域研究动态的报道。对一些重大研究课题，如《西藏通史》的编纂工作进展，贝叶经、大藏经的研究成果及新的重要学术观点、重要史料的运用等，都应当是编辑部关注和报道的领域。

当前，我们正处于中国藏学研究发展的重要时期，藏学研究正在为国家的涉藏工作提供更多有价值的历史和现实的决策依据，为世界范围的藏学研究作出自己的贡献。早在20世纪80年代，季羡林先生和任继愈先生就曾预言："在东方学的领域内，21世纪将是藏学的世纪。"
这是一个伟大的预言与召唤，任重道远。衷心祝愿《中国西藏》杂志
为此作出新的贡献，永远站在中国藏学研究领域的最前列。

（2011年12月3日于北京）

# 2013年"3·28"的思考

今天是"3·28"54周年，百万农奴解放纪念日54周年，也是我1963年第一次走进西藏的50周年。

这是我认识西藏、记录西藏、服务西藏、思考西藏的半个世纪。1963年我第一次进藏用了18天，现在有青藏公路、青藏铁路，从北京到拉萨只需要43小时。1980年第一次从拉萨到阿里用了7天，现在1天就可以到普兰，一个半小时就能从拉萨飞到狮泉河。20世纪六七十年代我从拉萨到昌都用了7天，到日喀则2天，到山南泽当1天，现在去昌都可以乘飞机，去日喀则、山南只需要几个小时了。1963年我在拉萨堆龙德庆县岗德林乡第一次与翻身农奴相处，那三个月的实习生活奠定了我对西藏的情怀与梦想，并且终生不渝。2011年夏天，我重返岗德林，那里的发展与进步，又给我留下了刻骨铭心的记忆。

怎样看待西藏当代历史？旧西藏是不是一个反动、落后的封建农奴社会？百万农奴解放具有什么样的意义？这些看来是十分明了的事情，在海内外仍然是众说纷纭，有许多不同的声音。这就让我们不得不认真思考。

因此我建议：

一、统计1959年时的百万翻身农奴现在还有多少人，要作为一项重大的抢救历史的工程，有计划地以口述历史的形式，请健在的翻身农奴详细讲述旧西藏的经历和见闻。这是一部信史，一部旧西藏的血泪史，一定要下大力气做好。

二、这些年西藏搞建设，成绩很大，举世瞩目。但西藏的青少年和知识分子缺少西藏当代历史的学习和教育，以致一些年轻的同志不承认旧西藏是一个封建农奴社会，对海外的不实之词缺少识别能力，甚至随声附和。这方面的工作急需加强。

三、西藏应当开展对传统文化的反思，或者称作是思想文化领域的"五四运动"，反对民族虚无主义，反对狭隘民族主义，以便更好地继承和发展优秀的传统文化。

我以为，这是对西藏百万农奴解放纪念日的最好纪念。

（2013年3月28日）

# "西藏故事"的"世界表达"

　　"首届西藏文化对外传播论坛"的设立，在涉藏领域是一个重要的事件。西藏文化对外传播是个很大的题目，也是我们新闻领域的同人一直在做的功课。"告知西藏""说明西藏""解读西藏"一直是我们追求的目标。西藏需要世界认知。作为国家软实力的一部分，今日西藏与西藏历史的对外传播极其重要，在涉藏工作领域占有重要地位。

　　随着国门的敞开、思想的解放，特别是互联网这一新兴传播手段的出现，全世界成为"地球村"，人们获取信息的方式出现了颠覆性、革命性、划时代的变化，五花八门、眼花缭乱的信息出现了井喷和爆炸的态势。人们的视野大大拓展，对外部世界的了解大大增加，思想领域和传播形态走向了多元化。人们再也不会局限于通过传统媒体、国家媒体获得信息，而是按照各自的不同愿望在信息海洋中寻找自己的需要和答案。现在，我们这些传统媒体人的作品，已经成为信息世界中的沧海一粟，而且每天都要经受比过去多出不知多少倍的读者的毫不留情的品头论足和批评嘲讽。在这种新形势下，受众的选择日益个性化、随意化，媒体竞争白热化，迫使我们这些媒体人转变观念，走出一条与时俱进，与世界接轨的中国现代传播之路。

自然，西藏对外传播事业也面临着新的考验。传统的思维方式、外宣方式、宣传理念每天都在受到海内外受众的审视和冲击。涉藏纸质出版物、音像产品、影视作品、网络作品越来越多。每个人都在成为信息的发布者，每个人都在表达对西藏的感受，西藏的信息正在被海内外的网民、政客、游客、记者、作家大量生产、高速传递。西藏和四省涉藏州县的最新事态几乎与相关事件同步进入互联网。与此同时，海外分裂势力散布的负面涉藏信息也在互联网上快速传播。我们在涉藏对外传播领域面临全新的挑战。

这次论坛设定的西藏文化的对外传播命题实际上就是今日西藏形象的对外传播。西藏文化是个广义的概念，可以包括政治经济、人文社会、宗教信仰与宗教文化等诸多领域，覆盖当今西藏社会生活的方方面面。实事求是地说，这一领域的对外传播一直是我们的弱项，以至于我们常说涉藏宣传一直影响不了西方的主流舆论。近年来，随着各方面工作的加强，这种局面有所改观，但形势依然严峻。我们的研讨就是在这一形势下展开的。

西藏对外传播对象既包括国内受众，也包括国外受众。长期形成的"内外有别"的观念正在不断受到冲击。如何做好西藏形象的对外传播，我把自己的思考归纳成了"西藏故事的世界表达"这样一句话。就是说要认真了解我们的国内外受众，包括我们的对手，要用符合受众的思维方式和表达方式，用世界通用的传播语言讲述、传播西藏文化，学会讲述西藏故事。就是要"潜移默化"、"润物无声"、亲切自然地传播我们的观念。使西方世界的受众在愉悦的视觉中、在快乐的聆听中、在悬念不断的故事中接受我们讲述的事实。

　　我从1963年第一次进藏起，半个世纪里进藏40多次，对西藏的发展变化有着刻骨铭心的记忆。几十年来，在完成大量西藏报道任务的同时，我也一直在用不同时期的西藏经历，尝试着讲述自己的西藏故事。

　　2001年，我结束6年援藏生活，回到北京。动笔写的第一篇文章就是《拉萨的色彩与旋律》，因为拉萨集中了当今西藏几乎全部现代元素和原生态风格。文章分为"天上拉萨""现代气息激荡的拉萨"和"绿色的拉萨"三部分。这是我对布达拉宫脚下6年生活的深情回忆，也是作为亲历者对今日西藏的真情感受和客观描述。这篇文章后来在《中国西藏》杂志上用中、英、藏三种文字发表，并收入五洲传播出版社的《见证百年西藏》一书中。

　　2002年，我根据在西藏多年的观察、调研，并参照相关的史料，写了一篇《拉萨的张大人花及其他》，这篇散文讲述了开遍在雪域西藏各地的"张大人花"的来历，清末驻藏帮办大臣张荫棠的治藏思想与改革措施，藏族官员百姓对张荫堂从内地携带来的花种开出的鲜花的喜爱，以及将其称为"张大人花"的经过。用自己的方式讲述了西藏与祖国的历史关系，特别是清末中央王朝关注西藏政局，派遣得力官员进藏，维护西藏主权、促进西藏变革的历史事实，收到了较好的社会效果。《中国西藏》杂志也是用几种文字刊登，至今还经常有人引用文中的资料和观点。

　　2011年，我第七次到四川甘孜州首府康定采访，专程看望了曲美巴珍的女儿和儿子。并写出了《寻找曲美巴珍和他的儿女》一文。文章分"曲美巴珍——感动西藏的人物""寻找曲美巴珍""17年间的三次看望"和"与曲美巴珍的儿女重逢"四个段落。曲美巴珍是1950年十八军进军西藏途中出现的一位著名的支前模范。一张她站在驮满物资的牦牛旁边的照片传遍了海内外。20世纪五六十年代，报纸杂志曾广泛介绍过她的事迹，但此后就没有了她的信息。我由于长期做涉藏报道，对她一直很关注，不断寻找她，终于在1991年进藏采访途中，在康定找到了这位令人尊敬的藏族女性，见面时我看到这位40年前的支前模范，已经从一位秀丽的康巴姑娘变成了一位64岁的慈祥阿妈，并第一次得知她的爱人是十八军的一位汉族进藏干部，后来扎根康区与曲美巴珍共同生活近40年，直至1988年去世。遗体火化后，曲美巴珍在骨灰中找到了遗留在她爱人秦干事身上的一颗子弹壳，并保留在身边。我根据那次采访所得，写出了《曲美巴珍，妳在哪里？》一文，此后我们建立了联系，并成为很好的朋友，她的孩子们还亲切地称我为"张哥"。2008年，81岁的曲美巴珍逝世，我很悲痛，当即给甘孜州人大发去了唁电。2011年我再次去康定时，见到了她的子女，并写出了上面提到的那篇文章。这是一个藏族人民支持人民解放军进军西藏、解放西藏的故事，也是一个藏汉两个民族融为一体、血肉相连的动人故事。

还是在2011年，我在云南迪庆州采访，巧遇18年前的藏族陪同、一位归国藏胞扎巴格丹。此时的他已经是迪庆州的人大代表、政协委员、当地著名的企业家。他兴奋地开车拉着我看了他的唐卡艺术中心、酒店和他居住的第四代藏式楼房，见到了他从印度回国定居的老阿妈。回京后，我写出了《扎巴格丹的香格里拉生活》。这篇文章讲述了一位归国藏胞回到祖国怀抱后的生存状态，他说"我现在过的才是真正的香格里拉生活"。

我于1963年第一次进藏，第一个藏族房东是拉萨堆龙德庆县岗德林乡的次仁顿珠。2011年夏天，时隔48年后我再次来到这里，见到与我同龄的次仁顿珠和当年民办小学老师欧珠，写出了《重返岗德林》一文。文章分为"半个世纪的记忆与牵挂""走进岗德林蔬菜大棚""藏式民居印象""48年前的那一天""说不完的话看不完的风景""和欧珠一起唱《金瓶似的小山》"和"祝福岗德林"等八个部分。岗德林建有闻名西藏的蔬菜花卉合作社,紧邻拉萨经济开发区,青藏铁路在距它一公里多的地方呼啸而过。重返岗德林的经历实际上就是对半个世纪里一个普通西藏乡村变迁的纪录。

上面说的这五个故事从不同的角度讲述了西方人所关注的西藏话题,但讲述的方式不是生硬的,我认为这也是一种"西藏故事"的"世界表达"。这一尝试,我还要在精力允许的条件下继续做下去。我还正在整理自己50年间的西藏日记。那里边也有许多我亲眼看见、亲身经历、切身感受的西藏故事。当然,不一定每个人都能有这样的经历,但每个人都有自己独特的生活轨迹,有自己的所见所闻、所思所想,只要善于积累,及时把握,认真提炼,精心写作,西藏的故事是写不完的。

最近,西藏电视台开辟了《中国梦——西藏故事》《中国梦——美丽西藏》专栏,开局良好。这是西藏新闻工作者在涉藏传播上的新的实践。其中《诺桑:一名藏族博士的追光梦》讲述了诺桑掌握太阳光能数据,研制太阳能电池的故事;《仝海明:用画笔诠释最美西藏》,以一位汉族绘画专业的大学毕业生走进世界屋脊,在拉萨从事美术事业的视角,展现了西藏文化的一个侧面;《群觉——农民收藏家的建馆梦》,讲述了一位富裕起来的西藏农民收集西藏和内地的古代兵器,在政府的资助下建立博物馆的故事。新闻界同人的这些新作品令人欣慰。

再举一个例子,我在中国西藏网期间曾参与策划和推出了对美国著名记者、未来学家、《大趋势》和《中国大趋势》作者约翰·奈斯比特夫妇的专访,这也是以外国人的视角讲述西藏的一次难得的实例。他们的感受是"西藏的50年,欧洲走了500年"。奈斯比特在多年前就提出了讲述中国故事的问题。他说:"从1967年开始,我曾多次访问中国大陆和台湾,亲眼目睹了两边的巨变。因此在这个问题上具有一定的发言权。我觉得对于台湾的良好宣传和中国大陆的低调态度不吐不快。"于是他对接见他的中国领导人说："台湾是个小故事，但它讲得很好。大陆有个大故事可讲，可惜讲得很糟。这位领导人沉思了一下说，你为什么不来讲这个故事呢？"我想，这个故事对于我们今天探讨西藏文化的对外传播也是一个有益的启示。

综上所述，根据我个人的体验，我觉得，要做好西藏文化、西藏形象的对外传播，应当思考以下几个问题：

第一，涉藏对外传播是一门科学，涉藏编辑记者要懂点藏学。

涉藏宣传是一个特殊的宣传领域，所关注的领域与藏学领域大致相同。"藏学"是国际上的"显学"（显学通常是指与现实联系密切，引起社会广泛关注的学问），也是跨学科（历史、民族、人类、语言、社会、宗教、政治、世界历史、国际政治、国际关系等）的一门综合学问。涉藏宣传要以涉藏知识为基础。这是我们在世界上取得西藏问题话语权的重要文化基础。

第二，要熟悉我们传播对象的"语境"。

我认为，所谓"语境"就是指一个社会群体在语言、行为和心理上的集体习惯。也就是我们常说的东西方人不同的思维方式、审美取向、国别国情和表达特点。要研究和了解西方人的西藏观。只有"知己知彼"，看对象说话，才能正确制定我们的工作思路和传播原则。

第三，要熟悉西藏和四省涉藏州县的基本情况和发展现状、不断提高自身的文化素养、优化自身的知识结构，用准确的语言进行表述。

要熟悉基本的涉藏知识，把握西藏进步的脉搏。否则在宣传中就会错误百出。如把"玛尼堆"叫作"尼玛堆"；把岩画叫作"六字真言"；把"金珠玛米"解释为"拯救苦难的菩萨"；把"张大人花"叫作"八瓣格桑花"；甚至还在互联网上出现把佛像穿在身上的演员的画面。在近年来出现的"仓央嘉措热"中，把大量今人写的诗歌作为六世达赖喇嘛仓央嘉措的作品来传播也值得注意。实际上，在社会上流传甚广的《十诫》《最好不相见》，以及《见与不见》《信徒》等都不是仓央嘉措的作品，而属于现代人的编创。这一现象的出现也与相关媒体不熟悉藏族文化、不熟悉仓央嘉措的作品直接相关。

**第四，要探索对外传播西藏文化的新形式。**

近年来，国内许多媒体都加大了对西藏的宣传力度，特别是对外宣传上不断有所创新，以我曾经工作过的西藏网为例，近年来推出的"西藏行"采访活动发出了大量目击式的现场报道；西藏网还先后举办了"大美西藏"摄影比赛、西藏美术作品征集、评比等活动，这些实践正在使西藏对外传播事业变得更加灵动、鲜活和富有人情味。

西藏和四省涉藏州县是藏民族文化的故乡，也是涉藏对外传播的圣地。从历史长河的角度看，我们这一代对外传播的只是博大精深的西藏文化的冰山一角。走进西藏、记录西藏、传播西藏，是时代和历史的召唤，让我们共同努力。

（2013年6月29日在咸阳西藏民族学院
"首届西藏文化对外传播论坛"上的发言）

# 关于西藏环境的见闻与思考

　　环境是一个国家的形象和名片，是大自然的造化与恩赐，也是人类文明的标志与展示。

　　环境保护是现代社会的一个热门话题，是人类社会进步的标志之一。上海交大设立环境新闻研究中心和召开年会，都是很有意义的事情。我对会议的召开表示祝贺，也愿意与大家一起分享我对西藏环境的见闻与思考。

　　我是长期从事西部，西藏报道的一位记者，对环境新闻没有做过专门的研究，但我在几十年的新闻生涯中，几乎走遍了整个西部和西藏地区，自然而然地接触和报道了许多有关环境的话题。

## 西藏环境见闻

　　我在西部和西藏的采访频率很高。退休后仍然有许多机会去这些地方，目击那里的新变化、新发展，并形成新的思考。

走进西藏和四省涉藏州县，我受到的是美丽自然环境的震撼和博大人文环境的洗礼，我看到了美丽中国最动人心弦的一幕，世界屋脊最辽阔壮美的画面和那个最能吃苦的民族的生活场景。一切都是过目不忘，一切都是无与伦比，一切都令人流连忘返。

自然环境中，如喜马拉雅造山运动景观——褶皱地貌、流动冰川、滚石地带、永冻层、冰蘑菇、珠穆朗玛峰；藏北无人区景观——雪山、湖泊、草原、地热；阿里高原景观——一望无际、渺无人烟，野牦牛、藏羚羊、野驴的世界，亚洲大江大河的源头；川藏青藏新藏公路景观——摄影天堂、盐铺公路、雪山大坂、铁路公路并驾齐驱；等等。

人文环境中，如农村的石屋，牧区的帐篷；拉萨的情调，八廓街的历史风情，布达拉宫的风格与布达拉宫广场的变迁，大昭寺前的善男信女；阿里的古格王朝遗址，日土岩画，象雄王国和苯教；山南的喜马拉雅深处，桑耶寺文化，碉楼遗迹，雅鲁藏布江防护林；日喀则的萨迦寺、亚东、樟木；林芝的森林；昌都的横断山脉；等等。


## 我的西藏环境新闻实践


40多次的进藏生活与新闻采访实践，构成了我新闻生涯的大部分岁月。其中最难以忘怀的是我的两次登山采访和四次阿里之行，这使我有机会同时感受那里的自然环境与人文环境，亲身感受到那里的发展、变化与环境保护现状。

### 登山采访

珠穆朗玛峰和纳木那尼峰的登山采访活动，使我有机会在世界上最纯净的地方连续生活了几个月，现在看来，那里无污染的空气和水是大自然的恩赐，也是我此生最大的享受。那里的自然与人文景观举世无双。

登山采访使我对西藏有了一个全新的认识，也开启了我的西藏采访之门，可以说我的新闻生涯是从珠穆朗玛起步的。登山活动中人与自然的全方位接触，使我对世界屋脊的认识有了重要的飞跃。这期间我写出的《大本营的生活》《登山食品的学问》《我在藏族食堂吃饭》等报道，都记录了人与自然的关系，懂得了人与自然要和谐相处，人类"征服自然"在认识论上的误区。我采写的《古格王国遗址见闻》《扎达土林》等则把登山与自然、人文结合在一起。这些经历开拓了我的视野，对我日后的新闻生涯是一次重要的认识上的飞跃。

### 阿里采访

这是我的梦想之旅，实现了15年前大学毕业时的愿望。阿里自然环境的恶劣和阿里人的坚忍不拔，让我懂得了人生的故事应当怎样书写，也认识到记者的使命是什么。

1980年冬天，我第一次进入"西藏高原的高原"阿里采访，那里面临的环境危机引起了我特别的注意。

在回京后写的一系列内参中，我系统地反映了阿里当时面临的发展困境和当地干部群众对党和国家重大政策的思考。我在内参中写道："阿里地区海拔高，气候寒冷。在30万平方公里的土地上，只能生长一些低矮的灌木丛，有些地方生长少量红柳。由于燃料奇缺，阿里高原仅有的一些植被已被破坏殆尽。过去地区所在地在噶尔县，由于当

339

地燃料烧完，十几年前又搬到狮泉河。刚来这里时，红柳漫山遍野，牛羊进去都找不到。但现在，到处都是光秃秃的了。前几年，为了加快砍伐速度，许多单位出动推土机到沙窝里，将红柳连根带枝一起铲下，既破坏了大批高原上的野生植物，也使土壤沙化越来越严重，进而改变了气候"。我还在内参中反映了由于燃料奇缺，干部到荒原上拣牛羊骨头做饭，县里食堂停伙，县委书记在家里给我们做早饭等情况。

时任西藏自治区党委第一书记的阴法唐同志看到这组系列内参后，当即前往阿里调研，并制定了一系列解决阿里问题的对策。他是第一位到阿里考察的西藏最高领导。后来我们成了忘年交。

现在，阿里公路正在实现黑色路面铺装，从拉萨两天就能到阿里；空中航线开通；水电、光电、风电正在解决着阿里群众的用电和燃料问题；光缆使阿里与外界沟通无障碍；阿里正在成为中外游客的新的旅游目的地。这些发展都使我感到无比的欣慰。

**关于木格措修水库的报道**

反映民众的呼声，也是环境报道的一个重要任务。

2004年的7月份，我应北京"绿家园志愿者"组织的负责人、著名环保学者、我的中央台记者朋友汪永晨之邀，前往四川考察在大渡河及其支流地区建水电站问题。那里的开发与生存、开发与保护、开发与民族关系的现实使我受到震撼。

同年8月9日，《人民政协报》的"民意"专栏，在头版用整版的篇幅发表了我写的调研报告《失控的大渡河峡谷：电站热方兴未艾》和一篇评论《西部大开发——莫忘科学发展观和民族政策》。调研报告指出：在木格措的出口处将建立拦河大坝、导水明渠等引水枢纽工程，这些工程将彻底改变湖区的原始自然风貌；水位提高后将被淹没的原始森林占木格措湖滨森林面积的一半；大坝蓄水后，木格措以下的七色海等湖泊和河流将因无水而干枯；木格措景区处于川西强烈地震活动带上，水坝的任何隐患将对下游37公里处的康定城造成巨大威胁，成为悬在康定城头上的一颗定时炸弹。

这篇报道发出后，甘孜藏族自治州撤销了在木格措建设电站的计划。

这个报道的成功，有一个重要原因，是我们的考察组有位著名的地质学家范晓先生，他的思维和判断使我们的调研建立在了科学的基础上。

这次经历，也使我看到了环境领域报道的特殊重要性。

**拉萨的山变绿了**

西藏的美丽与神奇，是环境报道的又一个亮点，是讲述西藏故事、塑造西藏形象的重要话题。

我在2001年曾经写过一篇文章：《拉萨的旋律和色彩》，记录了我1995—2001年执行援藏任务期间对拉萨的切身感受。其中的"绿色的拉萨"一节中写道：

凡是有幸驻足过拉萨的人，大都会为日益变绿的这座高原古城感到惊讶。日光城拥有世界上最充足的阳光。绿色与阳光共舞。真正意义上的寒冬不属于拉萨。久居拉萨的人都知道，当祖国内地的北方寒风凛冽的时候，拉萨仍然沐浴在冬日温暖的阳光之中。在我住的布达拉宫脚下的院落里，向阳一侧的墙角整个冬天都生长着绿草。2000年11月以后的整个冬天，我惊奇地发现，从夏天起就开始绽放的大丽花一冬披绿，给我的冬日生活增添了不同寻常的色彩。

热爱绿色是拉萨人的天性。走进八廓街（过去人们习惯把它叫作八角街），你会看到，家家户户的院落里、窗台上都摆满了花盆，四季鲜花常开。在这里，可以找到歌曲里常唱的"格桑美朵"，也能看到倒挂金钟、玉兰、西番莲等名贵花种。尤其令人感慨的是夏秋之际随处可见的"张大人花"，这是清末最后一任驻藏帮办大臣张荫棠带来的花种，100年后，这种被藏族百姓命名为"张大人"的鲜花已经开遍了西藏。在拉萨十里长街上，在布达拉宫高高的石阶两旁，一直到我居住的庭院里，到处都可以看到成片成片粉红色的、白色的"张大人花"随风摇曳，散发着淡淡的幽香。

绿色的确属于拉萨。这些年，随着地球的变暖，拉萨的气温也逐年升高。一向有"清凉世界"美誉的拉萨，夏天的温度正在向着二十七八摄氏度的"高温"挺进。更为神奇的是，人们发现，拉萨周围的山头也逐渐变绿了。30多年前，这些山完全是石头的世界，人们说它寸草不生。几十年中人类的活动使这里的人口增加了，气候变湿润了，绿色也随之增加了。拉萨道路两旁不仅有传统的松树、柳树和柏树，近年来，云杉、万年青、红白刺梅等也在日光城落户了。

这篇文章发表后，受到了广泛的注意，不仅被译成藏文、英文，还收入到《见证百年西藏》一书中，足见人们对西藏美好环境的向往与期盼。

## 几点思考

改革开放以来，西藏揭开了神秘的面纱，但也增加了环境遭受破坏的风险，同时西部开发与城镇建设的思路问题也尖锐地摆在了世人面前。

第一，环境报道的主流应当是正面报道。

有关西藏的环境报道应当是以正面为主，问题报道是为主流报道服务的，这是这一领域报道应承担的社会责任。

第二，环境报道要有思辨性和前瞻性。

环境报道的任务是讲述事实、升华认知和指导未来。

应当提倡西部开发"热运行"中的"冷思考"。

西藏民族学院新闻传播学院院长周德仓2012年的文章《拉萨，请你远观》，就具有一定的代表性。文章说：

> 我已经不再像第一次进藏的人那样，在激情和无限的想象造就的膜拜中，拜谒拉萨，湮没于拉萨。
>
> 回想起1994年第一次进入拉萨的时刻，这座城市的历史感和尊严感，几乎笼罩了一切。即使不少地方道路的坑洼和建筑的简陋，也一定会被理解为一种庄严。
>
> 现在的拉萨，无疑是一座文化的城市，也是时尚的城市。
>
> 一批批区外的游客蜂拥而至，这会被赞美为西藏旅游业的春天，传播西藏文化的通道，但我心中似乎对此油然保持谨慎。
>
> 拉萨越来越像内地的很多城市。
>
> 在拉萨的景点，内地"人看人"的人文景观已被成功复制，旅游的悠闲感正在被残酷驱逐。急匆匆的脚步和走马观花式的文化考察，实际仅仅是为了留下照片。商业化正在彻底改变拉萨的气质。

这些议论，实际上是提倡一种旅游热中的冷思考，是对拉萨发展走向的忧虑，对西藏传统文化的怀恋。

跳出西藏看西藏，用世界的眼光看西藏，用内地人、外国人的眼光看西藏，可能会使我们的思考更加多元和富有理性。

第三，西藏的发展必须注重地域特色、民族特色和时代特色。

要调整拉萨等城镇的建设思路。特别是拉萨，前些年几乎建成了一个小成都，让许多初次进藏的中外人士大失所望。八廓街的改造可圈可点，有利有弊，一些问题值得注意，如把大量商业摊位迁出，在别的地方另建一个"八廓商城"，破坏了原有的商业气氛；拉萨近年来建设了一批纯粹为招徕游客而修的超大型建筑，也不可取。

《中国国家地理》杂志2014年第10期上的一篇文章有这样的评述："当你越来越接近这个城市时，布达拉宫消失在丑陋的所谓'现代化'的高楼大厦之后。你进入拉萨的第一条路，名为'江苏路'。随后，你会经过'北京路'，你也许会迷惑：我这是在哪儿？"

这个议论也提出了西部城市的建设和发展思路问题。

2003年8月27日，中国国际广播电台副台长王冬梅（现任中国记协书记处书记）参加在西藏举办的一个活动，在当天的日记中，我有如下的记载：

> 西藏城镇如何发展？日喀则山东广场前就放了孔子像，上海大厦也很风光，都援建成了内地的样子，西藏还是西藏吗？当前西藏的新建筑缺少地方、民族特色。
>
> 与国际台王冬梅副台长谈及此事，她说，英国卫报记者曾对她说：英国80年前犯过这个错误，日本30年前也犯过这个错误，今天，中国西藏也在重犯这个错误。这一评论值得深思。

第四，要控制进藏游客总人数。

这是西藏可持续发展面临的一个尖锐问题。

西藏地广人稀，基础设施和管理能力不如内地，西藏的自然与人文景观也是有一定的承受能力的，如超量的参观者使布达拉宫不堪重负。为尽量减少游客对布达拉宫土木结构建筑的人为损害，布达拉宫管理处限定每天参观人数为4000人，这一举措无疑是正确的。

进藏人数不能越多越好。去年突破1000万，今年已经超过1200万了，是现有西藏人口的4倍。（作者注：到2020年，全年进藏旅游的国内外游客已经超过3500万人）

显然，进藏旅游总人数需要科学有序地控制。

**第五，建议建立环境新闻学。**

美丽中国和美丽西藏都需要精心呵护，环境新闻具有全局意义，对促进边疆稳定、各民族和谐相处与共同发展，都有不可估量的作用。

环境新闻的研究应关注包括西部民族地区开发战略在内的多项课题，研究在西部大开发中如何处理好环境保护与开发的关系、保护原生态与推动新发展的关系、传统文化与当代文化融合的关系等。

环境新闻的研究要和政治学、新闻学、社会学、民族学、宗教学结合起来。我支持把环境新闻的研究长期坚持下去，逐渐成为一门引人注目的学科。

上述看法，只是我的个人见解，我希望环境新闻记者对这些问题进行深度调研和思考，以使西藏的旅游事业能够获得更好的发展。

（2014年12月10日）

# 关于援藏工作和西藏发展的几点思考

参加援藏主题的研讨会，还是第一次。感谢齐齐哈尔大学给我们提供了这个难得的机会。

我在半个世纪以前的1960年，就因学习藏语文专业而与西藏结缘。游走西藏、记录西藏、思考西藏，为西藏人民服务，早已成为我生命轨迹的关键词。

作为中央国家机关第一批和第二批援藏干部，1995年至2001年，我在西藏连续工作了6年。虽然此前我已经有了15次进藏的经历，但对我来说，援藏工作仍然充满诱惑，充满挑战，这是我转换角色，深度认识西藏、感受西藏的一次重要经历，也因此我对援藏工作有了一定的发言权。

这6年间，我作为西藏广播电影电视厅的一名编辑记者出身的管理干部，组织、领导和参与了一系列重大政治事件，如邓小平逝世、香港回归、世纪之交、十世班禅转世金瓶掣签和十一世班禅坐床、那曲雪灾等重大事件的新闻报道工作；也参加了发展西藏广电事业的"西新工程"的启动，到阿里等地考察和调研；为提升西藏广播电视宣传的层次做了一些工作；还用一年的时间，参加了电视剧《西藏风云》的拍摄。虽然这些生活已经过去了将近20年，但那些难忘的日子仍恍如昨天。

借这个机会，我想就几个与援藏有关的话题谈谈自己的一点儿想法：

## 关于"援藏工作"与"治藏方略"

中国的援藏工作起自何时？有些同志以为是从1994年中央第三次西藏工作座谈会以后开始的。其实不是这样。

西藏的治理，古已有之。至少是从元代西藏正式纳入中央政府的行政管理开始，历代中央王朝都制定和实施了适合那个历史时期的治藏政策，成为中国治理边疆民族地区的一笔重要的制度财富和精神财富。如历代管理西藏机构的设置（元代设宣政院，建立十三万户和宣慰使司都元帅府，明代设乌斯藏行都指挥使司等，清代设理藩院）、重大政策的制定与实施（如元代全面清查西藏户口，建立帝师制度，对有势力的教派首领赐予封号；明代茶马互市；清代册封达赖班禅，建立驻藏大臣制度和金瓶掣签制度）等，积累了治理边疆的许多成功经验。

新中国的治藏方略是历代中央王朝治理西藏政策的延续、发展和创新。

从1950年人民解放军进军西藏、解放西藏大进军和1951年《十七条协议》签订开始，中央就实施了对西藏的一系列特殊政策，帮助西藏发展和进步，这一工作一直持续到现在。实际上，我们的援藏工作从那个时候就开始了，只是不同时期的工作重点和表现形式不一样（比如20世纪50年代发放布施、农贷，为群众看病、放电影，建小学、百货公司、供销社；60年代拉萨建纳金电站，修马路，建医院等基本设施；70年代的教育、医疗、公安政法、新闻广电派员进藏工作；80年代的43项工程、62项工程等）。在进军西藏的十八军和各路进藏的队伍中，就有许多地质学家、语言学家、教授、藏学家、医生、演员等。可以说，他们和进藏的解放军指战员一起，都是新中国成立后的第一批援藏人员。

1995年确立的"中央关心西藏，全国支援西藏"的总方针和"对口支援，分片负责，定期轮换"的干部援藏机制，是中央对半个世纪治藏方略的总结、升华和发展。

由此看来，我认为对援藏工作的认识要提升到国家治藏方略的高度上来认识。

中国共产党的治藏方略是在确保维护国家主权，确保西藏长治久安的基础上，动员全国的力量，采取一系列特殊政策，从根本上改变西藏的贫穷落后面貌，让藏族同胞尽快富裕起来，与全国各族人民同步走向现代化。体现了中国共产党的根本宗旨。

我国涉藏理论界习惯上把1980年以后中央召开的历次西藏工作座谈会，作为新中国制定治藏方略的重要模式。而1980年以后的援藏工作，特别是1994年第三次西藏工作座谈会确定的干部援藏制度，都是历史的延续和发展。其成果就是西藏进入了历史上发展和进步最快的时期。这也是我记录西藏这一职业生涯中最激动人心的历史时期。

# 关于援藏工作的思路

习近平主席提出的"治国必治边，治边先稳藏"强调了西藏工作的重要性和西藏问题在国家战略格局中的重要地位，是对中国当今治藏方略的高度概括，也是援藏工作的指导思想。

当前援藏工作的主要形式是资金投入与项目实施。这方面的成就有目共睹，举世皆知。但我认为资金项目援藏和智力精神援藏要两手抓，两手都要硬。总的来看，现在物质支援、项目支援力度很大，成效显著，而在思想、精神、文化领域，我们的工作思路与工作方法还有许多值得探讨和改进的地方。

根据我对西藏情况的认识，如何增强西藏自身的发展能力，如何增强自身的造血功能，如何做好"攻心"工作，如何防止"短期行为"，在西藏留下永远不走的工作队，依然是援藏工作面临的重大课题。

## 几点建议

**第一，加强援藏干部队伍的自身建设。**

要提倡援藏干部继承和发扬"老西藏精神"，在援藏全过程中认真学习党和国家的民族政策，学习西藏历史、文化与宗教的基本知识，还要学习一些藏语。这是援藏干部更好地接触群众，了解群众，从实际出发开展西藏工作的政策、知识和语言基础。

第二，西藏的现代化建设要有西藏地区特色和民族特色。

援藏不要照搬与内地一样的发展模式与发展样式（包括城镇规划、房屋建设、地名设置等），要突出开发地方优势，经济发展不要搞大而全。要尊重藏族同胞的宗教信仰和宗教观念，各项工作继续"慎重稳进"；要在援藏工作中注入更多的新观念、新思想，加强对当地干部群众的知识教育和科学教育。援藏干部在当地不要搞援藏纪念碑、纪念牌之类的东西，援藏建筑上的标记也要十分慎重。

第三，定期轮换和长期建藏要结合起来。

现在的援藏干部制度还正在实施、不断总结经验的过程之中，这一制度肯定需要进一步改进与完善，对干部在藏年限、管理使用制度等还要继续探索。建议在实施"定期轮换"制度的同时，也要倡导"长期建藏"的精神。

第四，建议中组部、统战部、西藏自治区等有关领导部门和机构，要重视发挥历届援藏干部的作用。

是否可以建立一种机制，适当组织相关活动（包括进藏考察、研讨等），听取大家对西藏工作的意见和建议。这次研讨会就开了一个好头，应当持续下去。

（2014年7月26日于齐齐哈尔大学，7月29日修改于北京）

# 书写世界废奴运动的中国篇章
## ——西藏民主改革60年报道漫谈

时隔几年，再次来到咸阳西藏民族大学非常高兴。这所西藏当代第一所大学是西藏发展和变革的历史见证。因而由这所大学的新闻传播学院和复旦大学新闻学院联合承办西藏民主改革60年宣传报道的研讨活动也具有特别的意义。

西藏当代大型宣传报道活动主要有三个：1951年5月23日的西藏和平解放纪念日、1959年3月28日的西藏民主改革纪念日（从2009年起也称百万农奴解放纪念日）和1965年9月的西藏自治区成立纪念日。这三个日子已经成为中国媒体向海内外展示社会主义新西藏历史变迁的重要时段。今年适逢西藏民主改革和百万农奴解放60周年，又是中华人民共和国成立70周年。双喜临门，可喜可贺。这期间，我们媒体人又共同经历了认识西藏、思考西藏、展示西藏的日日夜夜。

# 一

废奴运动是人类历史上的重大社会变革，从19世纪30年代算起，已经持续了近两个世纪。美国、法国、俄国、巴西等国都经历过这样的变革。而1959年3月发生在中国西藏高原上的民主改革运动，则是人类有史以来最深刻的一次社会变迁，这一世界屋脊上的废奴运动震动了全世界，千百年来受尽苦难的百万农奴引起了世人极大的关注。从这个意义上来说，西藏民主改革60年的宣传报道承担了重大的历史使命：解读西藏废奴运动的历史意义，展示西藏的昨天、今天和明天，宣示中国共产党解决中国民族问题的成功实践与经验。简而言之，也就是书写世界废奴运动的中国篇章。

# 二

10年前，我还没有从中国西藏网的岗位上退下来。那一年是西藏民主改革50周年。我们派出了记者组到拉萨、那曲、林芝、日喀则采访。我在藏北的那曲草原上亲身感受了第一个西藏百万农奴解放纪念日的氛围和热度。我还与央视的同行们一起在北京策划制作了四集电视专题片《西藏民主改革50年》，还应邀到新华网、人民网、中国网、央广网、西藏网等网站做嘉宾，讲述了我所了解的西藏民主改革的历史、意义以及西藏采访见闻；那年年底，我参加中国藏学家代表团赴英国和法国访问，面对面地向海外人士讲述西藏、解读西藏。这些10年前的往事给我留下了深刻的记忆。

# 三

又是10年过去了。2019年的3月又成了我集中关注西藏的时刻。

说来也巧，今年也是我学习藏语，走向高原，走进涉藏传媒领域，见证和记录西藏发展变化的60年。我的人生道路与西藏的发展变革息息相关。为了纪念这个重要的日子，我用一年的时间整理出了自己长达半个世纪的西藏日记。《中国西藏》杂志今年第一期发表了我1963年第一次走进西藏，在拉萨郊区的堆龙德庆县岗德林乡参加民主改革的日记摘要，作为我对这个历史性日子的献礼。在节日前后，读着各个媒体对西藏民主改革60年的报道，又引起了我对西藏经历的深深回忆与思考。

这次研讨会的组织者提供了一批新闻单位的作品。实际上，这次报道的规模和作品数量要比这些多得多。

首先是新华社的报道。作为国家通讯社，他们策划的选题有深度、有新意，在一定程度上引领了这次宣传战役的导向。印象深刻的如《谱写新时代中国梦的雪域篇章——以习近平同志为核心的党中央治边稳藏富民新实践》谋篇布局都很到位；《从十大数据看西藏民主改革60年变迁》很有说服力；《穿在身上的记忆和文化——藏装60年的变迁》《西藏60年：科教"翻身"记》内容和标题都有特色；《做梦都想不到能有现在的幸福生活——一个西藏传统家庭的60年变迁》讲述了一个典型的故事；《西藏60年，行进中的变与不变》选择了一个很好的角度；《一粒青稞的新生——从西藏主要粮食作物看农牧区60年的发展变化》立意与讲述不俗；《修缮·养护·研究——布达拉宫的"长寿"秘诀》《从"税如牛毛"到"补贴多多"——西藏农牧民生活的巨变》

《生活点滴里的时代变迁——亲历者说西藏民主改革60年六大变化》等篇从选题到讲述都有特色。这些报道立足全局，有点有面，读后都给人留下深刻印象。

《人民日报》的报道则显示了党报的高度：综述《一甲子跨越上千年》、综述《连续十六年两位数增长——西藏：农牧民收入稳步提高》、评论《铭记伟大变革，激扬奋进力量》都很有力度。特写《鲁朗：网红大叔生意忙》《幸福生活都是党给的》《勒布沟里的门巴族人——好生态就是金元宝》等都是精美的短新闻。

《光明日报》的《镌刻在世界人权史上的不朽篇章——写在西藏民主改革60周年之际》是一篇很好的综述，特写《通麦天险通了，老百姓致富的路子也就通了》《鲁朗镇旅游业的两次升级》写得生动有趣，很有味道。

《央广网》的《西藏交通设施建设进入提质增速期》《打造绿色长廊，筑牢生态屏障》声情并茂，广播特色鲜明。

《中新社》的《从两个月到四小时——西藏公路交通历史之变》《西藏小学之变——不只是从粉笔到数字化的跨越》等篇都是书写新西藏的佳作。

《工人日报》的《砍树能手成了种树达人》、《中国妇女报》的《从湘妹子到格桑花——三位援藏女医务工作者的山南情缘》、中国西藏网的《西藏民主改革第一村的自由与向往》、《瞭望》新闻周刊《西藏非凡60年》《铺就世界屋脊扶贫天路》等作品也都生动感人。

《西藏日报》的大量综述和报道运用资源优势，写出了感情和激情。西藏广播电视台的多媒体也播发了大量有声的图文作品。

在我接触的中央媒体中，《中国西藏》杂志和国家外文局《布达拉》杂志的宣传也较有特点。据我了解，这期间，《中国藏学》杂志还出版了规模可观的《纪念西藏民主改革60年专刊》，《西藏民族大学学报（人文社科版）》也发表了一批纪念文章和研究成果。

# 四

回顾西藏民主改革60年的报道，我有以下想法和建议：

要宏观审视整个西藏民主改革60周年的宣传。西藏和内地，中央和地方，传统媒体和多媒体融媒体，国内媒体和国外媒体都要关注，都要把握。要从国家的高度全面审视这次大型报道活动。

策划要有新意，思路要不断拓宽。策划是大型报道能否成功的关键，它往往决定着新闻媒体所发作品的高度、品位和风格。拓宽思路也很重要，同一主题的报道要防止雷同，不断出新。

要开拓新的报道模式。时代在发展，传媒事业在发展，新闻工作者的队伍也在不断成长和更新，在涉藏报道上要进一步探索和实践，努力创造适应新媒体时代的报道新模式。

要在"废奴"上做足文章。总体看来，这次报道，在"废奴"二字上做的文章似乎力度还不够。我认为，在这方面做好文章，可以进一步提升报道的高度，更多地吸引海内外的读者和观众，从而产生更好的社会效果。

综合不可少，典型宜更多。这是我国宣传事业的传统和一般规律。综合得好，可以拓宽读者和观众的视野，并能把握全局；典型报道，可以产生更具感人和震撼的力量。现在看来，典型报道还是需要进一步着力做好的重要报道手段。

典型也要不断发掘与出新。西藏和平解放以来，涌现了许多典型：

结巴乡穷棒子互助组、列麦公社、红旗公社，这些典型曾在西藏百万翻身农奴中产生了不小的感召力量；近年来又出现了克松村、卓嘎姐妹、钟扬等新时代的典型，也产生了很好的效果。我感到，当前在涉藏宣传领域，短平快的一般性报道多，而产生震撼力的报道则较少。如何坚持不懈地深入一线，深入基层，下决心沉下去，耐住寂寞，发现、挖掘更具有典型意义和震撼力量的西藏当代典型，是新时期新闻工作者面临的一个艰巨而光荣的课题。

要有中国气派和西藏特色。中国废奴运动的深度和广度世所罕见。这就要求我们的报道要充分展现中国气派，同时也要具有浓厚的西藏地域特色和民族特色。这样才能使我们的涉藏报道不断出新出彩，不仅对国内的读者观众产生吸引力，对海外的广大受众也产生特有的效果。

媒体要提前进藏，深入采访。按照惯例，西藏重大活动，中央媒体都要派出采访团进行集中报道。经过多年的观察与思考，我觉得，媒体集中进藏，不宜搞"快餐"，要防止同质化，要提前组织，提前进藏，提早介入，沉下去，住下去，写出各个媒体的精品。当然，中央驻藏媒体和西藏自身的媒体，具有得天独厚的优势，他们长期生活工作在雪域高原，熟悉那里的许多情况，对那里有更深的情感，人们理所当然地对他们寄予厚望。初次进藏的内地媒体记者也要按照各自的任务与特色，发挥专长，以更大的激情、更多的新鲜感和无可替代的专业特色，写出更多的力作。

要研究国外的相关报道。这一期间，海外媒体也就西藏民主改革60年发表了许多报道。不同的视角，不同的观点，不同的结论，在当今世界是一种完全正常的现象，一点也不值得奇怪。我们应当梳理海外媒体对西藏历史变革的不同视角，有针对性地把这一舆论工作持续下去，在宣传西藏的"持久战"中展现中国媒体人的智慧、才华与功力。

<h1 style="text-align:center">五</h1>

在撰写这篇短文时，我高兴地看到了央视一套的直播节目《共和国发展成就巡礼·西藏》，一个小时的节目，让我们再一次看到了西藏的色彩与魅力，看到了社会主义新西藏的动人景象。这表明，西藏民主改革60年的宣传在延伸，新中国70年的媒体宣传大幕正徐徐拉开。

时代呼唤涉藏领域的对内对外报道要更上一层楼，时代呼唤我们的媒体工作者写出更多的涉藏力作。三四十年前，中国荧屏上曾上演过巴西电视连续剧《女奴》，给我留下深刻的印象。西藏的废奴运动刚刚过去60年，许多翻身农奴和他们的第二代还都健在。我热切地期盼，我们的媒体工作者也能早日写出中国废奴运动的传世之作，在世界传媒史上留下独特而光彩的一页。

（2019年8月7日于西藏拉萨）

# 纪念中央电台藏语广播60年

　　60年前的1950年5月22日，中央人民广播电台藏语广播的电波第一次从首都北京飞向万里长空，把党和国家的声音送到灾难深重的西藏高原，为和平解放西藏做出了重要贡献。这是新中国成立后中国国家电台开办的第一个少数民族语言广播节目，也是中国共产党运用现代传播手段，把真理的声音在第一时间传向少数民族地区的成功范例，在中国人民广播事业的历史上具有开创性的意义，标志着当代中国少数民族语言广播事业和民族宣传事业的光荣诞生！

　　以藏语广播的开播为起点，在20世纪50年代的十年间，中央台先后又开办了蒙古语、朝鲜语、维吾尔语、壮语等少数民族语言节目。到70年代恢复民族广播时又开办了哈萨克语广播。此后，根据我国多民族国情的特点和需要，中央台还率先开办了汉语《民族大家庭》节目，形成了中央台包括汉语和少数民族语言在内的全方位的民族宣传格局，那个时期还推出了"边城行"等一批传达少数民族地区发展和进步信息的系列报道，组织了"全国民族团结进步征文"等大型民族宣传活动。可以自豪地说，中央台的民族广播在宣传党和国家的民族政策、普及民族知识、促进民族团结和民族地区的稳定发展、推动民族地区的改革开放和跨越式发展，做出了历史性的贡献。中央台的民族宣传，是中国国家电台独具特色的节目门类，是中国共产党的民族政策在广播领域的成功实践和突出标志，是发布国内外重大信息、传播民族团结进步之声的重要思想舆论阵地。在中央台的带动下，逐渐建立的从中央到民族区域自治地方全方位的广播电视民族宣传体系，成为中国广播电视事业的一大特色、中国民族工作的一大特色。

中央台的少数民族语言广播从创立时起就受到毛泽东同志等老一辈无产阶级革命家的特别关注。毛主席在中央台藏语广播开播前夜就专门做出批示，要求有关部门指导这一广播；周恩来同志多次就藏语广播作出具体安排；邓小平同志亲自批示同意将恢复中央台民族广播建设列入第三个五年计划；江泽民同志启动了加强新疆、西藏广播电视覆盖的"西新工程"；以胡锦涛同志为总书记的党中央更加关注西藏、新疆的对内对外宣传工作，作出了许多重要的指示和部署。一个领域的宣传受到党和国家几代领导人的高度持续的关注是不多见的，充分说明了民族宣传是我国的舆论前沿，事关党和国家的核心利益，处于重要的战略地位。

我于1965年从中央民族学院藏文专业毕业进入中央台工作。其间，参加了藏语广播干部的选调和民族部的筹建工作，参加了中央台西藏记者站的创建，也参加过一系列民族、宗教和涉藏领域重大事件的采访，经历和记录了西藏从民主改革到改革开放半个世纪的历史进程，还作为中直机关的第一、二批援藏干部与西藏广播电视战线的同行们并肩共事了6年。是民族宣传和涉藏宣传这一广阔的天地造就了我的人生。

在纪念中央台民族广播诞生60年的时候，我谈谈对民族宣传的认识和希望。

**第一，民族宣传是广播电视宣传的重要领域。**

中央台作为国家电台，有重视民族宣传的优良传统和成功实践。中央台民族宣传的历程证明，不断提高对民族问题的认识高度，是办好民族广播的关键。民族宣传和民族语言广播电视都要长期办下去。让少数民族同胞准确及时地听到党和国家的声音，自觉抵制敌对势力的分裂破坏阴谋，维护祖国统一和民族团结，促进民族地区的团结稳定和谐发展，是广播电视工作者的神圣使命。

**第二，搞好民族宣传具有重要的现实意义。**

民族问题是当今世界带有普遍性的热点问题。在我国改革开放的新的历史时期，民族宗教问题也呈现了多元化、群体化、国际化的新趋势。历史的经验值得注意，往往是在形势大好的时候容易忽视民族宣传。当前，对广大公民，尤其是对大量年轻干部进行民族理论和民族政策的教育显得特别迫切。

**第三，提高宣传质量是民族宣传的生命。**

民族宣传具有很强的政治性、群众性、敏感性和知识性。民族语言广播节目的思想性、艺术性、可听性，以及译文的水平，是民族广播的生命。在当今信息传播手段日益多元化、受众选择多样化的新形势下，广播电视节目的内容要更加丰富，信息量要大大增加，节目的形态、风格与品位也要不断提高。有关西藏和新疆的报道要不断提高宣传艺术，真正取得实效。民族领域的广播电视机构要善于通过互联网这一最新传播手段把中国各民族前进和发展的声音传向全世界！

**第四，增强中华民族大家庭的宏观意识。**

进入新世纪，我国各民族之间的学习、交往出现了空前活跃的局面。建议各地少数民族语言广播电视节目在宣传本民族发展进步的同时，也要重视介绍中华各民族的优秀文化和世界各民族优秀文化，宣传中华民族"多元一体"的历史与现实，增强中华民族大家庭的宏观意识。

（本文是作者2010年5月21日在人民大会堂纪念中央人民广播电台民族广播60周年座谈会上的发言，发表时略有改动）

# 改革开放30年的中央台民族广播

在纪念我国改革开放30周年的日子里，回顾中央台民族广播和民族宣传走过的不平凡历程，理性思考民族广播的地位和作用，展望中央台民族广播的前景，是一件很有意义的事情。

中央人民广播电台的少数民族语言广播，是中国国家电台独具特色的节目之一，是中国共产党民族政策在广播领域的成功实践，是传播民族团结进步之声的重要阵地，它所起到的影响和作用已载入中国人民广播事业的史册。

## 历史的回顾

中央台的少数民族语言广播是受到毛泽东同志等第一代无产阶级革命家的特别关注、开办时间最长的节目门类，大体上经历了三个重要的发展阶段。

　　第一个阶段是1950年至1960年，即中央台创办民族语言广播的初步发展阶段。

　　新中国成立之初，为了落实中国人民政治协商会议共同纲领提出的民族政策、完成和平解放西藏的伟大事业，1950年3月29日，中央人民政府政务院决定"中央台增设藏语、蒙古语、朝鲜语广播节目"。同年5月13日，毛泽东作出批示"请李维汉同志负责审查藏文广播并规定该项广播内容及方针"，从而把国家电台开办藏语广播纳入解放西藏的战略部署之中。5月22日，藏语广播率先开播，此时，距离和平解放西藏《十七条协议》的签订还有整整一年的时间。党中央和毛主席的声音通过当时最先进的传播手段——广播电波，第一次在灾难深重的西藏高原上空回荡，真理和正义的声音破天荒地走进了百万农奴和贵族、僧侣、官吏的生活之中。此后，中央台的蒙古语、朝鲜语节目陆续开播。还开办了维吾尔语和壮语广播。这一时期的民族语言广播配合党的中心工作，推动民族地区的民主改革和经济建设，贯彻党和国家的民族政策，传播和普及先进的科学知识，促进西藏局势的稳定，发挥了应有的作用。

　　第二阶段是1960年至1977年，即中央台的少数民族语言广播停办和恢复阶段。

　　由于认识上的失误，1960年底，中央台的5种少数民族语言广播全部停播。大部分人员返回各自所在的民族地区。不久，经乌兰夫、赛福鼎等少数民族领导同志反映，周恩来总理得知情况，严厉批评了当时的广播事业局领导，并要求中央台立即恢复。1965年，周恩来、邓小平等同志批准将此事列入第三个五年计划。1966年"文革"开始后，周总理又多次直接过问，了解中央台民族广播的恢复进展情况，并对具体问题作出了指示。

经过10余年的停播和10年的重新筹备，中央台于1971年开始陆续恢复了维吾尔语、蒙古语、朝鲜语、藏语广播，创办了哈萨克语广播。到1973年，中央台5种民族语言节目的格局形成，组建了民族部。恢复后的民族广播，正值"文革"后期，受极左路线的干扰，在头三年的时间里发展缓慢，民族特色难以突显，民族政策难以充分宣传。从事民族宣传的各民族编辑、翻译、记者、播音员以很高的热情艰难前行。

1976年10月，"四人帮"的覆灭给中央台民族广播的发展带来了无限的希望。到改革开放前，民族广播在拨乱反正、恢复和宣传党的民族政策，报道民族地区新气象等方面做了许多有益的工作，为全国少数民族语言广播的振兴起了重要的带头作用。

第三个阶段是1978年至现在改革开放以来的30年间。这是中央台民族广播从理论到实践全面推进，快速发展的30年。

## 改革开放30年的闪光足迹

改革开放是中央台民族广播快速发展的强大推动力量。经过30年的探索和实践，中央台的民族广播留下了一个又一个闪光的足迹。主要表现在以下方面：

第一，率先在少数民族文艺宣传领域拨乱反正。

粉碎"四人帮"不久，中央台民族部就率先解放了一大批少数民族歌曲和乐曲，并同兄弟部门一起连续深入少数民族地区采录各民族的文艺节目在中央台播出。1979年9月，民族部邀请出席中国文学艺术工作者第四次代表大会的少数民族音乐家和部分汉族作曲家才旦卓玛、美丽其格、保力高、乌斯满江、金凤浩、白登朗杰、瞿维、朱践耳、黎英海、王品素、刘淑芳等座谈繁荣少数民族音乐问题。这是粉碎"四人帮"后较早召开的一次研究少数民族音乐事业的座谈会。这一举措，进一步推动了中央台少数民族语言的宣传工作，在民族地区，以至整个广播界产生了重要的影响。

第二，率先推出《民族政策广播讲话》，开办汉语普通话《民族大家庭》节目。

粉碎"四人帮"后，百废待兴，急需拨乱反正，民族宗教战线落实政策也是当务之急。在中央统战部和国家民委的支持下，1979年9月，中央台民族部在民族宣传领域首次推出《民族政策广播讲话》，用汉语和5种少数民族语言播出，并出版《民族政策讲话》一书，在全国范围产生强烈反响，为在民族地区和民族工作领域落实党和国家的民族政策起到了重要作用。

与此同时，中央电台民族部的同志深入研究和探讨民族宣传的对象和任务这一重大问题，加深了对民族宣传历史使命的认识，在1980年代初就明确提出：在拨乱反正的重要时刻，在努力办好少数民族语言节目的同时，还要特别重视对汉族干部和群众进行民族政策的再教育。经过大家的共同努力，并得到台里的支持，1981年6月开办了中央台历史上第一个汉语普通话的民族节目——《民族大家庭》。这是中央台民族宣传理念的一次重要提升，汉语与民族语言的民族宣传首次实现同时并举。

第三，连续组织大型宣传活动，推动了全国的民族宣传事业。

认识的飞跃和实践的启示，进一步打开了民族宣传工作的思路，丰富了中央台民族宣传的内涵，提升了中央台民族宣传的总体水平。从1981年开始，民族部连续策划并实施中央台与国家民委共同举办的

"全国民族团结进步征文活动""民族之声音乐会""边疆万里行""边疆·民族知识有奖测试""少数民族企业家评选宣传"活动，先后出版了《同心集》《中国少数民族企业家》等图书，这些活动在全国范围内产生了热烈的反响，民族宣传出现了生气勃勃的局面，在一定程度上带动了中央媒体的民族宣传，多次受到党和国家领导同志的赞扬。1984年8月广播电视部党组批转《中央台改进民族广播座谈会纪要》，对这一时期的中央台民族宣传工作的成功实践给予了充分的肯定。

**第四，强化民族宣传的节目特色，自采自编稿件日益增多。**

从1980年代开始，中央台民族广播多次进行节目改革，不断增加独家新闻和专题节目的比重，逐渐形成了自己的节目特色。民族部派出的记者开始活跃在国家时政、经济、文化、体育等各个领域，先后参加和报道了党的全国代表大会、全国"两会"、民族自治区和自治州的逢五逢十纪念活动、西藏和平解放和民主改革相关纪念活动、全国民族团结进步表彰大会，以及珠穆朗玛峰的登山采访工作。足迹遍及青藏高原、天山南北、内蒙古草原，及时报道了民族地区改革开放中的新事物、新发展、新变化以及民族宗教政策在边疆民族地区贯彻落实的情况，还为有关部门提供了重要的决策参考。

为了宣传我国周边开放的新局面，1992年3月至8月，民族部参与策划"边城行"系列采访活动。报道组先后前往云南、广西、黑龙江、吉林、内蒙古、新疆、西藏等7省区，采访报道边疆民族地区改革开放的新气象。中央台的《报摘》《联播》《民族大家庭》和5种少数民族语言节目陆续播出了26集系列报道"边城行"、"边疆改革潮"和"边贸采风"等系列节目，得到了党中央、国务院领导同志的肯定和广大听众的热烈欢迎。这一报道，成功地探索和实践了民族地区改革开放的宣传形式和宣传艺术，带动中央台的民族宣传出现了新的面貌。

2000年3月，经有关部门同意，中央台民族中心派出5名少数民族记者第一次参加全国"两会"报道工作。少数民族记者用本民族语言直接采访"两会"代表委员，此后成为定制，进一步增强了中央台民族广播的影响力。

**第五，西藏宣传力度不断加强。**

涉藏工作是党和国家工作的重要组成部分。西藏宣传在中央台的宣传中一直占有重要地位。为了加强对西藏宣传的力度，中央台于1981年在西藏正式设立记者站。近30年来，这支以藏族记者为主体的采访队伍，站在西藏社会发展和反分裂斗争的第一线，为及时报道世界屋脊的发展和进步，报道西藏改革开放的新成果，作出了突出的成绩。

30年来，中央台在拉萨骚乱、十世班禅大师圆寂、转世灵童寻访、金瓶掣签和十一世班禅坐床，西藏和平解放和西藏自治区成立30、40、50周年，拉萨"3·14"打砸抢烧严重暴力犯罪事件，奥运圣火登珠峰等重大涉藏宣传中充分发挥舆论先导作用，及时向西藏派出记者或记者组，在第一线发出新闻和专稿，时效性强，有广播特色，为西藏的稳定发展作出了贡献。

2008年4月18日，中央台的藏语节目实现每天播出8小时（新节目和重播各4小时），并正在创造条件，逐步实现更大的发展。

**第六，建制升格，节目在北京落地，播出时间逐渐增加。**

1998年6月，中央台民族部升格为民族宣传中心，民族宣传的地位和作用显著提升。

1999年8月1日，中央台调频101.8开播，5种民族语言节目在北京落地，结束了在祖国首都听不到民族语言广播的历史。

2000年12月25日，中央台第8套节目（民族语言广播频道）开播。这套节目由5种民族语言节目组成。全天播音20小时。

2004年1月1日，在节目改革的大格局中，民族语言广播作为中央台的第8套节目——《民族之声》正式开播，各语言实施新设计的节目方案，中央台民族宣传进入一个新的发展时期。

第七，实施"西新工程"，民族广播的覆盖和收听效果明显改善。

从世纪之交的1999年底，以"让党和国家的声音传进千家万户，让中国的声音传遍全世界"为宗旨的广播电视"西新工程"正式启动，中央人民广播电台民族语言节目的覆盖迅速扩大，接收设施全面更新，收听效果明显改善，民族地区的主要城镇都能清晰地收听到中央电台的调频立体声民族语言广播。这期间，中央台民族中心实力明显增强，实现办公自动化，并在中国广播网上开辟了民族频道。2002年2月，江泽民总书记到国家广电总局视察"西新工程"，民族中心的代表受到江总书记的接见。

第八，进一步增强中央台民族广播的凝聚力、影响力、感染力。

2002年12月，中共中央政治局常委李长春在中央台视察，同民族中心各民族的广播工作者亲切交谈，了解情况。此后，中央台派出调研组到吉林延边、内蒙古、新疆进行考察，并完成了"中央人民广播电台如何增强民族广播的凝聚力、影响力"的调研课题。中央台民族广播进一步强化了为听众服务的观念和功能，加强了同全国各民族地区广播电台的协作关系，建立了全国民族广播协作网。各民族听众来信、来电、来稿大量增加，他们赞扬中央台的民族广播站在全国的高度，具有国家队的水准。近年来，随着"西新工程"的实施，中央台的民族语言节目陆续在周边国家落地，产生了更为广泛的影响。

第九，加强民族宣传队伍建设，全面提升干部素质。

要办好民族语言广播，关键是要有一支好的队伍。改革开放以来，国家重视培养民族干部，民族地区的教育事业获得了前所未有的发展，培养了一大批大学毕业生、研究生、博士生。由于民族宣传事业的需要，他们中间的一些优秀成员陆续进入中央台工作；还有一批在职的少数民族干部利用业余时间攻读研究生，继续提高自己，为民族宣传上新台阶创造了更好的条件。

经过宣传工作的实际锻炼，目前，各民族广播干部都已进入国家统一的专业干部职称序列，近30年来，这支不同寻常的干部队伍，大多已具有中级以上的业务职称，其中三分之二的同志获得翻译、播音员、编辑、记者序列副高以上的职称。

**第十，民族广播的理论研究工作成果突出。**

30年来，中央台的民族宣传工作者与中国广播电视学会的专家编辑出版了《中国少数民族广播电视发展史》，编辑了《中央台民族广播大事记》，出版了用汉文或少数民族文字撰写的《民族宣传散论》《藏语广播论文集》《播音通论》《现代播音艺术》《实践与思考——中央人民广播电台民族广播55周年文集》等一批业务专著，初步形成了中国少数民族广播宣传的理论框架。

# 几点思考

**第一，民族宣传是广播宣传的重要领域。**

改革开放30年中央台民族宣传的历程证明，不断提高对民族问题的认识高度，是办好民族广播节目的关键。

我国是一个多民族的国家，这是我国的基本国情之一。"民族问题无小事"，多年来，西方敌对势力勾结国内少数分裂主义分子在民族地区制造动乱，破坏稳定发展的形势；他们通过广播、网络等多种现代传播手段，对民族地区的干部群众进行思想渗透，妄图实现他们"西化""分化"中国的战略图谋。我们从民族宣传的实践中深深体会到：办好民族语言广播，让少数民族同胞准确及时地听到党和国家的声音，自觉地抵制敌对势力的分裂破坏阴谋，维护祖国统一和民族团结，促进民族地区的安定团结和快速发展，是我们广播工作者的神圣使命。

第二，要坚定不移地重视民族宣传，办好民族语言广播。

民族问题是当今世界带有普遍性的热点问题。许多国家的动荡、分裂，乃至解体大多由民族宗教问题引发。在我国改革开放的新的历史时期，民族宗教问题也呈现了多元化、群体化、国际化的新趋势。民族政策的观念和意识有淡化的趋势。对广大公民，特别是对新走上领导岗位的年轻干部进行民族政策的再教育显得尤为迫切和需要。当前，继续重视和加强用汉语普通话和少数民族语言宣传党和国家的民族政策仍然具有特别重要的意义。那种认为可以削弱民族宣传的认识是不可取的，那种对民族政策"说起来重要，做起来次要，出了问题大喊大叫"的思想和做法更是要不得的。中央台的少数民族语言节目和《民族大家庭》节目来之不易。在中央台的《中国之声》和其他各频道的节目中都要努力宣传民族政策，普及民族知识。

中央台作为国家电台，有重视民族宣传的优良传统和成功实践，也是改革开放30年的一个重要成果和经验。历史的经验值得注意，往往是在形势大好的时候容易忽视民族宣传。民族宣传在中央电台的重要地位不容动摇，民族语言广播应当越办越好。

第三，要把提高宣传质量放在最重要的位置上。

可以说，节目是民族宣传的物质基础，没有高质量的节目，就没有广大的听众。在当今信息传播手段日益多元化、受众选择多样化的新形势下，广播节目的内容要更加丰富多彩，广播节目的知识含量要大大增加，广播节目的形态、风格与品位必须不断提高。掌握民族地区情况，了解中央战略部署，熟悉各项方针政策，时刻保持清醒头脑，不断提高节目质量，应当是从事民族宣传的各级领导的主要任务。

**第四，树立中华民族大家庭的宏观意识和宽广胸怀。**

民族语言节目都有自己特定的宣传对象，有针对性地向受众提供高质量的信息和精神食粮，是办好节目的重要指导思想。与此同时，也要防止只看到对象地区的少数民族，不重视宣传其他民族的发展变化的狭隘观念与做法。

随着改革开放的深入，我国各民族之间的交往出现了空前活跃的局面，民族地区的封闭状况已经被打破。互相学习、交流、协作、联合的新的发展思路正在形成。广播宣传的导向对民族地区的稳定和发展起着不可忽视的作用。作为国家电台，我们要通过自己的节目，提升少数民族听众的认识层次，让少数民族听众开阔视野，更多地了解外部世界，从而受到启发和鼓舞，发愤图强，急起直追。

要在宣传少数民族优秀传统文化的基础上，增加介绍中华各民族优秀文化和世界各民族优秀文化的比重，特别要注意宣传中华民族"多元一体"的格局，介绍少数民族文化和中华文化的历史渊源，以增强中华民族大家庭的凝聚力，使各民族听众在相互交往中交流，在相互借鉴中提高，在相互学习中发展，在相互撞击中升华。这是中国少数民族语言广播应有的品格和气派，也是我们时刻应当把握的舆论导向、文化导向和节目导向。民族宣传工作者要努力成为党的政策方针的宣传者、祖国统一的捍卫者、民族团结的促进者、民族文化和中华文化的传播者。

（2008年11月）

# 网言网语

WANG YAN WANG YU

①1978年4月在珠峰登山大本营
②1978年5月在珠峰冰塔林
③1985年与中国登山协会原主席曾曙生在东京
④2005年与登山英雄潘多合影

①2007年刘延东等同志视察中国西藏网
②2008年与中国西藏网记者在拉萨
③2012年中国西藏网新春联谊会合影

# 2007拉萨色彩

2007年盛夏，我先后两次前往西藏，在拉萨、日喀则等地漫游，度过了难忘的雪域时光。

乘飞机进藏的最大快乐，莫过于从高空俯瞰西藏。我敢说，西藏高原的云朵是世界上最美丽、最富于想象力的大自然杰作。飞过林芝地区后，云开雾散，雪山、雅鲁藏布江、农田、村落开始映入眼帘。机舱里也随之热闹起来，人们怀着亢奋的心情等待飞机在贡嘎机场着陆的瞬间……

## 拉萨，绿色与鲜花的交响

夏日的拉萨，到处是盛开的鲜花，到处是沁人心扉的绿色。我所熟悉的张大人花依然在西藏各地怒放。菊花、牡丹花、格桑花点缀着林卡、公园、路边、庭院，五彩缤纷、争奇斗艳。

# 天上宫阙——布达拉宫

由于西藏坐落在300万年前隆起的地球之巅，因而她得天独厚地拥有了许许多多的世界之最。布达拉宫也自然成为世界上海拔最高的宫殿。

我从1963年起就与布达拉宫结下不解之缘：第一次进藏我住在堆龙德庆县乃琼区岗德林乡的曲米瓯村，每天清晨，当我走出藏式石屋，第一眼见到的总是晨曦中身披雾霭、时隐时现的布达拉宫，那时，青春年少的我曾情不自禁地吟唱出一首首西藏民歌调式的诗句，至今还留在我的早已泛黄的日记本中。此后，我在历次进藏的生涯中，都把在第一时间第一眼见到布达拉宫作为我进入拉萨的标志。不论从青藏公路进入拉萨，还是沿着川藏公路奔向日光城，遥望布达拉宫永远是我最大的向往。值得庆幸的是，1995年我作为援藏干部到达拉萨后，做梦也没有想到，能在布达拉宫脚下连续生活了2000多个日日夜夜。这一机遇给了我近距离观察布达拉、感受布达拉、思考布达拉的绝好机会。在参与拍摄电视剧《西藏风云》的日子里，我曾连续几天几夜奔走在布达拉宫数百个石阶之上，只身穿行于无数间殿堂楼宇之中。我目睹过春夏秋冬布达拉宫的四季风采，也记录了20世纪最后时光布达拉宫的灿烂夕阳。是布达拉宫召唤我拿起照相机，让一个又一个美丽的瞬间定格，并由此开启了我除文字外，用摄影的手段记录西藏、认识西藏的新的探索与实践。布达拉宫还是一部厚重的历史与文化的百科全书，她指引我走进西藏历史的久远过去，也引领我看到了西藏文化的博大与富有。于是，布达拉宫成了我思考西藏的新的起点。

布达拉宫是神奇的，不论一年四季，不论这座建筑的东南西北，不论是抬头仰望还是居高俯视，布达拉宫带给你的永远是不同的、新鲜的感受。近年来，由于布达拉宫周边环境的变革，又增添了许多意想不到的诗意和神韵。

2007年我两次进藏，自然又记录了许多布达拉宫的倩影。其中登临药王山，眺望和拍摄布达拉宫则实现了我多年的梦想。

布达拉宫坐落在群山环抱的古城拉萨中心，拔地而起，蔚为壮观。历史风尘、今日气象、无言仁立的千年遗响，使她如天上宫阙洋溢着神奇而美妙的气息。


## 布达拉宫的后花园——宗角禄康

位于布达拉宫背后的宗角禄康（旧称龙王潭）是一处美丽的园林，也是布达拉宫的"后花园"。

这是一处天然园林，内中草地、古树、佛塔及亭台楼阁错落其间，湖水中倒映着布达拉宫的倩影。园林占地20.5万平方米，有各种树木70余万棵。经过改造，原先园林周围的商业设施已全部清除，布达拉宫完整而清晰地呈现在世人面前，宗角禄康也因此成为拉萨最美丽的花园之一。

"宗角禄康"藏语意思是"布达拉宫背后的龙王庙"。建于五世达赖喇嘛扩建布达拉宫时期，距今已有300多年的历史。据说是当年扩建布达拉宫时在红山脚下大量取土形成了这片水潭，之后在水边修建"禄康"，即"龙王庙"，再之后就逐渐变成了"龙王潭"公园。龙王庙是深入水中的一座藏传佛教建筑。周围布满古树和奇花异草，洋溢着泥土和潮湿的浓重气息。这座宫殿，也传说是六世达赖仓央嘉措时期建成的。

记得我在20世纪60年代第一次看到龙王潭时，留下最深印象的是湖水周边长着密密麻麻的左旋柳，这些奇特造型的柳树，枝叶都向左侧扭转，十分引人注目。当时还有一处"象房"，里面有一头印度政府赠送的大象，白天这头象在室外慢悠悠地"散步"，引来许多人驻足观看。

一晃40多年过去。2007年的宗角禄康已经成为一座古老与现代交相辉映的园林，也成了我在拉萨逗留期间清晨与傍晚的主要去处。那里的绿色浪漫与藏胞的悠闲舒适，给我的印象尤其挥之不去。

## 格鲁派首庭——甘丹寺

有人说"宗喀巴在藏民族的心目中地位有多高，甘丹寺在西藏的地位就有多高"。这话是有道理的。

甘丹寺位于拉萨以东达孜县的旺波尔山的山坳里，海拔4300米，距拉萨40公里。作为拉萨"三大寺"（即甘丹寺、哲蚌寺、色拉寺）之首的甘丹寺，是由藏传佛教格鲁派的创始人宗喀巴在1409年建立的，至今已有近600年的历史。整个寺院由措钦大殿、夏孜和绛孜两个扎仓（经学院）及众多的僧舍组成。占地面积为15万平方米。其中最为著名的是宗喀巴和土巴次臣甘丹墀巴的灵塔。此寺在"文革"中被毁。值得庆幸的是，甘丹寺于1998年被修复，重现当年胜景，并先后实现了通路、通水、通电、通广播电视。

这是我第三次走进甘丹寺。

上山之路留给我深刻的第一印象。与前两次不同的是，山路已经铺上柏油，黑色路面十分平坦，依然不变的是40多个弯道，深绿色的护栏指引着这条神圣的朝佛之路。从山脚向上望去，色拉寺坐落在幽深的山谷之中，白色的雾霭如同哈达般在寺院的红墙绿瓦间飘荡，传达出悠远而神秘的信息，令我们这些远道而来的朝圣者内心生出无尽的感慨。

前来朝圣的人来自各地，旅游者中也不乏东方人和西方人。与我同行的藏学家在寺内还巧遇前来参观的日本学者。

流连忘返之间，我们在这片净土上感受到的是这座古老寺庙的氛围、境界和文化。

## 色拉寺的辩经与石刻

色拉寺位于拉萨北郊的色拉乌孜山下，距城区5公里，是著名的"拉萨三大寺"之一，也是我国格鲁派四大名寺之一。1419年由宗喀巴的弟子释迦也失修建。永乐十二年（1414）释迦也失曾作为宗喀巴的代表前往南京觐见明成祖，受到隆重接待。

色拉寺依山而建、殿宇毗连，如同一座宗教城市。寺内藏有大量珍贵文物，其中以保存在措钦大殿的永乐版《甘珠尔》大藏经最为珍贵，每函都附有永乐皇帝的御笔经赞，在我国版本学和印刷史的研究上有很高的价值。

辩经活动和摩崖石刻是节日色拉寺的两大特色。

色拉寺的辩经活动每天下午举行一次，对外开放，参观者可随意摄影。辩经是藏传佛教的学经方式之一，可以就大小"五明"的内容进行学术辩论，也是寺院内部进行学位升级的主要方式，成为藏传佛教的一大特色。辩经现场气氛热烈，极富感染力。

色拉寺的摩崖石刻分布在寺庙背后的山崖上，以佛像为主，图像生动，刻功细腻，色彩艳丽，是色拉寺的一大景观。

# 世界最大寺庙——哲蚌寺

历代达赖喇嘛的主寺——哲蚌寺，位于拉萨西郊根培乌孜山南坡的山腰上，有"世界最大寺庙"之称。盛夏时节走进哲蚌寺别有一番情趣，上山路上，各式林木郁郁葱葱，山花野草布满山谷。乳白色的寺庙群掩映在绿树丛中。站在山上向南眺望，缓缓流淌的拉萨河与新建的拉萨火车站尽收眼底。

建于明永乐十四年（1416）的哲蚌寺，藏文全称意译为"吉祥米聚十方尊胜洲"。"哲蚌"的意思是"堆积大米"，因全寺建筑以白色为主调，远远望去，寺庙建筑群如同大米堆积山腰，因以得名。

哲蚌寺占地25万平方米，最引人注目的建筑是措钦大殿（大经堂）、四大扎仓、甘丹颇章以及50多个康村。措钦大殿内有183根立柱，占地4500多平方米，可容纳7000多名僧人诵经礼佛，被认为是世界上最大的经堂。哲蚌寺鼎盛时僧人曾达万余人。宽敞的庭院、巍峨的殿宇、幽深的回廊给人以持续不断的震撼，寺内的佛像、壁画、各种版本的《大藏经》，以及数不清的文物珍宝令人目不暇接。其中"强巴通真拉康"内供奉的巨型强巴佛像，慈眉善目，生动逼真，被称为佛像中的佼佼者。此佛堂大门上的汉文匾额"穆隆元善"为时任驻藏大臣的琦善在他任满离开西藏的1846年所刻制奉献。历史上，内地及蒙古、日本、俄罗斯等国家的许多名僧都曾来此寺学经。

甘丹颇章是色拉寺的又一重要建筑，四周的围墙高耸威严，装饰豪华富丽，呈现出古城堡式的建筑风格。这里最初是二世达赖的寝宫；五世达赖一直住在这里，并执掌西藏政教大权，因而甘丹颇章成为西藏地方政权的同义语，史学家称这一时期为"甘丹颇章政权"。色拉寺也因而一度成为西藏地方政治权力的中心。

今日甘丹寺又以一年一度的拉萨"雪顿节"而扬名海内外，已经成为拉萨"名片"。作为雪顿节开场活动的"展佛"仪式庄严肃穆、隆重热烈。每逢雪顿节的当天凌晨，拉萨城内万人前往，漫山遍野人头攒动，几无立足之地，是藏传佛教和西藏民俗文化的又一奇观。我曾于20世纪80年代和2003年两次身临其境，目睹展佛盛况，其情其景，至今历历在目。

## 药王山下的摩崖石刻长廊

在西藏的石刻艺术史册上，始于公元7世纪的药王山摩崖石刻占有重要地位。每次到拉萨，我都要抽出时间到药王山南麓去观赏那里的艺术景象与色彩世界。

药王山与布达拉宫所在的红山遥遥相望，是西藏极负盛名的圣山，也是拉萨的又一个制高点。布达拉宫的一幅壁画上记载：松赞干布时期曾在药王山上修建过王后宫殿；20世纪之初，药王山顶曾建有西藏最早的藏医院。

药王山是座艺术之山，她的四周被1300多年来历代艺人雕琢的上万件摩崖石刻所环绕。现在通常能看到的以山南侧和西侧的为最多。

我几次观赏药王山石刻都是沿着拉萨传统的"大林廓"转经路线，也就是沿布达拉宫北侧东行后向南，再沿拉萨河西行，再向北就进入药王山脚下的摩崖石刻长廊。这条长廊长1公里多，是善男信女在拉萨朝圣的必经之路。用"目不暇接""光彩夺目""眼花缭乱""美不胜收""叹为观止"来形容这里的一切，应当是不为过的。

在这里，你可以看到大量栩栩如生的佛、菩萨和历史人物的造像，还有大量的狗、牛、蛇、蛙、大鹏鸟等动物以及法器、佛塔等刻像。穿插其间的还有难以计数的经文、咒语和六字箴言等石刻文字。

在这里，你还可以看到依附于山上及山周围的大量玛尼石刻和石板造像。"玛尼"意为"祈祷"，人们将自己的信仰、生活、艺术，以及情感和希望寄托在这些无言的石头与石板之上，将神圣与世俗融为一体，成为西藏文化的一大特色。

在这里，你还可以看到信仰的坚韧与顽强。来自四川甘孜藏族自治州的僧人丹杰达瓦20年前发愿要将大藏经中的《甘珠尔》经文刻于石板之上，刻经地点就选在药王山下，经板刻好后要一块一块地码放起来，堆成塔状，形成《甘珠尔》石刻经塔。现在，经过10多年的持续凿刻，经石板堆砌的石塔已基本成形，10来位刻制经文及佛像的男女石匠为此付出了艰辛的劳动。每次走到这里，我都要驻足与他们交谈，对他们的执着怀有深深的敬意。

应当提及的是，在药王山东侧山崖上建造的查拉鲁普石窟，目前是自成一体的历史、文化与艺术景观，始建于公元7世纪的吐蕃时期，距地面22米，历经13年完成。松赞干布曾亲临此地朝拜。石窟中的各个洞穴雕有大量珍贵的造像，虽经千年风雨，至今保存完好。

夏日，药王山石刻长廊掩映在绿树与迎风招展的五色经幡之中，它与巍峨的布达拉宫和新建的布达拉宫广场交相辉映，成为西藏历史文化的动人乐章，其情其景令人难忘。

（2007年发表于"中国西藏网"）

# 2008拉萨走笔

## 祖国是拉萨强大的后盾

拉萨"3·14"事件召唤我再一次踏上了通往雪域高原的旅程。

4月4日凌晨6点35分，我第一次走进启用不到十天的北京首都机场三号航站楼，在K17号窗口办理飞往拉萨的登机手续。让我感到震撼的是，这座崭新的设施是一座气势宏伟的现代化建筑，处处充满当代建筑和文化的元素，特别是整个航站楼布局与造型如同一架即将腾空的喷气式飞机，象征着正在走向世界的中国。置身其中，不禁涌起强烈的民族自豪感和对北京成功举办2008奥运会的坚定信心。

上午9点05分，波音757飞机腾空而起，开始了我的第39次西藏之行。

飞机于13点30分进入青藏高原上空，此后，群山、白云、雪山便相继进入眼帘，如同一幅幅浓墨重彩的山水画，令人兴奋。

14点50分，飞机抵达贡嘎机场上空，虽然浓云低垂，但蓝色的雅鲁藏布江仍以她的万种风情在我的面前展现。西藏，我又投入了你的怀抱！

4500越野车载着我们离开机场，穿越"两桥一洞"，向拉萨疾驶。宽阔的柏油马路两侧，柳树泛绿，雅江水蓝。不时扬起的风尘传递着春的信息；色彩斑斓的大菩萨石雕群目睹着雪域的今昔；宽阔的拉萨大道展示着西藏前进的脚步。

为我们开车的藏族驾驶员拉巴是西藏博达旅游公司的司机，今年36岁，是一个在拉萨长大的团结族，父亲是青海土族，母亲是藏族。我和他用藏语谈起不久前在拉萨发生的"3·14"事件，拉巴神色庄重地向我谈起了那一天的见闻。

他说："当时拉萨上空到处都是浓烟，还能听到那些疯狂的叫喊，我们都很气愤，但是都不敢出门，好好的日子就这样被打乱了……从那天起我就一直待在家里，游客没有了，我的生意也没有了，今天是我半个多月来第一次出车。"

拉巴对今年拉萨的旅游前景表示担忧，认为这伙暴徒的行径将使他的收入大大减少。我问他去年收入有多少，他说有十几万元，光是去阿里就拉国内外游客走了16趟，每趟的收入都在13000元以上，他很怀念去年的那些日子。听说五月一号起就要恢复区内的旅游，拉巴表示期待这一天，希望形势很快能够好转，让自己将来的生活可以过得更好。

汽车进入拉萨市区，和去年我进藏时相比，这里又增加了许多新的建筑，开通了许多新的道路。只是由于天气阴沉，使人增加了许多压抑的心情。

但是，就在我们到达住地的那一瞬间，太阳突然露出灿烂的笑容，吉祥的哈达披在我们的身上。这神奇的瞬间使我强烈地感受到：拉萨依然是一座圣城，她依然充满着神奇和浪漫，使我更有理由相信：祖国，是拉萨强大的后盾！如同崭新的首都机场三号航站楼一样，拉萨必将走出阴影，尽快医治好"3·14事件"造成的创伤，在伟大祖国母亲的怀抱中昂首远航，更加光彩照人。

## 见证阳光下的罪恶

来到拉萨，第一件要做的事就是到"3·14"事件现场，目击这一事件留下的真实景象。

与20年前在拉萨发生的事件不同，这次事件可以说是起自小昭寺，迅速蔓延至八廓街、大昭寺广场、北京东路、冲赛康、宇妥路、朵森格路、嘎玛贡桑……与此同时，达孜县、林周县也发生了规模不等的打砸抢烧严重暴力犯罪事件。

虽然事件已过去20天，虽然清理和恢复的工作正在加紧进行，但走在拉萨的街头，依然可以看到这一事件的一处又一处遗迹，身临其境的感受依然如此强烈，拉萨事件的余烟依然令人震撼！

听拉萨的朋友介绍，从事件发生后的第四天起，各机关先后出动了三四千人上街清理被毁坏的街道和被烧毁的大量汽车、摩托车，还有那些暴徒纵火焚烧后留下的厚厚灰烬。足见这一事件破坏程度之大，人民生命财产损失之惨重！

在北京中路，我看到被暴徒烧得面目全非的虹桥宾馆，这是自治区专门用来接待归国藏胞的地方，许多回国探亲观光的藏胞都曾经在这里下榻。在虹桥宾馆对面，是一座被焚烧殆尽的大型珠宝店，曾经的珠光宝气已经被现在的断墙残壁所替代。

在北京东路，五位青春少女殉难的"以纯"服装店已经被塑料布遮挡，但那撕心裂肺时刻的悲惨呼叫却仿佛仍在耳边回响，行人们路过这里，都要凝神驻足，为这些受难者虔诚祈祷。

在朵森格路，我看到十分熟悉的新华社西藏分社大门及其标志已经被烧毁，还有多家店铺也被烧得只剩下框架。在一些被焚毁的店铺里，店主在处理劫后剩下的衣物，屋里还可以闻到烧焦的味道。

在冲赛康，我看到这座八廓街周边最大的传统市场的大型金色标志已经被烧得乌黑，离它不远的地方，一座高大的四层藏式楼房被大部分焚毁。市民们在这些废墟下摆摊营业。

走进我曾经上百次流连忘返的八廓街，那些被破坏的店铺更是触目惊心。几个珠宝店被暴徒任意践踏，损失达上千万。店里的古玩玉器被砸得粉碎，一片狼藉。这个往日热闹非凡的"西藏窗口"，这个由藏、汉、回各民族以及尼泊尔商人经营了百余年的世界屋脊"购物天堂"，如今萧条而寂静，修复工作正在进行，人民期盼着八廓街的复兴与繁荣。

这些今天在拉萨无言伫立的遗存，是"3·14"事件的历史见证。海内外分裂势力的无耻谎言、虚伪狡辩都在它的面前不攻自破。历史将再一次把这些罪人钉在耻辱柱上。

## 拉萨，你好吗？

拉萨，藏语的意思是"圣地"。在藏族人民的心目中，这里是一块美丽多彩的土地；在中国人民的心目中，这里是中华民族历史与文化的骄傲；在世界人民的心目中，这里是"西天净土""世外桃源"。而在我的心目中，拉萨就像是一位充满活力的少女，春夏秋冬，岁岁年年，她总是微笑着，高举洁白的哈达，召唤着善男信女、五洲姊妹来到她的身边，享受着她那特有的神韵与美丽。

但是，2008年3月14日这一天，浓烟烈火蹂躏了她的青春，穷凶极恶摧残了她的美丽，只几个小时的时间，拉萨变得面目全非：烟云翻滚的天空、烧焦的少女和儿童、血流满面的武警战士、抢劫一空的店铺、被烧砸的汽车摩托车，还有几百间彻底焚毁的民居……在血与火的面前，分裂主义者口里的"人权""自由""民主""和平"这些庄严的字眼，已经统统化为血腥和罪恶！这起共和国历史上空前的恐怖事件，把达赖集团及其支持者们的所有遮羞布撕得粉碎，光天化日之下，世人看到的是他们的虚伪、狰狞与凶残！

面对那些令人发指的画面，听着那些悲痛的诉说，我不止一次地流下了眼泪，不止一次地发出了这样的呼唤：拉萨，这是你吗？我的藏族兄弟姐妹、父老乡亲，我的同事、朋友、亲人，你们都平安无恙吗？

拉萨是我西藏人生的起点，那里留下了我的足迹、事业和友情。拉萨的旋律和色彩，造就了我的新闻生涯。拉萨被摧残和蹂躏，就像我的身心被尖刀剜割，就像我的姐妹被凶恶强暴！此时此刻，用"义愤填膺"和"满腔怒火"来形容，都不能表达我的心情于万一。

近半个世纪以来，我曾经数十次踏上拉萨大地，目睹了她的美丽与神奇，感受了她的内涵与博大，记录了她的足迹与变迁。拉萨是西藏历史与文化的见证，是西藏民族的骄傲与自豪，是中国各族人民的共同财富！拉萨不容玷污，拉萨永远拥有阳光的护卫与抚爱！

乌云散去，大地回春。拉萨正在重现往日的宁静与温馨，拉萨正在向世人绽放她那美丽的笑容。

拉萨，你好吗？

# 拉萨街头的招贴画

走在今日拉萨街头，"3·14"招贴画是一道新的风景。

在我国革命的历史上，曾经出现过许多招贴画，激励过许多人，教育和唤醒过许多人，并长久地留在人们的记忆里。

这些年，招贴画已经不多见了。现在在圣城拉萨见到这一情景，有一种"久违"的感觉。

这组招贴画，用藏汉两种文字书写，以鲜明的主题和画面，召唤人们认清"3·14"事件的实质，擦亮眼睛，维护稳定，加强民族团结，建设社会主义新拉萨、新西藏。

我愿记下这些历史画面、记下这些文字：

> 藏族和汉族是一个妈妈的女儿，我们的妈妈叫中国。
>
> 稳定是福，动乱是祸。
>
> 维护人民群众根本利益、维护社会主义法制尊严、维护社会稳定。
>
> 坚决维护社会主义法制尊严，坚决打击"打砸抢烧"违法犯罪分子。
>
> 自觉维护祖国统一，坚决反对一切分裂活动。
>
> 坚决维护社会稳定，团结共建和谐家园。

祝愿拉萨早日重现昔日的祥和与欢乐！

# 福娃在拉萨

在拉萨布达拉宫广场，2008年北京奥运会的吉祥物福娃的可爱形象高高矗立，成为这座圣城的最新风景。

蓝天、白云、高山、鲜花，簇拥着贝贝、晶晶、欢欢、迎迎、妮妮这五位北京2008奥运的光荣使者。

作为雪域高原的精灵——藏羚羊的象征，"迎迎"更为藏族同胞所喜爱。迎迎来自中国辽阔的西部大地，将健康美好的祝福传向世界，是绿色奥运的展现，在花坛中格外引人注目。

我看到，在这片离天空最近的地方，阳光尽情地洒落在福娃们的身上，他们在蓝天下放歌，在白云下起舞，在鲜花中微笑。西藏的美丽和神奇令他们流连忘返。

布达拉宫向福娃展示雪域的辉煌，

雅鲁藏布为福娃泛起蓝色的波浪，

珠穆朗玛向福娃扬起洁白的哈达，

五星红旗在福娃的头顶高高飘扬。

拉萨欢迎你们，西藏欢迎你们，祖国为福娃自豪！

（2008年3—5月发表于"中国西藏网"）

# 2009西藏漫记

## 乘着白云进藏

每次进藏都会重新点燃我的许多激情，虽然已经四十多次涉足这块圣土，但每一次进藏的感受依然都是新鲜的。因为西藏太神奇，太令人向往。西藏一直是我的一个梦。

飞机离开首都机场，就再一次开始了我的进藏旅程。而真正令我兴奋的是从成都双流机场的再次起飞。十几分钟后，飞机迅速升至8000米高空，向西进入川藏高原。从此刻开始，白云与我同行。

西藏高原是个高山的天堂、白云的世界、河流的母亲、湖泊的家园，因而她与众不同。

白云是高原天空的主角。地球之巅的白云无比瑰丽，一缕缕、一团团、一片片，造型各异，变化无穷：有时它像一片大海，飞机在他的怀中瞬间变成一叶孤舟，在云海中翱翔起伏，勇往直前；有时它像一幅巨大的天幕，狂风巨浪使机体上下剧烈颠簸，仿佛是要考验这些即将进入高原人们的心态和境界；有时这些云朵又在蓝天下轻轻飘荡，变幻出的百态千姿令人眼花缭乱，有的像一望无际的棉田，有的像波澜不惊的海面，有的似山峰，有的像少女。壮丽、婀娜、圣洁，此时此刻仿佛真的进入了"天上人间"。

其实人的想象力是无穷的，人间的美丽和天上的神奇，都可以激起世人对生活的向往和追求。白云生存在蓝天之中，蓝天与白云相依为命。白云和蓝天是人生境界，也会带给人们许多哲学思考。

乘着白云进藏，是我每次在飞机上最好的心情。看着脚下的皑皑雪山，涓涓溪流，点点田园，都会让我赞叹人间的美好。接近贡嘎机场时，飞机开始降落，地面上的景象越来越清晰：桑耶寺的巨大环形围墙，雅鲁藏布江的宽广河面和纵横交错的蓝色水道，以及越来越多的藏式民居，都会让我明显地意识到，我已经走进了西藏的怀抱。

白云深处从天而降，天上人间时空转换。西藏就像是一幅巨大的山水长卷，又像是一部浩瀚的百科全书。西藏，我又来阅读你了。

历经风雨和磨难、历经较量和凯旋，西藏又迎来了2009年的春天。

我渴望此行新的收获与思考。


## 镜头中的羌塘草原


乘汽车行进在通向那曲的青藏公路上，羌塘高原就像是一幅幅山水画，雪山、草地、藏民、白塔，还有许多让人目不暇接的画面，不时从车前掠过，令我兴奋和激动，几乎一直把相机拿在手中，为了随时捕捉和记录那些瞬间即逝的影像。

青藏公路与青藏铁路就像一对孪生姊妹，在漫长的旅途中分分合合，形影不离，这一羌塘高原上的最新图画自然引起我的特别关注。

雪山、草地的苍茫，又有一番意境，那山水长卷的感觉常常使我激动不已。

藏北草原的人，天生有着一种与众不同的气质，在这块地球上生存环境最恶劣的土地上，他们的生活、劳动和创造，本来就是一种奇迹。

记录这些一闪而过的画面，是一件并不容易，但却是一件很有意义的事情。于是，我再一次尝试做了，并把其中的一些瞬间展示给热爱西藏这片热土的朋友们。

## 蓝天白云下的狂欢

连日来，雪域高原一片欢腾。"庆祝西藏百万农奴解放50周年"已经成为世界屋脊上近期使用频率最高的一句话。

绿草如茵的羌塘高原，也同西藏各族人民一道，洋溢着春天的欢乐。

地处那曲东部的比如县，坐落在怒江上游的峡谷之中。那里的欢庆是在蓝天白云下举行的。

奔放的锅庄、起舞的长袖、节日的盛装、纯朴的笑脸……西藏人民的幸福和喜悦，一次次令我们动容。

祝福西藏！祝福百万翻身农奴和他们的后代吉祥如意，扎西德勒！

# 五星红旗，雪域大地的风景

在西藏大地行走，苍茫的草原、皑皑的雪山、星罗棋布的牧业点，都会在你的视野中匆匆闪过。唯有那鲜艳的五星红旗，那火红的亮色，会让你过目不忘。

在我的记忆中，大约从民主改革开始，西藏的农村、牧区、城镇，就出现了悬挂国旗的习惯，近年来，升旗仪式又成为雪域高原新的风景。

传统的西藏民俗，讲究在屋顶悬挂吉祥的五彩经幡，一般是在藏历年期间以隆重的仪式更新。经幡在风中持续飘扬一年，直到下一个新年的到来。

西藏和平解放，特别是民主改革后，百万农奴翻身解放，五星红旗成为引导他们获得解放的旗帜，从此，五星红旗更多地走进藏族人民的生活之中。每逢重大节日，在拉萨、日喀则、泽当、昌都、那曲、八一镇、狮泉河等城镇，五星红旗高高飘扬，其情其景，令人震撼。在农村牧区，则以传统的方式将五星红旗悬挂在藏式民居顶层或黑色的牦牛帐篷之上，往往与祈福的经幡并排挂出，形成传统民俗与现代生活的融合。久而久之，红色，往往成为屋顶上的主色。

改革开放以来，藏族同胞的生活有了很大的提高，祖国大家庭的手足之情和北京持久不断的温暖关怀，使他们在内心深处涌动着更多的爱国情怀，雪域高原上处处可见的五星红旗就是这种神圣感情的见证。

## 羌塘民居的述说

行走那曲，羌塘民居一直牵引着我的目光。那白云雪幕下的民居在向世人述说着羌塘的过去和现在。

那曲也叫"羌塘"，是"藏北高原"的藏语发音。在西藏，那曲、羌塘、藏北，往往说的是一个意思，只是所指的地域范围有所不同。

这是一片广阔无垠的土地，苍凉、浩渺、博大，在世人的眼中，这是世界上自然条件最严酷的一块高地，是人类生存条件最差的一片国土。生活在这里的藏族同胞，世世代代以游牧为生，在"天苍苍、野茫茫"的环境中逐水草而居。直到20世纪五六十年代，人们看到的依然是这样的景象。1963年我第一次进藏途经藏北草原时，这里几乎只有牦牛毛编织的黑色帐篷。

1974年夏天，我第一次到这里采访，那时，牧区已经有了第一批土坯垒的供过冬用的房屋。外观粗糙，内部陈设也十分简单。但"安居"的梦想的确历史性地提到了那曲发展的日程上。

2001年春天，我到那曲了解"西新工程"的实施情况，为的是让这里的广大牧民能更好地收听广播、看好电视、听到党和国家的声音。那时，进入新世纪的羌塘牧民的生活有了很大的改善，在政府的倡导和支持下，一批新式定居房屋开始出现，装修规格也大大提高。在现代潮流与生活方式的激荡中，"定居""安居"正在成为草原牧民的追求和现实。

时隔8年，当我第六次行走在藏北的大地上，羌塘民居以其特有的风格和色彩形成了这片土地上新的景象，也是正在实施的"安居工程"带给藏北牧民的新的实惠和快乐。

在安多县的森格卡岗村，我走访了亚达的新居，他过去住的是岩洞，民主改革期间住进了黑帐篷，之后盖了土坯房，现在住的是他的第四代用石头盖起的新房。几十年的变迁，让我们无限感慨。站在他30多年前住过的土坯房前，我仿佛看到了时光隧道在羌塘大地上留下的印迹。

今日羌塘民居形式各异，砖、石头等材质也不尽相同，内部装饰更是各有千秋。但温暖、抗风沙、美观、实用则是牧民们的共同追求。

在走访牧民和驱车前行途中，我快速按下相机快门，记录了许许多多羌塘民居的风采，让我把今日羌塘的影像再次定格。但我知道，这不是永恒，当我再次踏上这片热土时，"安居乐业"的新景象将给我带来更多的惊喜和更新的感受。

## 藏北的摩托车景观

多年前我在内蒙古草原采访时，看到当地牧民骑摩托车在草原上驰骋的情景，让我很是羡慕。我不止一次地想，不知西藏的牧民们什么时候也能骑上摩托车。

此次那曲之行，让我看到了令人高兴的西藏摩托车景观：在青藏公路和县乡公路上，经常可以看到牧民们驾驶摩托车在路上奔驰；在比如县夏曲镇"纪念西藏百万农奴解放纪念日"的露天歌舞表演会场上，存放摩托车的场地成了一大景观；在牧区许多商店、饭馆门前，都可以看到一片片停放的摩托车；在偏僻的牧场，我看到年轻人骑着摩托车悠闲地奔来驶去，车上播放着他们喜爱的藏语流行歌曲。

随着牧区经济的发展，摩托车成了牧民们普遍使用的代步工具，自行车已经大多退出牧区，骑马的牧民也少了许多。有的藏族干部诙谐地对我说，在牧区，过去普遍当坐骑用的马快成野生动物了。

　　社会变迁会带来许多意想不到的经济和文化现象。马匹在部分藏族聚居区的淡出和摩托车的闪亮登场，应当说是西藏社会诸多变化中的一个小小缩影。西藏的变化就是这样逐步向前推进的。

（2009年3—4月发表于"中国西藏网"）

# 西藏、山西——两个悬空寺

今年初夏去山西，有机会看到了恒山深处的悬空寺。

无独有偶，在西藏阿里，我也看到了另一个悬空寺。

## 一

山西的悬空寺位于浑源县境内金龙峡口西岩的万丈悬崖上，依山傍水，始建于北魏后期（471—523年），距今已有近1500年的历史，被视为北岳恒山的第一奇观。现存的建筑是明、清两代的遗物，有楼阁殿宇40间。

这座悬空寺采用了中国建筑史上杰出的"插飞梁为基"的技术。也就是先在悬崖上打出无数个方形石孔，用当年恒山特产"铁杉木"制成方梁，将石梁三分之二插进石孔，三分之一在孔外承担房屋重量，底下辅以长长的木桩支撑。所有建筑均以石壁为墙，形成殿堂与佛像的石面浑然一体的效果。远远望去，蔚为壮观。

沿着悬空的栈道蜿蜒向上，惊心动魄，大有腾云上天之感。最高层的三教殿内，释迦牟尼、老子、孔子的塑像共居一室，与悬空寺对面山崖上的巨型红字石刻"禅""佛""和"交相辉映，给人以有益的启示。

唐代大诗人李白曾慕名而来，在这里挥笔写下斗大的"壮观"二字，此碑保存在大同严华寺内。现在人们看到的巨大题字是后人复制的。

明代著名旅行家徐霞客也曾到达这里，现在山脚下建有一座纪念亭。

# 二

西藏的悬空寺称贡不日寺，位于阿里普兰县西北方向的悬崖之上，高出地面约30米。该寺坐北朝南，阿里四大著名河流之一的孔雀河在脚下缓缓流过。站在悬空的寺庙栈道上，可以俯瞰普兰县全貌，远处的雪山、河流也尽收眼底。

"贡不日寺"藏语称"空琵贡巴"，意思是"飞来寺"，又叫"悬空寺"。该寺是在岩壁上依山凿洞建筑的。寺内有木梯与各层连接。木梯由独木雕成。寺庙殿堂均延伸到洞外，形成悬空态势。洞穴之间有木制栈道（或称走廊）相连。沿山坡有阶梯及小路，可由山脚登临寺庙。

从外观上看，寺庙和栈道是悬在空中的，是座名副其实的"悬空寺"。藏族文人形容它是"背依陡壁，上载危岩，下临深谷，楼阁悬空"。这座洞窟寺庙全长24.3米，由西至东依次展开。每个洞窟殿堂高度在2米左右，包括杜康殿、主持卧室、甘珠尔拉康（经堂）、修行室等洞窟。经堂里保存着比较完整的古老壁画，记载着普兰王与古格王的关系等，对研究普兰的历史和文化有重要的价值。寺里有5名僧人，主持待人友善，和蔼可亲，能滔滔不绝地讲出许多该寺的历史和传说。此寺属于藏传佛教直贡噶举教派，创始人为直贡寺活佛，住持由直贡寺直接派遣，3—5年轮换一次。寺内终年香烟缭绕，朝圣者络绎不绝。寺外遍布修行洞，洞穴有20多个，闭关者要与世隔绝，在洞内修行3年。

比较相隔万里的两个悬空寺之异同，使人生出许多感慨：人类充满了智慧，汉藏两大民族间的文化是相通的。

（2007年6月7日写于北京）

# 云冈石窟的联想

　　走进云冈石窟一直是我的梦想。当真正站在它的面前时，我被它历史和文化的厚度与精美所震撼，更为西藏文化与它的关联所惊叹。

　　云冈石窟位于山西大同市区以西16公里处的武周山麓。石窟依山开凿，东西绵延1公里。现存洞窟53个，石雕造像5.1万余尊，与敦煌千佛洞、洛阳龙门石窟并称为中国三大石窟艺术宝库，是国家第一批重点文物保护单位，2001年12月，云冈石窟被列入《世界遗产名录》。

　　石窟始凿于北魏兴安二年（453年），前后历时110多年，距今已有1500多年的历史。

　　北魏是由我国历史上的少数民族鲜卑族建立的一个王朝，存世149年。北魏最初定都盛乐，即今内蒙古和林格尔县，也就是当今著名的企业"蒙牛"所在地。7年前，我曾在和林格尔县看到过少量北魏时期的历史遗迹。公元398年北魏迁都平城，也就是今天的山西大同，在这里执政97年，最后迁都于洛阳。云冈石窟就是北魏在此执政时期的产物，直接表现了北魏的政治、文化及其宗教理念。可以说，云冈石窟是我国少数民族的艺术杰作。北魏著名地理学家郦道元在《水经注》中记录了当年云冈石窟的壮景："凿石开山，因岩结构，真容巨壮，世法所希。山堂水殿，烟寺相望，林渊锦镜，缀目新眺。"

有人说，云冈石窟是公元5世纪前后中国北方佛教雕刻艺术的一座大型博物馆。这种说法一点也不为过。在这里，洞窟建筑与石刻造像传达给我们的是1000多年前中华民族先人创造的佛教文化、石窟文化、建筑文化、音乐文化、歌舞文化和民俗文化的大量丰富而珍贵的信息。

在云冈石窟，我兴奋地看到了大量的飞天造型，与我在敦煌和西藏阿里札达县古格王朝遗址所见十分相似，同时也见到了许多印度犍陀罗艺术及波斯艺术的风格。经查阅历史资料得知，开凿早期石窟的工匠主要来源于凉州。凉州是早期佛教传入我国内地的必经之地，较早地受到了印度佛教艺术的影响，因而在云冈石窟中出现的印度乃至欧洲的艺术风格，也就不足为怪了。敦煌石窟中的北魏时期作品极多，因而云冈石窟与敦煌风格的相似也就可以理解了。阿里古格王朝的艺术在云冈与敦煌之后，可以明显地看到它的大量作品直接受到了内地艺术与印度艺术的影响。至于凉州工匠是否参与了古格艺术的创造，这种猜想大概与历史事实的距离已经接近了。

中华民族的文化艺术源远流长，各民族有长期相互学习、交流和借鉴的历史。早在北魏时期，鲜卑族就吸收了大量的汉族以及周边其他民族和国家的文化，这在云冈石窟中得到了光彩夺目的体现。在敦煌和阿里，这种交流和学习同样为大量灿烂的文化艺术遗迹所证实。

（2007年6月11日于北京）

# 珠穆朗玛与奥林匹克

随着奥运圣火登上地球之巅——珠穆朗玛峰，举世瞩目的北京2008奥运会正以昂扬的脚步向我们走来！

奥运圣火在雅典点燃后，即开始了在世界各地的传递。火炬途经各国所受到广大民众欢迎的场景，特别是五星红旗海洋般地激荡在异国土地上的影像，让每一个中国人都为之深深地感动。

现在，圣火正在中华辽阔的大地上激情传递。5月8日圣火在珠峰的熊熊燃烧必将使这一历史性的接力变得更有活力、更有意义。

圣火攀登珠峰是奥运史上的创举，也是奥林匹克精神在中华大地上的延伸和发扬。海拔8848.86米（作者注：2020年12月8日，中国国家主席习近平同尼泊尔总统班达里互致信函，共同宣布珠穆朗玛峰最新测量高度为8848.86米）的珠穆朗玛峰是我们星球上的制高点。攀登珠峰、登临绝顶是中华民族不畏艰难、勇往直前精神的崇高体现，也是奥林匹克"更快、更高、更强"精神的中国特色。从这个意义上说，奥林匹克精神和珠穆朗玛精神是一致的，都是人类精神的崇高体现。中国的俗语说："人往高处走，水往低处流。"大自然的规律是不可抗拒的，但人类的高尚精神是可以战胜一切的。随着中国登山健儿1960年第一次登上珠穆朗玛峰，"无坚不可摧，无高不可攀"早已成为中华民族精神的重要组成部分。从那时起，中国登山健儿每一次登顶珠峰都极大地鼓舞了中国人民的斗志，起到了振奋民族精神、建设伟大祖国的历史性作用。

中国是拥有世界最高山峰的国度，中国拥有世界上最强大的以藏族为主体的登山队伍。2008年奥运圣火登顶珠峰是中国56个民族的光荣，也是全世界的热情期盼。随着这一创举的圆满实现，奥林匹克精神也将随之登上一个新的境界。这对全世界人民来说，都是一件值得庆贺的事情。北京2008奥运会也必将随着圣火登珠峰的胜利实现而永远载入人类体育的史册。

攀登高峰是一项充满艰难、神奇和诱惑的体育项目之一。向特高海拔高度的攀登是对人类意志极限的勇敢挑战。凡是曾经经历过登山或高海拔生活的人都有一种意志更加坚强、精神得到升华的感受。登山经历带给我们的是对人生的哲学思考和对大自然的深刻认识。

2008年5月8日的奥运圣火登临珠峰，把人类的梦想和希望带到了一个新的境界，对未来的世界奥林匹克运动具有极为深远的启迪意义。世人将永远铭记这个历史性的日子。

（2008年5月8日于拉萨）

# 祝福北京，祝福奥运，扎西德勒！
## ——写在北京2008奥运会开幕前夜

北京奥运会就要开幕了。全世界都在等待着这一时刻。

这些天，北京喜事连连。新建筑、新街道、新公园、新展览，传达着新北京的信息。"千幅唐卡展""西藏今昔展"在迎奥运的浓浓氛围中加入了藏文化的元素，送上了雪域儿女的洁白哈达。

前天（8月5日）晚上，我第一次走进奥运村里的鸟巢观看第三场开幕式彩排。前往途中，我三次换乘北京地铁，那是全新的地铁设施，北京庞大的地下交通网已经形成。进入奥林匹克公园，水立方、国家体育场、鸟巢尽收眼底，这座位于北京中轴线上的体育新城的风采与气派令我振奋。一种中国人的自豪与骄傲油然而生。可以说，这些天，我经常处在激动与兴奋之中。

昨天（8月6日）我在电视上看到北京2008奥林匹克青年营在北京101中学开营的消息，这又让我激动了好一阵子！

101中学坐落在圆明园遗址南侧，曾经是圆明园的一部分。这里是我度过高中时光的地方。1960年是圆明园被英法联军焚毁100周年，也是在这一年，我在北京民族文化宫观看了介绍西藏农奴社会和民主改革的展览，第一次在画面和实物面前走近了世界屋脊。这两个因素，促使我此后走上了涉藏工作的漫长人生路。

说起101中学和圆明园，让我回忆起许多往事。101中学有重视体育教育的传统。当时，我们都住在学校，每天早上一起床就要绕现在圆明园的"福海"（当时我们叫"大苇塘"）跑一圈，这一圈就是5000米。我整整连续跑了两年。这两年的长跑生涯为我一生的体质打下了坚实的基础，加之此后在大学5年期间的晨练，使我在走上工作岗位后，能适应连续进藏的特殊新闻采访生活；使我能在海拔5000米的珠穆朗玛峰登山大本营度过近100天，并且到达海拔6600米的高度；使我能以持久不衰的激情几十次走进西藏，目击和记录世界屋脊半个世纪的前进脚步，并与西藏几代登山健儿建立了难忘的友情。不久前，我和网站的年轻人一起，有机会再次进藏，在圣城拉萨、在珠穆朗玛登山大本营报道奥运圣火登珠峰的壮举。101中学对我的人生、体质与毅力起到的奠基作用让我终生受用不尽。

2006年3月是101中学建校60周年，作为老校友，我再次踏进了风景如画的校园，和40多年前的老同学欢聚。我们看到的是一个21世纪的崭新学校，这是一座除北京四中外设施最好的一座中学，教学楼、宿舍楼、饭厅、大操场，一切都是现代化的，一切都是令人兴奋的。那一天，刘淇市长以老校友的身份给母校发来了贺信，老校友、原国家体委主任伍绍祖也前去参加母校校庆活动。

今天，101中学能够作为北京2008奥林匹克青年营的营地，令我们这些曾经的101中学生感到自豪，也为新北京自豪。祝愿来自205个国家的481名营员在圆明园里举行世界青年大联欢，感受全中国的热情，度过难忘的时光。

8月8日晚上，北京奥运圣火将从这里传向奥运开幕式的主会场，并点燃奥林匹克运动会的主火炬。北京—珠穆朗玛峰—圆明园—鸟巢，"东亚病夫"一去不返，中国人民站起来了！

祝福北京，祝福奥运，扎西德勒！

（写于2008年8月7日奥运会开幕前夕）

# 仓央嘉措诗歌的诱惑

　　友人去拉萨八廓街的玛吉阿米餐厅，生出许多感慨。她在当晚的博客上引述了朋友替她想起的一首诗歌："那一月摇动所有的经筒，不为祈祷，只为触摸你的指尖；那一年磕长头在山路不为觐见，只为贴着你的温暖；那一世转山不为求来世，只为心中与你相见！"据说，这是仓央嘉措的诗作。这就又让我生出许多联想。

　　情歌具有永恒的魅力。六世达赖喇嘛仓央嘉措的情歌尤其如此。他的诗歌出现在充满佛教氛围的雪域大地上，因而格外引人注目。几百年来，他的诗歌已经深深地融入藏人的生活与心灵深处，为今日西藏的浪漫情怀做了诗意的铺垫。后人已将他的上百首情歌演绎成为几百首激情澎湃的新作，并且融入了时代的色彩。这首洋溢着现代情思的诗歌显然也不是仓央嘉措的作品，但人们依然愿意接受和传诵它，就是因为仓央嘉措所表达的对爱情和人世间的情感太真切、太真挚了，他表达了人类共同的心声。人们愿意世世代代延续他那充满激情而心灵孤独的诗意，愿意用更多更美的情诗为仓央嘉措的诗歌做着永远的诠释和注解，这一切，想来会令300多年前的这位西藏绝代诗人倍感欣慰。我敢说，这是世界上绝无仅有的文学现象。

# 雪域随想录

## ——网上通信摘录

藏地是产生诗意和诗情的圣土。第一次看你的诗作，很有激情，很有诗意。想象是诗歌的翅膀，你的"前世""漂泊"都很有味道！希望你在西藏用散文和诗歌的形式感受生活，感受人生，感受亲情、友情和爱情。希望天天读你的作品，和你一起享受西藏，阅读西藏！

只有西藏能有这样的感触，只有八廓街才能产生这样的诗句！久已积蓄的诗情在这里终于迸发了，久已感悟的思绪在这里终于升华了！感谢西藏；感谢八廓街！

（2007年4月5日致友人）

一篇引人入胜的游记。西藏旅游需要有文化的引导，没有文化和知识的旅游永远不能在雪域"登堂入室"，永远不能理解雪域的"至美至善"。寺庙需要文化的解读，而当下这种解读太少了！错高湖是美丽的，但要警惕没有历史和文化知识的开发！度假村必须远离错高湖，错高湖需要原生态的风景！现在改正还来得及，否则将"悔之晚矣"！

拉萨和八廓街具有丰富的内涵，解读她需要历史的、哲学的、宗教的、社会的全方位的认知。你的照片记录了你的心情与思考，很有味道！

（2007年4月5日致兰芳）

"总在途中"是一种状态，"不如总在途中"是一种愿望。其实，我在西藏几十年断断续续的游走生涯中，最为喜欢的就是"总在途中"的状态。我的愿望恰恰就是"不如总在途中"。因为西藏太美了，美得令人眩晕；西藏太辽阔了，辽阔得看不到尽头；西藏太丰富了，丰富得让我眼花缭乱；西藏太深奥了，深奥得如同一部长诗、一幅长卷，感受她，需要有审美的眼光、哲学的头脑和平静如水的心境。于是，我越接触她，越不了解她，越热爱她，越想阅读她。了解西藏是需要用毕生的热情和精力的，虽然即使这样也只能阅读西藏的一处小小的风景。

（2007年4月6日致兰芳）

十八军是西藏传奇中的一部悲壮的史诗。十八军所代表的人民解放军是西藏解放的代名词，是共产党在西藏的代名词，是流传在雪域高原上的永远的神话！令世人感慨不已的是十八军所创造的"老西藏精神"正在西藏高原得到延续，十八军的第二代、第三代正在西藏继承着他们父辈们的事业。这是一个世界上少有的英雄群体，这是世界上最坚强不屈的人类精神！向十八军及其后代致敬！向至今仍然在雪域高原拼搏的十八军后代致敬！新闻工作者有责任开发这个特殊群体的精神宝库，有责任宣扬他们的生活、思绪、情操、事业！要让十八军及其所有为西藏的解放和发展做出贡献的老西藏的第二代精神和业绩走出高原、走向世界！

（2007年4月9日致甘韵琪）

对天葬的解读很精辟！对藏民族的理解很到位！在我的西藏人生中，我目睹过这一场景，在西藏许多地方我都看过不同的天葬台。天葬是藏民族特有的人生告别仪式，它融入了藏民族对人生惊人的思考和感悟。藏民族生与死的观念是超前的，充满乐观与豁达的色彩，对我们这些芸芸众生具有开发心智、勇敢面对人生的指导意义。

（2007年4月27日致兰芳）

拉萨人的生活，漂泊者的心境，美丽樱花的场景，读毕令人心动。

写拉萨的樱花，你或许是第一人！我在北京、在昆明、在苏州、在日本，都见过盛开的樱花，那少女般的优雅，那海浪般的气势，那雪海般的弥漫，都让我流连忘返、迷醉其间。但像拉萨樱花这般豪放、潇洒与迷人，恐怕世间难找第二处。只有拉萨人有这样的幸运，只有拉萨人能产生这般思绪，只有拉萨人对樱花的感受才能如此充满诗意！

（2007年4月9日致云绮）

拉萨的一位记者朋友说，近日拉萨的气温曾达到29摄氏度，为此，她也买了一件连衣裙，并穿着它走上街头。据她说，这是自己"成人以来穿的唯一的一件连衣裙"。

西藏在全球的升温潮流中走向温暖，拉萨在温暖中走向炎热，这是大自然的恩赐。与此同时，西藏正在发展中走向现代，铁路的开通与国内外游客的涌入，更加速了拉萨文化的多元与多彩。拉萨女性着装的欣喜与快乐也就应运而生！

我在不短的旅藏生涯中曾深深感受到西藏的少男少女对美的失落、无奈与期盼。多少年来，由于拉萨年平均温度相对较低，女性裙装在拉萨的街头一直是少有的景观。可以说，在很长的时日里，拉萨的藏族、汉族以及其他民族的女性在着装上展示的是一种朴素的美、庄重的美，而今天，她们的爱美情怀在拉萨得到了浪漫的释放，从此，拉萨变得更加多彩！

我的这位记者朋友是老西藏的第二代，在西藏生活了20多年，我为她在夏日的拉萨第一次穿上连衣裙感到快慰，并衷心地为拉萨的所有女性祝福：享受夏日，享受青春，享受美丽！

（2007年7月11日致甘韵琪）

# 登山采访改变了我的人生

和潘多大姐一样，登山也深刻地改变了我的人生。

很多同志都问过我，为什么登山？我的回答是：登山可以认识世界，改变人生。

由于有机会参加了中国登山队攀登珠穆朗玛峰和其他中国高峰的采访活动，我能近距离地走进中国登山队这支世界上最有实力的英雄队伍，近距离地接触他们的精神世界，从而使我认识到登山是人类和大自然的亲密接触，是人类对自身极限的顽强挑战，是对未知世界的勇敢探索，它集中体现了中华民族坚韧不拔开创未来的民族精神。中国登山队在不同时代的登山壮举都极大地鼓舞了中国人民的民族精神，它所具有的精神层面的深远意义，远远超过了登山运动本身。

登山采访使我有机会走进西藏，使我能从更深的层次上观察西藏、感受西藏、认识西藏、思考西藏和记录西藏，从而使我此后几十次地走进西藏。从这个意义上来说，参加登山采访对我的意义也远远超过了登山采访的本身。

作者注：潘多大姐是世界上第一个从北坡登上珠峰的女性。我们从1978年在珠峰相识，保持了几十年的友谊。2014年3月，潘多因病在无锡去世，享年75岁。这是2005年我和潘多大姐应邀参加中央台体育中心的一项纪念活动后，接受央视记者采访时的感言。

# 西藏情思
——青藏铁路通车随想

震撼心灵的是雪域音符，
深情呼唤的是高原旋律，
自由流淌的是思念泪水，
雪山蓝天是永恒的记忆。

你屈辱了那么长的岁月，
你沉默了那么多个世纪，
今天你扬起东方的哈达，
世界因你的诱惑而神奇。

我的人生就是你的大地，
我的情怀就是你的壮丽，
我的足迹就是你的岁月，
我的梦想就是你的崛起。

你是我今生今世的皈依，
你是我梦中最美的情侣，
你是我义无反顾的追寻，
你是我永远珍藏的记忆。

（2006年7月16日）

# 阿尼仓姑的情调

你在闹市中占据着一隅宁静，
你在圣城中散发着特有的情调。
鲜花覆盖着妳美丽优雅的庭院，
柔情弥漫着庙宇的殿堂与芳草。

依然是温馨，依然是微笑。
依然是整洁，依然是美好。
少了些柔弱，多了些坚强，
少了些任性，多了些深奥。

同一样的少女，不一样的人生。
同一样的人群，不一样的寂寥。

你是舍弃，你是追求，

你是沉默，你是孤傲。
你是大千世界的一朵小花，
你是芸芸众生的别样思考。

（2011年3月13日拉萨—2014年7月20日北京）

作者注：阿尼仓古是坐落在拉萨八廓街里的一座尼姑庵。

# 西藏是一个可以不断重复的旅程

人生是一个闪烁着不同色彩的征途。

对于远行的游子来说，西藏是一个可以不断重复的旅程，这是一个奇特的社会与人文现象。

本书讲述的许多人生行走与感悟的故事，似乎都没有离开西藏的话题。

每个人对曾经的旅途都有自己的感受，这些感受加在一起就是人们对社会与生活的体验。

对西藏的感受与解读是多元的，这符合当今世界的潮流与走向。随着岁月与人生的积淀，旅途经历将被反复回味和升华，变得更加富有哲学的意味。这就是西藏。

（本文是作者2013年为清华大学出版社
出版的町原著《徒途》一书写的推荐语）

# 网上访谈

WANG SHANG FANG TAN

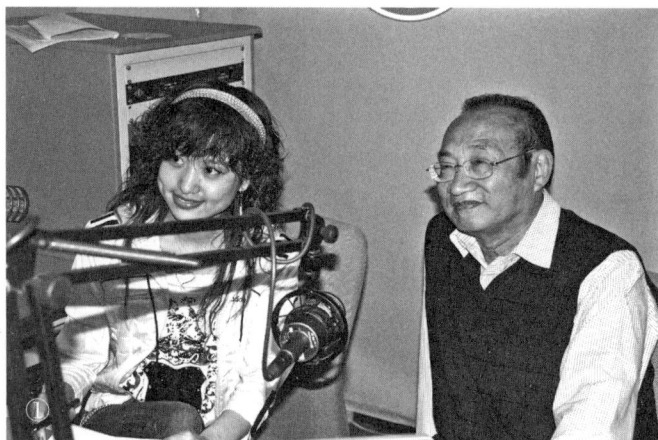

① 2008年做客央广网
② 2008年做客新华网

# 人民网：今天西藏人的生活

**主持人**：欢迎收看人民网视频访谈，今天我们为大家请到的这位嘉宾是张小平，他是中国西藏信息中心网站和西藏文化网的总编辑。

张老师有一个传奇的经历，这个经历是和西藏有关的。我们知道在45年前张老师第一次到西藏，我特别好奇，当时是一个什么样的缘由呢，跑到那么远的地方去？

**张小平**：我和西藏结缘是从1960年开始的，因为1960年高中毕业以后，我踏进了中央民族学院，我学习的专业就是藏文专业，从那个时候开始，我一生的生活、事业，就和西藏结下了不解之缘。至于说我当时为什么选择这条生活道路，我觉得是和当时的大的社会环境分不开的。大家知道，1959年西藏发生了上层反动分子发动的武装叛乱，随后叛乱被平息，西藏进行了历史上第一次空前规模的、由广大劳动人民参加的民主改革运动。从此，西藏就脱离了原有的封建农奴制社会，开始走上了社会主义的道路。在这样的一个背景下，国外的反华势力，拼命地攻击我们的西藏政策，全世界都在议论西藏。我当时在北京101中学上高中，经常能听到有关西藏的一些情况。特别是在1959年10月份，在北京民族文化宫有一个10年民族工作展览，我们去参观了这个展览，这个展览里有一个西藏馆，展示了西藏农奴制社会的黑暗、残酷、腐朽，这个展览对我的震动非常大。当时才知道在旧西藏还有什么抽筋、扒皮、挖眼睛等一系列残酷的刑罚，藏族的农奴过着那样一种生活。1960年代，用我的话来说，那是一个充满激情、充满理想的年代，我们当时作为中国的年轻人，就觉得怎么在内地看到的是这样的繁荣景象，在祖国的西南角还能有那么一块地方，还能有那样一个社会制度，觉得不可容忍，所以就觉得这样的地方我应该去，我应该为改变这个地方的面貌作贡献。所以，当时在报考大学志愿的时候，我就填写了藏文专业。也正是由于这样一个抉择，使得我后来走进了中央民族学院，走进了西藏，一直走到现在。

主持人：刚才通过张老师的讲述，我们了解到您是通过一个平面的展览，开始对西藏感兴趣，对藏族老百姓感兴趣，然后就选择了藏文专业，又在实习期间到西藏去，这种感受就变得更加立体了。接下来我很想知道，当张老师第一次深入西藏，切切实实走进去的时候，那种立体的感受是不是更加明显？

张小平：是的。我第一次走进西藏是1963年，当时中央民族学院有一个传统，凡是学习少数民族语言的，在5年的学习期间，必须要到民族地区去进行一次语言的实习，就是直接接触群众，直接学习群众的语言。正是这样一个原因，我有机会在1963年的春节之后，第一次踏上了进藏的旅程。我们当时是坐火车先到甘肃柳园，然后坐汽车，当时没有青藏铁路，只有青藏公路。我们包了一辆客车，整整走了7天，才从柳园走到拉萨。沿途我们首先看到的是戈壁滩的景象，翻过唐古拉山就进入了西藏的藏北地区。一进入西藏我就有一种新鲜的感觉，天这么蓝，空气那么清凉，就觉得到了另外一个世界，特别振奋。再加上从来没有见过这么辽阔的草原，从来没有见过这么多的牛羊，越往里面走越接近拉萨，自然景观又逐渐变化，从开始的群山、雪山、草原，进入了拉萨河谷地区，远远地看到了布达拉宫，我终于切切实实地来到了拉萨这片土地上。

当时，正是拉萨过藏历年，那是1963年，西藏正处在一个民主改革的高潮中间。我看到的第一个场面就是大昭寺广场上的"传昭大法会"，僧人们在击掌辩经，考格西学位。到了八角街，屋顶上高音喇叭在播放着中央的反修文章。当时给我的印象很深，我就觉得地下是古老的宗教生活，天上是现代的广播，感到非常新奇。当然，后来的生活，给我印象最深的，是我们比较长时间地深入农村，住在翻身农奴家。

**主持人：**张老师为我们讲述了他第一次和自己的同学一起深入到西藏的场景，在您的描述中，我们都有历历在目的感觉。我这里有一张老照片，就是当时张老师和同学一起的合影，这应该是在布达拉宫前吧？

**张小平：**对，这是1963年2月，我们全班的同学，还有我们的藏族老师土丹旺布，当时布达拉宫前面是一片草地和水塘，没有任何建筑。

**主持人：**我看在这张照片中，每一个面孔都是意气风发。

**张小平：**年轻啊！

**主持人：**一个班的同学一起去西藏，沿途的风景很吸引人，但是真正深入当地人的生活也是特别艰苦的吧？当时是不是也遇到了一些不适应和困难？

**张小平：**那当然了，因为到西藏去，特别是到西藏的农村去，它的生活环境和内地有很大的差别。首先，住的地方和内地就不一样，那里都是石头的建筑，石头垒的房子，一般底下放牲畜，楼上住人。当时正处在民主改革的初期，曾经的农奴刚刚分到房子，所以，居住条件都比较差。我记得我第一天晚上先是和家里的阿爸、阿妈，还有他家的孩子们，我们一块围在火塘边上吃"突巴"，就是用糌粑和野菜熬的一种粥，这是我第一次吃到。然后天气很晚了就睡觉，我进到这个屋子里头以后才发现。由于他们居住条件很差，房子很小，他们又要把条件最好的地方让我去住，结果给我安排的是他儿子的新房，他儿子刚刚结婚，儿子和儿媳妇也住在这个屋里头，当时我感觉到很不好意思，但是后来老人跟我说，没关系，他们睡那边，你睡这边。这样，我第一天晚上就等于是和一对新人在一个屋子里住，让我感觉到了这是他们对我的一种盛情，和对我们这些初来乍到的汉族青年学生的关爱，所以，我是很感动的。

　　第二天早晨我起来以后，因为这种环境下只有我一个汉族，我们同学都分到各个农户家去了，所以我张嘴就必须要说藏话，早上起来见面怎么称呼，怎么问候，我都不知道。我就结结巴巴地问他们，我应该怎么说早上好，他们就非常耐心地教给我。其实我在学校学的基本的东西，到农村还真是说不了几句话，真正让我走进了群众，走进了藏语的世界，还是在我走进翻身农奴的家中以后，我才开始学到。从那个时候到现在，我能够基本上听懂拉萨语，能够和他们进行日常生活的交谈，能够了解他们的喜怒哀乐。我觉得西藏的翻身农奴是我真正的老师。

　　**主持人：**张老师您真的是特别幸运，为什么这么说呢？因为那时翻身农奴生活刚刚有了一个明显的质的改变，您就是见证人，而且之后您又以中央人民广播电台记者的身份多次去西藏。在这个过程中，我相信您一定是见证了他们生活中一点一滴的变化。

张小平：是的，我刚去的时候，确实还可以看到旧西藏的痕迹，因为当时民主改革正在进行，我们当时采取的学习方法叫"同吃、同住、同劳动、有事同商量"，所以我们不光和他们一块儿住，而且和他们一起下地去锄草、去施肥、去修水渠，干了很多农活儿。同时，我们也在力所能及的范围里参加一些基层的工作，包括参加基层的选举，当时西藏正在建立第一代基层政权，就是选乡长。我也曾经参加了一次我们所在地方的乡长选举，那时候老百姓们都是欢欣鼓舞，但是当时都没有文化，翻身农奴不会写字，这些候选人就坐成一排，在候选人的背后放一个碗，然后你要选谁，你手里拿一个蚕豆，你要选谁就把你这个蚕豆放在这个人后头的碗里。当时我们生活上还是很艰苦的，喝的茶不是现在意义上的酥油茶，当时就是叫清茶，就是用砖茶熬成茶汁之后放上开水再加上盐。老百姓怕委屈了我们，在吃饭的时候，他给你拿出酥油放到碗里让它融化，漂在上面一层，就是酥油茶了，但是现在的酥油茶上面是浓浓的、厚厚的一层酥油，当时喝酥油茶和现在喝酥油茶确实感觉不一样。

当时蔬菜也很少，我记得在拉萨郊区的岗德林乡生活的四个月中间，几乎没有吃到什么新鲜蔬菜，当时整个西藏就是这样，也只有些传统的白菜、土豆、萝卜，其他的都没有。

主持人：在这么艰苦的条件下，我相信您和藏族老百姓之间，也结下了深厚的友谊。我知道其中有一个小花絮是这样的，那天房东突然拿回来一点点肉，还特地做给您吃了，当时应该特感动吧？

张小平：是这样。当时几个月没有吃肉，那天我家房东阿旺顿珠在附近正好赶上杀猪，他就弄了一块肉。回来就告诉我，我当时有一个藏族的名字，叫列谢，他说，列谢啦，今天有点肉，咱们俩一块吃。

可是这个吃的办法把我给吓了一跳，我说怎么吃呀，先煮煮吧，他说不用，就这么吃，那怎么吃，他说就这么吃，他就把这个肉自己切下来一块就搁在嘴里嚼，吃得很香。我当时就有这样一个想法，反正我到这里来，藏族同胞怎么过我就怎么过。当时实际上是一块生肉，我就问他，阿旺顿珠啦，我能不能蘸点盐吃，他说可以，这样我就用肉蘸了点盐吃，也是生肉，我就放在嘴里了，我嚼了又嚼，最后没有任何不良的反应，而且嚼出了肉的香味。所以后来更进一步验证了，藏族同胞在特高海拔地区有自己的生活方式，像吃生肉、喝酥油茶、喝青稞酒，都是他们的生活方式，我只要按照他们的方式生活，我就能够在西藏生活下去，而且生活得很快乐。

主持人：张老师先后有很多次进藏，留下了很多照片，这是两位西藏小朋友，这是在什么情况下拍下来的？

张小平：这是我在援藏期间，在一个藏族同胞的家里拍的。现在藏族同胞家里一般都有小佛堂，这个小佛堂供奉着释迦牟尼的佛像。前面放有圣水，按照藏族的习惯每天要换新水，还要点酥油灯。

主持人：还有一张照片。

张小平：这个是在一个藏族同胞家里过藏历新年，藏历新年是藏族一年中最盛大的一个节日。他们在节前的最重要的准备，除了清扫房屋，要做主食、副食的准备之外，还要炸很多食品，还要在桌子上摆上好看的造型，同时还要摆上一些青稞苗，希望今年能够五谷丰登；还有一个吉祥的斗，叫"切玛"，里面也是放青稞和糌粑面，也是希望今年能够获得丰收。所以一般过年的时候，到老百姓家里头，首先看见他们桌面上的装饰各色各样，非常丰富，色彩也非常好看，是藏文化的一个集中展示。每到过藏历年的时候我都愿意串门，因为每个家的摆设都不一样，所以我积累了很多照片。

　　**主持人：**这些年您几乎是每一年都深入到藏族老百姓家里去，您有没有感受到他们一年一年的宗教信仰有什么不同的地方？

　　**张小平：**信仰藏传佛教，是藏民族精神生活中不可缺少的内容，也是藏民族生活中最重要的特色之一。所以，从第一次进藏到现在，我一直关注藏族老百姓的宗教生活，大家都知道，藏传佛教是一个很丰富的宗教体系，它里头蕴藏着丰富的文化内涵。从1963年第一次去西藏，到现在，我可以说，这种宗教生活的形态基本上没有变化。45年以前我第一次到拉萨，在大昭寺周围的八角街，就是川流不息的朝佛群众，到我半个月前到拉萨去，仍然是这样的景象。现在西藏老百姓的基本宗教生活就是转经，转经在拉萨要转三种不同类型的圈，最小的圈是绕八廓街转，第二个大一点的圈子是绕布达拉宫转，八廓街一般20分钟可以转一圈，绕布达拉宫一般40分钟可以转一圈，最大的一圈是沿着拉萨河转这一圈，这一圈一般要两个小时到三个小时，我历次进藏看到的永远都是这样一种景象，永远是这样一种熙熙攘攘、川流不息的景象。一直到这一次，虽然经过了"3·14"事件，拉萨的社会生活受到了影响，但是老百姓的宗教生活仍然是正常的。我在布达拉宫前看朝佛的群众还是川流不息的，还有很多老阿妈、老阿爸面向布达拉宫在祈祷或磕长头。

　　另外，你到各个寺庙都可以看到很有特色的辩经的场面，就是僧人在学经的时候，他们要通过辩论的形式来考谁的学问最好、谁对佛经更有见地，他能够回答所有的问题他就是最有学问的，他有可能获得最高的学位。

　　**主持人：**现在仍然可以看到？

　　**张小平：**仍然可以看到，到过年过节时街上都是香烟缭绕，大昭寺前朝佛的人非常非常多，朝佛的人来自各个涉藏地区。所以我说在这个时候，你看到的是藏族各地服饰的展览，也可以看到各地藏族不同的面孔，不同的穿着，和对释迦牟尼表示虔诚的不同方式，觉得是一种享受。在藏族同胞这么虔诚的信仰面前，我也被他们深深打动。

主持人：而且这种应该说是藏民族文化活生生的展现，也更加令人震撼。所以张老师曾经说过，西藏是世界屋脊的百科全书，是藏文化不朽的历史画卷。我看到您还拍到这样一张照片，这是一个藏族妇女在刻经。

张小平：这是在布达拉宫西面的药王山下，那里有一大片非常壮观的摩崖石刻群，已经有一千多年历史了，从唐代松赞干布的时候就开始凿刻。现在这个妇女正在刻的是十几年前老百姓自发搞的一项工程，就是要把藏文的大藏经里头的重要一部分"甘珠尔"，刻在石板上，用刻出的石板建成一个高高的佛塔。现在他们经过十几年的雕刻，这个塔已经堆得很高了，不光有男的匠人，而且还有女的。

主持人：张老师曾经是电视剧《西藏风云》的制片人，还在那个电视剧里客串了一把。

张小平：这个是插曲了。

主持人：我觉得这张照片非常珍贵，从照片上看到了您对西藏文化，特别是对西藏人民的热爱。您最近一次去西藏是什么时间？是今年吗？

张小平：我最近这几年几乎每年都要去西藏，有时候由于开会，或其他事情要去两次。最近的一次在不久之前，拉萨发生"3·14"事件以后。我也想作为这么多年西藏历史的一个目击者，能够看一看拉萨现在的样子。

主持人：我们在北京也是特别担心，张老师您是在第一时间，在"3·14"事件以后就到了拉萨，能给我们介绍一下现在拉萨市民的生活究竟是怎么样的吗？

张小平：我是"3·14"事件发生后的第20天去的拉萨。我看到，除了被破坏的店铺以外，其他的多数商户都已经开张营业了。因为老百姓、商人、摊贩，他们要生活，你破坏了我那样的一个环境，我仍然要在另外一种环境下继续生存下去。所以，有的店不能营业了就把东西摆到街上卖。我在北京中路就看到大街两旁全是摆摊的，后来一问，原来他们都是被烧的"冲赛康"商场里头的一些摊位，不得已挪到外头卖。

走到老百姓家里，除了向我们叙述当时的情况之外，他们的心情都已经逐渐地放松下来，而且开始了比较正常的生活。最初的那些天，很多人都不敢上街，不敢到饭馆里吃饭，但是我去了以后，有些朋友就告诉我，说昨天晚上他们和朋友一起又去饭馆里吃饭去了，我说不错啊，那你们夜生活又开始了。可见，逐渐在恢复。我们到公园里头去，游人已经很多了。公园里老百姓很多，还有些休闲的，在有些运动器械上锻炼的。

主持人：通过张老师的讲述，我们也感受到了，西藏老百姓的生活应该说步入了正轨。我们听到也是特别开心。

张小平：我们中国西藏信息中心还派出一个记者组，他们到处走，吃饭也经常换地方。可见，拉萨社会生活已经走向正常了。

主持人：好。现在已经有很多网友朋友们给张老师提出了问题，非常多，在接下来的文字部分，张老师会一一回答网友们的提问，非常感谢张老师来到我们人民网强国论坛。

一天一地一广仔：请问嘉宾，青藏铁路修建之后，对西藏地区的老百姓生活有什么积极影响？你们呼吁修建滇藏铁路和川藏铁路吗？

张小平：交通是一个民族发展的命脉。西藏和平解放以后，党和国家首先关注的是交通条件的改善，所以先后修建了川藏、青藏、新藏、滇藏四条公路，后来又修了中尼友谊公路，再后来，飞机也通了。在这个基础上，现代化的铁路怎么样早一天能够到西藏，就成为藏族老百姓的一个期盼了，铁路在前年正式通车以后，给西藏带来多方面的利益。首先，西藏和内地的联系更便捷了，而且物资交流更顺畅，藏族同胞有机会直接坐火车，而且很廉价就可以到内地旅游、经商。学生们放假回家，也比过去更便捷了，也非常便宜，几百块钱火车就可以到拉萨了。

同时，给西藏旅游的发展带来了很大的好处，海内外的游客可以通过青藏铁路，一边观赏藏北草原风光，一边感受西藏风情，也是一件很快乐的事情。铁路修通以后，给沿途的老百姓带来了更多的实际利益，从修建青藏铁路的时候起，沿途的农牧民群众就参加了许多基础性的工作，像运石头、运各种建筑材料，大量增加了他们的收入。同时由于铁路的开通，带动了沿途经济的发展，现在逐渐形成青藏高原的一个经济带，青海和西藏联手，更好地发展经济。

因为这个铁路的修通，那曲正在搞物资交流中心，大家很熟悉的5100矿泉水也源源不断地运到内地，使我们内地的很多人都可以喝到地地道道的西藏的矿泉水。

**热爱新中国**：请问嘉宾，您在西藏住的最久的一次是多长时间？住在那里？

**张小平**：我在西藏住的时间最长的一次，是我曾经作为援藏干部在西藏生活了6年，当时住在布达拉宫脚下，我每天早上起来一抬头就看得见布达拉宫，而且在家里可以听得见布达拉宫里头传出来的鼓声和僧人们诵经的声音。

**呼儿嗨右**：请问西藏山里的藏民生活怎么样？是不是比拉萨市民

要差很多呢？

　　张小平：西藏群众由于自然环境和生活环境不同，形成了不同的生活状态。所谓山里头，实际上就是在高原的深处，高原也不都是那么高的，在高原上有平原，所以很多草原都是在山里头的，牧民在广阔的草原上生活，他们的生活方式和在城镇的，像拉萨的生活方式显然是不一样的。牧区的生活，或者说山里的生活，他们主要是以牧业为主，放牧牛羊，饮食以吃牛羊肉、喝酸奶、吃奶渣、喝酥油茶为主。在城镇就不一样了，城镇生活条件更好，更现代一些。现在的拉萨，据我了解老百姓仍然保持原有的生活习惯，就是吃糌粑，因为吃糌粑现在又变成一种时尚了，据说吃糌粑对治糖尿病很有好处，所以很多人喜欢早上吃糌粑。但是中午和晚上城镇居民的生活，就比山里的，比牧区群众的生活要丰富得多，他们吃的蔬菜比较多。我可以说拉萨的菜市场在一定程度上不亚于北京的菜市场，菜的品种都有几十种，都是塑料大棚种的，拉萨的西红柿是非常甜的，是没有公害的，是没有施用化肥的。你在拉萨吃黄瓜、西红柿，就感觉到那个味道非常鲜美，在内地许多地方已经很难有这种感觉了。

　　拉萨的饮食业很发达，在拉萨可以吃到全国所有风味的餐饮，所以拉萨的夜生活是非常丰富的。在拉萨有一条一条的街，比如说像德吉路，还有几个地方，都是饭馆一个连一个，晚上各个饭馆几乎都是满满的。文化生活，城镇的也要更丰富一些，这些年由于实行了"西新工程"和"村村通工程"，广大的农牧民都有机会看电视、听广播，一般在偏僻的乡里头、村里头，群众可以看到4个到8个台的电视，听2个到3个台的广播，可以听到西藏人民广播电台的藏语广播，也能够听到中央人民广播电台的藏语广播。

　　一天一地一广仔：老张，过过藏历新年吗？当地藏羚羊保护情况怎样了？

张小平：在西藏过年是一种享受，因为在西藏既可以过春节，同时也可以过藏历年。在有一些地方，像林芝地区还可以过工布年，在日喀则地区还可以过日喀则年，所以在林芝和日喀则地区，当地的干部和群众过三个年。在西藏过年我是多次经历了的，非常热闹，年味比内地要浓得多，热闹得多。特别是初一早晨，起来要喝一种叫"八羌"的食品，非常好喝，也是象征一年吉祥如意。然后，就是住在一个院子里的互相拜年，互相祝福，也是非常热闹的，还要在屋顶上举行一种宗教仪式，抛洒糌粑粉，点燃桑烟，换上新的经幡。从初二开始互相走动，就开始狂欢了，这是非常热闹的。在西藏过年期间有一个很有意思的现象，过藏历年的时候，汉族同志替藏族上班，让他们有充分的时间过年，过春节的时候，藏族的同志替汉族同志上班，让汉族同志多点时间过年，所以这个过年反映出汉藏关系是非常融洽的。

藏羚羊的保护，我觉得最近这些年保护的意识增强了，过去有的时候还可以看得到街上卖一些羚羊角什么的，最近已经几乎没有了，我前年有机会到阿里去，沿途到处都可以看到一群一群的藏羚羊，后来我从阿里返回拉萨途中，曾经走到藏北草原，接近可可西里的地方，这个地方仍然有大量的藏羚羊，我们有的时候要给它拍照都来不及拍，一群群跑得非常快，而且离我们很远。所以，从我的感觉上来看，一个是群众的保护野生动物的意识增强了，同时，在管理上也加大了力度。所以，藏羚羊被猎杀的情况已经大大减少。最近这些年，藏羚羊总的数量在增加。

余青山：请问嘉宾，随着经济发展，城市人口增加，旅游业兴旺，西藏是否也存在环境问题？西藏是如何解决的？谢谢。

张小平：我觉得随着经济的发展，旅游的发展，进入西藏游客的逐年增加，不可避免存在着一个环境的问题。但是，面对这样一种新的情况，我觉得西藏的各级政府、旅游部门、园林部门采取了很多措施，我觉得比较突出的，给我留下印象深的有这样几个，过去西藏塑料袋成灾，到处都是塑料袋，显得很脏乱。但是这些年西藏在全国率先提出禁止使用塑料袋，改用布袋子，我最近这些年去西藏明显地感觉到，塑料袋减少了很多，你到商店买东西，他都是给你一个袋子，或者是你交几毛钱，他给你一个袋子。这样确实是既方便，同时又不污染环境。

还有，拉萨的环境卫生有一支很好的清洁队伍，每天深夜和凌晨都有专门的环卫工人清扫街道。所以，拉萨街道的清洁状况和过去比较起来，可以说是天上地下，现在一些主要的街道很干净，布达拉宫的广场上，尤其洁净，给人一种很舒适的感觉。

黎莘：嘉宾，达赖在西藏还有多大的影响力？他真的能造成分裂吗？谢谢。

张小平：我觉得达赖作为藏传佛教格鲁派的领袖，他从宗教这个层面上来说，在西藏还是有影响的。至于说达赖分裂的图谋能不能够实现，从我接触西藏近半个世纪的情况来看，我觉得那是不可能的。首先，西藏最广大的地区是农牧区，广大的农牧区是非常稳定的，广大的农牧民充分地享受到了从民主改革到现在党的各项优惠政策，享受到了这种优惠政策给他们生活带来的新的面貌，所以我想广大农牧区，广大的群众是反对分裂的，是反对这种不安定的局面出现的。

至于城镇，我觉得像拉萨、日喀则，广大群众是坚决反对分裂，是渴望安定的。我这次到拉萨去，很多老百姓和干部都跟我说，这些人放着好日子不过，弄得我们现在这段时间这么不安定，他们表现出来非常气愤，而且希望这种情况早一点过去，早一点恢复拉萨的稳定和繁荣。

千重山：嘉宾你好，问你一个现实的问题，藏族同胞现在能看得起病吗？能上得起学吗？

张小平：根据我的了解，藏族同胞在看病、上学这些方面享受许多非常优惠的待遇。在和平解放以后的相当长的时间里，是实行免费医疗的，政府派出了大量的医疗队到基层给老百姓看病。另外，还有解放军也经常派医疗队，下基层去给老百姓看病。改革开放以后，采取了合作医疗的办法，现在老百姓交不多的钱，政府提供大部分的经费，老百姓看病还是很方便的。根据我看到的情况，西藏的县一级都有非常好的医疗设备，县的医院装备的这些设施和内地比较起来，一点也不落后。

关于上学，现在农牧区普遍实行了"三包"制度，就是免费上学、免费住宿、免费吃饭，现在西藏的孩子学习条件是比过去好得多了。同时，有些学习成绩优异的，还可以到内地上中学，上初中、高中，一直到上大学。最近二十多年来，已经有一万多名西藏的孩子在内地学有所成，返回西藏参加建设。

一二三五：请问嘉宾：援藏干部为何不能扎根留下，而要不断轮换？

张小平：现在在西藏工作的干部大体上可以分成三种：第一种，西藏本地的干部，以藏族为主，包括其他民族的干部，他们是长期，甚至是终生在西藏工作。第二种，是从内地去的，但是长期在西藏工作的，这样的同志，有的已经在西藏工作了10年、20年、30年，他们不光是自己在西藏工作，而且他们的第二代也有相当的一批继续留在西藏，为西藏的发展和建设做贡献。第三种，从1995年开始，中央第三次西藏工作座谈会确定了一个援助西藏发展的新的战略，采取了

"对口支援，定期轮换"的制度，根据这个制度，目前从中央国家机关和各个省市，每三年要派一批干部到西藏工作，这些干部带有锻炼成长、熟悉基层工作、增长才干这样的使命。为了能够使这支队伍保持一种朝气蓬勃的态势，实行了定期轮换的制度。而这样的一批干部，在整个的西藏干部队伍中间，占的是少数的，应当说，大量的干部都是长期在西藏扎根的。

王领华：有一个问题想问，达赖老说要保护西藏的宗教和文化，我们究竟保护得怎么样，包括语言和文字的保护，藏人生活方式的保护。

张小平：要说保护西藏的宗教和文化，我觉得最有发言权的是西藏人民，因为他们生活在自己的故乡，而达赖他远离了自己的故乡，他根本看不到西藏这些年在宗教和文化方面得到保护的状况。根据我所看到的情况，西藏的宗教、西藏的寺庙，现在保护的是很好的。"文化大革命"中间，的确受到了许多破坏，但是"文革"以后，大量的寺庙得到了恢复，正常的宗教生活也得到恢复，现在整个西藏有1700多座寺庙，有4.6万多名僧人，他们都有正常的宗教生活。老百姓在家里都有自己的信仰天地，有自己的佛堂，可以做佛事活动。宗教节日一年中是有很多的，按照西藏的传统，几乎每半个月就有一个节日，每到节日的时候，转经路上川流不息，朝佛的人是非常多的，是西藏的一个很壮观的宗教和文化的景观。

这几年，每年都要有一批学有所成的僧人获得藏传佛教的最高学衔"拉让巴格西"的学位。

文化上我也很有感触，语言，我觉得是得到了很好的保护，现在达赖集团讲我们消灭藏语、藏文，这是不符合实际的，藏语仍然是大多数藏族人民的语言，因为广大的农牧区，广大的农牧民，应当说是百分之八九十都是不懂汉语的，他们的交流工具仍然是藏语。在城镇，虽然采用双语教学的方式，但是藏语仍然是他们主要的语言，比如说我在拉萨经常遇到这样的情况，如果我和藏族同志见面了，这些藏族同志懂汉语的就可以跟我用汉语交谈，但是一旦他知道我是懂藏语的，他马上就用藏语和我交谈，因为最便捷、最能表达他的感情的，还是他的母语。

另外，西藏这些年对藏文的出版物是非常重视的，藏语广播电视，这些年也发展得很快，藏语的广播和电视现在都是有单独的一套节目，每天播出的时间都很长，藏语的电视现在已经实现了24小时全天候播出，藏语的广播每天播出时间也在20小时以上。用藏文写的西藏文化典籍，每年都出版很多，而且远销到国外。我记得去年在尼泊尔还举办了一个图书展览，集中展示了这些年西藏和北京中央一级的出版社出版的藏文图书。

黎莘：嘉宾，西藏藏民与汉民关系是不是和谐啊？有没有民族之间的隔阂？汉藏干部之间的关系如何？

张小平：汉藏民族关系是和谐的。汉藏民族关系有记载的就有一千多年的历史，从唐代文成公主进藏到现在，这种关系一直是非常密切的。西藏和平解放初期，以十八军为代表的人民解放军进入西藏以后，受到了藏族同胞的热烈欢迎，他们把人民解放军当作共产党的化身，解放军帮助老百姓看病，帮助他们解决困难，所以，当时老百姓都亲切地叫他们"金珠玛米"。到20世纪50年代、60年代，进藏支援西藏的干部逐年增加，他们和当地群众也结下了非常好的关系，在50年代，还有一批汉族干部和藏族人结了婚，在西藏安家落户，到现在仍然有一批老同志，退休了以后，继续生活在拉萨，这样的故事，这样的佳话是非常多的。

我刚才也讲到了，现在藏汉族干部之间，总的说来是很融洽的，大家互相帮助，互相关心，特别是在过年、过节，大家一起聚会，一起吃饭，这种景象我多次经历，也都很难忘。我自己也有过许多受到藏族同胞关心的经历，我病了的时候，我遇到困难的时候，很多藏族同胞非常亲切地来关心我。

最近，拉萨正在修复一个清代关帝庙，它虽然是内地人建的寺庙，但是它现在已经融进了藏传佛教的色彩，在这个寺庙供奉的像里头，除了有关公之外，还有格萨尔的塑像。在拉萨大昭寺前，文成公主当年栽过的唐柳旁边，又长出了新的枝叶，现在很茂盛，一千多年前立的甥舅同盟碑（也叫"唐蕃会盟碑"），现在也保护得很好。

一天一地一广仔：请问老张，你用过牛粪煮饭吗？我想起了孔繁森。

张小平：我用过。我曾经多次在藏族群众家里生活，不光是在农村，在城镇，在拉萨，我都烧过牛粪，而且用牛粪火来炒菜、做饭、取暖。我还在草原上捡过牛粪。在许多边远的地方，你住乡村的招待所或县的招待所，到现在仍然还使用牛粪做燃料。在寒冷的冬天，我们一个晚上会烧掉很多的牛粪，我可以告诉大家，牛粪很干净，烧起来一点味道也没有，感觉非常暖和。

非常高兴通过人民网和中国西藏信息中心这个平台，和大家说了这么些话，这都是我亲身的感受。谢谢大家！

（此篇是2019年1月5日接受人民网访谈的实录）

# 新华网：专题片《西藏民主改革50年》主创人员访谈

　　**主持人：** 各位网友上午好，这里是新华访谈。为纪念西藏民主改革50周年，三集文献纪录片《西藏民主改革50年》正在央视热播，今天我们请到了三位嘉宾，这位是中国西藏信息中心和西藏文化网总编辑，原中央人民广播电台副总编辑，也是记者型的西藏问题专家张小平，欢迎您；另外两位是央视海外专题部，纪录片《西藏民主改革50年》第二集、第三集的编导王礼和郑晓寒，欢迎三位嘉宾。我们先请嘉宾聊一聊对西藏的感受，张总您先来吧。

　　**张小平：** 我很高兴参加新华网的访谈。每当要谈起西藏的话题，我都很兴奋，因为我去西藏的次数太多了，我走过西藏的地方和接触的人也太多了，如果用一句简单的话来概括我对西藏的印象，我觉得西藏是一部百科全书，或者说它是一部历史文化的长卷，我越接触西藏，越觉得对西藏不了解，我对西藏了解得越多，越觉得对西藏无知。因为不管从历史、文化各个方面，它的内涵都太丰富了，我觉得即使用一生的精力去阅读它，去认识它，都难以达到真正了解它的目的。

特别是当代西藏，它是从古老的历史和文化中间走出来的，也是从很复杂的政治演变当中走过来的，所以它更值得阅读。

**王礼：**两次去西藏，从摄像的角度来看西藏，我觉得有一种灵魂被净化的感觉，有种从早晨开始拍、到晚上都不愿意收工的感觉。

**郑晓寒：**我是第一次入藏，所以看到的一切都是新鲜的，印象特别深。我觉得西藏百姓好客的特点非常鲜明，我们内地人可能都赶不上。你比如说到一个农民的家里，他们肯定给你倒上清茶或者是甜茶。主妇会站在一边端着壶不动，她等着你喝，你喝一口，她就给你添一口。非常殷勤、周到。

**张小平：**一个是表现好客，另外还表现生活的富足。我给你献的茶永远是满满的，我的诚意永远是满满的。

**郑晓寒：**不仅是在城市，城镇、农村也都是这个样子，我们不懂藏语，跟那些不懂汉语的藏民可能沟通不了，但是你一个微笑过去，他也向你报以灿烂的微笑，感觉心灵的距离立刻就拉近了。

**主持人：**因为你第一次去，我相信网友也想通过你的眼睛体验一下，你走在西藏的大街上的时候，你看到了什么？心里感受到了什么？

**郑晓寒：**你到农村，感觉民风还是很纯朴。他们的家里面都很讲究。客厅里总是会挂两张大的挂历般大小的画像，都是领导人的画。他们是从内心里有一种对中央的感情，这种感情让他们自发地把领导人的画像挂到了屋子里最显要的地方。

**张小平：**有些地方还单独挂毛主席的像，因为他们对毛主席特别感激，觉得毛主席真的是他们的大救星。

**郑晓寒：**而且他们的房顶上插的都是国旗，这也不是只在一处两处看到的，因为我去的农村比较多。我问他们红旗是不是也是发的，他们说不是，是他们自己由衷的、发自内心的感情。

主持人：今天整个访谈室的气氛都比较轻松，因为我们讲到了新西藏。就像片中有一句话，1959年民主改革是西藏第一次新生的话，20世纪80年代的改革开放就是西藏的第二次新生。进入改革开放的新时期之后，中央先后四次召开西藏工作座谈会，对西藏维护稳定、深化改革、加快发展做出了许多决策部署。请嘉宾来聊一聊，这四次座谈会都是在什么样的背景下召开的？每一次座谈会都重点解决了哪方面的问题，相应出台了哪些政策？

张小平：中央从1980年开始召开第一次西藏工作座谈会，以后就形成了一个机制，到一些关键时刻集中研究一次西藏工作，这样就形成了后来的第二、第三、第四次西藏工作会议和其他一些研究西藏工作的会议。

研究西藏工作的机制是我们党中央国务院在西藏工作上的一个创造，历史上对西藏的治理都有各自不同的办法。比如在元代，中央政府设立专门的机构管理西藏地区的事务；明代，基本上沿袭了元代的办法；到清代，设立了驻藏大臣，由驻藏大臣代表中央和西藏地方领袖一起管理西藏事务；在国民党时代，建立了蒙藏委员会，在拉萨设立有办事处，这也是中央管理西藏地方事务的办法。

新中国成立初期第一代的党和国家领导人，特别是毛主席、周总理，直接抓西藏的工作。当时有一个规定，重要的问题必须直接上报毛主席。所以西藏在1950年代的重大决策，都是由毛主席亲自决定的。经过了"文革"的浩劫，全国走向了正轨，开始了改革开放。在这样一种情况下西藏怎么发展？这就促成了第一次西藏工作会议的召开。

从1978年开始，全国进入改革开放新的历史时期。因为西藏特殊

的地理社会环境，西藏的工作，按照当地干部的话说，总是比内地慢
半拍。之前在1950年代更是这样。50年代内地都已经搞社会主义改
造，进入社会主义了，西藏还在搞民主改革。实际上改革开放初期仍
然是这样一种慢半拍的状况。但是毕竟进入了新时期，中央不会让西
藏长期落后下去，所以在1980年召开了第一次西藏工作座谈会，研究
怎样加快西藏的发展。

我觉得历次西藏工作会议都是在促进西藏发展、促进西藏社会稳
定这样一个基本指导思想的大背景下召开的。具体说，第一次西藏工
作座谈会的主题还是和当时内地的总体情况一样，就是要拨乱反正，
使西藏各项工作走向正轨，并且进一步落实民族宗教政策。会议还出
台了一些针对农牧民的特殊政策，比如说免征农业税，基本目的就是
让广大的农牧民能够休养生息、发展生产，尽快富裕起来。

**主持人：**这些政策是优于内地的。

**张小平：**对，而且有些比内地实行得还早，因为西藏地区情况特
殊。这一点就让我想起1959年的民主改革，当时的政策就是把地分给
老百姓，让老百姓充分享受到个体经济给他们带来的好处。到了1980
年，实际上在拨乱反正的时候，又是再一次让老百姓得到喘息的机会，
休养生息，发展生产。

第二次西藏工作会议是在1984年。会议一个很重要的成果，就是
提出了"一个解放""两个转变""两个为主"和"两个长期不变"的
政策。

"一个解放"就是解放思想。"两个转变"就是从封闭式经济向开
放式经济的转变，供给型经济向经营型经济转变。"两个为主"就是在
实施公有制的情况下搞家庭经营为主，市场调节为主。这个实际上和
内地当时实行的政策都是比较同步的。比较特殊的就是"两个长期不

变"，就是牲畜归户、自主经营长期不变，这个是牧区的；还有农区的，就是土地归户使用，自主经营长期不变。这两个"长期不变"给西藏进一步发展带来了非常大的推动，实际上是进一步解放了西藏的生产力。

会议对西藏经济的发展还做出了一系列重大决定，包括发展西藏的能源、交通、农牧业、教育各个方面，进一步把西藏对外开放的大门打开。还有一个就是确定了中央援助西藏的43项工程。因为在那个时候，20世纪80年代初期，西藏的基础设施条件非常差，比如说外地人到西藏，连一个像样的宾馆都没有。所以43项工程里面就包括建宾馆，像拉萨宾馆，到现在仍然是很棒的五星级宾馆。拉萨和西藏各个专区，每个地区都要建立一所中心医院，就是条件最好的医院；每个地区都要建一个非常好的文化中心或者叫群众文化馆；等等。中央的这些援助项目对西藏基础设施条件的改善起到了很好的作用。

第三次是在1994年。这是10年以后。经过10年的发展，西藏确实有了很大的变化，但是也遭到了达赖集团和西方敌对势力的干扰和破坏。所以1994年召开的第三次会议，就进一步形成了西藏工作的指导方针。西藏的同志把这个方针简化作"一个中心、两件大事、三个确保"。

"一个中心"就是以经济建设为中心，"两件大事"就是发展经济和稳定局势，"三个确保"就是要确保西藏经济加快发展、确保西藏社会全面进步和长治久安、确保人民生活水平不断提高。这个会议确定了要搞62项工程，这就比43项工程又进一步了，有很多大的项目，投入也增多了，那个时候投入了30多亿。许多现在大家都很熟悉的工程，像羊湖电站、青藏公路的改造等，都是在那个时候做的。

再一个就是当时有一个重要的决定，就是"中央关心西藏、全国支援西藏"这样一个实行对口支援的政策。这个政策实行以后，中央对西藏的支援就制度化了，更有序了。比如说拉萨是由江苏和北京来支援，林芝是由福建和广东支援，日喀则地区是由上海和山东来支援……就形成了这样的机制。

所以历次西藏工作会议都在西藏发展的关键时刻给西藏指明了方向，提供了援助，使西藏在改革发展的道路上和祖国内地同步向前。

**主持人：**可以说这些优惠政策的成果体现在了西藏各个方面翻天覆地的变化当中。我查了3月2日国务院发布的《西藏民主改革50年》白皮书当中的几个数字，比如说讲到50年来西藏生产总值，按可比价格计算增加了25倍，1978年以来农牧民的纯收入年增长了10.1%。可以想象，西藏一定是发生了翻天覆地的变化。比如说住房方面。因为我们看到第三集就讲到了西藏林芝地区一个小镇与挪威的峡湾，这样一对比，人们看到西藏的房子以为会是在外国或者贵族住的，其实不是，就是我们老百姓的房子。

**郑晓寒：**确实！林芝的房子在西藏来讲是最漂亮的，林芝本身就非常美，旅游非常发达，那个地方的老百姓也相对富裕一点。我们内地搞农家乐，林芝也搞农家乐。可能房子盖得自己住绰绰有余了，他就可以开饭馆，这样也是创收的渠道。

**张小平：**西藏农牧民住房的解决是最突出的。刚才讲到的林芝这个地方，从地方特色来说，林芝地区的房子是最有民族特色的。过去我们讲，宫殿里面有雕梁画栋。现在西藏的老百姓，他的新居都要绘上画，柱子上要画，桌子上要画，门也要画，是非常漂亮的。

西藏工作座谈会以后，1995年我到林芝去，进了一个农户新盖的房子里，让我一辈子也忘不了。他在自己屋子里面画壁画。过去壁画都是在寺庙里面才能画的，老百姓家里怎么能画？但是我的确看到了，而且画的是自己新盖的房子，就是把自己家庭的变迁画在壁画中，作为历史流传下去，这事给我印象非常深的。

主持人：好像也是他们精神上的一种愉悦的反映。

张小平：他们也希望通过一种形象的东西把它记录下来。

主持人：除了住房方面是非常突出的，还有西藏的农业这方面呢？

王礼：他们的观念已经开始慢慢转变过来了，不再只是单纯靠种地、种蔬菜来致富，他们的眼界更宽了，可选择的路更多了，这是带来的最深刻的变化。

主持人：好像20世纪80年代的时候，从成都往西藏走要买很多的蔬菜，超重了就直接扔在机场了。

张小平：由于当时西藏缺蔬菜，所以休完假回西藏的话，千方百计就想多带一点蔬菜进去，采取什么办法呢？就是多穿衣服，夏天恨不得把冬天的衣服都穿上，这样兜就多了，各个兜里都可以装，蔬菜可以装，鸡蛋也可以装，肉也可以装。所以反映出当时西藏很缺菜和副食品。到了拉萨以后，用什么东西来招待大家呢？往往就是他身上随身携带的新鲜蔬菜。我还听到过一个例子，有人带了一小捆葱，回来之后分给邻居，一家给几根，当时邻居特别高兴，因为那也是新鲜的东西。

郑晓寒：我们俩都去菜市场拍过片子。我去那个菜市场，花样真的很多，二三十种可能还是保守数字。我问市场里一小贩："您怎么卖这么多种菜？"她说："没办法，现在人就是买什么的都有，你不全了，满足不了。"

主持人：讲讲西藏的餐饮吧。

张小平：我20世纪70年代到拉萨的时候，印象最深的是街上只有一家饭馆。在民航局边上有一家小饭馆，这个饭馆只有面条。

现在到西藏去，几乎天下所有的饮食都吃得到。内地的几大菜系，在那个地方都有，那儿的饮食店都是一条街一条街的。上海菜、湖南菜，什么都有。

**主持人：** 什么菜系在西藏比较受欢迎呢？

**张小平：** 最受欢迎的就是川菜。四川的饮食文化有上千年的历史了，后来传到了拉萨，包括泡菜。拉萨人很喜欢泡菜，他们自己也会做，藏语里叫酸萝卜。

**郑晓寒：** 酸萝卜炒牛肉丝，特别好吃。

**主持人：** 南方的菜系也有，他们喜欢吗？

**张小平：** 他们也喜欢吃，藏民族的适应能力是很强的。这些年他们在饮食上的变化也很大。过去，城镇的居民基本上也就跟农村的差不多，以吃糌粑为主，偶尔吃一点大米、白面。现在早晨吃糌粑，他们认为是什么呢？是美容的，同时还能治糖尿病。这几年糌粑也开始逐渐传入内地了。早晨他们喝一点茶，因为他们觉得油太大了，对身体也不一定太好，所以逐渐地酥油茶喝得也少了，但是甜茶仍然喝得很多。中午和晚上，基本上吃米饭或者面食，加上炒菜。所以你到菜市场就会看到，来买菜的藏族老百姓也是很多的，说明他们的饮食结构已经有很大的变化了。

**主持人：** 我们再来聊一聊西藏交通这50年来的变化。

**郑晓寒：** 我在片子里面关于青藏铁路带动当地经济社会发展举了两个例子，一个就是青稞酒，在内地我们都可以喝到青稞酒了。再一个就是八廓街，他们的老板不用关门了。

**张小平：** 我对交通这些年的发展是很有体会的，我第一次进藏是20世纪60年代，那个时候我从甘肃坐汽车到拉萨，这一段走了7天，现在坐火车走青藏铁路，也就是十几个小时。我70年代第一次从拉萨到日喀则用了一天半时间，中间还要在江孜住一晚，现在是4个小时的柏油路。拉萨到山南是200多公里，70年代我要走一天，现在是2个多小时。现在天上地下，有公路，公路有五大主干道；有火车；飞机现在有一二十条航线，不但有国内的航线，还有国际的航线。所以西藏整个搞活了，有了一个立体的交通网络，呈现了一种全方位的、开放的姿态。

主持人：我们再来聊一聊老百姓的生活，比如说他们的教育、医疗，还有宗教。现在西藏这些信教的群众宗教方面的需求能不能得到满足。还比如说，我看到白皮书上说，旧西藏没有一所现代意义上的学校，那个时候适龄儿童入学率不到20%，文盲率是95%，现在的西藏呢？

张小平：在农牧区实行"三包"，包吃、住、学费，所以他们上学根本不用增加自己的任何负担。

第二次西藏工作会议以后，确定在内地开办西藏班和西藏中学。这样的话，最近20多年，大概有两三万西藏的孩子有机会到内地来学习，培养了一批西藏的高级人才。

另外比如说你到农村去，你看到当地最好的房子确实是学校，而且很多房子都是内地援助的，他们的设备都是内地的设备，实验设备、教学设备都很全。应当说，这些年西藏的教育发展很快。像西藏大学现在已经变成综合性的全国重点大学，过去它是一个只相当于大专那样水平的学校，现在学科非常全，而且还有一些全国独有的学科。

郑晓寒：西藏大学今年进入了211工程，这应该是一个里程碑式的发展。

主持人：我们看到西藏的人均寿命由解放时的35.5岁增加到67岁。

郑晓寒：我还特意跟一个老奶奶照了张照片。她脸上的皱纹真的像年轮一样。她马上就90岁了，是从旧制度下走过来的人，旧制度下受了不少苦，现在，她和儿子、儿媳、孙子生活在一起，大部分时间就是在街上转转经，在自己经堂里念念经。很好！很幸福！

张小平：这几年调查，西藏是全国百岁老人最多的地区之一。西藏人口这么少，但是它百岁老人和长寿老人的比例还是很高的，也说明了最近这些年西藏人民的生活水平提高了。

主持人：在西藏信教的群众他们的需求能得到满足吗？你们看到的情形是什么样的？

郑晓寒：我印象里农户的经堂真的很讲究。

张小平：有几个方面可以说明整个宗教信仰的政策是非常好的。一个是老百姓正常的宗教生活得到尊重。每天你到八廓街上，从早到晚都有群众在转经，当然这中间夹杂着一些游客在买东西，但是有相当多的是转经的。特别是老人，他们主要是念六字真言，就是反反复复地来祈祷，祈祷自己家庭幸福、儿孙平安。

信教的老百姓家里面都有一个经堂，还有一个佛龛，上面供着释迦牟尼佛像，而且每天铜碗里要换圣水。另外藏文《大藏经》的整理，国家投入了四千多万元，现在也已经基本上完成了。

（本文是2009年3月接受新华网访谈的实录）

# 央视网：西藏民主改革50年纵横谈

**主持人常婷：** 各位网友大家好，欢迎大家收看央视网"西藏民主改革50年"系列访谈节目。这次访谈将持续3天，主题是围绕央视正在播出的3集文献纪录片《西藏民主改革50年》展开。

今天做客我们演播室的嘉宾，坐在我身边的这位是中国西藏信息中心和西藏文化网的总编辑、原中央人民广播电台副总编辑，也是记者型的西藏问题专家张小平先生；这一位是文献纪录片《西藏民主改革50年》总编导李星言；旁边这位是片子第一集也就是《跨越历史》这一集的编导李毅，欢迎各位做客央视网。

**李星言：** 文献纪录片《西藏民主改革50年》共分为三集。第一集名为《跨越历史》，第二集叫《改革时代》，第三集名为《小康之路》。

**主持人常婷：** 我手上有一个资料，说你们为了拍这三集节目，先后两次进藏，在长达两个多月的前期拍摄中，先后赴拉萨、日喀则、山南、那曲等地区采访拍摄，足迹几乎遍布整个青藏高原，行程近两万公里。

我们知道张总您是记者出身，从20世纪60年代初就已经去过西藏，我知道您后来几十次进藏，您对西藏非常熟悉，而且还有深厚的感情，也算是西藏发展变化的见证人。请您谈谈对西藏的变化一些特别的体会。

李星言：张总是我们片子的总撰稿。

张小平：我是从20世纪60年代开始走进西藏，我很幸运，有机会参加了西藏民主改革的一部分工作，从那个时候到现在，我认识西藏50年了。

西藏的变化，首先是政治上的变化，是广大的农奴政治地位的变化，他们翻身有了土地，有了选举权，可以选举自己的带头人。他们的生产接受了现代的科学技术，生产有了很大发展。生活上那就更不用说了。所以我觉得这50年，西藏发展变化，从宏观上大家都看得很清楚，从微观上来说，衣、食、住、行的变化是非常大的。

我可以简单举一点例子。比如说喝酥油茶。喝酥油茶是藏族同胞每天离不开的生活习惯，早上起来就要喝酥油茶。但是我第一次到西藏的时候，能喝到真正的酥油茶是很不容易的。我记得当时下乡住在翻身农奴的家里，每个人按当时的定量带半斤酥油，要吃一个月，在我住进的翻身农奴家里，他们一个月连半斤酥油都吃不到，当时的酥油茶就是砖茶熬成茶叶水，加点盐，上面捏一点酥油放在茶碗里，茶的表面浮了一层油，这就叫酥油茶。这和我后来接触真正意义的酥油茶完全不一样，真正意义的酥油茶是在打茶桶里放盐、茶，还有大块的酥油，然后反复搅拌上百次，油和水融合在一起，倒出来喝非常香，后来我们觉得喝酥油茶都觉得糊嘴，满嘴都是油，那就是生活水平不一样了。

最近几年我有一个很大的感触，就是在喝酥油茶的方面，也有两个变化。

一个就是打酥油茶。打酥油茶原来是用木桶，酥油加茶水、盐来打。最近几年普遍使用了电动的搅拌器，把茶、酥油搁到里头，一通电，酥油茶几秒钟就打好了，所以老百姓很快接受这种最新的生活方式，不用原来的酥油桶了，我到他们家去，发现他们用了好多年的酥油桶都已经干了，都已经裂了。这是一个很大的变化。

前几年我曾经参加电视剧《西藏风云》的拍摄，拍摄中间有两件事情让我印象很深。一件事情就是让当地的群众，穿解放前的衣服去演戏，结果老百姓不穿，特别是年轻的藏族姑娘，她们说不穿这么脏的衣服，这么旧的衣服。就说他们离旧时代的生活太远了，已经不知道过去的生活什么样了。后来导演说跟他们一起照相，他们说等一等，我要把这个衣服脱了，我们要换新衣服来照。

我们找酥油灯，因为要当道具，结果我们在拉萨郊区的一个村里，找了很久，一个酥油灯都没有找到。为什么呢？他们已经用上了电，用了好久了，所以酥油灯不知道搁哪去了，找也找不到了。

当然其他方面的变化也很多，比如拉萨过年过节，亲朋好友聚会，或者是婚礼，实行自助餐。这家有喜庆了，就把客人都请到家里来，大家玩、唱、喝酒，等到吃饭的时候，从外头定好了的全套的自助餐，几十种菜，摆成长长的桌子，然后大家排队各取所需。这生活很现代，所以我觉得他们的生活有很大的变化。

通信事业，我在20世纪70年代当记者采访的时候，往北京传稿，有时候传一篇稿子打一天的电话都不一定打通。但是现在拉萨的通信非常发达，除了内地一拨就通之外，还可以连通几十个国家。所以这个变化简单用几句话是说不完的。

**主持人常婷**：我知道，中国西藏信息中心网站最近也有多路记者在西藏采访，他们不仅去藏族人家体验了藏历新年，而且通过他们的眼睛和镜头在记录着今天的西藏。

张小平：为了更好地介绍50年来西藏的发展变化，我们派出了一个有10个人组成的采访组，到西藏以后分成几路，分别到下面采访。我们安排的第一个节目，就是到老百姓的家里跟藏族同胞过藏历年，这个对很多人来说都是人生的第一次。看到所有的东西都新鲜。所以你读到的他们的报道非常感人。现在有一个小组昨天到了中国尼泊尔边境的樟木镇，另一组在拉萨进行采访，他们发回的许多稿子都让我印象很深。

有一篇稿子讲到他们到日喀则的白朗县，去农村过年，在那住了四天。从准备过年，一直到大年初三，他们在那目睹了过年的全过程，既了解藏民族过年的习俗，也亲自参与进去了。我们很多同志都写了日记，发了很多图片和报道。其中有一个同志说他在离开的时候都掉眼泪了，虽然只有四天的时间。因为他忘不了，家里的主人阿妈啦怕他冷，每天不断地来摸摸他的手，是不是凉；这个家里的大嫂，每天晚上给他们铺好被子，他们第一次盖上了藏被，用羊毛做的，非常暖和。

还有一个体会是他们到了达孜县，发现家里的厨房很有特点，有三种不同的燃料，在做饭的屋子里，一个是取暖用的烧牛粪的炉子，还有一种是沼气炉用来做饭，还有一个是煤气罐，一般的都是从格尔木运过来的。我第一次到西藏时老百姓都烧牛粪，现在大不一样了。

还有一个记者专门拍老百姓的笑脸，发自内心的笑脸，这种笑容非常的自然，非常开心。有一个藏族家里挂有两张照片，一个是新拉萨的照片，一个是旧拉萨的照片，家里的老阿妈说我为什么挂这两张照片？是因为我觉得孩子不知道旧西藏是什么样，我要摆在这，让他们知道，旧拉萨是什么样的。

主持人常婷：几个小故事很有趣。我们纪录片的第一集已经播出了，网友也有很多留言，一位网友说，片子拍得非常的真实，有些细节很震撼，刚才李导和张总和我们聊了新西藏的生活，那么旧时的西藏是什么样的？通过短片我们看看旧西藏是什么样的？

（播放小片《被打断的胳膊》）

主持人常婷：难以置信。在旧西藏，农奴不要说基本生活需求得不到满足，就连他们的生命可以说一点保障都没有啊！李毅，据你了解，片子中这个事件是一个个案，还是确实是当时的普遍事实？

李毅：当时西藏农奴的生活，我们拍摄前也有所了解，但是真正那天采访的时候，他亲身给我们讲这个故事确实有很大的震撼。农奴主为了一时的取乐，就可以很随意地给主人公造成终身的残废。我记得有一个细节说，有一次农奴主让农奴去买牛肉，他到了肉铺以后，新鲜的牛肉没有了，他回来以后据实向主人说没有新鲜牛肉。但是主人就是不信，说他偷懒，生生把他毒打了一顿，然后关了三天。

主持人常婷：张总，您听说过这样的案例吗？

张小平：我这几十年期间，听到了很多。我觉得陈宗烈老师他讲的这个事情绝对不是个案。你比如说刚才李导讲，旧西藏政教合一的封建农奴制度，是不把农奴奴隶当作人的，他们是没有权利的，也是没有自由的。奴隶和农奴在旧西藏，都是属于某一个农奴主或者是农奴主代理人的。所以一般地，包括在民主改革以后，大家有时候问，还往往说："你是哪一家的？"就说明他不是独立的个人，他是某个农奴主所有的，他们是可以被买卖的。

再有，农奴主对待农奴也是非常残酷的。我见到过这样一个材料和图片，就是在一个寺庙的地基四角发现有干枯的婴儿人皮和骨头。

按照当时的解释，就是说这个小孩是妖孽，必须给他镇到寺庙这个地方，这样寺庙才能够建得牢固，才能够发挥作用。婴儿有什么罪呢？他是什么妖孽呢？说明这个制度是非常残酷的。

**主持人常婷**：看完这个片子，我才真正理解了歌唱家才旦卓玛老师唱的那首歌《翻身农奴把歌唱》，歌里唱的真的是那时候的现实。

**张小平**：人民解放军和平解放西藏以后最初的8年，实际上是一种正义和邪恶、光明和黑暗持续不断进行较量的8年；也是党中央毛主席一再做工作，争取达赖喇嘛的8年；还是人民解放军和进入西藏的干部，努力给西藏做好事，用自己的行动让他们看到共产党新社会和他们眼前的农奴社会是不一样的8年。我觉得这是一方面，在争取他。但是，西藏噶厦政府的反动上层和境外分裂主义势力、帝国主义分子，也在千方百计地拉他。所以这8年当中，这两种力量都在争取达赖喇嘛。达赖喇嘛也确实曾经有过一些进步的表现，但是最终他倒向了噶厦政府中间的少数反动力量，跑了出去。

所以我想这8年充分地表现了我们中国共产党高瞻远瞩，从西藏实际出发，条件不成熟我们就不做，我们就耐心等待。但是，最后是反动阶级他们自己按捺不住了，如果改革了他们就失去了既得利益，所以他们觉得：越早一天我来反抗你，我越早一天发动武装的斗争，我把你赶走，才能保住我的既得利益。所以这场斗争最终是不可避免的。

我觉得是民主改革、平息叛乱，使西藏人民提前获得了解放，也宣告了西藏政教合一封建农奴制度的灭亡。根据当时中央的政策，平息叛乱和民主改革在西藏是同时进行的，所以老百姓的解放是在平息叛乱的枪炮声中来实现的。我觉得现在回想起来应当说1959年的西藏确实是一场威武雄壮的大戏。一方面我们正义之师来歼灭这些叛乱分子，同时，千百年受压迫受奴役没有任何自由的百万农奴抬起了头，当了主人。

你刚才问我那个时候群众的心情是什么样的心情？你刚才说才旦卓玛唱的《翻身农奴把歌唱》，这个歌流传了半个世纪，我觉得它确实是唱出了他们的心声，藏族人民一直用不同的方式来表达他们对共产党对新社会的爱。我第一次去西藏的时候，我觉得我参加的一些活动，不管是劳动也好，开会也好，都是被歌声所笼罩，老百姓高兴，他解放了，他种的地是他自己的，收获的东西是他自己的，所以他心情特别好。

我记得当时藏族老师把全国流行的歌曲《金瓶似的小山》，也有一个名字叫《毛主席永远和我们在一起》，这歌从汉文翻译成藏文，他知道我当时挺喜欢唱歌的，就让我学。我学会了以后，就在我所在乡的小学教小学生唱，我觉得当时特别受感动，那些学生非常的认真，因为这个歌他们从来没有听过，而且旋律特别美，还是藏文的，一听就明白，所以很快就学会了。不但他们学会了，村里老百姓也都学会了，后来大家在田间锄草施肥的时候一起唱这个歌，我觉得这是他们发自内心的对自己获得解放的一种歌颂。

**主持人常婷：**能不能现场给我们唱几句，因为当时教给很多小学生唱，相信张总肯定唱得很不错，一两句可以吗？

**张小平：**我可以唱两句。

（张小平用藏语唱《金瓶似的小山》）

**主持人常婷：**虽然我们听不懂在唱的是什么，但是我们还是能够听出来这个旋律非常的好听，能表达一种喜悦。刚才在片子当中也看到一个特别有意思的故事，当时翻身农奴用豆选举，我不知道张总您当时有没有经历过这样的选举？

**张小平：**很巧，我也确实经历过，1963年我在拉萨郊区堆龙德庆县贾热乡参加老百姓选举乡长和副乡长的会，选举乡领导实际上成了他们的一个节日，老百姓，就是翻身农奴全家男女老少一起去，背着筐，筐里放着煮熟的土豆和糌粑，还背着酥油茶、青稞酒。我看到，在一个场院里，老百姓席地而坐，候选人坐成一排，他们背对着大家，后头有碗，选举开始，老百姓不是说不愿意去，不愿意起来，而是特别地踊跃，很快排成长长一队，手里拿的不是豌豆，我记得拿的是蚕豆，到一个人的后头，他想谁当，就搁到谁背后的碗里头。最后得的豆子最多的就是正乡长，第二多的是副乡长。选完以后就开始狂欢，这个狂欢的内容是什么呢？唱藏戏。这个乡有一个西藏著名的藏戏团，藏戏一个流派就发源在这个地方。藏戏唱了三天三夜，老百姓就一起狂欢了三天三夜，这个场面我终生难忘。

**主持人常婷**：今天非常愉快和三位老师聊了很多，我们对这一段西藏的历史应该说有了一些了解。非常感谢三位老师，也感谢网友的收看。

（这是2009年3月11日接受"央视网"访谈的实录）

# 央视网：西藏见闻和中央治藏方略

**主持人常婷：** 各位网友大家好，欢迎大家继续收看央视网"西藏民主改革50年"系列访谈节目。为您介绍一下今天来到我们演播室的嘉宾，坐在我身边的这位依然是我们的老朋友，中国西藏信息中心和西藏文化网总编辑、原中央人民广播电台副总编辑张小平先生。同时，张先生也是我们《西藏民主改革50年》专题纪录片的总撰稿。坐在张先生旁边的这位是文献纪录片《西藏民主改革50年》第二集《改革时代》的编导王礼。

今天访谈一开始，我先给大家看一张照片，就是这张，这是记者在日喀则拍摄的一张农民喜收西瓜的照片。看到这张照片，我就特别感慨，在大家的印象里，西藏应该说是雪域高原，高原缺氧的环境下种西瓜应该不是一件很容易的事。王礼，你去西藏采访是几月份？

**王礼：** 2008年12月5日。

**主持人常婷：** 12月份，能像内地一样很容易的吃到新鲜水果和蔬菜吗？

王礼：可以。我们男同志不太逛菜市场，我们剧组有一个女孩子她每天都要去菜市场，因为她减肥不太吃主食的，她每天都去，买各种各样新鲜的蔬菜和瓜果代替晚饭，所以我知道。

（现场播放小片《吃菜难》）

主持人常婷：吃菜这么难，是不是有点夸张了？张总您有过这样的亲身体会吗？

张小平：因为工作的关系，我经常有机会到西藏去，给我印象最深的是20世纪70年代，那个年代西藏的蔬菜是非常匮乏的。再往以前说，我是1963年去西藏，我在那待的不到四个月的时间，基本上没有吃到什么蔬菜，70年代蔬菜比过去稍微多了一些，但是仍然很缺。我亲眼看见我们同一个飞机上的其他人，从成都到拉萨去，在检票口外头看到一个人穿着很厚的衣服，即使是夏天也要穿很厚，因为温差大，夏天在西藏还是很清凉的，所以一般的习惯都穿的比较多一些。那个时候夏天甚至把大衣穿上，穿大衣就多了一层，多一层就多了几个兜儿，这个兜儿就可以装东西，兜儿里的东西是不算重量的，所以看到装什么的都有，几乎都是吃的，有蔬菜，也有肉。成都蔬菜一年四季都很多，所以即使是冬天，从成都休假回西藏，带的蔬菜就是给拉萨的朋友、家人最好的礼物。所以韭菜、黄瓜、西红柿，除了他手提的包以外，兜儿里还要揣，都揣得满满的，甚至鸡蛋都要放到兜儿里。所以感觉到西藏蔬菜的供应在那时候是相当紧张的。

主持人常婷：我也想问这么一个问题，为什么蔬菜那么紧张呢？是不是因为条件不适合种蔬菜水果呢？比如说高原缺氧？

张小平：我觉得西藏蔬菜的缺乏和西藏自然条件有一定的关系，但不是绝对的。因为现在的事实是，西藏的蔬菜，特别是拉萨的蔬菜供应是非常好的，你走进拉萨的菜市场根本感觉不到是高原上的菜市场，感觉就像成都的菜市场，甚至是北京的菜市场。品种、花色都不亚于内地。蔬菜过去就老三样，萝卜、白菜、土豆。一年四季就吃这些东西。但是从现在的情况看来，西藏不是只能种这些菜，而是几乎所有内地的蔬菜都可以种。为什么呢？西藏虽然总体上气候比内地要高寒，但是拉萨这个地方的气候，实际上可以概括为冬暖夏凉，冬天不是特别冷，夏天又非常的凉快。而由于拉萨的纬度使得它在生长蔬菜和生长农作物的方面有特别的优势，因为昼夜温差大，光合作用好，菜就长得好。人民解放军进藏以后，种的蔬菜有几十斤的洋白菜、几十斤重的萝卜。可见只要方法得当蔬菜是可以长得好的。

现在我到拉萨去，我最愿意去的地方就是菜市场，因为拉萨的蔬菜特别好吃。我有时候去拍拍照，有时候自己顺便买一点，觉得吃得很开心。这种情况出现，我觉得一个是政府重视，专门搞了菜篮子工程，同时引进了内地的种菜技术。就像片子里讲的，为什么有那么多白的东西呢？实际上这已经成了西藏的景观了，在城镇的四周都有大量的蔬菜大棚，不光在拉萨、在日喀则，甚至到阿里那么高寒的地方都有塑料大棚，在阿里的大棚我也进去了，西红柿、黄瓜都可以长。所以我想改革开放也使西藏当地的群众思想得到了解放，他们也知道了外部的世界，知道外面的世界比西藏更加富裕、繁荣，他们也想通过自己的劳动改变这种状况，所以自然而然他们就接受了一些内地这些年来新的技术和方法，使得西藏的农业生产，包括蔬菜的生产都有了很大的发展。

再一个，内地的发展，使得和祖国内地的交往也增加了，有一些菜农，四川的菜农，他们到拉萨去，租种拉萨郊区农民的地，然后就用塑料大棚种蔬菜，他们这一种，把成都的蔬菜全都带到了拉萨，拉萨人吃到蔬菜的品种一下子增加了，现在可以吃到几十种蔬菜。老百姓很高兴，很多藏族的农民现在也学习了塑料大棚的种植方法。

**王礼**：我觉得产生根本性变化是在"一江两河"工程的实施。一江两河是雅鲁藏布江中游和它的两条支流，拉萨河和年楚河，这个区域历史上称为一江两河区域。本来这个区域是西藏的中部，也是重要的产粮区。但是以前受生产条件和自然环境的制约，它虽然是重要的产粮区，但农业并不是很发达。后来1991年启动了"一江两河"工程以后，带来了方方面面的变化。

**张小平**："一江两河"工程是当前西藏最大的综合性治理和开发工程。雅鲁藏布江很长，一直流到国外去，是西藏的母亲河。人类居住有一个特点，一般是在河流的两岸，就像长江、黄河哺育了中华民族一样。雅鲁藏布江的沿岸和主要的几个支流，也是藏族人民生活的主要的地方，从事农业生产的主要地方。在封建农奴社会，雅鲁藏布江和支流没有很好地发挥它的作用，西藏农业生产的水平也一直不是很高。开展"一江两河"治理工程以后，搞了很多水利设施，修了水库，修了水渠，也修了电站，这样就解决了农田的灌溉问题，同时发了电，又解决了用电的问题。还有在这个过程中，治理了西藏的环境。比如说在雅鲁藏布江的沿岸，在去泽当这个路上，你看到雅鲁藏布江河床上长了非常茂盛的柳树，这个也属于"一江两河"治理工程，因为它要防沙，树多了，沙化的程度受到一定的限制。实际上"一江两河"工程，带动了整个西藏沿河地区经济的发展，也使得沿雅鲁藏布江两岸，沿拉萨河、年楚河两岸人们的生活水平得到了很大的提高。

**主持人常婷**：这跟中央对西藏的关怀是分不开的，比如中央就专门有西藏工作座谈会，是吗？

**张小平**：是，西藏工作座谈会从1980年到现在一共开了四次。

中华人民共和国成立以后，西藏的工作怎么做？我觉得经历了两个阶段，一个是1980年以前，那个时候第一代领导人毛主席、周总理直接抓西藏工作，重大的问题毛主席说必须经过我，我必须要知道，我必须要看，要过问。所以那个时候，包括和平解放西藏也好，平息叛乱也好都是毛主席亲自做的决定，到了第二代领导人，到了改革开放的时候，怎么治理西藏，怎么让西藏发展更好，我觉得西藏工作座谈会就变成了特殊的研究西藏工作的机制，就使得我们对西藏工作的研究制度化、常态化，实际上西藏各族人民也因为有不断召开的西藏工作会议而受益。

**主持人常婷：**1980年是西藏第一次座谈会，当时这个会上好像确定了"两个长期不变"的政策，这"两个长期不变"的政策对西藏农牧业的发展和牧民的生活带来什么样的影响？

**王礼：**两个长期不变，一个长期不变是牲畜归户使用，私有饲养，长期不变。一个是土地归户使用，自主经营长期不变。这两个挺好理解，跟内地的包产到户有点像。我想说的是西藏当时实行了一个特别特殊的政策，就是工商免税和农业贴息。这项政策在全国范围内，在全国农村的推广是这两年的事，但是在西藏20年前就已经实施了，我觉得这是非常不容易的。

**主持人常婷：**1984年第二次西藏工作座谈会又解决了什么问题呢？通过一个短片了解一下。

（现场播放小片：雪域高原上的"43颗明珠"）

**主持人常婷：**片中称是交钥匙工程，为什么称作交钥匙工程？43项工程还包括哪些项目？

**王礼：**这实际是一个比喻，当时西藏各方面都比较弱或者比较差，特别是基础设施比较差。西藏大学教学楼盖起来以后，连窗帘都给弄好了，甚至柜子的钥匙都给你了，你想想这是什么样的概念，连钥匙这么具体的事情都给你做好了，所以叫交钥匙工程。

**主持人常婷：**这43项工程还包括哪些项目？

**王礼：**拉萨饭店、西藏体育馆、拉萨剧院等，当时被西藏人民亲切地称之为高原上的"43颗明珠"。特别值得一提的有一件事。刚改革开放，在同时期当时有深圳速度，而拉萨大学主体工程是七天一层楼，在那么高海拔情况下，绝对是一个奇迹。当时的西藏自治区党委第一书记阴法唐说是全国最好的施工队伍来援助西藏，来做这个事情。

**主持人常婷：**那第三次西藏工作会议又是在哪种情况下召开的？主要解决西藏改革发展道路上的什么问题？

**张小平：**我觉得中央在考虑西藏工作的时候，有总体的战略部署。第一次西藏工作会议，实际上还是进一步解放生产力、解放人。包括两个长期不变，实际上在西藏实行了当时内地改革开放之初的一些先进的、可行的政策，实践证明是有很好效果的政策。我觉得第一次西藏工作会议，其实是解决了生产力的问题，也是解决了一个解放思想的问题。

第二次西藏工作会议，那就1984年了。1984年全国内地改革开放的局面已经出现了高潮，但是当时在西藏，虽然也不断地出台改革开放的措施，一些特殊政策，向内地宣布招商引资，但还是觉得力度不够，在这样的情况下，中央召开这次会议，实际上为西藏进一步改革开放增加实力，解决基础条件改善的问题。所以在这一次的项目中，像王礼说的，建饭店。当时拉萨没有一个像样的饭店，外国人来住什么地方啊？一个大型的群众集会没有一个像样的会场或者剧场。后来搞了一个会堂，那个时候连这些基础的东西都没有，连体育馆也没有，当时的体育场很简陋的，我也去过。所以在第二次工作会议确定43项工程，在西藏的基础设施这方面，给了很大的投入。

到了第三次西藏工作会议的时候，实际上就到了1994年了。又和第二次会议相隔了十年。这十年西藏发展不是很平静的。西藏越是发展，海外的反华势力、分裂势力，他们越千方百计来阻挠西藏前进的步伐。所以这个中间，西藏也发生了一些事情，在一定程度上影响了西藏的发展。所以我觉得在这样一个情况下，在全国改革开放继续向前发展的时候，召开了第三次西藏工作会议。这个会议，提出了新时期西藏工作的指导方针。

同时为了加大对西藏支援的力度，实行对口支援、全国支援西藏。规定把过去分散对西藏的支援变成有计划的、全国一盘棋对西藏的支援，不仅是各个省对西藏支援，而且明确中央机关、国务院机关也要对西藏进行支援。从那个时候起，到现在，这种对口支援的机制一直在进行。以某一个省对西藏某一个地区这种办法，比如北京和江苏两个省市来支援拉萨，日喀则是山东和上海来支援，山南是湖南、湖北支援，林芝是广东和福建支援。你一听就可以知道，都是经济实力比较强的省来对口支援西藏的地区。中央国家机关也是各个部委都派人到自治区的对口的机关任职，到现在进行13年了，取得的成绩是明显的。这次会议和我个人的关系也很大。因为这次会议确定对口支援政策以后，中央和国家机关就派出了第一批对口支援西藏的干部，我经过争取很荣幸成为第一批中直机关的援藏干部。在西藏度过了很难忘的时光。

**主持人常婷：**我知道20世纪80年代的时候，我们国家还投了巨资修复了一大批的西藏重点寺院，比如说桑耶寺的修复，我们通过短片看一下。

（现场播放小片：修复桑耶寺）

**王礼：**特别漂亮，特别是重叠五层的金顶，特别漂亮。但是就像片子里木雅·曲吉建才说的，修复的困难在哪？就是他只有一个旧影像资料和一张旧照片，什么概念呢？重叠五层金顶已经不在了，他看不到里面的结构。咱们知道文物维修，张老师也知道，修旧如旧，不能用我们现代的方法把它修成一个现代的寺庙，不行的，要恢复它的原貌。但是他又看不到，所以困难特别大。像刚才说的重叠五层金顶中间有一个15米的净空没有一根柱子。按照我们现在随便修一个也可以修得很好看，但是不是原来的桑耶寺，我采访木雅的时候，他说主要是通过到处找老喇嘛，以前桑耶寺的喇嘛给他描述金顶是什么样的，还有朝拜的信徒告诉他什么样的，然后凭着自己的想象，还有对比类似的那些藏式建筑，还有寺庙的建筑，最后终于完成了。那个五层的重叠金顶完成的时候，他确实是很激动。

**主持人常婷：**是建筑史上的奇迹。还有哪些大型的维修工程呢？

**王礼：**最大的是布达拉宫。是1989年10月11日开始的第一期维修工程，2001年是第二期。前后12年的时间，总投资超过2.2亿。布达拉宫的维修也是特别特别困难，布达拉宫年久失修，从17世纪五世达赖喇嘛扩建后再也没有大的维修，一直到1989年开始维修，布达拉宫是木质的，当时里面的大梁、椽子，用木棍一捅就跟粉面一样掉下来了，蛀虫在里面。还有布达拉宫里的文物特别多，这些文物在维修的时候，你要搭脚手架，又不能用现代的机械，据我所知，很多的经书，很多的文物，都是工作人员和喇嘛背的，背到另外的房间存好，然后等到修完以后再背回来，因为经书量，文物量特别大，很多工作人员和喇嘛背的背都烂了，这是我知道的细节。二是难点特别多，壁画空鼓和破损现象特别严重，当时国家很重视，调来敦煌研究院的研究员，他们也很有经验，他们来了以后维修得挺好的，基本上看不出来。

**主持人常婷**：当时为什么对这些大型的寺院和文物进行修复呢？

**张小平**：根据我的了解，布达拉宫最早是在1300年前，松赞干布时代修的，普遍的说法是迎娶文成公主入藏的时候修的，到现在还有一间松赞干布和文成公主一起生活的房间，实际上是一个山洞，里头还有文成公主当年做过饭的炉灶，但是后来最早的建筑，由于大火已经不存在了。现在这个建筑，是五世达赖时期，300年前重新修的，到现在从来没有进行过大的维修，已经出现了很多问题了。木头有的都掉渣了，一捅，手都可以进去了，很松了。另外壁画受损失比较严重，有虫蛀，还有自然条件气候的原因起了泡，很影响进一步的保存。再有他的基本的设施缺乏，比如防火设施、防盗设施都不健全。所以这次维修是西藏历史上规模最大的维修工程。在维修期间，我也曾经有机会看过，修的时候边维修边开放参观。总体上还没有影响正常的开放。

多说一点，每天到布达拉宫要设限，这个是可以理解的。布达拉宫整个都是木头的结构，木头的东西过了几百年，而且开放以后每天几千人上去，在上面走来走去，肯定它的承受能力是有限的。虽然经过维修，有一些重要的柱子加固了，采取了措施，但是它毕竟是这样的基础，所以为了让它能够长久存在下去，必须采取必要的保护措施。特别是顶上，现在限制更多一些。那个顶，据我了解，全部是木头的。地面是木头的支架，上面打了人造的水磨石似的阿嘎土，但是也只是一层，所以每天那么多人去，肯定是经受不了的。所以我觉得采取这些措施还是必要的。

布达拉宫维修使得它更坚固、更安全。用美国著名记者安娜·路易斯·斯特朗的话说布达拉宫是金子堆的、玉石砌起来的，很多东西拿出来都是价值连城的。所以维修完成以后，很快成为世界文化遗产。

这项事情做完以后，没有停止，继续维护西藏的其他寺院、重点的文物古迹，你看布达拉宫前几年又开始了第二期维修工程，还有萨迦寺的维修工程、罗布林卡维修工程，这叫新的一轮的三大维修工程。萨迦寺是元代的建筑。元代西藏纳入中央政府的管辖，主要是萨迦派的领袖和元朝皇帝接触以后确定的，所以萨迦寺是重要历史文化遗产，这里的文物非常多，有很多全国之最、世界之最，藏文的经书都是很大的，你在世界上很难看到这样大的书。中央对西藏的传统文化、宗教文化的保护政策是一贯的，过去做，现在做，将来还会做下去。

（本文2009年3月13日接受央视网访谈的实录）

# 中国网访谈：
# 解读第一个西藏百万农奴解放纪念日

主持人：各位朋友大家好，欢迎来到中国网，这里是"中国访谈·世界对话"。半个世纪前，雪域高原西藏进行了一场深刻的民主改革，它成为西藏发展史上重要的转折点。今年是西藏民主改革50周年，今天我们为大家请到的嘉宾和西藏差不多结缘了半个世纪，他将带我们重温那段历史，向我们讲述西藏的过去与现在。为您介绍今天的嘉宾：中国西藏信息中心和西藏文化网的总编辑张小平先生，您好！

张小平：您好，中国网的朋友们好，中国西藏信息中心、西藏文化网的朋友们好！

主持人：欢迎您做客中国访谈。很多关心西藏历史的朋友们都会特别留意1959年这个年份，它对于西藏来讲有转折性的历史意义。当我们关注这个年份的时候啊，也不得不关注在它之前的年份，因为会对这个事件有直接的影响。我们应该从哪些年份开始关注西藏呢？

张小平：今年是西藏平息叛乱、民主改革，也就是解放百万农奴50周年。西藏的当代历史是一个整体，民主改革和平息叛乱是在1959

年进行的，而西藏的和平解放是从1950年开始，1951年5月23日签订"十七条协议"。所以民主改革、平息叛乱这段历史，应该是从1951年《十七条协议》的签订，甚至更早的时候谈起。

**主持人：**我们注意到1950年10月6日，进藏的人民解放军发起了昌都战役，后来是这样评价的，"它使和平解放西藏出现了新的契机"。为什么这么评价？

**张小平：**谈到在签订"十七条协议"之前而发生的昌都战役时，离不开当时的国际、国内的背景，特别是离不开原西藏地方政府在当时的所作所为。大家知道，西藏是我国西南边疆的一块非常辽阔而富饶的土地，帝国主义势力从100多年前就开始注视着它，妄想有一天能够把西藏纳入他们的势力范围。所以100多年前，在帝国主义势力的影响下，西藏的上层内部就出现了亲帝国主义的势力。可以说，近百年来，西藏内部的爱国势力和分裂势力一直在进行着尖锐的斗争。

到1949年中华人民共和国成立，大陆基本都获得了解放，只有台湾和西藏还没有解放。在这种情况下，西藏的解放肯定要纳入中国人民解放战争和中国人民解放总体的战略格局之中。但是由于受到帝国主义势力的影响，所以在中央政府确定要解放西藏这样一个大势所趋的行动面前，西藏地方政府采取了一系列的措施来阻挠西藏和平解放，阻挠西藏走向进步和光明。

在这段时间，西藏确实发生了很多事情，这些事情都使得中央要高度警惕，因为西藏的反动上层在走着一条想把西藏从祖国领土分裂出去的道路。比如说从1942年开始，西藏地方政府成立"外交局"，它本来作为中国的一部分，是没有权利单独对外进行交往的，但是它成立了"外交局"，这说明它已经表现出了一种强烈的要搞独立的倾向。

到了1947年，在印度开泛亚洲会议。在这个会议上，西藏代表团是以一个独立的身份参加的，它挂出一个"雪山狮子旗"，意思就是它的国旗。实际上，"雪山狮子旗"是西藏地方武装的一种旗，和国家、政权毫无关系，而这次却让它在泛亚洲会议上亮相。他们还炮制了一张地图，这个地图把西藏划在中国领土的外围，所以在这个问题上，当时的中国政府代表据理力争，最后使会议组织者拿掉了"雪山狮子旗"，同时也撤掉了地图。

但是他们搞分裂的步伐一直没有停止。比如到了1949年6月，噶厦地方政府发动了一场规模很大的驱汉事件，就是把当时中央政府驻在拉萨的办事处和机关的所有人员，包括学校、气象局、电信人员全部驱逐出境，这是一个更大的分裂祖国的行为。当然，这个行为也受到了全国人民的强烈谴责。

在这之后，他又派出了"亲善使团"到世界各国进行游说，讲述西藏"独立"如何如何。后来由于中央政府的坚决抵制，外国势力看到在这种情况下不能明目张胆地支持西藏，所以最后也流产了。但在这同时，西藏地方政府加紧了抵抗人民解放军进入西藏的步伐。在这段时间他们一个是扩军，增加了1万名藏军，同时把藏军的队伍从11个代本，相当于11个团，扩充到16个团。

在这样一种情况下，他们除了军事上做准备之外，在昌都还杀害了从四川到昌都准备去拉萨劝和的、希望西藏当局能够和中央人民政府举行和平谈判、和平解放西藏的著名的格达活佛。这一系列的事情说明他们分裂祖国的步伐，他们阻挠人民解放军进军西藏、阻挠和平解放西藏的步伐在加快。

在这种情况下，发动昌都战役就是为了以打促谈。这场战斗，时间很短，但是把藏军的主力都击溃了。地方政府看到他们无法抵抗中国人民解放军的强大力量。这样，他们才同意派出和谈代表到北京，谈判关于西藏的前途和未来的问题。

主持人：您刚才讲这场战役打掉了反动势力的主力，为和平解放西藏提供了新的契机。1951年签订了您多次提到的"十七条协议"，当时签订这个协议的时候，国外和国内的环境是什么样的？

张小平：签订和平解放西藏的"十七条协议"是在1951年5月23日，当时中华人民共和国是新生的一个国家，刚刚诞生不久，这个时候世界处在冷战的高潮。帝国主义的势力一直想把年轻的中华人民共和国扼杀在摇篮里。而西藏是他们整个战略中一个重要的组成部分，如果他们设法把西藏控制住，让西藏分裂出去，他们就在中国周围形成了一个包围圈。

这是一个很严峻的形势。如果把西藏分裂出去，这就涉及中国的主权问题，涉及中国的领土完整问题，所以中央人民政府理所当然地要采取坚决维护国家主权的立场，这就促成了中央人民政府和西藏地方政府的和平谈判，签订了"十七条协议"。这个协议谈判的时间不长，虽然中间有过一些波折，但是最终很圆满地签订了协议。

主持人：签订协议以后，中央帮助西藏做了很多的工作，是这样吗？

张小平：是的。根据"十七条协议"的规定，首先要确定西藏回到中华人民共和国的大家庭中来，这就意味着要把帝国主义的势力驱逐出西藏。既然把帝国主义势力驱逐出西藏，我们建立了人民政权，这样必然要引起对社会制度的改革。但是由于西藏问题很特殊，所以在"十七条协议"里明确规定西藏的社会制度必须改革，但是在什么时候改革，怎么改革，首先要由西藏地方的领导人同意，即使是广大的群众要求改革，也要由西藏的上层领导人同意才能进行改革。所以，在人民解放军进军西藏的初期，由于保存原有的封建农奴制的社会，所以进藏的解放军和干部是不能按照在内地工作的方法来开展工作的。

**主持人**：比如呢？

**张小平**：比如对西藏现行的机构要保留，现行的统治者还要照样让他们做官、做事，老百姓受苦，我们还不能马上把他们从水深火热里解救出来。在这种情况下，我们只能是做一些影响群众、发动群众、教育群众，同样也是影响上层、教育上层的工作。这样的工作最有效的就是要给广大群众办好事。

当时就涉及农业生产问题，遇到困难了，政府就发放无息贷款，这就使得农业生产能够正常进行。同时，派了医疗队，给老百姓看病。因为西藏的医疗条件很差，包括上层，更包括广大老百姓，他们缺医少药，当时西藏人口的平均寿命才35岁，我们派出了很多医疗队，不光是在城镇，而且到农村牧区去，给广大群众看病。

同时，我们帮助修路。比如我们在20世纪50年代一进藏，就开始修筑康藏公路，从成都到拉萨的公路，现在叫川藏公路；我们还修建了从西宁到拉萨的青藏公路。这两条公路经过几年的修建，在1954年底正式通车，使得西藏有了两条大的交通动脉，直接和内地连接起来，运输物资、粮食、商品，给西藏带来了经济上的发展和繁荣。

我们还派演出队，到下面宣传党的方针政策，给大家唱歌跳舞，介绍内地的情况。这些工作逐渐使老百姓通过进藏的以十八军为主体的人民解放军，从他们的身上看到了中国共产党的政策，也看到了中央人民政府的政策，他们感觉到有一种希望，有一种曙光在向他们招手，他们希望让现行的社会制度早一点得到改变。

**主持人**：您刚才举例子说我们不能马上把藏民从水深火热当中解救出来，要特殊情况特殊处理。那么在这样一种情况下，中央和西藏地方政府之间的关系是怎样的？

张小平：从1951年西藏和平解放，到1959年西藏发生叛乱的八年中，中央政府做了大量工作。这段时间是双方都看了八年，思考了八年，也就是说将来西藏向何处去，老百姓也在想，西藏上层也在想，中央人民政府也在考虑这个问题。我觉得对待西藏的前途和未来，中国共产党，特别是毛泽东主席在20世纪50年代，为了西藏的和平、稳定、发展、繁荣倾注了大量的心血。当时西藏大部分决策都是由毛主席深思熟虑以后才决定的。对于西藏上层，特别是以十四世达赖喇嘛和十世班禅为代表的西藏上层，中央都做了大量的工作。

所以在整个50年代，中央政府和西藏地方上层，特别是和达赖、班禅的关系总的来说还是好的。人民解放军进军西藏以后，西藏的上层和老百姓亲眼看到这支部队和中央派出的干部在西藏的所作所为和国民党的时代完全不一样，所以他们感到很新奇，也充满了对未来的渴望。

在这个时候比较大的事情是在1954年，中央安排达赖和班禅到北京出席一届人大一次会议。这一次达赖和班禅都从西藏长途跋涉，在北京车站就受到了国家领导人的欢迎，可见中央对西藏上层和西藏工作有多么重视。当时，朱德和周总理都到火车站迎接。毛主席亲自在怀仁堂接待达赖和班禅，而且多次和他们谈话，和他们交往。在外地参观结束以后，要离开北京的时候，毛主席亲自到达赖的驻地看望他，和他谈了很长时间的话。达赖自己本身也很感动，他说，他像做梦一样，没有想到毛主席能够来看他。同时，达赖也向中央、向毛主席送了很多礼品，这些礼品有很多都是歌颂当时的中央政府、歌颂毛主席的。

主持人：我了解到，当时达赖还向中央统战部刘格平副部长学习中共的党史，学习汉族的文化。

张小平：是的。那个时候面对新中国，他觉得很新鲜，有很多东西他不了解。那时他才20来岁，有一种学习的愿望。而且后来他还专门写了一首诗来歌颂毛主席，这首诗达赖到现在也不否认，他在自己的回忆录中也提到了这件事情。

到1956年，成立了西藏自治区筹备委员会，中央安排达赖喇嘛做筹委会的主任，让他领导筹备建立西藏自治区的工作，可以说中央对他非常信任。当时他在人大会上和筹备委员会会议上的发言，都说支持、拥护中央政策，愿意让西藏走民族区域自治的道路。所以总体上，在这个时候和中央的关系还是比较好的。

但是事情有两个方面。西藏上层中间，噶厦政府里确实有一批分裂主义分子，他们从西藏和平解放一开始就进行各种破坏和捣乱，而且是逐步升级，一直到1959年的大规模武装叛乱。比较典型的是1952年在拉萨出现了所谓"人民会议"事件，它是以老百姓的名义出现，要求解放军撤出西藏，中央人民政府的代表撤出西藏。甚至围攻中央驻西藏的代表张经武的住宅，破坏街道上的设施，拉萨一度很紧张。

1954年达赖到北京参加一届人大一次会议回来的路上，噶厦政府里的索康·汪清格勒和副经师赤江又借口要了解情况，到四川的一些涉藏地区，包括甘孜、德格、理塘等地，煽动老百姓反对民主改革，号召他们拿起武器，把人民解放军和人民政府赶走，所以他们就首先在四川的涉藏地区开始策动武装叛乱。

主持人：因为民主改革触动到了他们很大部分的利益是吗？

张小平：是的。到了1956年，达赖、班禅去印度参加释迦牟尼诞辰2500周年的纪念活动。达赖一到印度，就被分裂势力给包围了，所以他一度严重地产生思想动摇，不想回来。为此，周总理三次到印度和他谈话，劝他要看清走的道路。经过反复地做工作，达赖后来还是回来了。但是他回来以后，西藏及四省涉藏州县的分裂势力和反对改革势力的活动却越来越加重。

到了1957年，分裂势力搞了"四水六岗"，成立了反革命叛乱武装，先在四川搞破坏活动，杀害干部、群众，然后逐渐西移，到了昌都、那曲、山南，逐渐把叛乱的活动延伸到西藏。在"十七条协议"签订之后，中央政府和西藏地方政府的关系维持了八年，这八年中总的来说是好的，但是反对和平解放的力量，反对民主改革的反对势力一天也没有停止活动，最终出现了1959年3月的拉萨叛乱事件。

**主持人：**在这个叛乱事件发生不久，达赖外逃。我们也注意到一个现象，达赖没有受到解放军的围追堵截。这是为什么？

**张小平：**整个50年代，中央人民政府，毛主席等老一辈的革命家对达赖喇嘛采取了争取、教育、帮助的态度，因为他那个时候毕竟年轻，可塑性强一些，所以希望他能够不断地思想进步，认清社会发展的前途，按照社会发展的规律，使西藏社会逐渐走向一个进步、发展的道路，所以才做了八年的工作。

但是我们不能够决定达赖的政治态度和命运，这要由他个人来决定。在我们做工作争取他的同时，海外的敌对势力、海外的西藏上层分裂势力对他同样进行争夺，最终他选择了出逃的道路，这是由他自己来选择的。但是即使到了这一步，党中央、毛主席仍然没有放弃对达赖喇嘛的争取，我理解这也正是为什么我们明明知道，也看到了达赖出逃，但是我们让他走了，这是我们还留给他的一个机会，我们没有就地解决，我们希望他将来有朝一日再回来。就像毛主席当时说的，我们说他是被挟持，希望他能够脱离叛军，能够早日回来。毛主席还说罗布林卡的位置和人大的位置仍然给他留着，实际上确实是这样的。从1959年他出逃以后，人大常委会副委员长的位置一直给他留着，一直留到1964年他的面目完全暴露之后才撤销的。

刚才我们谈到了一个话题，我还想补充一点。中国共产党的使命是解放全中国，解放全中国受苦受难的百姓。中国共产党在中国搞革命是经过两个历史阶段的：一个历史阶段是新民主主义革命，就是民主革命。我想和平解放西藏就是完成民主革命的任务，就是驱逐帝国主义势力出西藏。但是还有一部分任务没有实现，这就是要对这个社会制度进行初步的改革。为什么西藏要进行社会制度的改革？实际上是后来我们和西藏反动上层分歧的主要点。西藏社会制度要不要改革？我们认为要改革，但是西藏的反动上层认为西藏当时的社会制度是一个很美妙的社会制度，他们的意思是不能改革，永远不改革，永远保留现行的制度。但是当时西藏究竟是什么样的社会制度，我想简单说一下。

西藏当时实行的是政教合一的封建农奴制度，达赖既是宗教领袖，同样又是政权的领袖。而这些统治者本身，就是三大领主，他们只占整个西藏人口的5%，但实际上他们拥有西藏95%的土地，几乎所有的土地都归他们占有，广大的群众，就是农奴和奴隶一无所有。那个时候达赖本身就是西藏最大的农奴主。

根据现在的统计，他当时有27个庄园、30个牧场、6000多个奴隶，他自己拥有大量的财富，黄金有16万两，白银有9500万两，高级的衣服能有上万件。在这样的社会制度下，寺庙要念经，做法事要用人的血、人的头骨、人的皮，这种社会制度相当于欧洲中世纪的制度，也相当于毛主席所说的春秋战国时期。到了20世纪50年代还实行一千多年前的落后制度，这当然不符合社会发展的规律，所以中央在"十七条协议"里确定要搞社会制度的改革。但是由于上层势力的阻挠，这种改革一直没有进行。

中央考虑到西藏的特殊情况，一再推迟，首先提出六年不改，后来提出六年，甚至更长的时间，什么时候改革到时再说，中央也是一让再让。但是这些反动上层以为中央是软弱的，所以他们选择了时机，最终发动了这场叛乱。在这场叛乱中形成了两个阵营，有一小部分人发动了叛乱，但是更多的人是反对叛乱的，包括爱国上层。

**主持人：** 这些上层的利益也会受到一些影响，他们为什么能够反对叛乱？

**张小平：** 根据我的了解，这些上层有许多是有文化、有知识的，他们对社会的发展，对外部的世界还是有所了解的，他们知道外边都在变，都在进步、都在发展，但是西藏非常落后。由于他们的地位、经济条件，使得他们在日常生活中经常可以接触大量的外国化妆品、食品、奢侈品。

**主持人：** 他们的思维不封建。

**张小平：** 他知道外边的世界比西藏要发达，这是一个方面。另外，在这八年中，由于党中央、中央人民政府、解放军在西藏做了大量的工作，有很多的例子。比如说一些上层，包括后来参加叛乱的索康·汪清格勒，他的母亲生病，人民解放军的医务人员亲自到他家，给他母亲看病。在这一系列的工作感召下，不光是老百姓受到了教育，上层中的一些进步势力也感觉到跟着中国共产党是有前途的，将来走社会主义道路是有前途的。所以在叛乱发生以后，西藏的上层有相当一批人站到了中国共产党一边，站到了人民一边。

叛乱刚一开始，有许多人携家带口跑到西藏军区大院里寻求人民解放军保护。像当时和平谈判的首席代表阿沛·阿旺晋美，还有帕巴拉、雪康等。他们当时都住到西藏军区的大院里，而且雪康还亲自拿起广播喇叭，向叛匪喊话，要求他们放下武器。在地方，特别是到了山南的时候，这些叛匪也受到了当地的很多上层和老百姓的坚决抵制。

所以平息叛乱这场斗争实际上是检验了中国共产党在西藏八年工作的成绩，广大的人民、广大受苦受难的群众和绝大多数的西藏上层是拥护中央政策的，是拥护中央对西藏社会制度进行改革的。

**主持人：**当进入1959年的时候，西藏就翻开了新的篇章，进入到了民主改革的热潮当中。我想这段历史您会讲得更生动，因为您差不多是那个时候和西藏结缘的，也亲眼见证和参与了西藏的民主改革。

**张小平：**是的。很巧，1959年平息西藏叛乱和实行民主改革，这时候我正处在高中毕业的前夜，当时我在北京民族文化宫看了"十年民族工作展览"里的西藏馆。当时最震撼我的是西藏馆里介绍旧西藏的面貌，特别是广大的农奴和奴隶受苦受难的景象深深地刺痛了我。我站在展览柜前，看见那些被砍下来的胳膊、被扒下的人皮、被挖的眼睛，我觉得这是一个非常黑暗的社会，这种黑暗的社会应当尽快地改变它的面貌。我们作为一个年轻人，也应当有机会投身到西藏解放的事业中。

所以在1960年报考大学志愿的时候，我填了这样的志愿，而且后来实现了我的愿望，到了中央民族学院藏文专业学习。从那个时候到今年已经过去了50年。实际上从1960年到中央民族学院学习藏文开始，我就把目光投向了西藏，把我的感情投向了西藏。后来在毕业以后，也把我的事业投向了西藏。

这段时间由于工作的关系，我有机会多次到西藏，到现在已经去了40次。我觉得在一定意义上说我是新西藏的见证人。

大学毕业时，我被分配到中央人民广播电台，长期做记者和编辑工作，这使得我有大量的机会多次到西藏去。在1970年代，西藏已经开始有了变化，我曾经也参加过康藏青藏公路通车20周年的纪念活动。当时两条进藏公路的路况开始好转，逐步修柏油路了，而且开始往西藏修输油管道。因为西藏是地球上地质年龄最年轻的地区，所以它地下的煤是不成熟的，不能大量开采。如果开采，大多是不成熟的泥煤，火很小，甚至点不着，所以西藏的燃料很缺。过去西藏的老百姓主要是靠烧牛粪、拣柴禾，或者是砍树。从1970年代开始，中央从改善民生的角度做了大量的工作，比如说提高公路质量，铺设输油管道等。当时西藏的交通主要靠汽车，这些汽车的燃料就能够得到解决。后来公路的路面不断得到改善，到现在为止，西藏的几条主要公路都实现了柏油化，就是黑色的路面，路况非常好。

如果说西藏这些年的变化，衣食住行最明显。最近在过藏历年，你看老百姓穿的衣服就知道了，藏族有一个习惯，就是过年要穿新衣服，在街上看他们的衣服非常鲜艳，五颜六色，比内地的色彩要丰富。老百姓吃的也不是简单的糌粑、酥油茶了。改革开放以后，西藏的蔬菜问题得到了很大程度的解决，特别是主要的城镇，像拉萨现在的蔬菜丰富程度不亚于北京和内地的大城市，而且非常的干净、新鲜。因为都是在塑料大棚里面种出来的，西藏的气候条件特殊，日照强，昼夜温差大，所以光和作用好，蔬菜长得就好。我每次去都要到菜市场看一看，看看物价、品种、新鲜程度，每次都拍很多照片，我想把这个场面记录下来。

住的方面这些年就更不得了，特别是这些年西藏搞了民心工程、安居工程。我看到最新的数据，到去年年底，西藏已经有20万户、将近100万农牧民住进了新的房子。新的房子大、气派，装饰的华丽是我们没有去过西藏的人想象不到的。我去过很多安居工程的新房子，大的都有100多平方米，有的甚至能有二三百平方米的居住面积，有十几间房子。雕梁画栋，过去只能是贵族、三大领主才有可能，或者在寺庙。但是我在十几年前就第一次看到农民自己新修的房子里画了壁画，画是农民自己新盖的房子。

拉萨现在的汽车大家想象不到，现在你会经常遇到堵车的现象，因为车多了，公共汽车多了，私家车多了，拉萨私家车的比例一点也不亚于内地。我接触的很多朋友他们都有了自己的车，现在通到各地的班车都很多，他们到那个地方去串亲戚也好，旅游也好，都有车。这几年又有一个新时尚，就是拉萨的干部和群众在过藏历年的时候到内地来过，到成都过，或者是利用过节的时候到内地旅游。所以他们的生活方式，生活观念都在变化。

**主持人：**除了您说的这些变化以外，汉藏文化的交流是不是也出现了新的气象？

**张小平：**汉藏文化的交流不是从现在开始的。西藏作为中国领土的一部分，在一千多年前就和内地有了文化和经济上的交流。当然，从文成公主在1300年前到西藏与松赞干布联姻以后，这种交往就更加频繁，力度也更大了。和平解放以后，特别是最近这些年，我觉得藏族和汉族的文化在西藏是处在一种融合的状态之中。西藏本身的传统文化在原有的基础上得到了新的发展。比如说画唐卡，过去的唐卡画都是宗教人物，画的是菩萨、释迦牟尼、观音等。但是最近这些年的唐卡融入了现代的色彩，出现了"新唐卡"，它在内容上发生了很大的变化，画了很多现在的生活面貌。在人民大会堂的西藏厅里就有一幅很大的壁画，画的是当代的藏族群众过藏历年。其他的方面比如语言文字、藏医、天文历算，涉及藏族传统文化的许多方面，都得到了很好的保持，而且在继续向前发展。

现代社会，各个民族之间的文化肯定是要互相交流、交融，任何一个文化不吸收外界的文化，这个文化就失去了生命力。现在是西藏传统文化处在新的发展高峰的时期，同时也是藏民族的文化和汉民族的文化，和其他50多个民族的文化互相融合、学习、共同提高的最好时期。

主持人：我们来回答两位网友的提问。有一位网友说：刚才在节目中提到了"四水六岗"，他想请问什么叫"四水六岗"？

张小平：实际上这是一个从藏文翻译成汉文的词，在藏语里面的本意是指在四川的涉藏地区，就是康区的四条河和六个大的山冈，本意是这样。但是在上个世纪50年代，分裂分子拉起了叛乱武装，要成立一个组织，于是他们就用"四水六岗"作为"藏独"的代名词，把叛乱的旗子打起来。所以我说在西藏反动上层的嘴里，"四水六岗"已经是一种政治的概念，而不是原有的地理概念了。

主持人：还有一位网友说：您怎么看待流亡政府不让藏族同胞过藏历年这件事？

张小平：今年是藏历的土牛新年，按照往常的惯例，藏族老百姓早在一两个月之前就开始准备过年了。过藏历年是非常隆重的，根据我在西藏生活的经历，西藏过年比内地过年丰富得多、热闹得多。但是今年出现了一个很不正常的现象，从海外，从达兰萨拉突然间刮来一股风，就是他们发出一个通知，不许藏族同胞们过年。他们说今年是黑年，不吉利，不能过。同时，他以"3·14"一周年为借口，不能唱歌跳舞。这个事情我觉得其实是境外分裂势力做的一件很蠢的事情。

藏历年是藏民族传统的风俗习惯，是经过千百年广大的群众在实践生活中间形成的一种传统民俗，它不是由哪一个人来确定的节日。"藏独"分子没有为西藏做过任何一件好事，但是却在那里指手画脚、发号施令，不让已经过上了翻身解放幸福生活的藏族老百姓过年，我说他们根本没有资格，同时也亵渎了藏民族欢乐的节日。

　　"藏独"分子攻击中国政府，攻击党中央的一个很重要的方面就是说中国共产党、中国政府破坏西藏的风俗习惯。但是恰恰在今年的藏历年，是他们不让老百姓过年，是他们违反了千百年间延续下来的最盛大节日的传统。所以从这件事情看来，他们实际是搬起石头砸自己的脚，他们的所作所为恰恰证明是他们在破坏西藏的传统文化。

　　主持人：搬起石头砸自己的脚是您对这件事情的评价？

　　张小平：对。

　　主持人：我们再来回答最后一位网友的提问。他说：请您谈一谈西藏百万农奴解放日的历史意义是什么？

　　张小平：在今年1月份，西藏自治区开人代会，把3月28日作为西藏百万农奴解放纪念日，以一种立法的形式确定下来，作为西藏每年的节日之一。本来西藏是一个自治区，有它的自治权，有自己决定事务的权利，所以在西藏的节假日里，有很多和内地不一样的，比如说藏历年、雪顿节。雪顿节是夏季的狂欢节，喝酸奶、看藏戏，同时进行文化贸易活动，变成了一个全民族的节日。还有一些宗教节日。现在在这些节日之外，又增加了一个新节日，我觉得这个节日不同寻常，因为它代表了一个民族的历史性进步。

　　西藏的农奴在1959年得到了翻身解放，而农奴的解放不是西藏一个地区的特殊现象，是一个世界范围的现象。解放农奴、解放奴隶在世界上很多国家都出现过，包括美国。美国在100多年前林肯总统的时代，就出现了大规模的解放黑奴的运动。同时在欧洲，包括法国、德国、俄罗斯都经历了解放农奴的运动。而中国是在1959年以后，随着平息西藏叛乱，实行民主改革，才解放了百万农奴。

　　解放农奴的运动现在用一个节日，用一个法定的节日的形式给它固定下来，就说明在西藏发展史上，百万农奴的解放是一个具有重大意义的历史事件，值得西藏人民世世代代来纪念它。所以我说确定这么一个节日是非常有意义的事情，和庆祝民主改革50周年、西藏农奴解放50周年一起列入今年西藏春天的一个盛大节日，我觉得这反映了西藏各族人民，也是全国各族人民的共同心愿。我们共同的心愿就是祝福西藏，祝福西藏各族人民，祝福西藏未来更加繁荣、更加富裕、更加文明、更加和谐。

主持人：所以在今天节目快要结束的时候，又回到这个有纪念意义的话题。今天我想很多收看中国网访谈的网友，如果和您的年龄差不多大，会跟着您一起回顾很多共同的画面。而对像我这样的年轻人，您的讲述会让我们多了学习、梳理和了解这段历史的机会。谢谢您，谢谢各位网友的收看！

（本文是2009年3月4日接受中国网访谈的实录）

## 中国西藏网：
## 用所见所闻把今日西藏告知西方社会

2009年11月18日至27日，中国藏学家代表团一行赴英、法两国开展了为期十天的访问活动。近日，代表团成员之一、中国西藏信息中心总编辑张小平接受了本网采访，与记者分享了此行的见闻和感受。

从事涉藏工作几十年，张小平在各种活动中与很多外国人士有过接触和交流，但是像这次亲身走进英、法两国，针对西方国家的现实就"西藏问题"进行面对面的深入交流，还是第一次。谈起这次出访，张小平说："这既是一次很好的经历，同时也是一次很好的调研。对我来说，既完成了出访任务，也获得了今后怎样向外界更好地介绍西藏的思路，是双倍的收获。"

出访期间，代表团与到访国的官员、学者、中外媒体、华人华侨、留学生代表等进行了广泛的接触和交流，张小平对当中一些场景留下了深刻的印象。他对自己在国外回答问题设定了一个原则："不讲大道理，不讲那么多数字，就讲见闻，用我的所见所闻来回答问题。"

"作为一个汉族，我从1963年开始接触西藏，亲眼看到西藏几十年来的变化，所以我的见闻应当是很有说服力的。在回答法国媒体提出的关于西藏现在究竟有没有宗教信仰自由这个问题时，我就举例说，1963年我第一次进藏的时候正赶上藏历新年，西藏的民主改革正在进行中，当地举办传昭大法会，我在拉萨的八廓街上第一次看到那么多转经的老百姓，在大昭寺门前第一次看到那么多磕长头的信徒以及传昭大法会辩经的景象。从那时候到现在，40多年过去了，这种景象从来没有消失过。每次去拉萨，我最喜欢去八廓街，喜欢围绕布达拉宫看善男信女转经，最喜欢感受这种景象。在西藏，藏族同胞的家中都设有佛堂、佛龛；每年的萨嘎达瓦节和其他的宗教节日，拉萨更是人流如潮，香烟弥漫着拉萨古城……看到这一切，你能说西藏没有宗教信仰自由？"

"在法国外交部交流时，当一个官员问及'西藏的藏文互联网的情况'时，我介绍说，我所工作的网站就有3个文种，其中就包括藏文。在拉萨有很多网吧，有很多藏族的年轻人在使用藏文上网。现在在西藏可以用藏文来收发短信，当地的广播电视都有专门的藏语频道，报纸杂志也都有藏文版。在书店里可以买到很多藏文古籍和当代题材的藏文图书。"

类似这种用生动的事例做交流和介绍的方式在这次出访中随处可见。张小平说："现在看来，我们对西方民众介绍西藏，最好的办法就是现身说法、多讲西藏的现实，我们司空见惯的事情，对他们来说都是新闻。其实，除了政界、学界之外，普通的老百姓更多关注的是西藏的现实，西藏的百姓究竟生活的如何，究竟有没有信仰宗教的自由，究竟使用不使用他们的藏语。这些问题我们就需要用大量的、生动的事例来给他们做介绍。用讲故事的形式来把鲜活的西藏展现到海外民众的面前，这样也会逐渐改变他们对遥远的西藏的一些不真实的认识。"

作为中国西藏信息中心的总编辑，张小平的媒体身份也受到了所到国家相关人士的关注，访问期间，他曾到BBC等西方主流传播机构访问，同英法两国的媒体进行过多次接触和交流。他说："这次直接接触了英法两国各方面的人士，发觉他们对西藏的了解是很少的，他们很少能直接听到来自中国的声音。随着中国的强大和对外传播的加强，像西藏的归属问题等在许多西方人中间已经没有多少异议，正如英国苏格兰巴比龙大学的一位教授所说：'我们知道西藏是中国的一部分，但对西藏的知识欠缺，对西藏的细节了解太少。我们希望让年轻一代对西藏的认识建立在真实的基础上。'随之而来的则是他们对西藏更多实际的、现实情况的渴求。网络媒体最快捷，不受地域、时间的限制，内容丰富，空间广阔。网站可以成为介绍西藏的资料库，通过网站，既能看到西藏最新的发展，也可以了解西藏的历史、文化。像去年拉萨'3·14事件'后，网站接到在法国的中国留学生发来的邮件，他们要搞一些介绍西藏的活动和演讲，希望获得更多的资料，我们及时给予了帮助，使他们有了很多可以发言的内容。据后来反馈，活动办得很好。我们网站的英文版和藏文版，今后也应该进一步加强对海外读者关于西藏知识的信息提供，增加对西藏的宗教、文化、群众生活和一些敏感问题的历史沿革、现实情况的介绍，使他们知道这些事情的来龙去脉。在交流中，也有法国的作家和学者表示愿意与我们建立联系，我对此表示欢迎。"

谈及这次出访的感受，张小平说："这次出访我有一个最大的感触，就是中国的强大是让西方人了解真实西藏和认识'西藏问题'真相的认知基础。中国的实力增强了，我们所介绍的西藏实际情况，就会更多地被外国人接受和理解。只要我们用事实讲话，我想会逐渐改变他们过去心目中被扭曲的西藏的形象。"

　　"在两个国家的十几场活动，直接接触与看报道、看材料的感觉是完全不一样的。许多西方人士开始更多地尊重中国人的观点、尊重中国人对西藏问题的感情。我们在许多场合都会主动谈及一些敏感话题，不少外国朋友表示：本来对这些话题很谨慎，不想轻易地提出，看到你们主动谈，我们也就提一些相关的问题。这至少说明，他们开始考虑我们的感情，注意尊重我们。在访问中还可以明显地感到，西方人对西藏很向往，很想通过我们了解到更多西藏的真实现状，听到他们不常听到的另一种声音，也想到西藏实地看看。我看这也是中国与西方在'西藏问题'沟通上的一种进步。"

　　在采访的最后，张小平告诉记者说："这次出访时间虽然不长，但确实有很多收获，至少是做了一次海外民众民意的调查。传播信息是为了让人家接受，在对外介绍西藏这个工作上，我们要逐渐学会了解西方人的思维方式，如果没有针对性地只按照我们的主观的想法去说，西方人往往难以理解和接受。因此了解他们的心理和逻辑思维的方式，用他们容易接受的语言来介绍西藏，是非常必要的。这就涉及我们也要不断改进自己的传播方法，努力把中国西藏信息中心建设成为一个让西藏走进西方世界、让世界了解真实西藏的桥梁。"

（本文为中国西藏网记者范凡对作者的访谈）

# 后　记

　　《随笔西藏》即将付梓，这是我新闻生涯的又一部作品结集，收录了我2005年以来16年间的部分散文和访谈。

　　我曾经将自己与西藏的情愫分为四个乐章"初识西藏""认识西藏""记录西藏""传播西藏"，本书的60余篇作品则主要记录了我退休后的第五乐章"享受西藏"时段的生活与思考。

　　这期间，我受邀在《中国藏学》杂志和中国西藏网工作近10年，并继续我的梦想，先后15次走进西藏。"历史回眸""人物素描""雪域漫记"记述了青藏铁路通车、西藏和平解放60周年、第一个百万农奴解放纪念日、北京奥运会珠峰采集圣火、中央人民广播电台藏语广播70年等历史时刻；记录了进藏路上的支前模范曲美巴珍、我的恩师土丹旺布、我在岗德林的第一个房东次仁顿珠、46年前结识的藏族朋友格桑卓玛等西藏故事。"影视图书评说"介绍和评述了《一个女兵的西藏人生》《见证西藏》等图书和《西藏秘密》《西藏民主改革50年》等影视作品。

　　"思考与评述"是这一期间我就藏学研究、网上西藏、援藏工作、西藏环境、西藏故事的表述、域外藏族历史与文化等涉藏话题表达的见解。《我的西藏观》一文，则是我参加中国藏学家代表团赴英法两国访问前夕写下的对西藏认识的个人表述。

　　随着互联网的兴起和繁荣，这期间，我继广播、电视、报纸、杂志的工作后，又走进网站，感受了现代传媒的最新形态。应运而生的就是本书"网言网语"和"网上访谈"的有关内容。网络语言话题众多，简洁明快，表达随意自然，这就给我的西藏话题提供了新的表达方式。2007年至2009年三年间的进藏采访随笔，可以说是我学写网言网语的代表作；2009年西藏民主改革50年，我先后接受了新华网、人民网、央视网、中国网、中广网和中国西藏网等众多网络媒体的访谈，集中讲述了我对西藏和平解放、民主改革和改革开放三大历史事件的见解和经历。这期间接受访谈频率之高，也是前所未有的。

走进西藏、结缘西藏、记录西藏是我人生的主旋律，也是我此生的一大幸运。从1995年起，我先后将自己的西藏新闻作品、涉藏题材散文等结集成《雪域在召唤——世界屋脊见闻录》《民族宣传散论》和《天上西藏》三本书；2020年，在西藏自治区政协文化文史和学习委员会的大力支持下，我又完成了60年间进藏日记《一名新闻工作者的西藏记忆——张小平日记选编》的整理和编辑工作。现在大家看到的则是我近年来的作品结集。

我从1960年进入中央民族学院（今中央民族大学）学习藏语藏文到现在，已经过去了整整60个年头。这期间，我的事业和生活与西藏息息相关，关注西藏、游走西藏、书写西藏成了我人生的主要经历。对此我终生不悔。我以生活在社会主义祖国感到自豪，以老西藏的后来人为荣，以能亲身经历世界屋脊上的一系列伟大变革感到庆幸。记录西藏前进的脚步，记录我所亲历的西藏，让海内外读者看到一个真实的充满魅力和诱惑的西藏，是我为祖国做的一点微薄工作，也是一位人民的新闻工作者的天职。

　　2014年，在中国传媒大学的一次讲学时，我曾对即将去西藏工作的新闻专业学子说过这样四句话，算是我的西藏情怀的一个概括：

　　　　只有虔诚地拥抱西藏，才能够走进西藏。
　　　　只有勤奋地记录西藏，才能够认识西藏。
　　　　只有钟情地追求西藏，才能够热爱西藏。
　　　　只有郑重地思考西藏，才能够献身西藏。

　　谨以此书献给西藏和平解放70周年！

2021年3月12日于海南岛

2014年在中国传媒大学为涉藏地区学员授课并与之合影